Oliver Bowden

REVELATIONS

Traduit de l'anglais (Grande-Bretagne) par Claire Jouanneau

Milady

Milady est un label des éditions Bragelonne

ISBN : 978-2-8112-0792-2

1re édition : juillet 2012
2e tirage : septembre 2012

Bragelonne – Milady
60-62, rue d'Hauteville – 75010 Paris

E-mail : info@milady.fr
Site Internet : www.milady.fr

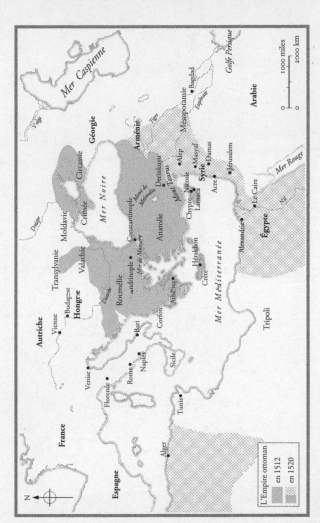

L'Empire ottoman au XVIe siècle

Première partie

J'étais au milieu de ma course,
et j'avais déjà perdu la bonne voie,
Lorsque je me trouvai dans une forêt obscure,
dont le souvenir me trouble encore et m'épouvante.

Dante, *L'Enfer,*
traduction d'Antoine de Rivarol, 1785.

CHAPITRE PREMIER

Un aigle planait très haut dans le ciel d'une clarté mordante.

Le voyageur, harassé et couvert de poussière, s'arracha à la contemplation du rapace et se hissa sur un petit muret. Une fois juché sur la pierre brute, il s'accorda un moment de répit et balaya le paysage de son regard perçant. Le château était ceint de pics acérés. Tapissés de neige, ces derniers protégeaient, autant qu'ils l'enfermaient, le fier édifice qui dominait de toute sa taille la plaine alentour. Le dôme de son donjon faisait écho à celui qui, plus bas, surmontait la tour de la prison. Les roches métalliques s'enfonçaient comme des crocs dans ses murs de soubassement d'un gris de plomb. Ce n'était pas la première fois que le voyageur voyait la forteresse. Il l'avait déjà aperçue la veille, au crépuscule, lorsqu'il avait escaladé ce promontoire à près d'un kilomètre et demi à l'ouest. Le terrain était tellement accidenté que le bâtiment semblait avoir été édifié par magie. Il se confondait aux roches et aux pics escarpés qui lui conféraient toute sa puissance.

Il avait enfin atteint son but, après un périple éreintant de douze mois. Quelle expédition ! Il avait emprunté des sentiers impraticables et essuyé d'innombrables tempêtes.

Au cas où, le voyageur s'accroupit et se fit le plus discret possible. Tout en vérifiant ses armes par habitude, il observa le château, à l'affût du moindre mouvement.

Il n'y avait pas âme qui vive sur les remparts. Le vent cinglant soulevait des tourbillons de neige, mais on ne voyait personne. Les lieux semblaient déserts. Ses lectures le lui avaient laissé présager, mais l'expérience lui avait appris à ne jamais se fier aux apparences. Il se figea.

Il n'y avait aucun bruit, hormis le souffle du vent. Mais soudain, il entendit quelque chose. Un grattement ? Devant lui, à sa gauche, quelques cailloux dévalèrent une pente nue. Il se tendit, se redressa légèrement – sa tête émergeait à peine de ses épaules courbées – et une flèche l'atteignit à l'épaule droite, transperçant son armure.

Il tituba légèrement, grimaça de douleur et empoigna le projectile. Il releva la tête et scruta à travers le dédale de roches saillantes qui se dressaient devant la forteresse sur près de six mètres de haut, pour former un mur d'enceinte naturel. Un homme apparut sur une arête. Doté d'un insigne de capitaine, il portait une tunique rouge terne, un surcot gris et une armure. Il avait la tête nue et le crâne rasé de près. Une cicatrice oblique striait son visage de droite à gauche. Il ouvrit la bouche en un sourire de triomphe et de malice, dévoilant des dents rabotées et irrégulières aussi brunes que les pierres tombales d'un cimetière à l'abandon.

Le voyageur commença à tordre le fût de la flèche. La pointe acérée du projectile s'était fichée dans le métal, mais elle avait à peine entamé la chair. Il laissa le fer en place, brisa le manche et le jeta négligemment. Ce faisant, il vit une centaine d'hommes faire irruption derrière le soldat. Pareillement vêtus, ils étaient armés qui de hallebardes, qui d'épées, et semblaient prêts à en découdre. Ils prirent position sur l'arête rocheuse et flanquèrent le capitaine au crâne rasé. Leurs visages étaient camouflés par des heaumes à nasal, mais l'aigle noir qui ornait leur cotte d'armes ne trompait pas. Le voyageur savait pertinemment à qui il avait affaire. Et ce qu'il adviendrait de lui s'il était capturé.

Était-il si vieux ? Comment avait-il pu tomber dans un piège aussi grossier ? Heureusement, il avait pris ses précautions.

Ils n'avaient pas encore gagné.

Il recula et se prépara à l'assaut. Ses adversaires descendirent de leur perchoir pour rejoindre le plateau accidenté sur lequel il était posté. Ils se déployèrent de façon à le cerner, et prirent garde de rester à distance de hallebarde de leur proie. Ils avaient beau avoir l'avantage du nombre, ils respiraient la peur : sa réputation l'avait devancé. Ils avaient raison de le redouter.

Le voyageur jaugea les hallebardes. Chacune était dotée d'un fer de hache et d'une pointe.

Il fléchit les bras. Aussitôt, les deux lames mortelles, lisses et grises, qu'il cachait dans ses manches émergèrent de ses poignets. Il se tendit et para le premier coup, qu'il trouva hésitant. Essayaient-ils de le prendre vivant ? Ensuite, ils le cernèrent de tous côtés et le harcelèrent de coups, comme s'ils voulaient le faire tomber à genoux.

Tout en pivotant, il trancha net les hampes des deux hallebardes les plus proches. Il saisit un des fers au vol avant qu'il heurte le sol, empoigna le manche raboté, puis perfora de sa lame la poitrine de son adversaire.

Les soldats se rapprochèrent. Alerté par le souffle d'une lame prête à s'abattre sur lui, il eut tout juste le temps de se baisser. Le fer de hache fendit l'air à quelques centimètres à peine de son dos courbé. Il fit volte-face et lacéra, d'un coup furtif d'une de ses lames secrètes, les jambes du soldat posté derrière lui. L'homme s'écroula dans un hurlement de douleur.

Le voyageur ramassa la hallebarde qui, un peu plus tôt, avait failli l'achever, et la brandit dans les airs, tranchant les mains d'un autre attaquant. Les organes du malheureux jaillirent, des traînées de sang dessinant derrière eux deux arcs-en-ciel écarlates tandis que leurs doigts crispés semblaient demander grâce.

Cette manœuvre interloqua les hommes, mais ils avaient assisté à de bien pires spectacles. Le voyageur n'eut guère droit qu'à une seconde de répit avant de subir un deuxième assaut. D'un coup circulaire de sa hallebarde, il fendit la gorge d'un soldat qui s'apprêtait à l'occire. Ensuite, le voyageur lâcha la hampe et rétracta ses lames secrètes de façon à libérer ses mains. Il se jeta sur un sergent armé d'une longue épée et lui subtilisa son arme, avant de projeter l'homme contre un peloton de soldats. Il soupesa l'arme, sentit ses biceps se tendre, resserra sa prise autour de la poignée et la souleva, juste à temps pour défoncer le heaume d'un autre hallebardier qui s'était approché par-derrière, sur sa gauche, dans l'espoir de le surprendre. C'était une très bonne épée. Elle était bien plus adaptée à ce type de combat que le cimeterre léger qu'il portait à la ceinture – il l'avait acquis au cours de son voyage – ou que ses lames secrètes, conçues pour le corps à corps.

De nouveaux renforts déboulèrent du château. Combien faudrait-il de soldats pour maîtriser cet homme seul ? Ils l'encerclèrent, mais il virevolta et les prit de court. Il sauta sur un des hommes et bascula derrière son dos, échappant au cercle de mort qui se refermait sur lui. Il atterrit sur ses pieds, se tendit, para un coup d'épée à sa gauche au moyen de son bracelet de protection métallique, et pivota pour plonger sa propre lame dans le flanc de son adversaire.

Puis, tout à coup, inattendues, quelques secondes de répit… Par quel miracle, il l'ignorait, mais le voyageur en profita pour reprendre son souffle. Autrefois, il n'en aurait pas eu besoin. Il leva les yeux. Les troupes en cottes de maille grises l'encerclaient toujours.

Soudain, parmi eux, le voyageur remarqua un autre homme.

Il était jeune et déambulait au beau milieu des soldats. Personne ne semblait le voir. Sa mise était en tout point pareille à celle du voyageur, à cette différence près que ses vêtements étaient blancs. Un capuchon similaire camouflait son visage. Il se terminait en pointe au-dessus de son front, à la façon d'un bec d'aigle. Le voyageur, stupéfait, entrouvrit les lèvres. Tout était calme, serein. Plus personne ne bougeait à l'exception de ce jeune homme immaculé qui cheminait tranquillement, d'une démarche ferme et assurée.

Il vaquait parmi les combattants comme un paysan dans un champ de blé. Rien ne semblait le toucher ni l'atteindre. Sa ceinture était-elle dotée de la même boucle que celle du voyageur ? Arborait-elle le même blason ? Il connaissait l'existence de ces armes depuis bientôt trente ans – date à laquelle son anneau en avait été frappé. Depuis, elles faisaient partie intégrante de sa vie.

Le voyageur cligna des yeux. Lorsqu'il les rouvrit, la vision – s'il s'agissait bien d'une vision – avait disparu. Le bruit, les odeurs et le danger se rappelèrent à lui avec violence. Les soldats se rapprochaient. Ils le cernaient. Il savait qu'il ne pourrait jamais l'emporter contre ces ennemis. Ni leur échapper.

Pourtant, fort curieusement, il ne se sentait plus aussi seul.

Pas le temps de réfléchir. Les assauts avaient redoublé d'intensité. La colère des soldats l'emportait sur leur peur. Les coups pleuvaient. Le voyageur ne pouvait plus tous les parer. Il tua cinq hommes. Dix. Mais autant lutter contre une hydre à mille têtes ! Soudain, un gigantesque guerrier abattit une épée de dix kilos sur lui. Le voyageur leva le poignet gauche pour parer, tout en jetant sa propre épée massive au sol de façon à contre-attaquer d'un coup de sa lame secrète droite, mais son adversaire eut de la chance. Son élan était si violent que le bracelet de protection eut beau détourner le coup, il ne l'encaissa pas entièrement. La lame ennemie glissa le long du poignet du voyageur, heurta sa lame secrète et la brisa. Au même moment, il perdit l'équilibre, trébucha sur une pierre déchaussée et se tordit la cheville. Incapable de se rattraper, il tomba de tout son long sur le sol rocailleux.

La horde de soldats se referma sur lui, toujours à distance de hampe. Effrayés, sur le qui-vive, ils n'osaient pas crier victoire. Pourtant, ils lui chatouillaient le dos de la pointe de leurs hallebardes. Au moindre geste, ils le tueraient.

Et il n'était pas encore prêt à rendre l'âme.

Des bottes crissèrent sur les roches. Un homme s'approcha. Le voyageur tourna légèrement la tête et aperçut le capitaine au crâne rasé. Il le toisait de toute sa taille. La cicatrice lacérant son visage était livide. Il se pencha sur le voyageur, si près que ce dernier sentit son haleine.

Le capitaine retroussa la capuche de sa proie, tout juste assez pour dévoiler son visage. Il sourit. Il ne s'était pas trompé.

—Ah! Le mentor est de retour. Ezio Auditore da Firenze! Nous t'attendions, comme tu as pu t'en rendre compte… Quel choc ce doit être pour toi de constater que l'ancienne forteresse de votre confrérie est tombée entre nos mains! Mais cela devait arriver. Malgré tous tes efforts, notre victoire était inévitable.

Il se redressa et se tourna pour faire face à ses troupes, fortes de deux cents soldats.

—Menez-le à la tourelle, leur aboya-t-il. Et veillez à l'enchaîner correctement.

Nerveux, les hommes hissèrent Ezio et se dépêchèrent de lui nouer les poignets.

—Une petite promenade, beaucoup de marches, et tu n'auras plus qu'à prier, le menaça le capitaine. Nous te pendrons à l'aube.

Très loin au-dessus d'eux, l'aigle continuait de dénicher ses proies. Personne ne le regardait, ne prêtait attention à sa beauté. À sa liberté.

Chapitre 2

L'aigle planait encore en altitude. Le ciel, illuminé par un soleil franc – quoique désormais plus bas – conservait son pastel. L'oiseau de proie, simple silhouette sombre et virevoltante, était absorbé par sa tâche. Son ombre se projetait sur les roches nues, aussi irrégulière que le terrain qu'elle survolait.

Ezio observait le paysage par une meurtrière. Guère plus qu'une entaille dans les pierres massives du mur. Ses yeux et ses pensées traduisaient un état d'agitation qui évoquait les évolutions du rapace en chasse. Son périple avait été si long et si pénible qu'il ne pouvait pas envisager de le voir s'achever ainsi.

Il crispa les poings. Ses muscles lui rappelèrent l'absence des lames secrètes qui lui avaient rendu de si grands services.

Mais il pensait savoir où ses ennemis avaient entreposé ses armes, après l'avoir pris au piège et emprisonné en ces lieux. Ses lèvres esquissèrent un sourire sinistre. Ces soldats étaient ses plus anciens adversaires. Ils n'avaient sûrement pas pensé qu'un vieux lion comme lui serait aussi combatif !

Qui plus est, il connaissait les plans de ce château sur le bout des doigts. Il les avait étudiés si longtemps qu'ils s'étaient imprimés dans son esprit.

Pourtant, il devait se rendre à l'évidence : il croupissait dans la cellule de l'une des plus hautes tours de la mirifique citadelle de Masyaf. Autrefois forteresse des Assassins, elle était tombée dans l'oubli… puis entre les mains des

Templiers. À l'affût des bruits de pas de ses bourreaux, il était seul, désarmé, affamé et assoiffé. Sa mise était crasseuse et déchirée. Mais il n'allait pas se laisser faire. Il savait pourquoi les Templiers occupaient Masyaf. Et il devait les arrêter.

Après tout, ils ne l'avaient pas encore exécuté.

Il se concentra sur l'aigle. Il discernait ses moindres plumes, ses moindres rémiges, le gouvernail de sa queue en éventail – d'un brun sombre parsemé de gris, comme sa propre barbe –, ses plages alaires d'un blanc immaculé.

Il repensa au chemin parcouru jusque-là. Aux événements qui l'avaient mis dans cette situation.

Il avait séjourné dans d'autres tours, bataillé sur d'autres remparts. Ceux de Viana, par exemple, où il avait supprimé Cesare Borgia, en l'an de grâce 1507. Cela faisait quatre ans déjà. Il avait l'impression que des siècles s'étaient écoulés depuis. Ces aventures lui semblaient si lointaines. Entre-temps, les scélérats mégalomanes et autres aspirants despotes s'étaient succédé et ressemblé. Avides de pouvoir. Prêts à tout pour percer les arcanes du monde. Et il n'avait eu de cesse de contrecarrer leurs plans.

Il avait beau se trouver prisonnier, ce combat était toute sa vie.

Si l'aigle virevoltait toujours, il décrivait des cercles moins larges. Ezio se fit plus attentif encore. Il savait qu'il avait repéré une proie et qu'il se concentrait sur elle. Y avait-il de la vie dans cette contrée désolée ? Les villageois, massés à contrecœur au pied du château pour l'entretien de ses troupes, élevaient sûrement quelques bêtes, voire cultivaient un bout de terre non loin. Le rapace visait peut-être une chèvre, perdue dans le chaos des rocs grisâtres parsemant les collines alentour. Un animal trop jeune et inexpérimenté, ou trop vieux, ou trop fatigué, ou blessé. Le rapace vola devant le soleil. L'espace d'un instant, l'astre incandescent transforma la bête en une silhouette floue. Ensuite, l'oiseau rétrécit encore ses cercles avant de se figer et de planer, enfin immobile. Il semblait suspendu au dais bleu ciel. Soudain, il plongea vers le sol, fendant l'air à la façon d'un éclair, avant de sortir du champ de vision d'Ezio.

Ce dernier se détourna de la fenêtre et examina la cellule. Un sombre lit de bois brut – de simples planches sans la moindre litière –, un tabouret et une table. Aucun crucifix au mur. Rien d'autre que la cuillère en étain et l'écuelle contenant le gruau qu'on lui avait apporté et auquel il n'avait pas touché. Pas plus qu'il n'avait goûté à l'eau du broc en bois. Ezio avait beau mourir de faim et de soif, il craignait qu'on y ait mis des drogues susceptibles de l'affaiblir, le rendant incapable d'agir au moment opportun. Les Templiers auraient tout à fait été capables de corrompre ces vivres avant de les lui apporter.

Il balaya la cellule exiguë du regard, mais les murs de pierre ne lui accordaient ni réconfort, ni espoir. Rien ici qui puisse l'aider à s'évader. Il soupira. Il avait insisté pour voyager seul, mais d'autres Assassins, membres de sa confrérie, avaient eu vent de son voyage et s'étaient manifestés pour l'accompagner. Sans nouvelle de lui, ils viendraient peut-être le relayer. Malheureusement, il serait sûrement trop tard.

La question, c'était de savoir si les Templiers avaient entièrement percé son secret. Que savaient-ils exactement?

Sa quête, qui risquait de s'achever brutalement avant son accomplissement, avait commencé peu après son retour de Rome. Il venait de quitter ses amis Leonardo da Vinci et Niccolò Machiavelli. C'était le jour de son quarante-huitième anniversaire et celui de la saint Jean. Il y avait quatre ans. Niccolò s'en retournait à Florence et Leonardo à Milan. Leonardo, qui avait besoin d'un mécène, envisageait d'accepter les offres insistantes de François, l'héritier au trône de France résidant à Amboise, sur les bords de la Loire. À en croire ses lettres, en tout cas.

Ezio sourit en pensant à son ami. L'esprit de Leonardo fourmillait d'idées nouvelles. Il n'aurait jamais le temps de les explorer toutes. Sa lame secrète, brisée lors de l'embuscade, lui revint tristement à l'esprit. Leonardo était le seul à pouvoir la réparer correctement. Combien il regrettait son ami! Heureusement, il lui avait également livré les plans d'une nouvelle invention qu'il avait baptisée «parachute». Ezio en avait fait confectionner un prototype à Rome, qu'il transportait dans son barda. Les Templiers n'auraient sûrement aucune idée de son utilité. Il en ferait bon usage dès qu'il en aurait l'occasion.

Si elle se présentait.

Il chassa ces idées noires.

Il n'y avait aucune issue. Il ne pourrait agir que lorsqu'on viendrait le chercher pour le pendre. Il devait se préparer à leur échapper à ce moment-là. Comme si souvent par le passé, il devrait sûrement improviser. Entre-temps, il essaierait de délasser son corps. Avant d'entreprendre son voyage, il s'était assuré de sa forme physique. Et le périple lui-même l'avait endurci. Néanmoins, il était soulagé de se reposer après le combat. Même en d'aussi sinistres circonstances.

Tout avait commencé par une lettre.

Sous l'œil bienveillant du pape Jules II qu'il avait aidé à vaincre la famille Borgia, Ezio avait reformé et restructuré la Confrérie des Assassins à Rome, où il avait établi son quartier général.

Les Templiers défaits, Ezio avait placé les opérations entre les mains expertes de sa sœur Claudia. Mais les Assassins demeuraient sur leurs gardes. Ils savaient qu'ailleurs, les Templiers se regrouperaient en secret. Leur soif de pouvoir était insatiable, tout comme leur quête des instruments de contrôle qui leur permettraient de forger le monde à l'image de leur dogme néfaste.

S'ils semblaient momentanément domptés, la bête n'était pas morte.

Néanmoins, une chose consolait et rassurait Ezio : en plus de lui, seuls Machiavelli et Leonardo savaient que la Pomme qu'on lui avait confiée, et que tant d'hommes avaient péri pour posséder, était ensevelie au plus profond de la crypte de San Nicola in Carcere, en sécurité dans une chambre secrète scellée. Cette dernière portait pour marques distinctives les symboles sacrés de la Confrérie, que seul pouvait distinguer – et a fortiori déchiffrer – un futur Assassin. Le plus précieux des Fragments de l'Éden était donc hors de portée des Templiers. Pour toujours. Du moins Ezio l'espérait-il.

Les Borgia avaient causé nombre de préjudices à la Confrérie, et il avait fallu, après la bataille, retrouver, reconstruire, réordonner. Si Ezio s'était dévoué à ce sacerdoce sans jamais s'en plaindre, il restait plus enclin à l'action et à l'aventure au grand air. Dépouiller des archives poussiéreuses était plus du ressort de Giulio, le secrétaire de son défunt père, ou de ce rat de bibliothèque qu'était Machiavelli. Hélas, Machiavelli dirigeait dorénavant la milice florentine, et Giulio était mort depuis bien longtemps.

Néanmoins, si Ezio ne s'était pas attelé en personne à cette tâche ingrate, il n'aurait jamais eu connaissance de la lettre. Et si quelqu'un d'autre l'avait découverte à sa place, cette personne n'en aurait peut-être pas apprécié l'importance.

La missive, qu'il avait trouvée dans un petit sac de cuir, était si vieille qu'elle s'effritait sous ses doigts. Elle était signée du père d'Ezio, Giovanni, et adressée au frère de celui-ci, Mario. Ce même Mario qui l'avait parrainé, il y avait trente ans de cela, au sein de la Confrérie. Ezio tressaillit à son souvenir. Mario était mort des mains cruelles de ce lâche de Cesare Borgia, lors des prémices de la bataille de Monteriggioni.

Mario avait été vengé depuis bien longtemps, mais la lettre découverte par Ezio avait ouvert un nouveau chapitre dans cette histoire. Son contenu lui avait permis de s'investir d'une nouvelle mission. Cette trouvaille avait eu lieu en 1509. Il venait tout juste d'avoir cinquante ans. Un âge vénérable, où les missions se faisaient rares. Par ailleurs, elle lui donnait l'occasion de couper définitivement l'herbe sous les pieds des Templiers. Un tel défi ne se refusait pas.

Palazzo Auditore
Firenze
In febbraio MCDLVIII

Mon cher frère,

Les forces adverses gagnent en vigueur et il se trouve, à Rome, un homme qui vient tout juste de passer le mors à leur armée. Cet ennemi est peut-être le plus puissant que nous aurons jamais à affronter. C'est pourquoi, sous le sceau du secret, je te confie les instructions suivantes. S'il devait m'arriver malheur, veille – au prix de ta vie, s'il le faut – à ce que ces informations ne tombent jamais entre de mauvaises mains.

Il existe en Syrie, tu ne l'ignores pas, un château nommé Masyaf, qui fut autrefois le siège de notre Confrérie. Dans les tréfonds de cette citadelle, il y a de cela deux siècles, notre mentor d'alors, Altaïr Ibn-La'Ahad, le membre le plus émérite de notre Ordre, fit établir une bibliothèque.

Je n'en dirai pas plus. La prudence exige que je te fasse part du reste de vive voix. Il est plus sage de ne rien coucher sur papier.

Je me serais volontiers acquitté moi-même de cette quête, mais le temps m'est désormais compté. Nos ennemis nous attaquent et nous n'avons d'autre choix que de nous défendre.

Ton frère
Giovanni Auditore

Cette lettre était assortie d'une autre feuille de papier. Un document des plus intéressants qui, bien qu'écrit par son père – dont Ezio avait reconnu la graphie –, n'était pas rédigé par lui. Il s'agissait de la traduction d'un document bien plus ancien, également joint à la lettre. Un parchemin en tout point semblable aux extraits du Codex original qu'Ezio et ses compagnons avaient mis à jour quelque trente ans auparavant. Le texte était le suivant :

« J'ai passé des journées entières avec l'artefact. Devrais-je dire des semaines ? Des mois ? Les autres vont et viennent. Ils me proposent nourriture et distraction. Las, j'ai beau savoir qu'il faudrait que je m'extraie de ces noires études, il m'est de plus en plus difficile de m'acquitter de mes tâches journalières. Tout d'abord, Malik s'est montré compréhensif, mais sa voix a désormais repris son timbre agacé. Quoi qu'il en soit, je dois persister dans mon travail. Nous devons comprendre la Pomme. Sa fonction est simple, voire élémentaire. Elle permet de contrôler et de dominer les êtres humains. Toutefois, le procédé qu'elle emploie… Ses méthodes sont proprement fascinantes. C'est l'incarnation même de la tentation. Les pauvres âmes dupes de sa brillance se voient promettre leurs plus profonds désirs. La Pomme ne demande en échange qu'un asservissement sans concession. Qui serait assez fort pour refuser ? Je me rappelle ma propre faiblesse, lorsque mon mentor, Al Mualim, l'a utilisée contre moi. Ses mots ont ébranlé ma belle assurance. Lui qui avait toujours été un père pour moi, était soudain devenu mon pire ennemi. Mais j'ai eu raison de son fantôme et je l'ai chassé de notre monde, me libérant par là même de son emprise. Parfois, je me demande si tout cela n'est pas qu'une illusion. Me voilà condamné à tenter de comprendre l'artefact même que j'ai cherché à détruire. Je sens confusément qu'il ne s'agit pas que d'une arme, ni d'un simple outil destiné à manipuler l'esprit des hommes. Mais je me trompe peut-être. Il se pourrait que je serve ses desseins. Peut-être me promet-il ce que je désire le plus au monde ? La connaissance. Hors de portée, tentatrice, envoûtante, m'attirant dans ses filets… »

Le vieux manuscrit s'arrêtait là. La suite avait disparu. Et le parchemin était si ancien que ses bords s'effritaient sous les doigts.

Ezio n'avait pas tout compris, mais ces mots lui avaient semblé familiers, au point que des frissons avaient parcouru sa peau, jusqu'à son cuir chevelu. Et maintenant qu'il était l'hôte de cette cellule, dans la tourelle de Masyaf, leur simple souvenir le fit de nouveau tressaillir. Il regarda le soleil se coucher. Il venait peut-être de vivre sa dernière journée sur Terre.

Il se remémora le vieux manuscrit. C'était lui, plus que toute autre chose, qui l'avait décidé à cheminer vers l'est, en direction de Masyaf.

L'obscurité tomba subitement. Le ciel prit une teinte cobalt et des étoiles le parsemèrent aussitôt.

Sans raison apparente, Ezio repensa au jeune homme vêtu de blanc. Celui qu'il avait cru apercevoir en combattant, pendant l'accalmie. Il avait disparu aussi mystérieusement qu'il était apparu, tel un spectre. Pourtant, d'une certaine façon, il était réel. Et il avait bel et bien communiqué avec lui.

CHAPITRE 3

E zio passa le reste de l'année à préparer son voyage. Et une partie de la suivante. Il se rendit tout d'abord au nord, à Florence, afin de s'entretenir avec Machiavelli, sans toutefois lui faire part de ce qu'il avait appris. En Ostie, il rendit visite à Bartolomeo d'Alviano qui, bien qu'il ait par trop abusé de vin et de bonne chère, gardait toute sa férocité, ce, malgré son statut de père de famille. Pantasilea avait donné naissance à trois fils puis, à peine un mois auparavant, à une fille. Que lui avait dit Barto, déjà ?

Tu devrais avancer dans la vie, Ezio. Tu ne rajeunis pas !

Ezio avait souri. Son camarade ne connaissait pas sa chance.

À son grand regret, il ne pouvait pas pousser plus au nord pour se rendre à Milan. Mais il avait pris le plus grand soin de ses armes – ses lames secrètes, son pistolet, son bracelet de protection – et il n'avait pas de temps à perdre : Leonardo risquait de vouloir les améliorer. Pourtant, de son propre aveu, elles ne pouvaient guère devenir plus efficaces. En tout cas, c'était ce qu'il avait prétendu en les lui offrant, l'année précédente.

Cela restait encore à prouver, mais l'occasion ne tarderait pas à se présenter.

Machiavelli lui avait donné d'autres nouvelles de Florence, une ville dans laquelle Ezio se rendait toujours le cœur lourd de tristesse. Il y était assailli de souvenirs de sa famille défunte et de son héritage perdu. Douze ans auparavant – était-ce déjà si vieux ? –, son premier et seul amour, Cristina Calfucci, avait péri des mains de fanatiques à la solde de Savonarole. Machiavelli lui apprit une autre disparition, non sans hésitation. La fidèle Caterina Sforza, qui avait illuminé sa vie autant que Cristina l'avait bénie, venait tout juste de mourir, vieille, abattue et oubliée, à l'âge de quarante-six ans. Elle avait péri dans la plus grande pauvreté, sans aucun vestige de son assurance et de sa vitalité d'antan.

Plus il prenait de l'âge, plus Ezio était convaincu qu'il n'aurait de compagnie que la sienne propre.

Mais il n'avait ni le temps de pleurer les morts, ni celui de ressasser de sombres pensées. Les mois filaient. Bientôt, ce serait Noël et il avait encore fort à faire.

Enfin, peu après la nouvelle année, le jour de la saint Hilaire, il fut prêt. On convint d'une date pour son départ. Il devait se rendre au port méridional de Bari, via Naples, accompagné d'une escorte constituée – et conduite – par Bartolomeo.

À Bari, il devait prendre la mer.

CHAPITRE 4

— Q ue Dieu te garde, mon frère, lui dit Claudia. C'était son dernier matin à Rome. Ils s'étaient levés avant l'aube. Ezio devait partir aux premiers rayons du soleil.

— En mon absence, tu devras t'occuper de tout.

— Doutes-tu de mes compétences ?

— Plus maintenant. Me pardonneras-tu jamais de l'avoir fait ?

Claudia sourit.

— Il existe une bête fabuleuse en Afrique, appelée l'éléphant. On raconte qu'elle n'oublie rien. Il en est de même des femmes. Mais ne t'inquiète pas, Ezio. Je prendrai soin de tes affaires jusqu'à ton retour.

— Ou jusqu'à l'apparition d'un nouveau mentor.

Claudia s'abstint de commentaire. Ses traits s'assombrirent.

— Cette mission, fit-elle. Pourquoi t'obstines-tu à l'accomplir seul ? Et pourquoi ne veux-tu pas révéler son véritable objectif ?

— « Chemine seul, l'homme en hâte », se contenta-t-il de citer. Quant aux détails de ce voyage, j'ai mis les papiers de notre père dans ton coffre. Si je devais ne pas revenir, lis-les. Mais je t'ai déjà dit tout ce que tu devais savoir sur Masyaf.

— Giovanni était également mon père.

— Mais c'est à moi qu'il a confié cette tâche.

— Ce ne sont que des suppositions, mon frère.

— Je suis le mentor, répondit-il succinctement. C'est ma responsabilité.

Elle le considéra un moment.

— Prends soin de toi. Écris-moi.

— Je n'y manquerai pas. Et tu n'as aucun souci à te faire pour moi d'ici à Bari. Barto ne me quittera pas.

Elle n'en avait pas moins l'air soucieux. Ezio était touché. Sa sœur avait beau être devenue une femme forte, elle s'inquiétait toujours autant pour lui. La partie continentale de son voyage le conduirait jusqu'aux territoires méridionaux de l'Italie, qui étaient contrôlés par la couronne d'Aragon. Fort heureusement, le roi Ferdinand n'avait pas oublié sa dette envers Ezio.

— Si mes lames me démangent, précisa-t-il, lisant dans ses pensées, je me retiendrai d'agir tant que je n'aurai pas pris la mer. Et mon itinéraire est trop septentrional pour que j'aie à m'inquiéter des corsaires barbaresques. Nous longerons les côtes de la Grèce dès que nous aurons passé Corfou.

— Je ne m'inquiète pas tant pour toi que pour les conséquences de ton éventuel échec.

— Vraiment? Merci beaucoup.

Elle esquissa un sourire malicieux.

— Tu me comprends. D'après le peu que tu m'as confié – et sainte Véronique m'en est témoin, tu ne m'as presque rien dit –, je devine que nous avons beaucoup à perdre.

— C'est pourquoi je dois m'en aller dès à présent. Avant que les Templiers regagnent en puissance.

— Tu veux prendre l'initiative?

— Exactement.

Elle prit le visage d'Ezio entre ses mains. Il la contempla une dernière fois. À quarante-neuf ans, c'était toujours une femme d'une grande beauté. Ses cheveux avaient gardé leur noirceur de jais et sa nature féroce n'avait rien perdu de son mordant. Il lui arrivait de regretter qu'elle n'ait pas repris d'époux après la mort de son mari, mais elle se consacrait entièrement à ses enfants et à son travail. Et ce n'était un secret pour personne qu'elle aimait la vie romaine. Grâce au pape Jules II, la ville avait retrouvé son statut de cité sophistiquée et cosmopolite. Rome était de nouveau la Mecque de l'art et de la religion.

Après avoir serré sa sœur dans ses bras, Ezio monta sur son cheval et prit la tête de sa petite escorte. Il y avait là un chariot transportant leurs affaires et une quinzaine de cavaliers en armes, choisis par Barto. Celui-ci était déjà en selle. Sa monture puissante piaffait, impatiente de prendre la route. En guise de bagage, Ezio se contenterait des deux sacoches en cuir noir qui flanquaient son cheval.

—Je trouverai le nécessaire en route, dit-il à Claudia.

—Tu es très doué pour ça, répliqua-t-elle avec un sourire complice.

Il se redressa sur sa selle, leva la main et éperonna sa monture. Barto le rejoignit à dos de son étalon. Ensemble, ils s'éloignèrent du siège des Assassins, sur l'île Tibérine, en longeant la rive gauche du fleuve. Après avoir franchi les portes de la cité, ils firent route vers le sud.

Ils atteignirent Bari en quinze jours. Dès qu'il fut parvenu à destination, Ezio prit rapidement congé de son vieil ami pour ne pas rater la prochaine marée. Il monta à bord d'un navire faisant partie d'une flotte turque affrétée par la famille de Piri Reis. Une fois installé dans sa cabine, sur le *Anaan* – un boutre marchand à voiles latines dont il était le seul passager –, Ezio vérifia encore une fois l'équipement qu'il avait emporté : une lame secrète par poignet, un bracelet de protection à l'avant-bras gauche – pour parer les coups d'épée – et le pistolet monté sur ressort que Leonardo lui avait fabriqué, comme toutes les armes spéciales conçues à partir des vieux schémas du Codex des Assassins.

Ezio voyageait léger. En réalité, il s'attendait à trouver Masyaf – s'il parvenait jamais à l'atteindre – abandonnée. Malgré tout, il devait s'avouer anxieux. En ces temps de paix apparente, et toute relative, les espions assassins ne glanaient que peu d'informations sur les agissements des Templiers.

Toutefois, Ezio nourrissait peu d'inquiétude quant à la deuxième partie de son voyage, qui devait le mener jusqu'à Corfou. Piri Reis était l'un des plus éminents amiraux ottomans, et il avait lui-même été pirate. De ce fait, ses hommes savaient se frotter aux assauts des pirates, quand le simple nom de Piri ne suffisait pas à décourager ceux-ci. Ezio se demandait s'il le rencontrerait en personne. S'il en avait l'occasion, il espérait que le grand homme, qui n'était pas connu pour son indulgence, aurait oublié la fois où la Confrérie avait été contrainte de lui subtiliser ses cartes les plus précieuses.

L'emprise des Ottomans s'étendait jusqu'à la Grèce et une bonne partie de l'Europe orientale. Leurs territoires jouxtaient presque ceux de Venise. Cet impérialisme en mécontentait beaucoup, qui voyaient d'un mauvais œil la présence de Turcs en Europe. Mais les Vénitiens, ayant constaté qu'ils se trouvaient dans une impasse, continuaient de marchander avec leurs voisins musulmans. Et la Sérénissime tenait toujours Corfou, la Crète et Chypre. Ezio ne pouvait pas imaginer qu'une telle situation perdure – les Ottomans menaçaient déjà Chypre – mais pour le moment, la paix se maintenait. Et le sultan Bayezid était bien trop préoccupé par les manigances internes des membres de sa famille pour semer le trouble à l'Ouest.

Le large navire, gréé de sa grand-voile en toile blanche, fendait l'eau à la manière d'une épée massive plutôt que d'un poignard, mais ils maintinrent bonne allure en dépit des vents contraires. Ainsi, la traversée de l'embouchure de l'Adriatique ne dura qu'un peu plus de cinq jours.

Ezio fut accueilli par le gouverneur de Corfou, un Italien adipeux nommé Franco qui aimait à se faire appeler Spiridon, du nom du saint patron local. Il avait depuis longtemps abandonné la politique pour se consacrer à la consommation de lotus. Peu après, l'Assassin s'entretint avec le capitaine du navire, sur le balcon ornant la façade de la résidence de Franco et dominant les palmiers du port qui se découpaient devant le ciel d'un bleu profond. Ezio offrit au marin une autre bourse de *soldi* vénitiens et il fut convenu qu'il continuerait le voyage jusqu'à Athènes.

— C'est notre destination, précisa le capitaine. Nous longerons la côte. J'ai fait ce parcours une bonne vingtaine de fois. Nous serons en sécurité. Je ne prévois aucun problème. D'Athènes, il te sera facile de monter à bord d'un navire en partance pour la Crète, voire Chypre. En fait, je t'introduirai auprès de mon beau-frère Ma'Mun, lorsque nous serons à Athènes. C'est un armateur. Il s'occupera de toi.

— Je suis ton obligé, répliqua Ezio.

Il espérait que la belle assurance dont faisait montre le capitaine était fondée. Le *Anaan* transportait une importante cargaison d'épices devant transiter par Athènes. Lors de ses jeunes années, Ezio avait appris auprès de son père, un riche marchand florentin, la valeur de ces denrées. Elles ne manqueraient pas d'attiser la convoitise des pirates, en dépit de l'aura de crainte qui entourait le nom de Piri Reis. Et lors d'un combat maritime, la vitesse et la légèreté font toute la différence.

Le lendemain, Ezio se rendit en ville pour acquérir un cimeterre bien équilibré. Il en négocia le prix à cent *soldi*.

— En guise d'assurance, se dit-il.

Le jour suivant, à l'aube, la marée était assez haute pour leur permettre de prendre la mer. Ils en tirèrent aussitôt parti. Et une brise fraîche soufflant du nord gonfla rapidement leur voile. Ils cabotèrent vers le sud, laissant la côte à moins d'un kilomètre à bâbord. Les vagues d'un bleu métallique reflétaient le soleil et le vent tiède caressait leurs cheveux. Mais Ezio ne parvenait pas à se détendre.

Lorsque l'incident se produisit, ils se trouvaient au sud de l'île de Zante. Ils avaient gagné la pleine mer pour profiter des vents dominants. L'onde était plus sombre et agitée. Le soleil descendait lentement sur l'occident, de sorte qu'on ne pouvait regarder à l'ouest sans plisser les yeux. Des matelots étaient occupés à débarder une poutre à tribord pour prendre de la vitesse. Ezio les regardait manœuvrer.

Plus tard, il ne saurait dire ce qui capta son attention. Une mouette, peut-être ? Fondant sur la surface, le long de la coque. Mais il ne s'agissait pas d'une mouette. C'était une voile. Deux voiles, pour être exact. Deux galères de mer se détachaient du soleil, les assaillant par surprise. Les pirates abordèrent le navire sans laisser le temps au capitaine d'ordonner à ses hommes de gagner leurs postes de combat, auprès des batteries. Les forbans lancèrent par-dessus bord des cordes munies de grappins en fer. Peu après, le pont du *Anaan* grouillait d'envahisseurs. Ezio s'élança vers la poupe pour récupérer ses armes. Dieu merci, il avait son cimeterre au côté. Il lui fit subir le baptême du feu et se fraya un chemin à travers un groupe de cinq marins barbaresques, sans perdre de vue son objectif.

Pantelant, il revêtit son bracelet de protection et saisit son pistolet. Ce premier essai lui avait donné toute confiance en son cimeterre. Il décida de se passer de ses lames secrètes, qu'il fourra à la hâte dans une cachette improvisée, dans sa cabine. Pour ce type de combat, son pistolet et son bracelet suffiraient amplement.

Il se jeta dans la mêlée. Sur le pont régnaient déjà l'odeur du sang et le cliquetis familier des armes. Devant lui, un incendie s'était déclenché. Le vent – qui avait choisi ce moment pour forcir de plus belle – menaçait de propager les flammes vers la poupe, tout le long de la coque. Il ordonna à deux matelots ottomans de s'équiper de seaux et d'aller puiser de l'eau au réservoir du navire. À ce moment précis, un pirate s'élança du gréement pour se jeter sur l'Assassin. Un des marins hurla un avertissement. Ezio fit volte-face, banda les muscles de son poignet droit et, aussitôt, son pistolet s'éjecta du mécanisme fixé à son avant-bras pour se loger dans sa paume. Il tira furtivement sans prendre le temps de viser et recula pour esquiver le corps qui, toujours en plein vol, vint s'écraser sur le pont.

— Hâtez-vous de remplir vos seaux! Il faut éteindre les flammes avant qu'elles se propagent! cria-t-il. Si l'incendie gagne le reste du navire, nous sommes perdus!

Il faucha les trois ou quatre Barbaresques qui s'étaient rués sur lui – ils avaient sûrement compris qu'il était l'homme à abattre, s'ils voulaient réussir leur raid – et il se trouva face à face avec le capitaine des pirates. C'était une brute solidement charpentée, armée de deux sabres d'abordage, un dans chaque main, sûrement confisqués à l'une de ses malheureuses victimes.

— Rends-toi, chien vénitien! grogna l'homme.

— Tu viens de commettre ta première erreur, répliqua Ezio. Il ne faut jamais traiter un Florentin de Vénitien.

En guise de réponse, le capitaine abattit violemment son bras gauche sur l'Assassin, visant la tête. Heureusement, Ezio s'était préparé à l'attaque et leva aussitôt son bras gauche, si bien que la lame du coutelas glissa le long du bracelet et se planta dans le vide. Surpris, le pirate perdit l'équilibre, et Ezio lui fit un croche-pied qui l'envoya valser tête la première dans le réservoir de la cale.

— Au secours, *Effendi*! Je ne sais pas nager! s'exclama le capitaine, la bouche pleine d'eau, tout en essayant de surnager.

— Tu ferais mieux d'apprendre vite, rétorqua Ezio.

31

Sur ces mots, il pivota sur lui-même pour mieux faucher deux nouveaux pirates, qui l'avaient presque à leur merci. Du coin de l'œil, il constata que ses deux matelots avaient réussi à puiser l'eau du réservoir, en faisant descendre leurs seaux au bout de cordes. Ils furent bientôt rejoints par une poignée de camarades, et tous ensemble, ils commençaient à contenir l'incendie.

Le combat s'était déplacé vers la poupe où les Ottomans se défendaient bec et ongles. Ezio comprit que les Barbaresques n'avaient aucune envie que le *Anaan* brûle. De peur de compromettre leur butin, ils laissaient les matelots d'Ezio vaquer à leur tâche d'extinction et concentraient leurs efforts sur la prise du navire.

Il réfléchit rapidement : les pirates avaient l'avantage du nombre, et l'équipage du *Anaan* avait beau être composé de durs à cuire, il ne valait pas une troupe de soldats aguerris. Ezio se tourna et repéra une pile de torches éteintes, stockées sous l'écoutille de proue. Il sauta par-dessus l'ouverture, en saisit une, l'alluma dans les flammes mourantes et, lorsqu'elle se fut embrasée, la jeta de toutes ses forces dans la galère barbaresque la plus éloignée du boutre. Ensuite, il s'empara d'une autre torche et répéta l'opération. Lorsque les pirates se rendirent enfin compte de ce qui se produisait, leurs deux navires avaient pris feu.

C'était un risque calculé, mais il paya. Au lieu de s'acharner à maîtriser leurs proies, et après avoir constaté que leur capitaine avait disparu corps et âme, les pirates furent pris de panique. Ils battirent en retraite vers le plat-bord, tandis que les Ottomans, reprenant courage, lançaient une contre-attaque et chargeaient leurs adversaires armés de bâtons, d'épées, de haches, de mèches… de tout ce qui leur tombait sous la main.

Un quart d'heure plus tard, ils avaient repoussé les Barbaresques et les avaient confinés à leurs galères en flammes, qu'ils s'empressèrent aussitôt d'éloigner à l'aide de gaffes, non sans avoir tranché à la hache les cordes de leurs grappins. Le capitaine ottoman aboya quelques instructions succinctes et bientôt, le *Anaan* fut totalement libéré. Une fois l'ordre rétabli, les matelots entreprirent de briquer le pont pour en ôter toute trace de sang, puis d'empiler les morts. Sachant que leur religion leur interdisait de les jeter par-dessus bord, Ezio pria pour que la traversée arrivât bientôt à son terme.

Le capitaine barbaresque, affolé et détrempé, fut hissé hors du réservoir. Il se tint sur le pont, dégoulinant et misérable.

— Tu ferais mieux de désinfecter cette eau, lança Ezio au capitaine du *Anaan* tandis qu'on mettait le pirate aux fers.

— Nous avons assez d'eau potable en barriques pour notre usage, répondit le capitaine. Suffisamment pour rejoindre Athènes. Voilà pour toi, dit-il en retirant une bourse de la petite sacoche en cuir suspendue à sa ceinture.

— Qu'est-ce que c'est ?

— Je te rembourse ton trajet, expliqua l'homme. C'est le moins que je puisse faire. Dès que nous aurons atteint Athènes, je te garantis qu'on n'oubliera pas ton exploit. Et je te promets d'organiser la suite de ton périple. Sois sans crainte.

— Tu n'aurais pas dû baisser ta garde, fit remarquer Ezio.

Le capitaine l'observa un moment.

— On ne devrait jamais baisser sa garde.

— Je suis d'accord, acquiesça tristement Ezio.

CHAPITRE 5

A thènes prospérait, sous le joug des Turcs. Pourtant, en déambulant dans les rues et en visitant les temples et autres monuments datant de l'âge d'or de la Grèce – qu'on redécouvrait et révérait dans son propre pays – et en voyant de ses propres yeux les statues et les édifices inspirant ses amis romains Michel-Ange et Bramante, Ezio comprit pourquoi les hommes et les femmes qu'il croisait avaient dans le regard cette espèce de ressentiment mêlé d'orgueil. Pourtant Ma'Mun – le beau-frère du capitaine ottoman – et toute sa famille lui firent un accueil triomphal, lui offrirent maints présents et le pressèrent de rester parmi eux.

Quoi qu'il en soit, son séjour se prolongea beaucoup trop à son goût. Des tempêtes, exceptionnelles pour la saison, faisaient rage au nord de l'île égéenne de Sérifos et battaient sans répit l'archipel au sud d'Athènes, avec pour conséquence d'interdire le Pirée à la navigation pour plus d'un mois. De mémoire d'homme, on n'avait jamais vu de telles intempéries en cette période de l'année. Les prédicateurs se mirent à parler de fin du monde, sujet ardemment débattu puisqu'on venait tout juste d'entamer, en 1500, la seconde partie du millénaire. Ezio ne s'intéressait pas à ces sornettes. Irrité par ce contretemps, il maugréait en compulsant les cartes et les notes qu'il avait emportées. Quand il n'essayait pas, en vain, de glaner des informations sur les manœuvres entreprises par les Templiers dans la région, ainsi qu'au sud-est de la Grèce.

Un soir, lors d'une fête donnée en son honneur, il rencontra une princesse dalmate, avec laquelle il eut une aventure. Mais ce n'était qu'une passade. Son cœur était solitaire depuis si longtemps qu'il avait cessé de chercher l'amour. Le mentor des Assassins ne pouvait se permettre d'avoir une famille, un chez-soi, une véritable maison. Ezio l'avait appris – et compris confusément – à la lecture de la vie de son lointain prédécesseur à la tête de la Confrérie, Altaïr Ibn-La'Ahad. Ce dernier avait payé cher son envie de fonder un foyer. Le propre père d'Ezio y était certes parvenu, mais à quel prix ?

Enfin – trop tard aux yeux de l'impétueux Ezio – le vent et l'onde s'apaisèrent, cédant la place à un agréable temps printanier. Ma'Mun avait organisé la suite de son voyage jusqu'en Crète. Ensuite, le même navire le mènerait plus loin. Jusqu'à Chypre. Le *Qutayhab* était un vaisseau de guerre, un cogue [1] de quatre mâts dont un des entreponts était occupé par une batterie de vingt canons répartis entre les deux bords. Sans compter ceux placés dans la coque, en proue comme en poupe. En plus des voiles latines, ses grand mât et mât de misaine étaient gréés de voiles carrées, à l'européenne. Et sous la batterie se trouvaient logées deux rangées de trente rames.

Le capitaine barbaresque auquel Ezio s'était frotté sur le *Anaan* se trouvait enchaîné à l'une d'entre elles.

— Tu n'auras pas à te défendre sur ce vaisseau, *effendi*, lança Ma'Mun à Ezio.

— Il est admirable. La construction a quelque chose d'européen.

— Notre sultan Bayezid porte en haute estime les éléments de grâce et d'utilité propres à votre culture. Nous aurions beaucoup à apprendre les uns des autres. (Ezio

---

1. cogue : vaisseau dont la capacité de charge est de huit à dix fois celle des navires antérieurs. Il s'agit d'un navire mesurant une trentaine de mètres de long sur sept de large. (*NdT*)

acquiesça.) Le *Qutayhab* transporte notre ambassadeur d'Athènes. Il doit se rendre à Nicosie pour une conférence. Nous arriverons à Larnaca dans vingt jours. Le capitaine ne fera escale qu'à Héraklion, pour s'approvisionner en eau et en vivres. (Il marqua une pause.) J'ai quelque chose pour toi…

Ils buvaient du *sharbat* dans le bureau de Ma'Mun, sur le port. Le Turc se rendit jusqu'à un coffre en métal, à l'opposé de la pièce, et en sortit une carte.

— Toutes les cartes sont précieuses. Mais celle-ci est spéciale. Elle représente Chypre. C'est Piri Reis en personne qui l'a dessinée. Tu auras tout le temps de l'examiner pendant ton voyage. (Il tendit son présent à Ezio, qui entreprit de le refuser le plus poliment du monde. Plus on se trouve à l'est, moins le temps semble avoir d'importance.) Je sais ! Je n'ignore pas ton impatience de gagner la Syrie. Mais le cogue ne te mènera pas plus loin que Larnaca, et nous devons encore organiser le reste de ton trajet. N'aie crainte. Tu as sauvé le *Anaan*. Nous t'en sommes redevables. Personne ne te conduira à destination plus rapidement que nous.

Ezio déroula la carte et l'examina. C'était une œuvre magnifique, très détaillée. S'il devait effectivement passer du temps sur l'île de Chypre, les documents de son père lui avaient appris que cette région n'était pas dénuée d'intérêt pour les Assassins. En particulier du point de vue de leur lutte ancestrale contre les Templiers. Peut-être y trouverait-il des indices susceptibles de l'aider ?

Toutefois, s'il ferait bon usage de son séjour en terre chypriote, il espérait ne pas s'y éterniser. Contrairement aux apparences, ce territoire était contrôlé par leurs ennemis.

Malheureusement, son périple prit encore plus de temps que prévu. À peine avaient-ils quitté la Crète, après leur courte escale de trois jours à peine à Héraklion, que la tempête fit de nouveau rage. Les vents, méridionaux cette fois, étaient encore chargés de la chaleur de l'Afrique du Nord.

Le *Qutayhab* lutta bravement contre les bourrasques, mais celles-ci le firent progressivement dériver vers le nord, et ils se retrouvèrent en mer Égée, à tenter de trouver refuge dans le dédale d'îles du Dodécanèse. Au bout d'une semaine, la tempête finit par s'apaiser, mais elle avait coûté la vie à cinq marins. En sus, d'innombrables galériens étaient morts noyés, rivés à leurs fers. Le vaisseau fit alors voile vers Chios, pour y subir quelques réparations. Ezio en profita pour sécher ses affaires et nettoyer son équipement afin de lui épargner la rouille. Pourtant, depuis toutes ces années, le métal de ses armes spéciales n'avait jamais montré le moindre signe d'oxydation. C'était l'une de leurs nombreuses et mystérieuses propriétés. Leonardo avait essayé en vain de la lui expliquer.

Bon an mal an, après avoir perdu trois mois précieux, le *Qutayhab* arriva enfin au port de Larnaca. L'ambassadeur, qui avait maigri de dix kilos à force d'enchaîner malaises et vomissements, avait largement raté la conférence. Il organisa aussitôt son voyage de retour par le chemin le plus direct. Et autant de terre ferme que possible.

Ezio contacta aussitôt l'armateur de Larnaca, dont Ma'Mun lui avait donné le nom. Bekir l'accueillit avec chaleur ; avec déférence, même. Ezio Auditore da Firenze ! Le célèbre protecteur de navires ! Tout le monde parlait de lui, à Larnaca. Le nom de l'*effendi* Auditore était sur toutes les lèvres. Alors, Tartous… Le port syrien le plus proche de Masyaf. Oui, oui, bien sûr. Nous allons y veiller sur-le-champ. Dès aujourd'hui ! L'*effendi* doit faire preuve de patience. Il faut débloquer de nombreux rouages… Nous vous logerons dans les meilleures conditions…

Effectivement, les quartiers d'Ezio étaient splendides. On lui attribua un appartement vaste et lumineux dans un manoir édifié à flanc de colline. Il dominait la ville, et la mer azur s'étendant en contrebas. Mais plus le temps passait, plus sa patience s'effilochait.

—Ce sont les Vénitiens, expliqua l'armateur. Ils ne tolèrent la présence des Ottomans que par pure civilité. Les autorités militaires nous craignent, j'en ai bien peur. (L'homme baissa la voix.) Sans la réputation de notre sultan Bayezid, dont l'autorité s'étend jusqu'ici et dont le pouvoir est mirifique, nous ne serions pas les bienvenus en ces eaux. (Son regard s'illumina.) Mais peut-être pourrais-tu nous aider, *effendi*? Dans ton propre intérêt, cela va de soi.

—De quelle manière?

—Je pensais… Étant donné que tu es vénitien…

Ezio se mordit la lèvre.

Mais il n'était pas homme à s'adonner à l'oisiveté. En attendant, il étudia la carte de Piri Reis et quelque chose – un souvenir de lecture à demi enfoui – le poussa à louer un cheval pour se rendre sur la côte, à Limassol.

Une fois arrivé à destination, il erra dans les ruines du château fort abandonné de Guy de Lusignan. Édifié durant les croisades et déserté depuis, il évoquait un outil autrefois efficace mais délaissé par son propriétaire, qui n'aurait toutefois pas eu le cœur de s'en débarrasser. Tandis qu'il parcourait ses couloirs vides, battus par les vents, et contemplait les fleurs sauvages qui parsemaient ses cours et les buddleias qui grimpaient le long de ses remparts croulants, des souvenirs le poussèrent à explorer plus avant. Et il s'engouffra dans les tréfonds de la forteresse, dont il sillonna les souterrains.

Là, plongés dans une obscurité de fin du monde, il découvrit les vestiges vides et désolés de ce qui avait été autrefois, sans aucun doute, une immense salle d'archives. Seuls ses pas solitaires résonnaient dans ce sombre labyrinthe d'étagères nues et putrescentes. Les lieux n'avaient plus pour habitants que des rats, qui crapahutaient çà et là et dont les yeux scintillants et maléfiques décochaient de temps à autre à Ezio des regards pleins de méfiance. Ces bêtes ne pouvaient rien lui apprendre. Il fouilla la salle comme il put, mais ne trouva aucune trace de ce qu'elle avait autrefois contenu.

Découragé, il regagna la lumière du jour. Cette bibliothèque lui rappela celle qu'il cherchait. Quelque chose le taraudait, mais il ne parvenait pas à savoir quoi. Têtu, il demeura deux jours de plus dans le château. Les villageois, en contrebas, considéraient avec stupéfaction l'étranger sombre et grisonnant qui rôdait dans leurs ruines.

Enfin, Ezio se souvint. Trois siècles auparavant, Chypre appartenait aux Templiers.

CHAPITRE 6

Les autorités vénitiennes – ou l'instance qui les manipulait – faisaient obstacle à sa traversée. Ezio en eut
le cœur net après les avoir rencontrées. Les Florentins et
les Vénitiens avaient beau se mépriser en raison d'une
rivalité historique, ils n'en partageaient pas moins un pays
et une langue.

Malheureusement, ces points communs ne suffirent
pas à briser la glace entre Ezio et le gouverneur en place.
Domenico Garofoli avait l'allure d'un stylet : long, élancé et
gris. Sa robe noire, taillée dans le damassé le plus précieux,
flottait autour de lui comme les charpies d'un épouvantail.
De lourds anneaux d'or sertis de rubis et de perles, trop lâches,
cliquetaient à ses doigts osseux. Ses lèvres étaient si fines qu'on
les distinguait à peine, et lorsqu'il fermait la bouche, elle
semblait disparaître purement et simplement de son visage.

Il était, comme il se doit, d'une politesse sans faille.
Certes, l'exploit d'Ezio avait contribué à resserrer les liens
entre Venise et les Ottomans, mais la République n'avait de
toute évidence aucune intention d'intervenir. La situation
à l'est de la Syrie, par-delà les villes côtières accrochées au
rivage comme les doigts d'un homme en phase de tomber
dans un précipice, était des plus dangereuses. La présence
des Ottomans dans cette contrée était inquiétante, et on
craignait d'éventuelles incursions vers l'ouest. Toute mission
non cautionnée par la voie diplomatique officielle risquait

de provoquer un incident aux conséquences désastreuses. En tout cas, telle était l'excuse de Garofoli.

Ezio comprit que ses compatriotes ne lui seraient d'aucune aide.

Il resta longuement assis et écouta poliment, les paumes à plat sur les cuisses, les jérémiades que lui servait la voix sèche du gouverneur. Ce faisant, il décida de prendre les choses en main.

Le soir même, il partit explorer les docks pour la première fois. Il y trouva abondance de navires amarrés. Les boutres arabes et nord-africains se trouvaient bord à bord avec des bus et roccaforte vénitiens ; quand il ne s'agissait pas de galères ou de caravelles. Ezio repéra une flûte de Hollande, qui lui avait l'air prometteuse : ses hommes d'équipage s'activaient pour charger de lourds ballots de soie, sous la surveillance d'un soldat. Mais dès qu'Ezio identifia cette cargaison, il sut que la flûte était en partance pour son pays d'origine, et il avait besoin d'un navire faisant voile vers l'est.

Il continua d'errer un moment. À la faveur de l'obscurité, il n'était qu'une silhouette sombre, aussi leste et furtive qu'un chat. Malheureusement, sa quête fut vaine.

Il passa plusieurs jours et plusieurs nuits à chercher un navire, emportant toujours avec lui l'équipement vital, au cas où la Fortune lui aurait permis d'embarquer à l'instant. Mais aucune de ses tentatives ne fut couronnée de succès. Sa notoriété était telle qu'il avait beaucoup de mal à garder son identité secrète. Et quand bien même il y parvenait, soit aucun navire ne faisait voile vers sa destination précise, soit les capitaines refusaient de le prendre à bord, pour une raison obscure, et ce, malgré ses propositions généreuses. Il envisagea un moment de retourner voir Bekir, mais il s'en abstint. L'homme en savait déjà trop de ses intentions.

La cinquième nuit le trouva de nouveau aux docks. Il y avait très peu de navires à quai, désormais. Et aucun promeneur, à l'exception des veilleurs de nuit et de leurs hommes qui patrouillaient de temps à autre, l'épée ou la matraque à la main. Leurs lanternes gigotaient au bout de longues perches. Ezio poussa son exploration jusqu'à l'endroit où étaient amarrées les plus petites embarcations. La côte n'était pas si distante. S'il pouvait… se procurer un bateau, il pourrait sûrement franchir seul les soixante-quinze lieues qui l'en séparaient.

Il s'aventura avec précaution sur un petit ponton de bois dont les planches noires luisaient d'eau de mer et le long duquel étaient alignés cinq petits boutres à un mât. À en croire l'odeur, c'étaient des navires de pêche, mais ils avaient l'air solides. Deux d'entre eux étaient équipés d'un accastillage complet.

Soudain, Ezio sentit le duvet de sa nuque se hérisser.

Trop tard. Il n'eut pas le temps de se retourner qu'il s'affala de tout son long sur les planches, projeté à terre par le poids de l'homme qui venait de se jeter sur lui. Et ce n'était pas un gringalet. Un sacré gaillard, même. Sa simple corpulence suffisait à plaquer Ezio contre le sol. Il avait l'impression de lutter contre un énorme édredon de muscle. Ezio tordit son bras droit de façon à libérer sa lame secrète, mais un étau de fer emprisonna aussitôt son poignet. Il remarqua du coin de l'œil que la main venant de l'agripper était affligée d'une menotte, de laquelle pendaient les deux maillons d'une chaîne brisée.

Ezio fit appel à toutes ses forces pour se tourner brutalement sur la gauche et enfoncer son coude dans une partie de l'anatomie de l'édredon qu'il espérait plus tendre. Il eut de la chance. L'homme l'écrasant au sol grogna de douleur et desserra son étreinte l'espace d'une fraction de seconde. Ce répit permit à Ezio de soulever son épaule et de repousser son adversaire, qui bascula sur le côté. En un éclair, Ezio se redressa, posa un genou à terre et porta sa main gauche à la gorge de son assaillant, tout en se préparant à le frapper de la droite.

La victoire d'Ezio fut éphémère. L'homme refoula le bras armé d'un violent coup de sa menotte, qui heurta douloureusement l'os d'Ezio en dépit du harnais. Ensuite, l'homme referma le poing autour du poignet gauche de l'Assassin et serra jusqu'à contraindre ce dernier à relâcher progressivement les doigts qui emprisonnaient sa gorge.

Ils firent des roulés-boulés l'un sur l'autre, chacun cherchant à prendre le dessus, et se rouèrent de coups tant qu'ils purent. Malheureusement, l'agresseur d'Ezio était rapide en plus d'être massif, et le poignard de l'Assassin ne fit pas mouche une seule fois. Au bout d'un moment, ils se séparèrent et se levèrent, pantelants et courbés, pour mieux se faire face. L'homme n'était pas armé, mais ses menottes métalliques, utilisées à bon escient, pouvaient s'avérer dangereuses.

Soudain, ils aperçurent la lumière d'une lanterne proche, et entendirent une exclamation.

—La garde! lança l'homme. À terre.

Instinctivement, Ezio lui obéit et ils sautèrent de conserve à bord du boutre le plus proche, pour mieux s'aplatir au fond. Les pensées d'Ezio allaient bon train. À la lueur de la lanterne, il avait distingué les traits de son adversaire et l'avait reconnu. Comment était-ce possible?

Mais il n'eut pas le temps d'y réfléchir. Les gardes se ruaient sur le ponton au pas de course.

—Ils nous ont vus! Qu'Allah les aveugle! jura l'homme. Ça vaudrait mieux pour eux. Tu es prêt? (Toujours stupéfait, Ezio hocha la tête en silence.) Je m'occuperai de toi une fois qu'on en aura fini avec eux.

—À ta place, je n'en jurerais pas.

Ils n'eurent pas le temps de deviser plus avant. Les cinq soldats de la garde étaient sur eux. Heureusement, ils hésitèrent à sauter dans le puits d'ombre du navire, où Ezio et son allié improbable avaient trouvé refuge. Ils se contentèrent de les menacer depuis le ponton en brandissant leurs armes.

Le colosse les jaugea.

— Ça sera du gâteau de les avoir, dit-il. Mais on devrait faire vite. Ils risquent d'attirer l'attention de leurs camarades.

En guise de réponse, Ezio banda ses muscles et s'accroupit pour mieux sauter sur le ponton. D'un seul geste – qui manquait quelque peu de fluidité –, il s'accrocha au bord et se hissa sur les planches. Il eut à peine le temps de reprendre son souffle que trois des gardes se jetèrent sur lui. Ils le forcèrent à se plaquer au sol en le rouant de lourds coups de matraque. Ce faisant, un quatrième garde s'avança en brandissant une courte épée qui, bien que petite, n'en paraissait pas moins menaçante. Il s'apprêtait à porter le coup de grâce à Ezio lorsqu'il fut soudain soulevé de terre par la peau du cou, et projeté en arrière sur le ponton. Il atterrit sur les planches dans un craquement à soulever le cœur et resta prostré et gémissant, les os brisés.

Les agresseurs d'Ezio furent distraits par l'attaque surprise. Il en profita pour se redresser furtivement, sortir sa lame secrète et en éventrer deux, en deux tailles aussi efficaces que rapides. Pendant ce temps, le colosse était aux prises avec le porteur de lanterne, un homme de sa corpulence. Ce dernier venait de jeter sa perche au sol pour mieux menacer le crâne de son adversaire – qui le ceinturait à la façon d'un lutteur – d'une gigantesque lame de Damas. Ezio voyait le coup arriver : sous peu, l'épée s'enfoncerait dans le dos massif du prisonnier. Il se maudit de ne pas avoir pris son pistolet. Mais il était trop tard pour les regrets. Il ramassa une matraque tombée à terre et la projeta vers la tête du porteur de lanterne, tout en se dégageant d'un coup de coude du dernier soldat.

Dieu merci, il fit mouche ! Le projectile atteignit l'homme entre les deux yeux. Le garde tituba en arrière et tomba à genoux. Soudain, Ezio sentit une douleur lancinante au côté.

Le soldat survivant venait de transpercer l'Assassin de sa dague. Ezio s'affaissa. Avant de perdre connaissance, il vit le colosse se ruer vers lui.

CHAPITRE 7

L orsque Ezio revint à lui, il était allongé sur le dos, et le
monde se balançait sous lui. Le mouvement n'était pas
violent. Il ressemblait à un bercement régulier. Ezio resta un
moment figé, les yeux fermés, à sentir le vent sur son visage.
Il n'avait aucune envie d'affronter la réalité, quelle qu'elle soit.
Une forte odeur d'iode envahissait ses narines.

La mer ?

Il ouvrit les yeux. Le soleil était haut dans le ciel azur qui
s'étendait à perte de vue. Soudain, une ombre s'interposa
entre lui et les cieux. Une ombre en forme d'épaules assorties
d'une tête. Le visage qui le toisait semblait préoccupé.

— Tu es de retour parmi nous. Parfait, dit le colosse.

Ezio voulut se redresser, mais sa blessure le lança. Il poussa
un grognement et tâta son flanc… un bandage.

— La blessure est superficielle. Le coup a transpercé la
chair. Rien de plus. Pas de quoi en faire tout un plat.

Ezio s'assit. Aussitôt, il pensa à ses affaires et regarda
furtivement autour de lui. Tout était là, bien rangé dans sa
sacoche de cuir. Personne n'y avait touché.

— Où sommes-nous ? demanda-t-il.

— D'après toi ? En mer.

Malgré la douleur, Ezio se releva et examina les environs.
Ils se trouvaient sur un boutre de pêche qui fendait l'onde
à vive allure. Au-dessus de lui, la voile était gonflée par le
vent. Il se tourna. Au loin, sur la ligne d'horizon, il distingua
Larnaca, comme une tache maculant la côte chypriote.

—Que s'est-il passé?

—Tu m'as sauvé la vie. J'ai sauvé la tienne.

—Pourquoi?

—C'est la loi. Ça ne m'enchante pas. Après ce que tu m'as fait, tu avais mérité ton sort. (L'homme, qui jusque-là lui tournait le dos pour barrer, lui fit enfin face. C'était la première fois qu'Ezio voyait correctement son visage. Plus tôt, au port, il avait vu juste…) Tu as anéanti mes navires. Je poursuivais le *Anaan* depuis des jours. Si j'avais pu saisir sa cargaison, je serais rentré en Égypte pour y vivre en prince. Au lieu de ça, grâce à ton intervention, ils ont fait de moi un misérable galérien. Moi!

La force de la nature avait l'air outrée.

—En Égypte? Tu n'es donc pas un Barbaresque.

—Dieu maudisse les Barbaresques! Je n'en ai pas l'air, dans ces hardes, mais je suis un Mamelouk. Dès que nous arriverons à destination, je m'offrirai une femme, une bonne assiette de *kefta* et des vêtements décents.

Ezio observa de nouveau son environnement. Une vague inattendue frappa la coque de travers. Il trébucha, mais retrouva aussitôt l'équilibre.

—Tu n'as pas le pied marin, on dirait!

—Je suis plus à l'aise dans une gondole.

—Une gondole? Peuh!

—Si tu voulais me tuer…

—Tu en aurais fait autant! Pourquoi crois-tu que je sois resté à croupir dans ce cloaque de port vénitien après m'être échappé? C'était uniquement pour te retrouver. Je commençais à perdre espoir. Quand je t'ai vu, je n'en ai pas cru mes yeux! J'étais descendu sur les docks pour trouver un moyen de m'enfuir.

Ezio esquissa un sourire entendu.

—Je te comprends.

—Tu m'as jeté dans une fosse! J'ai failli me noyer!

—Tu sais très bien nager. Même un aveugle s'en serait rendu compte.

Ce fut au tour du géant de sourire.

—Ah! J'aurais dû me douter que je ne t'apitoierais pas en prétendant ne pas savoir.

—Tu as payé ta dette envers moi. Tu m'as sauvé la vie. Pourquoi m'emmener avec toi?

La force de la nature leva les bras.

—Tu étais blessé! Si je t'avais abandonné, ils t'auraient retrouvé et tu n'aurais pas fait de vieux os. Tous mes efforts auraient été vains. Qui plus est, même un marin d'eau douce comme toi peut se rendre utile sur ce rafiot.

—Je suis assez grand pour prendre soin de moi.

Le regard du géant se fit plus grave.

—Je sais, *effendi*. J'avais peut-être juste envie d'être en ta compagnie, Ezio Auditore.

—Comment sais-tu mon nom?

—Tu es un célèbre pourfendeur de pirates! Mais s'ils t'avaient capturé, ça n'aurait pas plaidé en ta faveur. On ne massacre pas impunément une escouade de gardes.

Ezio médita ces paroles.

—Et comment t'appelle-t-on? finit-il par demander.

Le colosse se dressa de toute sa taille. Son soudain accès de dignité jurait avec ses hardes de galérien.

—Al-Scarab, le fléau de la mer Égée.

—Oh, fit Ezio avec sarcasme. Toutes mes excuses.

—Je ne suis pas au meilleur de ma forme, convint al-Scarab d'un air contrit. Mais ça ne saurait durer. Dès que nous serons parvenus à bon port, je trouverai un navire et recruterai un nouvel équipage en moins d'une semaine.

—Et où se trouve ce bon port?

—Je ne te l'ai pas dit? C'est l'escale la plus proche. Et elle se trouve être aux mains des Mamelouks. Acre.

CHAPITRE 8

L'heure était venue.

Les adieux furent difficiles, mais la quête d'Ezio était impérative, et elle lui enjoignait de se remettre urgemment en route. Son séjour à Acre lui permit de se soigner et de recouvrer ses forces. Il dut faire appel à toute sa patience pour attendre que sa plaie cicatrise. S'il n'était pas en parfaite condition physique, il n'avait aucune chance de mener sa mission à terme. Et sa rencontre avec al-Scarab – qui, en toutes autres circonstances, aurait pu tourner à la catastrophe – lui avait prouvé que si de telles choses existaient, il avait une bonne étoile.

Le colossal pirate qu'il avait vaincu sur le *Anaan* s'était avéré bien plus qu'un sauveur. Sa famille était très présente à Acre. Et chacun de ses membres accueillit Ezio en héros et en frère d'armes pour avoir sauvé la vie de leur cousin. Al-Scarab s'abstint de raconter sa débâcle sur le *Anaan*, et il menaça Ezio des pires représailles s'il trahissait son secret. En revanche, l'évasion de Larnaca fit l'objet d'une exagération proprement épique.

—Ils étaient cinquante…, commençait al-Scarab.

Et le nombre des perfides agresseurs vénitiens qu'ils avaient affrontés pour s'échapper décupla au bout du dixième récit. Ses cousins restaient assis, bouche bée, à l'écouter. Complètement subjugués, ils ne pipaient mot lorsque le conteur se contredisait. *Au moins, il leur a épargné le monstre marin*, pensa amèrement Ezio.

Une chose était certaine, les avertissements de la famille d'al-Scarab concernant les dangers qu'Ezio affronterait durant la suite de son voyage n'étaient pas pure invention. Ils firent de leur mieux pour le persuader d'accepter une escorte armée, mais Ezio déclina leur offre avec fermeté. Il voyagerait seul. Il n'exposerait personne à des périls qui ne concernaient que lui.

Peu après son arrivée à Acre, Ezio profita du temps qui lui était imparti pour écrire, comme il se devait, une longue lettre à sa sœur. Il choisit ses mots avec soin, bien conscient que ce serait peut-être les derniers qu'il lui adresserait.

Acre
XX novembre MDX

Claudia, ma chère sœur,

Je suis à Acre depuis une semaine, hors de tout danger, heureux et bien portant, mais prêt à affronter le pire. Les hommes et les femmes qui m'hébergent m'ont averti que la route de Masyaf était envahie de mercenaires venus d'autres contrées. Je n'ose imaginer de qui ils parlent. Lorsque j'ai quitté Rome, il y a dix mois, je n'avais qu'un objectif: trouver ce que notre père a cherché en vain. Dans une lettre dont tu as eu connaissance, et écrite un an avant ma naissance, il évoquait une bibliothèque cachée sous la forteresse de Masyaf. Un sanctuaire abritant un savoir inestimable.

Que vais-je trouver à Masyaf? Qui sera là-bas pour m'accueillir? Une horde de Templiers, comme je le crains? Ou le souffle d'un vent glacial et solitaire? Les Assassins ont abandonné Masyaf depuis presque trois cents ans maintenant. Y sommes-nous toujours chez nous? Y sommes-nous les bienvenus?

Ah, Claudia, je suis désabusé, fatigué, car nos efforts semblent invariablement nous conduire vers la même chose… le chaos. Aujourd'hui, j'ai bien plus de questions que de réponses. C'est pourquoi je suis venu ici : pour trouver la lumière. Pour trouver la sagesse du grand Altaïr, pour mieux comprendre notre but et mon rôle dans ce combat.

Claudia, s'il doit m'arriver malheur… Si mes talents d'Assassin me trahissent, si mon ambition m'écarte du droit chemin, ne cherche pas à te venger en mon nom, mais poursuis notre quête de vérité, pour le bien de tous. Mon existence n'a rien d'extraordinaire et ma mort ne changera pas la face du monde.

Ton frère,
Ezio Auditore di Firenze

Tout en se préparant pour de nouvelles aventures, al-Scarab eut soin d'offrir à Ezio les meilleurs médecins, les meilleurs tailleurs, les meilleurs cuisiniers et les meilleures femmes d'Acre. Ses lames furent aiguisées et le reste de ses affaires nettoyées, réparées, remplacées si nécessaires et révisées avec soin.

Le jour de son départ approchant, al-Scarab lui offrit deux bonnes montures.

— C'est un présent de mon frère. Il les élève lui-même, mais je n'en ai guère l'utilité, dans mon commerce.

Il s'agissait de petits chevaux arabes aux magnifiques selles ouvragées dotées de troussequins surélevés. Ezio persista à refuser qu'on l'escorte, mais il accepta qu'on lui fournisse des vivres pour son périple à travers la contrée qui avait été, du temps des croisés, le royaume de Jérusalem.

Enfin, le moment fut venu pour lui de faire ses adieux et d'entreprendre la dernière partie de son long voyage.

Sans pouvoir présager son issue heureuse, il devait rester optimiste. Rien n'avait autant d'importance que son succès.

—Que Dieu soit avec toi, Ezio.

—*Baraka allahu fik*, mon ami, répondit Ezio en lui serrant la main.

—Nous nous reverrons.

—Oui.

Les deux hommes se demandèrent, par-devers eux, s'ils disaient la vérité. Mais qu'importe? Ces mots les rassurèrent. Ils se regardèrent dans les yeux avec l'assurance qu'ils suivaient, chacun à leur façon, un chemin similaire.

Ezio monta sur le plus grand des chevaux – une jument baie – et lui fit tourner la tête.

Il quitta la ville sans un regard et se dirigea vers le nord.

CHAPITRE 9

Masyaf se trouvait à un peu plus de trois cent vingt kilomètres d'Acre à vol d'oiseau. Le désert qui s'étendait entre ces deux endroits avait l'air paisible, mais ce calme n'était qu'apparent. Cela faisait près de deux cents ans que les Ottomans poussaient vers l'ouest. Leur extension avait culminé en 1453, avec la prise de Constantinople par le jeune sultan Mehmet II, alors âgé de vingt et un ans, mais la mainmise tentaculaire des Turcs allait, pour sa partie occidentale, jusqu'en Bulgarie et au-delà ; pour sa partie orientale jusqu'en Syrie et ce qui avait été la Terre sainte. La bande côtière qui longeait la mer Égée, avec ses ports vitaux et son accès à la navigation, constituait le joyau de l'empire. Et sa souveraineté n'était pas totalement acquise. Ezio ne se faisait pas d'illusion : son périple solitaire vers le nord n'était pas sans danger. Il emprunta les chemins côtiers lorsqu'il le put. Il chevauchait principalement à l'aube et au crépuscule, l'onde scintillante à main gauche, et parcourait les hautes falaises et la lande malingre qui les coiffait. Il se cachait lorsque le soleil était à son zénith, et se reposait de nouveau à la belle étoile, quatre heures chaque nuit.

Voyager seul présentait certains avantages. Il pouvait se fondre dans le paysage plus facilement qu'avec une escorte. Et ses yeux perçants décelaient les dangers suffisamment en avance pour les contourner ou attendre qu'ils s'éloignent. Cette contrée était la proie des bandits de grands chemins qui rodaient, attaquaient les voyageurs et s'entre-tuaient pour de menus butins. Dans un paysage dévasté par des siècles de conflit, ces criminels pratiquaient la survie pour la survie. Rien d'autre. Ezio avait le sentiment que ces hommes primitifs ne réfléchissaient plus. Pas plus qu'ils n'espéraient ni ne craignaient quoi que ce soit. Depuis longtemps dépourvus de conscience, ils étaient impitoyables et téméraires. Et leur cruauté n'avait d'égale que leur immoralité.

Il se battit à plusieurs reprises, lorsqu'il ne put éviter le combat. Chaque fois en vain. Avec pour seul résultat d'offrir plus de cadavres aux vautours et aux corbeaux, les seules créatures à prospérer, en ces terres oubliées de Dieu. Ezio eut l'occasion de secourir un village de l'assaut de maraudeurs. Une autre fois, il sauva une femme vouée à la torture, au viol et à une mort certaine. Mais pour combien de temps ? Qu'arriverait-il à ces gens après le départ d'Ezio ? Il n'était pas Dieu. Il ne pouvait pas être partout à la fois. En ces terres foulées autrefois par le Christ, Dieu ne faisait preuve d'aucune miséricorde envers ses créatures.

Plus il chevauchait vers le nord, plus son cœur devenait lourd. Sans l'aiguillon de sa quête, il aurait abandonné. Il avait attaché des broussailles à la queue de ses montures pour effacer leurs traces, et sa couche était faite de branches d'épineux pour l'empêcher de dormir profondément. La vigilance était gage de liberté. C'était également le prix à payer si l'on voulait rester en vie. La vieillesse lui avait certes ravi un peu de sa force, mais cette perte était compensée par son expérience. Qui plus est, le fruit de l'entraînement forcené que lui avaient fait subir des années auparavant Paola et Mario, à Florence et à Monteriggioni, n'avait jamais pourri. Par conséquent, même si Ezio se disait parfois qu'il ne pouvait plus avancer, qu'il n'en avait plus la force, il tenait bon.

Masyaf n'était qu'à trois cent vingt kilomètres à vol d'oiseau, mais l'hiver était rude, et les détours et contretemps innombrables.

L'année du seigneur 1511 avait déjà commencé, et la saint Hilaire s'annonçait de nouveau, lorsque Ezio aperçut les montagnes se dresser devant lui.

Il prit une grande bouffée d'air frais.

Masyaf était proche.

À son grand regret, ses deux chevaux moururent dans les défilés glacés qu'il traversa. Les bêtes avaient été des compagnons bien plus loyaux et fidèles que bon nombre d'hommes. Trois semaines plus tard, ce fut donc à pied qu'il arriva en vue de sa destination.

Un aigle planait très haut dans le ciel d'une clarté mordante.

Harassé et couvert de poussière, Ezio s'arracha à la contemplation du rapace et se hissa sur un petit muret. Une fois juché sur la pierre brute, il s'accorda un moment de répit et balaya le paysage de son regard perçant.

Masyaf. Après un périple éreintant de douze mois. Quelle expédition ! Il avait emprunté des sentiers impraticables et essuyé d'innombrables tempêtes.

Au cas où, Ezio s'accroupit et se fit le plus discret possible. Tout en vérifiant ses armes par habitude, il observa le château, à l'affût du moindre mouvement.

Il n'y avait pas âme qui vive sur les remparts. Le vent cinglant soulevait des tourbillons de neige, mais on ne voyait personne. Les lieux semblaient déserts. Ses lectures le lui avaient laissé présager, mais l'expérience lui avait appris à ne jamais se fier aux apparences. Il se figea.

Il n'y avait aucun bruit, hormis le souffle du vent. Soudain, il entendit quelque chose. Un grattement ? Devant lui, à sa gauche, quelques cailloux dévalèrent une pente nue. Il se tendit, se redressa légèrement – sa tête émergeait à peine de ses épaules courbées – et une flèche l'atteignit à l'épaule droite, transperçant son armure.

CHAPITRE 10

L' aube était froide et grise. Dans le calme du matin,
Ezio s'arracha à ses souvenirs et se concentra sur le
présent. Les bottes des geôliers retentirent sur les dalles.
Ils approchaient. Le moment était venu.

Il simulerait un malaise. La tâche était aisée : cela faisait
une éternité qu'il n'avait pas eu aussi soif. La chope et la
nourriture reposaient sur la table, intactes, et Ezio était
allongé face contre terre, son capuchon sur le visage.

Il entendit la porte massive s'ouvrir et les hommes
entrer. Ils le soulevèrent par les aisselles et le traînèrent le
long du couloir en pierre sèche menant hors de la prison.
Ezio observa le sol. Il remarqua le symbole des Assassins,
gravé dans une dalle plus sombre. Leur emblème depuis des
temps immémoriaux.

Le couloir menait à un espace plus grand, à demi ouvert.
C'était une sorte de grand-salle. Ezio sentit l'air glacé sur
son visage. Ranimé par le froid, il leva la tête et aperçut,
devant lui, une série d'ouvertures hautes, délimitées par
d'étroites colonnes, donnant sur les pics impitoyables. Ils se
trouvaient tout en haut de la tour.

Les gardes tentèrent de le redresser, mais il se dégagea
de leur étreinte. Ils reculèrent de quelques pas tout en le
menaçant de leurs hallebardes. Elles étaient basses, mais en
position de combat. Devant Ezio, dos au ravin, se dressait
le capitaine de la veille. Il avait un nœud coulant à la main.

— Tu es un homme opiniâtre, Ezio, dit le capitaine. Parcourir une telle distance pour entrapercevoir la forteresse d'Altaïr. Quelle preuve de courage! (Il fit signe à ses hommes de s'écarter et de laisser Ezio se tenir seul.) Mais tu es un vieux cheval, désormais. Je préfère t'achever maintenant plutôt que t'entendre geindre avant de rendre l'âme.

Ezio se tourna légèrement pour faire face au capitaine. À sa grande satisfaction, ce simple mouvement suffit à semer un vent de panique chez les hallebardiers. Ils le menacèrent de nouveau de leurs armes.

— Tu as quelque chose à dire avant que je t'exécute? demanda Ezio au Templier.

Ce dernier n'était pas fait de la même étoffe que ses hommes. Il ne broncha pas et se contenta d'éclater de rire.

— Je me demande combien de temps il faudra aux busards pour blanchir tes os, lorsque tu pendras à ces garde-corps.

— Il y a un aigle, là-haut. Il chassera les charognards.

— Ça ne changera rien à ton sort. Approche! Tu n'as pas peur de mourir, quand même! Ça m'ennuierait de te traîner jusqu'à ton châtiment.

Ezio s'approcha lentement, tous les sens en alerte.

— C'est bien, dit le capitaine.

Ezio sentit aussitôt le soulagement du Templier. Croyait-il vraiment que l'Assassin avait baissé les bras? Était-il à ce point stupide et orgueilleux? Si tel était le cas, tant mieux. Quoi qu'il en soit, cet homme hideux, à l'odeur de sueur et de viande bouillie, avait raison sur un point: parfois, il est temps de mourir.

Par-delà les hautes fenêtres, entre les colonnes, une étroite plate-forme de bois s'étirait au-dessus du vide. Constituée de trois planches mal dégrossies, elle ne mesurait que trois mètres de long sur un de large. Elle avait l'air vermoulue et friable. Moqueur, le capitaine s'inclina poliment et invita Ezio à avancer. L'Assassin obéit. Il attendait le moment opportun.

Tout en se demandant s'il arriverait jamais. Les planches sous ses pieds émirent un craquement menaçant. Le vent était froid. Il contempla le ciel, puis la montagne. À quinze ou trente mètres en contrebas, il aperçut l'aigle filer. Ses ailes blanches étaient déployées. Pour une raison étrange, sa vue lui redonna espoir.

Ensuite, quelque chose d'autre se produisit.

Ezio avait remarqué, sur sa droite, qu'une autre plate-forme, identique à la sienne, saillait de la tour. Au même niveau. Et désormais, le jeune homme encapuchonné de blanc – celui qu'il avait aperçu durant le combat – s'avançait sur les planches. Impassible. Solitaire. Tandis qu'Ezio le regardait, retenant son souffle, l'homme fit mine de se tourner vers lui et d'amorcer un geste…

Aussitôt, la vision se dissipa, cédant la place à des gerbes de neige soulevées par le vent. Même l'aigle avait disparu.

Le capitaine s'approcha, le nœud coulant à la main. Ezio remarqua furtivement que la corde, qui traînait derrière lui, était très longue.

— Il n'y a pas d'aigle en vue, fit remarquer le Templier. Je parie que les busards en auront pour trois jours tout au plus.

— Je te tiendrai au courant, rétorqua Ezio d'une voix égale.

Deux soldats sur les talons, le capitaine s'attribua l'honneur de pousser Ezio sur les planches, de baisser sa capuche et de serrer le nœud coulant autour de son cou.

— Maintenant ! s'exclama l'homme.

Au moment précis où Ezio sentit les mains du capitaine sur ses épaules, prêtes à le projeter dans le vide, il leva le bras droit, le plia et décocha un violent coup de coude au Templier. Celui-ci cria, tituba en arrière et bouscula ses hommes. Ezio se baissa, ramassa le bout de corde qui traînait sur les planches, se fraya un chemin entre les trois soldats et pivota sur lui-même. Ce faisant, il enroula la longe autour du cou du capitaine, qui tentait de reprendre son équilibre. Ensuite, il sauta dans le précipice.

Le Templier essaya de se libérer de la corde, mais il était trop tard. Sous le poids d'Ezio, amplifié par sa chute, la corde le plaqua tête la première contre les planches, qui tressaillirent sous l'impact. La longe se tendit et manqua de briser la nuque du capitaine. Ce dernier devint bleu et porta les mains à son cou, tout en donnant des coups de pied dans le vide, luttant comme un beau diable contre la mort.

Les soldats poussèrent toutes les injures qu'ils connaissaient, dégainèrent leurs épées et se précipitèrent au secours de leur officier. Une fois la corde tranchée, ce satané Ezio Auditore ferait une chute mortelle de cent cinquante mètres pour s'abîmer contre les roches. Qu'importe la méthode : l'important était de le tuer.

Ezio pendait au bout de la corde qui se vrillait dans le vide. Les deux mains entre le nœud et sa gorge pour éviter d'avoir la trachée broyée, il examina son environnement immédiat. Il oscillait très près de la muraille. S'il pouvait s'y accrocher, il ne tomberait pas. Dans le cas contraire, il préférait mourir de cette façon plutôt que d'accepter docilement sa mise à mort.

Au-dessus de sa tête, juchés sur la plate-forme qui branlait dangereusement, les soldats parvinrent enfin à trancher la corde qui commençait à peler à vif le cou de leur capitaine. Et Ezio chuta…

Heureusement, au moment même où le filin se détendit, Ezio se plaqua contre les remparts. Masyaf avait été édifié pour les Assassins par les Assassins. La forteresse ne pouvait lui faire défaut. Il avait repéré un bout d'échafaudage brisé qui saillait du mur à quelque quinze mètres en contrebas. Il orienta sa chute vers lui, s'accrocha à son bord et grimaça de douleur lorsque son bras manqua de se disloquer. Heureusement, l'échafaudage ne céda pas et Ezio tint bon. Crispant la mâchoire sous l'effort, il se hissa pour se cramponner aux planches des deux mains.

Mais c'était loin d'être fini. Les gardes, qui s'étaient penchés pour mieux assister à sa fin, avaient tout vu. Ils entreprirent aussitôt de le déloger avec tout ce qui leur tombait sous la main. Une avalanche de pierres, de gravats et de bouts de bois se mit à pleuvoir sur sa tête. Ezio lança un coup d'œil désespéré autour de lui. À près de six mètres à gauche de sa position, un piton rocheux grimpait le long de la muraille. S'il arrivait à se balancer à son support et à rassembler assez d'élan pour franchir une telle distance, il lui suffirait de se laisser dévaler le long du promontoire. À ses pieds se trouvait une falaise d'où partait une petite passerelle en pierres, à moitié en ruine. Cette dernière s'étirait au-dessus d'un précipice et menait à un sentier abrupt remontant le flanc de la montagne d'en face.

Ezio baissa la tête pour se protéger de la pluie de débris et entreprit d'osciller d'avant en arrière. Ses mains glissaient sur la surface glacée des planches, mais elles tinrent suffisamment longtemps pour lui donner de l'élan. Soudain, il n'eut d'autre choix que de lâcher. Ses doigts n'auraient pas pu adhérer une seconde de plus à leur support. Il devait risquer le tout pour le tout. Il rassembla toute son énergie pour se balancer une dernière fois en arrière, et s'élança dans les airs, les bras écartés, en direction de l'escarpement.

Ezio atterrit avec maladresse et lourdeur. Le souffle coupé, il n'eut pas le temps de retrouver l'équilibre. Il dégringola aussitôt le long de la pente rocheuse et rebondit contre le sol abrupt. Heureusement, il parvint à orienter son corps harassé vers la passerelle. Il y allait de sa vie. S'il n'arrivait pas exactement à l'endroit opportun, il serait projeté de la falaise, et tomberait dans un précipice dont seul Dieu connaissait la profondeur. Il allait trop vite, mais il n'avait aucun contrôle sur son allure. Il réussit, par miracle, à ne pas céder à la panique, et lorsqu'il s'arrêta enfin, il constata qu'il était déjà sur le pont croulant, à trois mètres du bord de la falaise.

Soudain, il se demanda avec inquiétude quel âge avait cette passerelle. Elle était étroite et d'un seul tenant. Pour ne rien gâcher, il entendait, en contrebas, le bruit d'une cascade s'abattant furieusement sur les roches, si profondément encastrée dans la faille obscure qu'il ne la voyait pas. L'impact de sa chute avait ébranlé la construction. Quand, pour la dernière fois, un homme l'avait-il franchie ? Les anciennes pierres étaient fendillées et le mortier avait pourri. Ezio se releva et vit avec horreur une faille se former en largeur, à deux mètres à peine devant lui. La fente s'élargit et la maçonnerie, de chaque côté, se mit à s'effriter à toute vitesse, projetant une grêle de gravillons dans l'abîme noir.

Ezio contempla la catastrophe. Le temps sembla s'arrêter. Il n'avait plus aucune échappatoire. Il sut immédiatement ce qui allait se passer. Il fit volte-face et se mit à courir, invoquant tous les muscles de son corps tendu à l'extrême, les suppliant de fournir ce dernier effort. Il se ruait vers la berge opposée. Derrière lui, la structure en pierres tombait en miettes et s'abîmait dans le vide. Plus que vingt mètres. Plus que dix mètres. Ezio sentait la maçonnerie se désagréger sous ses talons. Enfin, la poitrine en feu, il se plaqua contre la paroi grise de la montagne, bien droit, la joue contre le roc. Les pieds à plat sur l'étroit sentier, incapable de réfléchir ni d'agir, il écouta le pont dégringoler dans le torrent en contrebas. Peu à peu, les bruits s'estompèrent. Bientôt, on n'entendait plus que les hululements du vent.

CHAPITRE 11

P eu à peu, Ezio se remit à respirer plus calmement et plus régulièrement. Aussitôt, la douleur accablant ses muscles, provisoirement atténuée par l'urgence, se raviva. Mais il avait beaucoup à faire avant de se délasser. Tout d'abord, il devait se nourrir. Cela faisait près de vingt-quatre heures qu'il n'avait ni bu ni mangé.

Il pansa comme il put ses mains à vif, arrachant à sa tunique une bande de tissu qu'il déchira en deux. Ensuite, il recueillit dans ses paumes l'eau qui coulait le long de la roche contre laquelle il avait pris appui. Sa soif en partie étanchée, il s'éloigna de la paroi et s'ausculta. Il n'avait aucun os cassé ni aucune blessure grave, à l'exception d'une contraction musculaire au côté gauche, souvenir de sa blessure de la veille.

Il observa les environs. Personne ne semblait le poursuivre, mais les Templiers avaient sûrement assisté à sa dégringolade le long du promontoire et à sa traversée périlleuse du pont en ruine. Ils n'avaient peut-être pas remarqué qu'il s'en était tiré – ils pensaient même sûrement le contraire – mais Ezio ne pouvait écarter la possibilité qu'on organisât des recherches, ne serait-ce que pour retrouver son corps. Les Templiers voudraient être certains d'avoir tué le mentor de leurs ennemis jurés.

Il considéra le flanc de montagne qui se dressait devant lui. Il avait tout intérêt à l'escalader plutôt qu'à emprunter le sentier : d'une, il ne savait pas où ce dernier menait, et de deux, le passage était trop étroit pour parer à une éventuelle attaque. La voie avait l'air praticable. Avec un peu de chance, il y trouverait même quelques poches de neige lui permettant d'étancher sa soif. Il se secoua et se mit en route en maugréant.

Il était soulagé de porter des vêtements noirs lui permettant de se fondre au roc gris le long duquel il grimpait. Au début, les prises étaient nombreuses. De temps à autre, il s'étirait tant que ses muscles protestaient. Une roche à laquelle il s'était accroché éclata entre ses doigts, et il manqua de s'abîmer trente mètres plus bas, au point de départ de son ascension. Le pire, c'était l'eau qui lui tombait constamment sur le visage. Mais c'était également une aubaine. Certes, elle rendait la roche glissante, mais cet écoulement régulier indiquait, plus haut, la présence d'un ruisseau. D'un ru, à tout le moins.

Au bout d'une heure et demie d'escalade, Ezio parvint au sommet de ce qui se trouva être un à-pic plutôt que la montagne à laquelle il s'était attendu. Le sol sur lequel il se hissa était plat et tapissé de touffes d'herbes sèches et éparses. Il s'agissait d'une sorte de haut plateau désertique flanqué de deux parois de roches d'un noir grisâtre et ouvert vers l'ouest. Du moins Ezio le devinait-il. Son regard ne portait pas si loin. À sa connaissance, il se trouvait dans un défilé qui tombait dans le vide côté est, là d'où il arrivait. Peut-être un tremblement de terre avait-il, en son temps, creusé la dépression qu'il avait escaladée ? Et, plus bas encore, le précipice dans lequel le pont s'était écroulé ?

Ezio se hâta d'aller en reconnaissance le long d'une des parois de la vallée encaissée. Qui disait «défilé», disait «eau». Et qui disait «eau», disait «habitants». Arrivé à flanc de montagne, il se mit à couvert pendant une bonne demi-heure avant de s'aventurer plus loin. Il secoua ses muscles pour les réchauffer. Cette inactivité soudaine les avait ankylosés. Il était trempé et il avait froid. Il ne pouvait pas se permettre de rester plus longtemps à l'extérieur. C'était bien beau d'avoir échappé aux Templiers, mais s'il succombait à la rudesse de la nature, tous ses efforts auraient été vains.

Il se rapprocha du ruisseau, qu'il repéra au bruit de l'eau, s'accroupit et but tant qu'il put – sans néanmoins se gaver – avant de remonter le courant. Peu à peu, des broussailles apparurent sur les berges. Lorsque Ezio atteignit un taillis malingre qui poussait auprès d'une petite retenue d'eau, il s'y arrêta. C'eût été un miracle que cet endroit abrite la vie, si loin du village massé au pied du château de Masyaf. Il ne s'attendait pas à trouver ici le moindre animal comestible. Pourtant, le petit bassin le laissait présager la présence de poissons.

Il s'agenouilla pour sonder les profondeurs de l'eau sombre. Aussi immobile qu'un héron, il s'efforça de rester patient. Soudain, il aperçut une vaguelette timide qui disparut à peine eut-elle troublé la surface. Ezio en eut le cœur net : il y avait bien de la vie là-dedans. Il continua de surveiller l'onde. Des moucherons survolaient la mare. Ils se mirent à le harceler, attirés par sa chaleur corporelle, mais il ne voulait pas prendre le risque de gesticuler pour les éloigner. Il subit avec stoïcisme leurs chatouillis pénibles et leurs agaçantes et minuscules morsures.

Enfin, il aperçut le poisson. Son corps potelé avait la couleur d'un cadavre. Il nageait à moins de quinze centimètres de la surface. Ezio n'en avait pas espéré autant. La bête ressemblait à une carpe, ou à un spécimen similaire. Ezio se figea, toujours à l'affût. Un deuxième poisson, beaucoup plus sombre, rejoignit le premier. Puis un troisième, dont les écailles étaient cuivrées.

Ezio attendit patiemment qu'ils fassent ce qu'il attendait d'eux, à savoir percer la surface de leurs gueules pour avaler de l'air. C'était le moment qu'il choisirait pour passer à l'attaque. Tous les sens en alerte, il tendit les muscles et raffermit ses doigts.

Le poisson foncé monta vers lui. Des bulles firent éruption de l'eau au moment où sa bouche grasse apparut.

Ezio bondit.

Et retomba presque aussitôt en arrière, euphorique. Le poisson frétillait entre ses doigts, incapable de se libérer. Il le posa sur le sol, à côté de lui, et le tua net d'un coup de pierre. Il n'avait pas les moyens de le cuire. Il devrait le manger cru. Il contempla la caillasse qu'il avait utilisée pour mettre à mort l'animal et repensa à l'éclat de roche qui avait cédé sous ses doigts pendant l'escalade. Des silex ! Avec un peu de chance, il serait capable de faire un feu pour sécher ses vêtements plus que pour cuire le poisson. L'idée de manger cru ne le dérangeait pas plus que cela. Il avait lu que dans une contrée orientale lointaine, au-delà de son imagination, on considérait ce mets comme un plat de gourmet. En revanche, il n'appréciait pas le fait d'être trempé. Quant à la lueur des flammes, il était prêt à prendre le risque. D'après ce qu'il avait vu, il était sûrement le premier homme à fouler ce haut plateau depuis des millénaires. Et ses gigantesques falaises latérales dérobaient sûrement Ezio à la vue de tous, à des kilomètres à la ronde.

Il ramassa quelques brindilles qui jonchaient le taillis et parvint, au bout de plusieurs tentatives, à extraire une minuscule lueur rougeâtre d'une poignée d'herbes sèches, qu'il plaça avec précaution sous le petit dais de bois sec qu'il avait préparé. Ce faisant, il se brûla : le feu avait pris aussitôt. Les flammes étaient vives. Seule s'en élevait une fine fumerolle, immédiatement dissipée par le vent.

Pour la première fois depuis qu'il était arrivé en vue de Masyaf, Ezio se surprit à sourire.

Pour aller plus vite, et en dépit du froid, il ôta ses vêtements et les fit sécher sur des montants confectionnés à partir de branchages rudimentaires, tandis que le poisson cuisait et crépitait sur un tournebroche artisanal. Moins d'une heure plus tard, Ezio éteignit le feu à coups de pieds et dispersa les braises. Relativement rassasié, il trouva la force d'endosser ses vêtements qui, s'ils n'auraient pas fait illusion face à une tenue propre lavée en bonne et due forme, étaient suffisamment tièdes et secs pour être portés sans gêne. Ils finiraient de sécher sur lui. Quant à son épuisement, il allait devoir le tenir en lice encore un moment. Il avait déjà résisté à la tentation de s'assoupir près du feu, au bord de ce bassin. Une lutte qui valait bien toutes celles de son périple. Mais ces efforts n'avaient pas été vains : Ezio avait gagné un second souffle.

Il se sentait prêt à retourner au château. D'une part, il avait besoin de son équipement. D'autre part, s'il voulait accomplir sa mission, il devait percer les secrets ensevelis dans les entrailles de la citadelle.

Il revint sur ses pas et repéra, peu avant de regagner la falaise qu'il avait escaladée, un chemin grimpant le long de la paroi rocheuse qui fermait la vallée, au sud. Qui avait taillé ce sentier ? Des hommes d'un autre âge ? Ezio n'avait pas le loisir de s'appesantir sur la question. Simplement reconnaissant de son existence, il emprunta donc la sente abrupte en direction de Masyaf.

Au bout d'un dénivelé de près de cent cinquante mètres, le chemin déboucha sur un promontoire étroit. Quelques pierres de fondations trahissaient l'existence d'une ancienne tour de garde, du haut de laquelle les vigies d'antan scrutaient les environs pour prévenir Masyaf de l'arrivée d'une armée ou d'une caravane. À ses pieds, tournée vers l'est, s'étendait la gigantesque forteresse, tout en murailles vertigineuses et en tours coiffées de coupoles. Ezio se concentra, et ses yeux, aussi perçants que ceux d'un aigle, repérèrent les détails qui l'aideraient à rebrousser chemin.

Loin en contrebas, il distingua une passerelle de corde tendue sur le même précipice qu'il avait franchi grâce au pont de pierres. Elle était surveillée par un poste de garde.

Malheureusement, il ne semblait pas y avoir d'autre façon d'accéder au château, de l'endroit où il se trouvait. Le passage remontant vers la forteresse était relativement sûr, mais la voie descendant de l'ancienne tour de garde jusqu'au précipice était beaucoup plus périlleuse : en plus de n'être qu'un pierrier noir, suffisamment accidenté pour effrayer le plus agile des bouquetins, il était, de surcroît, dans le champ de vision des vigies postées en face.

Ezio observa la position du soleil. Il venait tout juste de passer son zénith. L'Assassin calcula qu'il lui faudrait quatre ou cinq heures pour atteindre le château. Il devait absolument profiter du crépuscule pour y pénétrer.

Il dévala péniblement le promontoire et entreprit sa descente. Il y alla doucement. Il prit soin de ne déloger aucune roche susceptible de dégringoler le long de la pente et d'alerter les Templiers qui gardaient la passerelle. L'opération était délicate, mais Ezio avait un atout : il évoluait à contre jour. Le soleil couchant aveuglait les soldats postés en contrebas. Lorsque l'astre du jour aurait disparu, Ezio serait déjà parvenu au bas de la pente.

Il atteignit enfin un affleurement rocheux et s'y mit à couvert. Il n'était guère plus qu'à cinquante mètres de l'extrémité occidentale de la passerelle. Il faisait plus froid et le vent se levait. Le pont – de simples cordes asphaltées maintenant quelques planches étroites – oscillait en grinçant. Ezio observa les Templiers. Ils allaient et venaient entre le poste de garde et le bord de la falaise, et s'ils faisaient les cent pas de leur côté du précipice, ils ne s'aventuraient jamais sur la passerelle. Ils étaient armés d'épées et d'arbalètes.

La lumière était blafarde et rasante, désormais. Ezio avait plus de mal à estimer les distances. Mais le crépuscule était à son avantage. Grâce à lui, il se confondait avec son environnement. Telle une ombre, à quatre pattes, il se rapprocha du pont. Malheureusement, dès qu'il aurait mis le pied dessus, il serait entièrement à découvert. Et il n'avait pas d'arme.

Ezio s'arrêta à trois mètres du gouffre et observa les soldats. Il constata avec soulagement qu'ils avaient l'air frigorifiés et blasés. Parfait. Ils ne seraient pas sur le qui-vive. Rien n'avait changé, à une exception près : on avait allumé une lanterne à l'intérieur du poste de garde. Les deux sentinelles qu'il voyait n'étaient donc pas seules.

Il avait besoin d'une arme. Lors de sa descente, il s'était tellement concentré pour ne déchausser aucune roche qu'il n'avait pas pensé à s'en procurer une. Mais il n'avait pas oublié que la montagne regorgeait de silex. Il trouva de nombreux éclats à ses pieds, scintillant dans la lumière blême. Il repéra un spécimen d'environ trente centimètres de long sur cinq de large et s'en empara avec empressement. Trop d'empressement : les pierres adjacentes s'entrechoquèrent. Il se figea, mais les soldats ne réagirent pas. Le pont mesurait un peu moins de trente mètres. Ezio pouvait aisément en franchir la moitié avant que les sentinelles le remarquent. Mais il devait se décider vite. Il rassembla ses forces, se leva et s'élança en avant.

Une fois sur le pont, sa tâche se corsa. La passerelle oscillait et craquait de façon inquiétante. Le vent avait forci. Pour garder l'équilibre, Ezio devait s'agripper aux cordes, et cela lui coûtait un temps précieux. Très vite, les gardes le repérèrent. Ils lui lancèrent quelques injures en guise de défi, ce qui lui permit de temporiser, mais lorsqu'ils comprirent qu'il ne s'arrêterait pas, ils s'emparèrent de leurs arbalètes, les armèrent et se mirent à tirer. Trois sentinelles firent irruption du poste de garde. Leurs arcs étaient déjà bandés.

Dans la lumière faiblissante, elles eurent du mal à viser, mais leurs tirs n'en demeuraient pas moins d'une grande précision. Ezio fut obligé de se baisser et d'esquiver bon an mal an cette pluie de carreaux et de flèches. À mi-chemin, une vieille planche se brisa net sous son poids et son pied passa à travers. Il parvint à le retirer avant que sa jambe verse dans le vide. Dieu merci. Sinon, il était fait. Il eut la chance d'éviter presque tous les projectiles. Seul un carreau lui frôla le cou, éclair brûlant, avant de déchirer le dos de sa capuche.

Ils avaient cessé de tirer, désormais. Ils s'affairaient à autre chose. Ezio s'efforça de mieux voir.

Des treuils !

La passerelle était retenue par des poulies, dans lesquelles pouvait coulisser une longueur confortable de corde. Et les sentinelles s'apprêtaient justement à desserrer le mécanisme pour baisser le pont rudimentaire. Lorsque Ezio aurait fait un plongeon mortel dans l'abîme, il leur suffirait de le relever.

Merda, pensa Ezio en courant tant bien que mal. Deux fois dans la même journée ! Il n'avait plus que quatre mètres à franchir lorsque le pont se déroba sous ses pieds. L'Assassin s'élança dans les airs, atterrit sur un Templier, en assomma un autre et plongea son silex dans le cou du premier. Il essaya de dégager aussitôt son arme improvisée, mais elle s'était brisée : elle avait dû buter contre un os. Ezio reprit son équilibre, fit volte-face, souleva légèrement le deuxième garde qui ne s'était pas encore remis de l'impact, dégaina furtivement son épée et la retourna pour embrocher la sentinelle désarmée.

Les trois autres soldats avaient abandonné leurs arcs et tiré leurs épées. Ils acculèrent Ezio au gouffre. L'Assassin réfléchit vite. Il n'avait pas vu d'autre Templier dans les parages. Et personne n'avait sonné l'alarme. Il devait se débarrasser de ces trois hommes et s'introduire dans le château avant qu'on s'aperçoive de quoi que ce soit. Non seulement ces nouvelles sentinelles semblaient robustes, mais elles étaient fraîches et disposes : ce n'était pas leur quart.

Tout en soupesant l'épée qu'il avait en main, Ezio jaugea ses adversaires. Était-ce de la peur qu'il décelait dans leurs yeux ? Que pouvaient-ils bien craindre ?

— Espèce de chien d'Assassin! cracha l'un d'entre eux. (Mais sa voix tremblait.) Tu as dû frayer avec le Diable!

— Si le Diable avait besoin d'associés, c'est sur vous qu'il aurait jeté son dévolu! aboya Ezio en les chargeant.

S'ils le pensaient investi d'une puissance surnaturelle, Ezio pouvait en tirer parti. *Se solo!*

Ils le cernèrent en l'assaillant de jurons tonitruants. Il devait les abattre au plus vite pour les réduire au silence. Leurs coups étaient désordonnés et imprécis. Il eut vite fait de les achever. Il traîna leurs cadavres jusqu'au poste de garde, mais il n'avait pas le temps de relever le pont. Sans compter que la tâche était impossible pour un seul homme. Il envisagea un moment d'échanger ses vêtements avec ceux d'une des sentinelles, mais l'opération lui aurait fait perdre un temps précieux. Il devait profiter du crépuscule.

Ezio emprunta le sentier menant au château. Heureusement, l'édifice baignait quasiment dans l'obscurité. De ce fait, l'Assassin arriva indemne au pied des murailles aveugles. Le soleil était presque couché: on ne distinguait plus, à l'ouest, qu'une faible lueur rouge voilée par les pics et reliefs. Glacial, le vent lui mordait la peau. La forteresse était une véritable antiquité: ses pierres désormais irrégulières offraient une multitude de prises au grimpeur expérimenté. Tout en se remémorant les plans de la citadelle qu'il avait étudiés à Rome, Ezio invoqua le peu d'énergie qui lui restait et commença son ascension. Encore trente mètres et il franchirait l'enceinte extérieure. Ensuite, il savait où se trouvaient les portes qui donnaient accès à l'enceinte intérieure, ses tourelles et son donjon.

L'escalade s'avéra plus laborieuse qu'il l'avait imaginé. Ses bras et ses jambes étaient au supplice. Il aurait tout donné pour profiter d'un instrument qui lui aurait permis d'étendre son allonge, de s'accrocher avec fermeté aux moindres aspérités et d'assurer ses prises. Malgré tout, il fit appel à toute sa volonté et continua de grimper. Enfin, lorsque le soleil mourant disparut derrière les remparts de la montagne, cédant la place aux premières étoiles blêmes, Ezio bascula par-dessus les créneaux de l'enceinte extérieure, et atterrit quelques centimètres plus bas, sur le chemin de ronde de la courtine. De chaque côté, à quarante mètres de sa position, se dressaient deux tours d'angle. Heureusement, les sentinelles étaient penchées vers l'extérieur et regardaient le poste de garde en contrebas, d'où parvenaient des geignements indistincts. Ezio contempla le donjon. Ils avaient sûrement placé son nécessaire – la précieuse sacoche contenant ses armes – dans la salle d'armes située en dessous.

Il se laissa tomber de la courtine à même le sol. Ensuite, à la faveur de l'obscurité, il se dirigea furtivement sur la gauche. Il savait comment pénétrer dans le sous-sol du donjon.

CHAPITRE 12

A vançant à pas feutrés, comme un puma, et se tapissant dans les coins d'ombre, Ezio finit par atteindre son but sans heurt. Il remercia le ciel : il voulait à tout prix éviter les clameurs d'un autre combat. Cette fois, si les Templiers le repéraient, ils ne lui laisseraient pas l'ombre d'une chance d'évasion. Ils ne temporiseraient pas : ils le tueraient sur-le-champ, l'éventreraient comme un rat. Il y avait peu de soldats dans la place. Les seuls qu'il avait vus jusqu'ici étaient postés sur les remparts d'où ils surveillaient les environs du château, à la lumière des myriades d'étoiles. Et depuis l'échauffourée du poste de garde, ils redoublaient sûrement d'attention : désormais, ils avaient la preuve indubitable qu'Ezio était bel et bien en vie.

Deux Templiers plus vieux que les autres étaient assis à une table en bois grossière, près de l'entrée de la salle d'armes, dans le sous-sol du donjon. Devant eux reposaient un pichet en étain contenant un liquide ressemblant à du vin rouge, et deux chopes en bois. Les deux gardes, la tête posée sur les avant-bras, ronflaient. Ezio approcha prudemment. Il visait l'anneau porte-clés pendant à la ceinture d'un des hommes.

Il n'avait pas oublié les cours de vol à la tire que l'Assassin *madame* Paola lui avait prodigués dans sa jeunesse, à Florence. Avec précaution, en veillant bien à ne pas faire tinter les clés – le moindre bruit aurait réveillé les Templiers et sonné son glas –, il souleva l'anneau et, de son autre main, entreprit maladroitement de desserrer la languette de cuir l'attachant à la ceinture du soldat. Soudain, le nœud se coinça, Ezio tira trop fort et l'homme bougea. L'Assassin se figea. Les deux mains prises, il aurait été incapable de saisir l'arme de l'un ou l'autre des Templiers. Heureusement, le garde se contenta de renifler et se rendormit aussitôt, plissant le front de désagrément. Un cauchemar, sans doute.

Ezio avait enfin le jeu de clés en main. Il s'avança furtivement jusqu'à l'aile illuminée de torches s'étendant derrière les hommes, et examina les lourdes portes barrées de fer qui la flanquaient.

Il devait faire vite. Malheureusement, ce n'était pas une mince affaire de vérifier quelle clé de ce grand anneau d'acier appartenait à quel verrou, tout en veillant à ne pas faire le moindre bruit en les manipulant. Mais la chance sourit à Ezio. La cinquième porte s'ouvrit sur une véritable armurerie. Des armes de toutes sortes étaient disposées avec soin sur des étagères en bois tapissant l'ensemble des murs.

Ezio décrocha la torche d'une applique installée à l'entrée. Grâce à sa lumière, il trouva bien vite son nécessaire. Il le passa brièvement en revue. Tout était là. Personne ne semblait même y avoir touché. Il poussa un soupir de soulagement. Pour rien au monde il n'aurait voulu que son attirail tombe entre les mains des Templiers. Ces derniers avaient de bons cerveaux à leur solde. Il aurait été catastrophique qu'ils parviennent à reproduire les lames secrètes.

Il inspecta rapidement son équipement. Il n'avait emporté que le strict nécessaire et fut assuré, après ce deuxième examen, que tout était bel et bien à sa place. Il attacha avec soin son cimeterre à sa ceinture, le dégaina pour vérifier si sa lame était toujours intacte, et le remit dans son fourreau d'un geste décidé. Ensuite, il referma son bracelet de protection autour de son avant-bras gauche et y inséra la lame secrète, contre son poignet. Il remit la lame brisée et son harnais dans la sacoche. Il n'allait pas la laisser aux Templiers, quel que soit son état. Il n'avait pas abandonné l'espoir de la faire réparer, mais chaque chose en son temps. Il fourra également dans le sac son pistolet monté sur ressort, avec ses munitions, et prit le temps d'examiner le parachute pour vérifier s'il était intact. C'était une toute nouvelle invention de Leonardo. Il n'avait pas encore subi l'épreuve du feu, mais Ezio l'avait déjà essayé, et l'objet avait révélé tout son potentiel. Il plia la structure en forme de tente, et elle rejoignit le reste de son attirail. Ezio mit les sacoches en bandoulière, les arrima soigneusement et rebroussa chemin. Il passa de nouveau devant les gardes endormis et, une fois dans la cour, entreprit d'escalader la plus haute tourelle de la forteresse. Il jeta son dévolu sur un point de vue dérobé qui donnait sur les jardins, situé à l'arrière de Masyaf. Après avoir étudié les plans de la citadelle, il en était arrivé à la conclusion que c'était là que les Templiers devaient concentrer leurs efforts s'ils voulaient découvrir les archives d'Altaïr. Le grand mentor des Assassins, à la tête de la Confrérie près de trois siècles auparavant, avait constitué une bibliothèque légendaire. À en croire la missive de son père, elle était la source du savoir et de la puissance de l'Ordre.

Ezio était dorénavant convaincu que c'était la seule raison de la présence des Templiers en ces lieux.

Au bord du mur extérieur de la tourelle, une statue d'aigle en pierre, ailes repliées, toisait le jardin en contrebas. Elle était si réaliste qu'on aurait pu s'attendre à la voir s'envoler pour mieux fondre sur une proie inconsciente. Ezio testa la solidité de la sculpture. Elle avait beau être massive, elle oscilla légèrement lorsqu'il appuya dessus.

Parfait.

Ezio prit position près de l'aigle et se prépara à dormir le restant de la nuit. Il savait que rien n'arriverait jusqu'à l'aube. S'il n'en profitait pas pour se reposer, il serait incapable de faire preuve d'efficacité le moment venu. Les Templiers le considéraient peut-être comme la moitié d'un démon, mais il avait parfaitement conscience de n'être qu'un homme comme les autres.

Avant de s'endormir, un affreux doute l'assaillit. Il scruta le jardin s'étendant à ses pieds. Il n'y avait aucun signe d'excavation. Et s'il s'était trompé?

Invoquant ses leçons et les pouvoirs qu'il avait acquis au cours de son entraînement, il donna à ses yeux l'acuité de ceux d'un aigle et inspecta le terrain avec minutie. En se concentrant suffisamment, il parvint à repérer une lueur blême émanant d'une mosaïque, sous une tonnelle autrefois purement ornementale, mais désormais envahie par la végétation. Satisfait, il sourit et se détendit. La mosaïque représentait la déesse Minerve.

Le soleil effleurait à peine l'enceinte orientale lorsque Ezio, frais et dispos après son petit somme, s'accroupit aux côtés de l'aigle de pierre. Le moment était venu. Il devait agir vite. Plus il restait sur place, plus le risque de se faire détecter augmentait. Les Templiers n'avaient pas encore baissé les bras. Et ils étaient sûrement animés d'une haine farouche, désormais. Son évasion – alors qu'ils s'apprêtaient à lui porter le coup de grâce – avait probablement attisé leur soif de vengeance.

Ezio jaugea les distances et les angles. Lorsqu'il fut satisfait de son calcul, il plaça sa botte sur la sculpture et la poussa vigoureusement. L'aigle de pierre se démit de son socle, bascula du garde-corps et culbuta en direction de la mosaïque, en contrebas. Ezio observa sa chute un peu moins d'une seconde, pour vérifier si la trajectoire était juste, avant de s'élancer à son tour en exécutant le Saut de la Foi. Cela faisait bien longtemps qu'il n'en avait plus réalisé. Aussitôt, l'ancienne euphorie le reprit. Ils tombaient. D'abord l'aigle, puis, huit mètres plus haut, Ezio. Ils se dirigeaient tout droit vers ce qui ressemblait au sol.

Ezio espérait qu'il ne s'était pas trompé. Si tel était le cas, il ne lui restait pas beaucoup de temps pour prier. Ni faire quoi que ce soit d'autre.

L'aigle heurta en premier le centre de la mosaïque.

Pendant une fraction de seconde, on aurait dit qu'il s'était pulvérisé. En réalité, c'était la mosaïque qui était tombée en miettes, révélant une ouverture à même la terre par laquelle l'aigle – puis Ezio – disparurent. L'Assassin fut aussitôt accueilli par une cascade, qui s'enfonçait dans le sol en suivant une pente à quarante-cinq degrés. Il se laissa porter par le courant, pieds en avant, et se dirigea au moyen de ses bras. Il entendit, plus bas, l'aigle de pierre pirouetter bruyamment dans l'eau avant de plonger, à grand renfort d'éclaboussures, dans un vaste bassin souterrain. Ezio le suivit.

Lorsque l'Assassin refit surface, il constata que l'étang se trouvait dans une sorte d'immense antichambre dont toute la perspective convergeait vers une porte en pierre vert sombre polie par les siècles.

Ezio n'était pas seul. Un escadron de cinq Templiers était posté sur la berge granitique du lac, près de l'issue. Alertés par le vacarme, ils se tournèrent et se préparèrent à affronter l'intrus, épées au clair. Ils étaient accompagnés d'un homme en tenue de travail. Il avait un tablier en toile maculé de poussière autour de la taille et un sac à outils en cuir à la ceinture. Le maçon – du moins en avait-il l'air – regarda l'Assassin bouche bée et relâcha légèrement ses doigts autour de son marteau et de son ciseau à pierre.

Ezio se hissa sur la rive tandis que les Templiers le chargeaient. Mais il esquiva tous les coups, se redressa et fit face aux soldats, en position de combat.

Il sentit de nouveau leur peur et profita de leur hésitation pour prendre l'initiative. Il dégaina son cimeterre de la main droite et fit jaillir sa lame secrète de son poignet gauche. En deux coups furtifs sur les côtés, il abattit les deux hommes les plus proches. Les trois autres l'encerclèrent et se relayèrent pour le harceler de fentes rapides pour tâcher de le désorienter. On aurait dit un assaut de vipères. Mais leurs efforts manquaient de coordination. Ezio parvint à en renverser un dans l'étang, d'un coup d'épaule. L'eau noire l'engloutit presque aussitôt, noyant ses cris de désespoir. Ensuite, Ezio se courba, pivota sur lui-même et fit basculer un quatrième homme par-dessus son dos. Le Templier se fracassa contre le granit. Son heaume se détacha et jaillit de son crâne, qui s'écrasa contre la roche, aussi dure que du diamant, en produisant un craquement sourd semblable à celui d'un coup de feu.

Le cinquième homme, un caporal, aboya un ordre paniqué au maçon. Mais celui-ci, paralysé par la terreur, ne pouvait rien faire. L'officier remarqua alors que Ezio s'était tourné vers lui. Il se mit à reculer, les lèvres dégoulinant de salive, jusqu'à ce que la paroi mette fin à sa retraite. Ezio s'approcha. Il avait seulement l'intention de l'assommer. Mais le Templier, qui attendait son heure, le menaça d'un coup de dague sournois à l'entrejambe. Ezio esquiva d'un pas de côté et cravata le soldat.

— Je comptais t'épargner, l'ami. Mais tu ne me laisses guère le choix. (Il lui porta un coup de taille furtif. Le cimeterre le décapita net.) *Requiescat in pace*, conclut-il à voix basse.

Ensuite, il se tourna vers le maçon.

CHAPITRE 13

L'homme avait à peu près l'âge d'Ezio, mais il avait un penchant pour la nourriture grasse et semblait bien moins en forme. Sans compter qu'il tremblait comme une feuille.

— Ayez pitié! supplia-t-il en s'inclinant. Je ne suis qu'un pauvre ouvrier! J'ai une famille!

— Comment t'appelles-tu?

— Adad, monsieur.

— À quoi t'employaient ces gens?

Ezio se pencha pour essuyer ses lames sur la tunique du caporal mort et les rengaina toutes les deux. Adad se détendit légèrement. Il était toujours muni de son marteau et de son ciseau. Ezio les garda bien à l'œil, mais le maçon semblait avoir oublié qu'il les portait.

— À creuser, surtout. Et ce n'est pas un boulot de tout repos, monsieur. Il m'a fallu un an pour trouver cette pièce. (Adad scruta le visage d'Ezio. S'il y cherchait de la sympathie, il n'en trouva pas. Au bout d'un moment de silence, il reprit la parole.) Et cela fait bien trois mois que je m'évertue à percer cette porte.

Ezio se détourna de l'homme pour examiner la porte.

— Tu n'avances pas beaucoup, pourtant, fit-il remarquer.

— Pas la moindre entaille! Ce roc est plus solide que l'acier!

Ezio passa la main sur la surface, lisse comme du verre. Ses traits se firent plus graves.

—Tu n'arriveras à rien. Cette porte protège des objets plus précieux que tout l'or du monde.

Les traits de l'homme, qui n'était plus en danger de mort, s'illuminèrent sensiblement.

—Ah oui? Comme, euh… des pierres précieuses?

Ezio lui décocha un regard moqueur avant de reporter son attention sur la porte. Il l'observa de plus près.

—Il y a des serrures, ici. Cinq pour être exact. Où sont les clés?

—Ils ne me disent quasiment rien, mais je sais que les Templiers en ont trouvé une sous le palais du sultan. Pour les autres, leur livre contiendra sûrement la réponse.

Ezio se tourna brusquement vers son interlocuteur.

—Le palais du sultan Bayezid? Et de quel livre parles-tu?

Le maçon haussa les épaules.

—Une sorte de journal. Cet infect capitaine – l'homme affublé d'une cicatrice – le garde sur lui partout où il va.

Ezio fronça les sourcils et s'accorda un instant de réflexion. Soudain plus détendu, il sortit une bourse en tissu de sa tunique et la lança à Adad. Elle tinta lorsque le maçon la rattrapa.

—Rentre chez toi, lui dit Ezio. Trouve un travail honnête.

Adad parut agréablement surpris, mais se rembrunit aussitôt.

—Je ne demande pas mieux, je vous assure! J'adorerais partir d'ici! Mais ces hommes… ils me tueront à la moindre tentative.

Ezio se tourna légèrement vers la chute cascadant derrière son dos. Un fin rayon de soleil s'abattait sur elle. Il fit de nouveau face au maçon.

—Remballe tes outils, lui dit-il. Tu n'as plus aucune raison d'avoir peur, désormais.

CHAPITRE 14

E zio parcourut les escaliers et les couloirs les moins fréquentés du château, afin de regagner les remparts sans se faire repérer. Son souffle formait des fumerolles dans l'air frais. Il fit le tour des courtines jusqu'à un endroit surplombant le village de Masyaf, massé à l'ombre de la citadelle. Il savait qu'il ne pourrait jamais quitter les lieux par les portes, particulièrement bien gardées. Mais il fallait qu'il retrouve le capitaine rasé et balafré. Il se figurait que l'homme devait être sorti superviser les recherches de l'Assassin fugitif. Les Templiers devaient passer les environs au peigne fin. Ce qui expliquait la relative tranquillité qui régnait au sein de la forteresse. Certes, Ezio savait que sa mission le conduirait à explorer les confins de ses souterrains, mais dans l'immédiat, il devait quitter ces lieux.

Il observa le village et comprit que les Templiers y étaient occupés à patrouiller et à soumettre ses habitants à un interrogatoire en règle. Il s'arrangea pour avoir le soleil dans le dos, de façon à obscurcir sa silhouette si jamais on l'apercevait d'en bas, et défit ses sacoches pour en extraire le parachute. Il déplia l'instrument et entreprit de le gonfler d'air aussi rapidement que possible. Tout en respectant les consignes de sécurité de Leonardo : sa vie en dépendait. La distance à franchir était bien trop grande, et la pente trop dangereuse, pour tenter un Saut de la Foi. Même des plus téméraires.

Le parachute prit la forme d'une tente triangulaire. La soie solide était maintenue par de fines tiges métalliques.

Ezio arrima les cordes reliant chacun des coins à un harnais à largage rapide, qu'il passa autour de sa poitrine. Ensuite, après avoir apprécié la force du vent et vérifié que personne ne l'observait d'en bas, il se jeta dans le vide.

La sensation aurait pu être exaltante, mais il n'en profita guère. Il était trop concentré sur le guidage de l'engin. Tirant parti, comme l'aigle, des courants et des dépressions thermiques, il atterrit indemne à quelque dix mètres de la maison la plus proche. Il rangea le parachute à la hâte et se dirigea vers le village.

Bien entendu, les Templiers ne se contentaient pas de harceler les villageois. Ils les malmenaient et les molestaient à la moindre réponse ambiguë ou hésitante. Ezio se mêla aux autochtones pour mieux voir sans être vu.

Là, un vieil homme à genoux suppliait le fier-à-bras qui le toisait de toute sa taille.

—À l'aide! Je vous en supplie! lançait-il à l'assistance.

Mais personne ne prenait sa défense.

—Parle! Chien! hurlait le Templier. Où est-il?

Ailleurs, deux sous-fifres cognaient un jeune homme, qui pourtant les implorait de l'épargner. Un autre s'écriait «Je suis innocent!», avec pour seul résultat d'être roué de coups à même le sol.

—Où se cache-t-il? grognaient ses agresseurs.

Malheureusement, les hommes n'étaient pas les seuls à subir les humiliations de la soldatesque. Ezio vit deux pleutres plaquer une femme au sol et lui décocher de cruels coups de pieds, étouffant ses supplications à fendre le cœur.

—Je ne sais rien! S'il vous plaît! Pardonnez-moi!

—Livre-nous l'Assassin, et il ne te sera fait aucun mal, susurrait son bourreau, un sourire méprisant aux lèvres, en collant son visage à celui de la villageoise. Sinon…

Ezio mourait d'envie d'intervenir, mais il devait concentrer ses efforts sur le capitaine.

Enfin, il arriva à la porte du village et surprit l'objet de sa quête juché sur une carriole. Il était si pressé de partir qu'il poussa le cocher de son siège. L'homme s'affala par terre.

— Hors de mon chemin! aboya-t-il. *Fíye apó brostá mou!* (Le capitaine s'empara des rênes et fusilla ses troupes du regard.) Personne ne s'en ira tant que l'Assassin vivra. Est-ce que c'est clair? Trouvez-le!

Ezio remarqua qu'il parlait grec. Jusque-là, il n'avait entendu que de l'arabe ou de l'italien. Le capitaine était-il un Byzantin perdu au milieu des Templiers? Un descendant de ceux que la chute de Constantinople, au profit du sultan Mehmet, avait poussés à l'exil quelque soixante-cinq ans auparavant? Ezio savait que ces bannis s'étaient installés dans le Péloponnèse. Mais les Ottomans avaient fini par envahir cette région et les rares survivants s'étaient réfugiés en Asie mineure et au Moyen-Orient.

Il s'avança à découvert.

Les soldats le regardèrent avec nervosité.

— Pardonnez-moi, mon capitaine! s'exclama un des sergents, plus audacieux que les autres. Mais je crois bien qu'il nous a trouvés.

En guise de réponse, le capitaine arracha le fouet de son montant, à côté de la place du cocher, et fouetta ses chevaux pour les faire galoper.

— Allez! Allez! cria-t-il.

Voyant sa proie s'échapper, Ezio s'élança à sa poursuite. Les Templiers tentèrent de l'en empêcher, mais il dégaina son cimeterre, le brandit avec impatience et estropia ses assaillants pour avoir la voie libre. Il bondit en avant dans l'espoir d'atterrir sur le chariot, pourtant lancé à toute vitesse, mais il manqua la remorque de peu et se rattrapa de justesse à la corde qui traînait derrière. Le véhicule ralentit momentanément, mais il accéléra de plus belle, transportant Ezio dans son sillage.

Meurtri par les cahots, Ezio entreprit de se hisser le long de la corde, centimètre par centimètre, pour se rapprocher de la carriole. Soudain, il entendit une cavalcade furieuse. Deux soldats à cheval le suivaient de près, l'épée au clair, et tentaient de sectionner la corde. Tout en galopant, ils alertaient leur capitaine à grands cris. Et celui-ci de fouetter derechef ses chevaux, qui adoptèrent une allure encore plus folle. Entre-temps, un attelage plus léger s'était élancé à la poursuite du premier. Il gagnait rapidement du terrain.

Ezio continuait de progresser le long de la corde, en dépit du terrain accidenté qui le maltraitait abondamment. Il était à moins d'un mètre du hayon de la carriole de tête lorsque les deux cavaliers arrivèrent à sa hauteur. Il rentra la tête dans les épaules, se caparaçonnant dans l'attente des coups, mais les deux Templiers étaient allés un peu trop vite en besogne. Entièrement concentrés sur leur gibier, ils avaient oublié leurs leçons d'équitation et se percutèrent à quelques centimètres des talons d'Ezio dans un maelström de poussière, de cris et de hennissements.

Ezio banda tous ses muscles et contraignit ses bras en feu à fournir un dernier effort. Pantelant, il finit par se hisser, d'un mouvement on ne peut plus brusque, sur la remorque de la carriole dont il n'était plus qu'à trente centimètres. Agrippé aux planches, il resta un instant immobile, complètement sonné, le souffle court.

Entre-temps, le deuxième attelage s'était mis bord à bord avec le premier. Le capitaine, paniqué, fit signe à ses hommes d'approcher. À peine se furent-ils exécutés que le Byzantin bondit dans leur carriole et poussa le cocher de son banc. Ce dernier émit un cri étouffé et tomba du véhicule lancé à pleine vitesse. Il heurta un roc saillant, rebondit dans un bruit sourd écœurant et s'immobilisa enfin, la nuque vrillée de façon fort peu naturelle.

Le capitaine maîtrisa ses montures désorientées et accéléra. Ezio, à son tour, tituba jusqu'à l'avant du chariot et s'empara des rênes. Lorsqu'il leva les bras pour prendre le contrôle de son propre attelage, ses muscles douloureux protestèrent. Ses deux chevaux de trait avaient beau avoir la robe mouchetée de sueur, les yeux fous et du sang à la bouche, ils n'en continuèrent pas moins de galoper.

Remarquant qu'Ezio le pourchassait toujours, le capitaine s'engagea sous une vieille arche en ruine soutenue par des piliers en briques d'apparence friable. Il parvint, sans perdre son élan, à emboutir un bout de maçonnerie. Les débris s'écroulèrent juste devant Ezio. L'Assassin tira péniblement sur ses rênes afin de faire une embardée vers la droite. Son attelage lui obéit sur-le-champ, et la carriole quitta la route pour un bas-côté envahi de roches et de broussailles. Ezio se démena pour forcer ses chevaux à regagner le vieux chemin, sur leur gauche. Les roues soulevaient une abondance de terre et de caillasse qui lui éraflaient les joues. Ezio plissa les paupières pour protéger ses yeux. Il ne voulait pas perdre sa proie de vue.

— Va au diable! Satané Assassin! hurla le capitaine en se retournant.

Derrière lui, ses hommes s'accrochaient désespérément à la remorque et se préparaient à lancer des grenades. Ezio entreprit de slalomer entre les détonations qui rugissaient à sa droite, à sa gauche et derrière lui, tout en essayant de maîtriser son attelage affolé qui s'était mis à ruer. Heureusement, aucun des projectiles ne fit mouche, et la poursuite continua de plus belle.

Le capitaine opta alors pour une nouvelle tactique, autrement plus périlleuse.

Il ralentit brusquement, de sorte d'arriver à hauteur d'Ezio avant que celui-ci ait le temps de réagir. Ensuite, il fit une brusque embardée et sa carriole heurta de plein fouet celle d'Ezio.

Ce dernier vit le blanc de ses yeux haineux et la cicatrice livide qui barrait son visage. Ils se fusillèrent du regard à travers les bourrasques d'air.

— Meurs, espèce de chien ! hurla le capitaine avant de détourner les yeux.

Ezio l'imita et aperçut, droit devant, la tour de garde d'un village. Ce dernier, plus grand que celui de Masyaf et partiellement fortifié, devait servir d'avant-poste aux Templiers.

Le capitaine parvint à arracher un dernier effort à ses chevaux. Il distança Ezio en poussant un cri de triomphe, tandis que ses hommes lançaient deux autres bombes. Cette fois, l'une d'entre elles explosa sous la roue avant gauche du véhicule, qui fut projeté en l'air. Ezio fut éjecté de son siège. Ses chevaux poussèrent des hennissements d'outre-tombe et se déportèrent sur le bas-côté envahi de broussailles, tout en continuant de tracter les vestiges de la carriole. Ezio culbuta dans le ravin qui tombait à pic à droite de la route. Après une dégringolade de six mètres, il percuta un grand affleurement rocheux couvert de buissons. Les branches amortirent la chute de l'Assassin et le camouflèrent.

Affalé sur le ventre, il se contenta de contempler les pierres rudes et grises du sol, à quelques centimètres de son visage. Incapable de bouger et de réfléchir, il avait l'impression que tous les os de son corps s'étaient brisés. Il ferma les yeux et attendit la mort.

CHAPITRE 15

Allongé, somnolant, Ezio perçut des voix lointaines. Il crut de nouveau apercevoir un jeune homme vêtu de blanc. La silhouette ne faisait rien pour l'aider – ni pour l'entraver – mais elle semblait de son côté. D'autres personnes apparurent par intermittence. Ses frères Frederico et Petruccio, depuis longtemps décédés. Claudia. Son père et sa mère. Même le visage magnifique et cruel de Caterina Sforza, qu'il n'avait pourtant pas invoquée.

Peu à peu, à mesure qu'il recouvrait l'usage de ses sens, les visions s'estompèrent et les voix se firent plus nettes. Il sentit le goût de l'humus sur ses lèvres et l'odeur de la terre sur sa joue. Ses douleurs et courbatures se ravivèrent également. Il se sentait incapable de bouger.

Les voix inintelligibles provenaient d'en haut. Les Templiers étaient probablement penchés au bord de la petite falaise d'où il avait versé. Ils ne pouvaient pas le voir. Les épaisses broussailles le camouflaient à leur regard. Les soldats se mirent néanmoins à sa recherche. Heureusement, peu de temps après, ils rentrèrent bredouilles. Non sans provoquer la colère de leur capitaine.

Ezio attendit que les voix se taisent, et que le silence se fasse. Ensuite, il essaya de tendre les mains et les pieds, puis les bras et les jambes, et enfin, à son grand soulagement, il fut à même de cracher la terre qu'il avait dans la bouche. Il n'avait rien de cassé. Lentement, il entreprit à grand-peine de s'extraire des buissons et de se relever. Ensuite, il escalada la paroi jusqu'à la route, en faisant bien attention de toujours profiter du couvert inégal de la végétation clairsemée.

Il parvint à destination au moment même où le capitaine franchissait les portes du village fortifié, quelques centaines de mètres plus loin. Ezio se tapit entre les broussailles du bas-côté le plus boisé, s'épousseta et prit la direction des maisons. Tous ses muscles hurlaient de douleur.

— C'était plus facile quand j'étais jeune, marmonna-t-il dans sa barbe.

Il se contraignit pourtant à avancer, longea la muraille et trouva un endroit propice à l'escalade.

Peu après, il hissa la tête au-dessus des créneaux, s'assura qu'il passait inaperçu et bascula à l'intérieur de l'enceinte. Il atterrit dans un enclos à bétail occupé par deux génisses. Les bêtes, paniquées, s'écartèrent en le voyant bondir de nulle part. Il attendit quelque temps, au cas où il y aurait eu des chiens de garde, et franchit le portillon. Ensuite, il parcourut le village, apparemment désert, en direction des voix. Il était presque parvenu à la place centrale lorsqu'il aperçut le capitaine. Furtivement, il se cacha derrière une cahute. Juché sur une tour basse érigée au coin de la place, le Templier réprimandait deux sergents penauds. Derrière ces derniers était massé un groupe de villageois muets. Les clapotis d'une roue à eau actionnée par le ruisseau qui irriguait le village ponctuaient les mots du capitaine.

— Suis-je le seul à savoir monter à cheval ? mugissait-il. Tant que nous n'avons pas l'absolue certitude de sa mort, je vous conseille de rester vigilants. Compris ?

— Oui, chef, répondirent les soldats en chœur, d'un ton maussade.

— Combien de tentatives vous faut-il, pour tuer cet homme ? continua de haranguer le Byzantin. Je veux qu'on m'apporte sa tête dans l'heure. Sinon, c'est la vôtre qui roulera à mes pieds !

Le capitaine se tut et fit volte-face pour mieux examiner les horizons de son poste d'observation. Ezio remarqua sa nervosité. Il n'arrêtait pas de tripoter le levier de son arbalète.

Pendant le discours du Templier, Ezio s'était mêlé aux villageois. Sa tenue était tellement amochée que l'exercice ne fut pas bien difficile. Mais la foule se dispersa pour retourner à ses tâches habituelles. L'ambiance était électrique. Soudain, juste devant Ezio, un homme trébucha et en tamponna un autre. Ce dernier se tourna vers le maladroit et le houspilla vertement.

— Hé, regarde un peu où tu vas ! Dégage !

L'incident attira le regard du capitaine, qui remarqua aussitôt la présence d'Ezio.

— Toi ! hurla-t-il.

En un clin d'œil, il arma son arbalète et tira.

Ezio évita adroitement le projectile, qui se ficha dans le bras du villageois exaspéré.

— Aïe ! s'écria-t-il en tâtant son biceps transpercé.

Le capitaine plaça un autre carreau dans son arme. Ezio en profita pour se ruer à couvert.

— Tu ne quitteras pas cet endroit vivant ! s'exclama le Templier en actionnant de nouveau son arbalète.

Cette fois, la pointe s'enfonça, sans blesser quiconque, dans l'encadrement en bois de la porte abritant Ezio. Le capitaine était un fin arbalétrier. Jusque-là, Ezio avait simplement eu de la chance. Il devait s'enfuir. Et vite. Deux autres projectiles sifflèrent devant lui.

— Il n'y a aucune issue ! lança le capitaine tandis que sa proie fuyait. Tu ferais mieux de revenir m'affronter ! Tu n'es qu'un vieux chien pathétique !

Il tira de plus belle.

Ezio prit son souffle, se suspendit à un linteau de porte et se hissa agilement sur le toit en argile d'une maisonnette. Il se rua de l'autre côté et entendit un carreau lui frôler l'oreille.

—Arrête de bouger ! Accepte la mort ! vociféra le Templier. Ton heure est venue ! Tu t'es aventuré trop loin de Rome. Tu as abandonné ton chenil malodorant. Tu sais que tu dois mourir. Et c'est moi qui t'exécuterai !

Ezio comprit que les soldats s'étaient précipités en périphérie du bourg pour couper sa retraite. Ce faisant, ils avaient laissé leur capitaine seul avec ses deux sergents. Et un carquois vide.

Quant aux villageois, ils avaient disparu depuis belle lurette.

Ezio se mit à couvert derrière le petit muret saillant autour du toit, défit ses sacoches et équipa son poignet droit de son harnais à pistolet.

—Rends-toi ! s'exclama le capitaine en dégainant son épée.

Ezio se redressa.

—Je n'ai jamais appris à me rendre ! cria-t-il d'une voix claire, en levant son bras armé.

Le capitaine contempla avec terreur l'arme à feu, avant de s'écrier :

—Bougez-vous !

Il poussa ses sergents sans ménagement et sauta de son perchoir. Ezio tira et l'atteignit en plein saut. La balle se ficha dans le genou gauche du Templier. Ce dernier émit un hurlement de douleur et s'écrasa à terre. Sa tête heurta une pierre acérée et il fit un roulé-boulé. Ses hommes s'enfuirent.

Ezio traversa la place déserte. Les soldats n'étaient toujours pas revenus. Soit ils étaient convaincus que l'Assassin était effectivement doté de pouvoirs surnaturels, soit ils ne portaient pas leur capitaine dans leur cœur. Le silence n'était troublé que par les clapotis réguliers de la roue et les gémissements du Templier.

Ce dernier regarda Ezio droit dans les yeux.

—Qu'attends-tu, par le diable ? demanda-t-il. Tue-moi !

— Tu possèdes un objet dont j'ai besoin, dit-il d'un ton calme en rechargeant son pistolet de sorte que les deux chambres soient prêtes.

Le capitaine scruta l'arme à feu.

— Ah, le vieux loup sait encore mordre, dit-il, la mâchoire crispée.

Du sang s'écoulait de son genou, et d'une blessure plus grave à la tempe gauche.

— Ce livre que tu gardes. Où est-il ?

Le capitaine prit un air sournois.

— Ah ! Le journal de Niccolò Polo ? Je suis surpris que tu en aies connaissance, Assassin.

— Je suis un homme plein de surprises, rétorqua Ezio. Donne-le-moi.

Constatant que personne ne viendrait à son aide, le capitaine, grimaçant de douleur, sortit de son jaque un vieux livre en cuir abîmé de trente centimètres sur quinze. L'ouvrage glissa de sa main tremblante. Le Templier le contempla avec hilarité. Son rire s'étouffa dans sa gorge avec un gargouillis.

— Prends-le, dit-il. Cela ne changera rien, il est trop tard. Nous avons déjà percé tous ses secrets et retrouvé la première des cinq clés. Lorsque nous aurons les autres, le Temple sera à nous. Ainsi que tous les pouvoirs qu'il renferme.

Ezio lui décocha un regard méprisant.

— Tu te trompes, soldat. Il n'existe aucun temple à Masyaf. Seulement une bibliothèque regorgeant de sagesse.

Le capitaine le dévisagea.

— Tu oublies qu'Altaïr est resté soixante ans en possession de la Pomme d'Éden, Ezio. Il en a tiré bien plus que de la sagesse. Grâce à elle, il a acquis… le savoir universel !

Ezio réfléchit brièvement à ces paroles. Il savait que la Pomme reposait dans la crypte d'une église, à Rome. Il y avait veillé avec son camarade Machiavelli. Soudain, l'attention d'Ezio se reporta sur le capitaine qui poussa un gémissement de douleur. Pendant que les deux hommes conversaient, les blessures du Templier l'avaient vidé de son sang. N'ayant reçu aucun soin, l'homme avait les traits livides. Soudain, son visage revêtit une curieuse expression d'apaisement, et il s'affaissa en laissant échapper un long et profond soupir qui serait son dernier.

Ezio le contempla un moment.

—*Requiescat in pace… Bastardo.*

Il se pencha sur le Templier et lui ferma délicatement les paupières de ses doigts gantés.

À l'exception des battements de la roue à aubes, il n'y avait aucun bruit.

Ezio ramassa le livre et le retourna. Sa couverture était ornée d'un symbole en bas-relief rehaussé d'une dorure émoussée par l'âge. C'était l'emblème de la Confrérie. Ezio esquissa un sourire et ouvrit l'ouvrage à la page du titre.

LA CROCIATA SEGRETA
Niccolò Polo
MASYAF, giugno, MCCLVII
COSTANTINOPOLI, gennaio, MCCLVIII

Ezio lut en retenant son souffle.

Constantinople, pensa-t-il. *Bien sûr…*

CHAPITRE 16

Le vent fraîchit. Ezio leva le nez du livre de Niccolò Polo ouvert sur ses genoux. Il était assis à l'abri d'un taud tiré sur le pont d'un boutre à coque large fendant les eaux claires de la mer Égée. Toutes voiles dehors – latines et foc –, le navire tirait parti du vent favorable.

La première étape de son long voyage avait mené Ezio de Latakia, sur la côte syrienne, jusqu'à Chypre. Ensuite, il avait fait escale à Rhodes – où il avait remarqué une nouvelle passagère : une magnifique trentenaire vêtue d'une robe verte mettant parfaitement en valeur ses cheveux cuivrés. Enfin, après avoir dépassé le Dodécanèse, vogué en direction du nord et franchi les Dardanelles, ils étaient parvenus en mer de Marmara.

Le périple touchait à sa fin. Les marins se hélaient et les passagers se massaient sur le pont pour regarder s'élever à tribord, à quelques kilomètres de là, la splendide cité de Constantinople qui brillait de mille feux dans la vive lumière du soleil. Ezio tenta d'identifier les parties de la ville en s'aidant de la carte qu'il s'était procurée en Syrie avant d'embarquer. L'adolescent ottoman richement vêtu qui se tenait à côté avait l'air de bien connaître la ville. Ils s'étaient déjà croisés à plusieurs reprises. Le jeune homme manipulait un astrolabe et notait ses mesures sur un petit carnet à la reliure d'ivoire attaché à sa ceinture par une cordelette de soie.

— Quel est cet endroit ? demanda Ezio en tendant le bras.

Il voulait en apprendre le plus possible avant de débarquer. Les Templiers avaient probablement ébruité la nouvelle de son évasion de Masyaf. La rumeur ne tarderait pas à parvenir jusqu'ici. Il devait agir vite.

—C'est le quartier de Bayezid. La grande mosquée que vous voyez là a été construite par le sultan, il y a cinq ans de cela. De l'autre côté, vous devinez les toits du grand bazar.

—Je vois, dit Ezio en plissant les paupières.

Il avait hâte que Leonardo conçoive enfin cet instrument dont il parlait sans cesse. Cette sorte de tube extensible doté de plusieurs lentilles, et qui permettrait de voir les choses lointaines comme si elles étaient proches.

—Gardez bien votre bourse à l'œil, si vous vous y aventurez, lui conseilla le jeune homme. On y trouve la pire canaille qui soit.

—Comme dans tout souk qui se respecte.

—*Evet*. (L'Ottoman esquissa un sourire.) Vous voyez ces tours, là-bas? C'est le quartier impérial. Ce dôme gris, c'est l'ancienne basilique Sainte-Sophie. Il s'agit d'une mosquée désormais, bien entendu. Derrière, vous voyez ce long bâtiment assez bas? Cet ensemble architectural avec deux petits dômes érigés côte à côte et une flèche? C'est le Sarayi. L'un des premiers bâtiments à avoir été bâtis après la conquête. Il est toujours en construction.

—Le sultan Bayezid s'y trouve-t-il?

Le jeune homme se rembrunit.

—Il devrait. Mais non. Il n'y est pas. Pas en ce moment.

—Je dois visiter cet endroit.

—Veillez à vous y faire convier auparavant! (Le vent tomba et les voiles faseillèrent. Les marins ferlèrent le foc. Le capitaine vira lentement de bord, dévoilant un autre aspect de la ville.) Vous voyez cette mosquée, là-bas? continua le jeune homme, trop heureux de changer de sujet. C'est la Fatih Camii. La toute première construction du sultan Mehmet en l'honneur de sa victoire sur les Byzantins. Ces derniers n'ont pas beaucoup résisté à son avancée. Leur empire était moribond depuis bien longtemps. Mais le conquérant voulait que sa mosquée dépasse Sainte-Sophie. Comme vous le voyez, il a échoué.

— Ce n'est pas faute d'avoir essayé, dit Ezio avec diplomatie, tandis qu'il contemplait le splendide édifice.

— Mehmet en a été piqué au vif, poursuivit le jeune homme. On raconte qu'il aurait coupé le bras de son architecte. Bien entendu, ce n'est qu'une légende. Sinan était beaucoup trop doué pour que Mehmet lui fasse le moindre mal.

— Vous dites que le sultan ne réside pas en son palais ? insista Ezio d'un ton poli.

— Bayezid ? Non. (Les traits du jeune homme s'assombrirent de nouveau.) Le sultan est un grand homme, même si la fougue de sa jeunesse a cédé la place à la sérénité et la piété. Malheureusement, il a maille à partir avec l'un de ses fils, Selim. Le conflit couve entre eux depuis des années.

Le boutre longeait les fortifications méridionales de la ville. Bientôt, il contourna son angle septentrional et s'engagea dans le Bosphore. Peu après, le navire pénétra le bras de mer menant au port, passant sur la lourde chaîne tirée de chaque côté de l'embouchure du détroit. Elle était baissée, mais on pouvait la soulever à tout moment, en cas de guerre, de façon à protéger le havre.

— Depuis la conquête, plus personne n'a hissé cette chaîne, fit remarquer le jeune homme. D'ailleurs, elle n'a guère arrêté Mehmet.

— Mais il s'agit néanmoins d'une bonne mesure préventive, rétorqua Ezio.

— On appelle ce détroit le *Haliç*. La Corne d'Or. Sur la rive nord s'élève la tour de Galata. Vos compatriotes, les Génois, l'ont édifiée il y a cent cinquante ans. Ils l'ont appelée la

Christea Turris, figurez-vous. C'est tout à fait eux, vous ne trouvez pas? Êtes-vous originaire de Gênes?

— De Florence.

— Ah. Ce n'est pas si mal, j'imagine.

— C'est une bonne ville.

— *Affedersiniz*. Je ne connais pas bien votre partie du monde, bien que nombre de vos concitoyens habitent encore ici. Leur présence remonte à plusieurs siècles. Votre célèbre Marco Polo y a vécu. Son père, Niccolò Polo, y a fait commerce il y a deux cents ans de cela, en compagnie de son frère. (Le jeune homme sourit en dévisageant Ezio, avant de reporter son attention sur la tour de Galata.) Vous devriez parvenir à y grimper. Il doit être possible d'amadouer les vigies. L'édifice offre un magnifique panorama sur la ville.

— L'expérience est sûrement extraordinaire.

Le jeune homme le considéra un moment.

— Vous avez sûrement entendu parler du très célèbre Italien – toujours en vie, si je ne m'abuse – répondant au nom de Leonardo da Vinci?

— Son nom me dit vaguement quelque chose.

— Il y a moins d'une dizaine d'années, notre sultan a demandé à *sayin* da Vinci de bâtir un pont sur la Corne.

Ezio sourit. Il se souvenait avoir entendu Leonardo évoquer ce projet. Il pouvait imaginer l'enthousiasme de son ami devant une telle commande.

— Que s'est-il passé? Je ne vois aucun pont.

Le jeune homme écarta les bras.

— On m'a dit que c'était un ouvrage d'art splendide. Malheureusement, le sultan l'a jugé trop ambitieux.

— *Non mi sorprende*, fit remarquer Ezio, à moitié en aparté.

Il désigna une autre tour.

— Est-ce un phare?

Le jeune homme suivit son regard, braqué sur un îlot situé en poupe.

—Oui. Et des plus anciens. Il a plus de onze siècles. C'est la Kiz Kulesi. Parlez-vous turc?

—Très peu.

—Dans ce cas, je vous traduis. On dirait «La tour de la Jeune Fille» dans votre langue. On l'appelle ainsi en hommage à la fille du sultan, qui y a succombé à une morsure de serpent.

—Elle habitait dans un phare?

Le jeune homme sourit.

—Oui. L'idée était justement de la protéger des serpents. Regardez! On voit l'aqueduc de Valens, avec sa double rangée d'arcs. Ces Romains étaient de fameux bâtisseurs. J'adorais y grimper lorsque j'étais enfant.

—C'est une sacrée paroi!

—Vous avez l'air d'avoir envie de vous y attaquer.

Ezio sourit.

—Sait-on jamais…

Le jeune homme ouvrit la bouche. Il s'apprêtait à rétorquer, mais choisit de s'abstenir et referma les lèvres. Son expression n'était pas malveillante, mais Ezio devina instantanément le fond de sa pensée. Il le prenait pour un vieillard essayant d'échapper au poids des ans.

—D'où venez-vous? demanda Ezio.

Le jeune homme fut évasif.

—Oh? De Terre sainte, répondit-il. Enfin, de *notre* Terre sainte. La Mecque et Médine. Tout bon musulman doit s'y rendre au moins une fois dans sa vie.

—Vous semblez vous être acquitté très tôt de ce devoir.

—Si on veut.

Ils regardèrent l'agglomération défiler devant leurs yeux en silence, tandis que le boutre s'enfonçait dans la Corne d'Or pour gagner leur mouillage.

—Il n'y a en Europe aucune ville aussi majestueuse, fit remarquer Ezio.

—Ah, mais cette rive fait partie de votre continent, précisa le jeune homme. Là-bas seulement nous serons en Asie, dit-il en désignant la berge orientale du Bosphore.

—Certaines frontières résistent encore aux Ottomans, ironisa Ezio.

—Très peu, rétorqua le Turc, sur la défensive. (Puis il changea de sujet.) Vous prétendez être italien – florentin – mais votre tenue contredit vos paroles. Et, sauf votre respect, vous n'avez pas l'air d'en avoir changé récemment. Voyagez-vous depuis longtemps ?

—*Si, da molto tempo.* J'ai quitté *Roma* il y a douze mois en quête… d'inspiration. Et c'est cela qui m'a conduit ici.

Le jeune homme jeta un coup d'œil au livre qu'Ezio avait entre les mains, mais il s'abstint de commentaire. L'Assassin n'avait guère envie de dévoiler le but de son périple. Il s'appuya contre la balustrade, puis contempla les murailles de la ville, ainsi que les bateaux cosmopolites qui se pressaient aux quais en attendant d'amarrer, et que le boutre dépassait lentement.

—Quand j'étais jeune, mon père me racontait des histoires sur la chute de Constantinople, reprit Ezio au bout d'un certain temps. Ces événements se sont produits six ans avant ma naissance.

Le jeune homme rangea précieusement son astrolabe dans une boîte en cuir arrimée à la ceinture qu'il portait en bandoulière.

—On l'appelle Kostantiniyye.

—Ce nom ne désigne-t-il pas la même cité ?

—À ceci près que nous en sommes les maîtres, désormais. Mais vous avez raison. Kostantiniyye, Byzance, Nea Roma, La Pomme Rouge. Quelle différence ? On raconte que Mehmet voulait la baptiser Islam-bul – « Là où l'Islam abonde » – mais ce n'est que pure légende. Le peuple affectionne ce terme, mais les érudits que nous sommes savent qu'il s'agit d'une déformation d'Is tím boli : « À la Ville ». (Le jeune homme marqua une pause.) Quelles histoires votre père vous a-t-il racontées ? Des braves chrétiens trucidés par des méchants Turcs ?

— Non. Pas du tout.

L'Ottoman soupira.

— La morale d'une histoire reflète le caractère de l'homme qui la raconte.

Ezio se redressa. La plupart de ses muscles avaient guéri durant le voyage, mais son flanc le faisait encore souffrir.

— Ça, je vous l'accorde, acquiesça-t-il.

Le jeune homme lui décocha un sourire franc et chaleureux.

— Tant mieux. Constantinople est une ville ouverte à tous. Aux étudiants comme moi ou… aux voyageurs comme vous.

Leur conversation fut interrompue par le couple de jeunes mariés turcs qui passa derrière eux, sur le pont. Ezio et son interlocuteur se turent pour les écouter discrètement. L'Assassin voulait glaner autant d'informations que possible sur la ville.

— Mon père ne peut plus faire face à toute cette criminalité, dit le mari. Si ça empire, il devra fermer boutique.

— Ça passera, répliqua sa femme. Lorsque le sultan sera de retour…

— Ha ! s'exclama l'homme d'un ton sarcastique. Bayezid est un faible. Il a décidé d'être aveugle aux exactions des parvenus byzantins. Résultat : *kargasha* !

Sa femme l'incita à se taire.

— Tu ne devrais pas dire des choses pareilles !

— Pourquoi pas ? C'est la stricte vérité ! Mon père est un honnête homme. Et ces voleurs le mettent sur la paille !

Ezio les interrompit.

— Excusez-moi. Je n'ai pas pu m'empêcher d'entendre votre conversation.

L'épouse décocha un regard furibond à son mari. *Tu vois ?* semblait-elle lui dire.

Mais l'homme se tourna vers Ezio.

—*Affedersiniz, efendim*. Je vois que vous êtes un voyageur. Si vous demeurez dans la ville, veuillez vous rendre au magasin de mon père. Ses tapis sont les meilleurs de tout l'empire. Il vous fera un bon prix. (Il marqua une pause.) Mon père est un homme bon. Mais les voleurs le ruinent.

Il aurait volontiers développé, mais sa femme l'éloigna sans ménagement.

Ezio jeta un coup d'œil à son compagnon, qui sirotait le verre de *sharbat* que venait de lui apporter son valet. L'Ottoman lui tendit sa boisson.

—M'accompagneriez-vous ? C'est très désaltérant. Et nous n'arriverons pas à quai de sitôt.

—Avec grand plaisir.

Le jeune homme fit un signe de tête à son serviteur, qui se retira.

Quelques soldats ottomans passèrent derrière Ezio. Ils s'en revenaient d'une mission dans le Dodécanèse et devisaient sur la ville. Ezio leur adressa un salut tacite et se joignit un moment à eux. Le jeune homme, quant à lui, se mit à l'écart pour prendre de nouvelles notes sur son carnet en ivoire.

—J'aimerais bien savoir ce qu'ils veulent, ces brigands byzantins ! s'exclama un des hommes d'armes. Ils ont déjà eu leur chance. Ils ont failli détruire leur ville.

—Lorsque le sultan Mehmet l'a prise, il y avait quarante mille habitants, pas plus. Et ils vivaient dans la plus grande pauvreté, fit remarquer un autre.

—*Aynen oyle* ! dit un troisième. Exactement ! Et maintenant, l'agglomération compte trois cent mille citadins. Elle n'a jamais été aussi florissante depuis des siècles ! On a fait du bon travail.

— On a tout reconstruit ! On lui a redonné tout son lustre ! ajouta le deuxième soldat.

— Oui, mais les Byzantins ne voient pas les choses de cette manière, renchérit le premier. À n'importe quelle occasion, ils sèment le trouble.

— Comment puis-je les reconnaître ? demanda Ezio.

— Méfie-toi des mercenaires vêtus d'une tunique rouge grossière, expliqua le premier soldat. Ce sont des Byzantins. De vraies teignes.

Les soldats furent invités par leur supérieur à se préparer au débarquement. Le jeune ami d'Ezio était revenu à ses côtés. À ce moment précis, le valet réapparut muni d'un *sharbat* pour Ezio.

— Vous voyez ? lança l'Ottoman. En dépit de sa beauté, Kostantiniyye n'est pas l'endroit le plus parfait au monde.

— Un tel endroit existe-t-il seulement ? fit remarquer Ezio.

Chapitre 17

Leur navire avait accosté. Les passagers et l'équipage couraient dans toutes les directions – non sans se percuter occasionnellement – tandis qu'on lançait des bouts d'amarrage et qu'on abaissait les passerelles.

Ezio était retourné dans sa cabine pour récupérer son seul bagage. Ses précieuses sacoches. Il achèterait le reste une fois à terre. Le serviteur de son jeune compagnon avait entreposé trois malles en cuir sur le pont. Il attendait que des porteurs les manutentionnent à quai. Les deux hommes s'apprêtaient à se faire leurs adieux.

L'Ottoman soupira.

— J'ai tellement de travail ici, mais c'est bon de rentrer chez soi.

— Vous êtes beaucoup trop jeune pour vous soucier de travailler, *ragazzo !* (Son attention fut distraite par l'apparition de la rousse vêtue de vert. Elle se démenait pour transporter un grand paquet massif. Le jeune homme suivit le regard de son interlocuteur.) Quand j'avais votre âge, ce qui m'intéressait... était plutôt... (Il s'interrompit pour mieux contempler la femme. La façon dont elle bougeait dans sa robe. Elle leva les yeux. Ezio crut qu'ils se posaient sur lui.)... *Salve !* lui lança-t-il.

Mais elle n'avait pas dû le remarquer. Ezio se retourna vers son compagnon, qui le considérait d'un air amusé.

— Incroyable, fit-il remarquer. C'est à se demander comment vous en êtes arrivé là.

— Tout comme ma mère.

Ezio décocha au jeune homme un sourire faussement contrit. Enfin, les portes du gaillard s'ouvrirent et la foule se pressa à l'extérieur.

— Ce fut un plaisir de parler avec vous, monsieur, dit l'Ottoman. J'espère que vous trouverez ce que vous cherchez, ici.

— J'en suis persuadé.

Le jeune homme s'éloigna, mais Ezio s'attarda sur le pont, regardant la femme soulever péniblement son paquet – qu'elle refusait de confier à un porteur – et entreprendre de débarquer. Il était à deux doigts de lui proposer son assistance lorsqu'il constata que le jeune homme l'avait devancé.

— Puis-je vous venir en aide, ma dame ? lui demanda-t-il.

La femme gratifia le jeune Turc d'un sourire qu'Ezio estima plus redoutable encore qu'un carreau d'arbalète. *Quel dommage qu'il ne me soit pas adressé*, pensa Ezio.

— *Grazie*, mon garçon, dit-elle.

L'Ottoman repoussa son valet d'un geste de la main et se chargea personnellement de hisser le paquet sur son épaule, avant d'accompagner sa propriétaire sur le quai.

— Un érudit et un gentilhomme ! s'exclama Ezio à son adresse. Vous êtes plein de surprises.

Le jeune homme se tourna et sourit de plus belle.

— Si peu, mon ami. (Il leva la main.) *Allah ismarladik* ! Que Dieu vous bénisse !

Ezio regarda la femme disparaître dans la foule, suivie du jeune homme, et remarqua qu'un personnage l'observait, légèrement à l'écart. C'était un homme d'environ trente-cinq ans, à l'air peu accommodant, vêtu d'un surcot blanc, d'une tunique rouge, de pantalons noirs et de bottes jaunes. Il avait de longs cheveux noirs et une barbe de la même couleur. Il était équipé de cinq couteaux de lancer, dont il portait les fourreaux sur le dos, au niveau de l'épaule gauche. Il était également muni d'un cimeterre et son avant-bras droit était protégé par trois plaques d'acier. Ezio se tendit, regarda avec plus d'attention et crut détecter le harnais d'une lame secrète, juste derrière la paume droite de l'inconnu. Son vêtement était doté d'une capuche, mais cette dernière était baissée, et la tignasse indisciplinée de l'homme était maintenue par un large foulard jaune ceignant son front.

Tandis qu'Ezio descendait lentement la passerelle pour gagner le quai, l'homme s'approcha. Lorsqu'il arriva à deux pas de distance, il s'arrêta, esquissa un sourire hésitant et s'inclina profondément.

— Bienvenue, mon frère. Si la légende dit vrai, tu es l'homme que j'ai toujours voulu rencontrer. Le célèbre maître et mentor, Ezio Auditore da… (Il s'interrompit et perdit toute dignité.) Bla, bla, bla ! conclut-il.

— *Prego ?* demanda Ezio, amusé.

— Pardonne-moi. Tout ce charabia italien est difficile à comprendre.

— Da Firenze. La ville où j'ai vu le jour.

— Alors, selon vos coutumes, je me nommerais… Yusuf Tazim *da* Istanbul ! Ça me plaît !

— Istanbul ? Encore un autre nom pour cette ville ?

— Oui, le préféré du peuple. Puis-je prendre ton sac ?

— Non, merci.

— Comme tu voudras. Bienvenue, mentor ! Je suis content que tu sois enfin des nôtres. Je te ferai visiter la ville.

— Comment étiez-vous au courant de ma venue ?

— Ta sœur a écrit une lettre à notre Confrérie, depuis Rome. Et notre espion à Masyaf nous a appris tes exploits. Ça fait des semaines que nous sommes postés sur les quais dans l'espoir de ton arrivée.

Yusuf voyait bien qu'Ezio demeurait sur ses gardes. Il poursuivit d'un air moqueur.

— Ta sœur Claudia nous a avertis. Tu vois ? Je connais son nom. Je peux même te montrer sa lettre. Je l'ai sur moi.

Je savais que tu n'étais pas du genre à tout prendre pour argent comptant.

— Je vois que tu possèdes une lame secrète.

— Qui d'autre qu'un membre de la Confrérie en posséderait?

Ezio se décontracta légèrement. Soudain, Yusuf se fit plus grave.

— Suis-moi.

Il posa la main sur l'épaule d'Ezio et le guida à travers la foule grouillante du port. Ils parcoururent des allées flanquées d'échoppes vendant des produits de toutes sortes. Elles étaient protégées par des auvents bariolés et remplies de gens de toute origine. Chrétiens, juifs et musulmans marchandaient. Aux cris en turc se mêlaient d'autres en grec, en français et en arabe. Quant à l'italien, après quelques centaines de mètres, Ezio avait déjà reconnu les accents de Venise, de Gênes et de Florence. Il repéra également des langues qu'il reconnut à peine – ou ne fit que deviner – comme l'arménien, le bulgare, le serbe et le persan. Pour couronner le tout, il eut la chance d'entendre une langue gutturale étrange de la bouche de grands êtres roux portant leurs cheveux lâchés et de longues barbes.

— Bienvenue dans le quartier de Galata! lança Yusuf avec euphorie. Il accueille les orphelins d'Europe et d'Asie depuis des siècles. Il n'existe pas d'endroit plus cosmopolite en ville. C'est pour cela que les Assassins s'y sont établis.

— Conduis-moi auprès d'eux.

Yusuf hocha énergiquement la tête.

— *Kesinlikle*, mentor. Sur-le-champ! La Confrérie se réjouit de rencontrer l'homme qui a anéanti les Borgia!

Yusuf s'esclaffa.

— Oh. Tout Istanbul est déjà au courant de mon arrivée?

—J'ai envoyé un gamin les prévenir dès que je t'ai vu. Et dans tous les cas, ton petit séjour en Terre sainte n'est pas passé inaperçu. Pas besoin d'un espion pour en avoir eu vent !

Ezio prit un air pensif.

—J'ai entrepris ce voyage sans intention de me battre. Je cherchais la sagesse. (Il regarda son nouveau lieutenant.) Les trésors de la bibliothèque d'Altaïr.

Yusuf rit de plus belle, de façon plus hésitante, cette fois.

—Sans te douter qu'elle était condamnée depuis deux siècles et demi ?

Ezio se laissa gagner par la raillerie de son compagnon.

—Ça, je m'y attendais. Mais je ne pensais pas qu'elle serait gardée par des Templiers.

Yusuf reprit son sérieux. Ils avaient rejoint des rues moins bondées, et ils ralentirent l'allure.

—C'est étrange, non ? Il y a cinq ans, les Templiers étaient à peine implantés ici. Juste une petite faction rêvant de restaurer l'Empire byzantin. (Ils atteignirent une petite place. Yusuf poussa Ezio sur le côté en désignant un groupe de trois hommes tapis dans l'ombre. Ils portaient des armures gris terne couvrant des jaques et des tuniques en laine rouge.) Quand on parle du loup. (Yusuf baissa la voix.) Ne les regarde pas. (Il examina les environs.) Mais ils sont chaque jour plus nombreux. Et le départ du sultan Bayezid pourrait les pousser à tenter un coup de force. Un véritable coup d'éclat.

—N'y a-t-il pas d'héritier au trône ottoman ? demanda Ezio, surpris.

—Pas un, deux ! Des frères ennemis. C'est une tradition dans la famille royale. Il suffit que le sultan tousse et les princes dégainent.

Ezio médita ces paroles et se remémora celles de son jeune compagnon de voyage.

—Entre les Templiers et les Ottomans, tu ne dois pas chômer, dit-il.

— Ezio, *efendim*, j'ai à peine le temps d'aiguiser ma lame !
J'exagère à peine.

À ce moment précis, un coup de feu retentit et une balle
se ficha dans le mur, à quelques centimètres à gauche de la
tête de Yusuf.

Chapitre 18

Yusuf plongea derrière une rangée de tonneaux d'épices. Ezio l'imita.

— Décidément, quand on parle du loup…, répéta Yusuf, la mâchoire crispée.

Il leva légèrement la tête, pour s'apercevoir que le tireur, posté de l'autre côté de la place, rechargeait son arme.

— Apparemment, nos amis les Byzantins n'ont pas apprécié qu'on les regarde de travers.

— Je m'occupe de l'homme au mousquet, dit Yusuf.

Il mesura la distance entre lui et sa proie tout en portant la main à son omoplate, sortit un couteau de son fourreau et, en un mouvement net et précis, le lança vers le Byzantin. La lame effectua trois pirouettes avant de faire mouche. Elle s'enfonça profondément dans la gorge de l'homme, juste au moment où il s'apprêtait à tirer. Entre-temps, ses camarades s'étaient déjà précipités sur les Assassins, l'épée au clair.

— Pas d'issue, dit Ezio en dégainant son cimeterre.

— C'est ton baptême du feu! lança Yusuf. Et dire que tu viens à peine d'arriver! *Çok üzüldüm*.

— Pas de souci, répliqua Ezio, amusé.

Il comprenait assez le turc pour savoir que son compagnon s'excusait.

Yusuf dégaina à son tour, et ils bondirent ensemble de leur cachette pour faire face à leurs ennemis communs. Les vêtements des Assassins étaient plus légers que ceux de leurs adversaires, ce qui les rendait plus vulnérables, mais également plus mobiles. Ezio se rendit vite compte, dès les premières prises d'arme, que le Byzantin qu'il affrontait était un guerrier expérimenté.

Yusuf ne perdit rien de son bagou. Mais il connaissait bien ses ennemis. Et il avait quinze ans de moins qu'Ezio.

— Toute la ville s'éveille pour t'accueillir ! D'abord, les régents et maintenant la vermine !

Ezio se concentra sur le duel. Au début, le Templier avait le dessus, mais l'Assassin s'habitua vite à son arme légère et souple. Il s'aperçut que la forme courbe de la lame lui permettait d'assener des coups de taille de loin plus efficaces. À deux ou trois reprises, Yusuf, qui gardait son mentor à l'œil, se permit de lui lancer des conseils. Mais très vite, il lui décocha un regard admiratif.

— *Inanilmaz !* Tu manies le cimeterre comme un maître !

Mais cette seconde d'inattention fut de trop. Un des Byzantins lui lacéra la manche gauche et entailla la chair de son bras. Surpris, il tomba en arrière et son ennemi profita de son avantage. Ezio écarta sans ménagement son propre adversaire pour secourir son compagnon. Il s'interposa entre l'Assassin et le Byzantin et para, de son bracelet protecteur gauche, le coup fatal que ce dernier s'apprêtait à porter. Cette manœuvre inattendue déséquilibra le Templier, et Yusuf eut le temps de reprendre l'équilibre et de repousser le mercenaire qui s'approchait d'Ezio par-derrière. Il l'embrocha au moment précis où Ezio abattait le deuxième homme. Le seul survivant, un Byzantin gigantesque doté d'une mâchoire d'acier, avait l'air, pour la première fois, de douter de l'issue du combat.

— *Tesekkür ederim*, dit Yusuf, le souffle court.

— *Bir sey degil*.

— Tes talents n'ont pas de limite ! s'écria Yusuf.

— J'ai appris à dire « merci » et « je t'en prie » à bord du boutre. C'est la moindre des choses.

— Attention !

L'immense Byzantin se ruait sur eux en rugissant, une épée colossale dans une main, une masse dans l'autre.

—Par Allah! s'exclama Yusuf. J'espérais qu'il s'enfuirait.

Sur ces mots, après une esquive, il fit un croche-pied au géant. Celui-ci, emporté par son élan, emboutit la rangée de tonneaux et s'étala de tout son long dans une barrique pleine de poudre jaune, où il demeura immobile.

Ezio, après avoir jeté un coup d'œil circulaire, essuya son arme et la rengaina. Yusuf l'imita.

—Ta technique est étonnante, mentor. Tu enchaînes les feintes, comme si tu refusais le combat, mais lorsque tu frappes…

—Je pense comme une mangouste. Mes ennemis sont des cobras.

—C'est bien formulé.

—Je m'applique.

Yusuf observa de nouveau les environs.

—On devrait y aller. On s'est assez amusés pour la journée.

Il avait à peine prononcé ces mots qu'un autre escadron de mercenaires, attiré par les clameurs du combat, fit son apparition sur la place. Ils n'avaient pas l'air accommodants.

Lorsque Ezio les aperçut, il dégaina de nouveau son cimeterre.

Soudain, des troupes vêtues d'un uniforme différent déboulèrent en face. Elles portaient des tuniques bleues et des chapeaux coniques en feutre noir.

—Attends! s'exclama Yusuf tandis que les nouveaux venus pivotaient pour faire face aux mercenaires. (Ces derniers battirent en retraite, poursuivis par leurs assaillants. Bientôt, les deux camps disparurent. Ezio décocha à son compagnon un regard inquisiteur.) Ce sont les troupes ottomanes régulières. À ne pas confondre avec les janissaires, qui constituent la garde d'élite. Ceux-là, tu les reconnaîtras lorsque tu les verras. Les soldats ottomans détestent vraiment ces renégats byzantins. Ça nous laisse un peu le champ libre.

— Un avantage confortable ?

Yusuf écarta les bras.

— Pas vraiment. Ils te tueront quand même si tu les nargues, mais après, ils s'en voudront.

— C'est touchant.

Yusuf esquissa un sourire carnassier.

— Tout ne va pas si mal. Pour la première fois depuis des décennies, les Assassins sont en nombre, ici. Ça n'a pas toujours été ainsi. Sous les empereurs byzantins, les Assassins étaient persécutés et massacrés.

— Raconte-moi tout, dit Ezio tandis qu'ils se dirigeaient vers le quartier général des Assassins.

Yusuf se gratta le menton.

— Alors, le vieil empereur, Constantin – onzième du nom – n'a régné que trois ans, grâce à notre sultan Mehmet. Mais d'après ce qu'on raconte, il n'était pas si mal. C'était le dernier empereur romain, dans la pure tradition millénaire.

— Épargne-moi les cours d'Histoire, l'interrompit Ezio. Je veux juste savoir à quoi nous avons affaire aujourd'hui.

— Quand Mehmet a pris la ville, il n'en restait pas grand-chose. Idem pour l'ancien empire. On dit même que Constantin était tellement ruiné qu'il avait dû remplacer les joyaux de ses robes par des copies en verroterie.

— D'entendre ça, mon cœur saigne.

— C'était un homme courageux. Il a refusé de se rendre. Même lorsqu'on lui a proposé la vie sauve. Il est mort en combattant. Mais deux de ses neveux ont mal tourné. L'un d'entre eux est mort depuis quelques années, mais l'autre…

Yusuf prit un air songeur.

— Il est contre nous ?

— Plutôt deux fois qu'une. Et contre les Ottomans. Enfin, les dirigeants, en tout cas.

—Où se trouve-t-il, actuellement?

—Qui sait? répondit Yusuf, évasif. En exil Dieu sait où? Mais s'il est encore en vie, il manigance sûrement quelque chose. (Il marqua une pause.) D'après les rumeurs, il était de mèche avec Rodrigo Borgia, à une époque.

Ezio se crispa en entendant ce nom.

—L'Espagnol?

—Lui-même. Celui que tu as fini par éliminer.

—Il est mort des mains de son propre fils.

—Ce n'était pas une famille d'enfants de chœur.

—Continue.

—Rodrigo avait également approché un Turc répondant au nom de Cem. En toute discrétion, bien entendu. Les Assassins n'en ont eu vent que bien après.

Ezio hocha la tête.

—Si j'ai bien compris, Cem était un aventurier.

—C'était l'un des frères du sultan actuel, mais il voulait s'approprier le trône. Donc Bayezid l'a exilé. Il était plus ou moins assigné à résidence en Italie. C'est là qu'il s'est lié d'amitié avec Rodrigo.

—Je me rappelle, dit Ezio. Rodrigo pensait hériter de Constantinople en se servant des ambitions de Cem. Mais la Confrérie est parvenue à assassiner Cem à Capoue, il y a quinze ans. Mettant un terme à leurs manigances.

—Et personne ne nous a remerciés.

—Nous n'avons pas pour mission de récolter des lauriers.

Yusuf s'inclina.

—J'ai suivi ton enseignement, mentor. Mais tu dois bien reconnaître que c'était rondement mené. (Comme Ezio gardait le silence, Yusuf poursuivit.) Les deux frères que j'ai mentionnés étaient les fils d'un autre frère de Bayezid. Tomas. Ils sont partis en exil avec leur père.

—Pourquoi?

— Figure-toi que Tomas convoitait également le trône de l'Empire ottoman. Ça te rappelle quelque chose ?

— Cette famille ne s'appelle-t-elle pas Borgia, en fait ?

Yusuf s'esclaffa.

— Non. *Palaiologos*. Mais tu as raison. C'est du pareil au même. Après la mort de Cem, les neveux se sont tous deux rendus en Europe. L'un y est resté et a tâché de rassembler une armée pour conquérir Constantinople. Il n'y est pas parvenu, bien entendu. Il est mort sept ou huit ans plus tard, sans fortune et sans héritier. Mais l'autre… eh bien, il est revenu. Il a renoncé à ses prétentions impériales, obtenu le pardon de Bayezid et rejoint un temps la marine. Ensuite, il s'est complu dans le luxe et les femmes.

— Et maintenant, il a disparu.

— Plus aucune trace.

— Et on ne connaît pas son nom ?

— Il en a pléthore. Mais toutes nos tentatives pour le retrouver se sont soldées par des échecs.

— Et il manigance quelque chose.

— Oui. Il a pris contact avec les Templiers.

— Il faut le surveiller.

— S'il refait surface, nous serons les premiers à l'apprendre.

— Quel âge a-t-il ?

— On raconte qu'il est né le jour de la prise de Constantinople. Il a quelques années de plus que toi.

— Et encore de l'énergie à revendre, j'imagine.

Yusuf le jaugea.

— S'il te ressemble, ça ne m'étonnerait pas. (Il observa les environs. Leur marche les avait entraînés en plein cœur de la ville.) Nous y sommes presque. Suis-moi.

Ils tournèrent à un coin de rue et débouchèrent sur une allée étroite, ombragée et fraîche malgré le soleil éclatant. Ses rayons avaient du mal à s'infiltrer entre les deux rangées de maisons. Yusuf s'arrêta devant une humble porte de bois peinte en vert. Il saisit le heurtoir en bronze et cogna un code, si doucement qu'Ezio se demanda comment les occupants pourraient l'entendre. Pourtant, quelques secondes plus tard, la porte s'ouvrit sur une fille aux larges épaules et aux hanches étroites dont la boucle de ceinture était frappée aux armes des Assassins.

Ezio se retrouva dans une vaste cour intérieure, où des vignes vertes grimpaient le long de murs jaunes. Un petit groupe de jeunes femmes et de jeunes hommes y étaient rassemblés. Lorsque Yusuf le présenta d'un geste théâtral de la main, ils décochèrent à Ezio un regard admiratif. L'Assassin se tourna vers lui et lui lança :

— Mentor, voici les membres de ta famille élargie.

Ezio fit un pas en avant.

— *Salute a voi, Assassini*. C'est un honneur de trouver de tels amis si loin de chez soi.

Il se rendit compte avec horreur qu'il était ému jusqu'aux larmes. Peut-être commençait-il à payer les tensions des dernières heures ? Ou les fatigues du voyage ?

Yusuf se retourna vers les membres du chapitre de la Confrérie de Constantinople.

— Vous voyez, mes frères ? Notre mentor n'a pas peur de pleurer devant ses élèves.

Ezio essuya ses joues de ses mains gantées et sourit.

— Rassurez-vous, je n'en ferai pas une habitude.

— Le mentor est arrivé depuis quelques heures à peine, et il y a déjà du neuf, poursuivit Yusuf, en reprenant son sérieux. Nous avons été pris en embuscade en venant ici. Apparemment, les mercenaires ont décidé de passer de nouveau à l'attaque. Donc… (Il désigna trois hommes et deux femmes.) Vous, Dogan, Kasim, Heyreddin ; et vous, Evraniki et Irini. Passez tout le quartier au peigne fin. Immédiatement. (Ils se levèrent tous les cinq en silence, s'inclinèrent devant Ezio et partirent.) Tous les autres, au travail!

Les Assassins s'exécutèrent et se dispersèrent.

Désormais seul avec Ezio, Yusuf se tourna vers lui. Son visage reflétait l'inquiétude.

— Mentor, tes armes et ton armure sont en piteux état. Quant à tes vêtements… Pardonne ma franchise, mais ils sont dans un état déplorable. Nous t'aiderons, mais nous avons très peu d'argent.

Ezio sourit.

— N'aie aucune inquiétude. Je n'ai nul besoin d'argent. Et je préfère prendre soin de ma personne moi-même. Il faut que j'explore la ville seul, de façon à la sentir couler dans mon sang.

— Ne souhaites-tu pas te reposer d'abord? Te rafraîchir, peut-être?

— Je me reposerai une fois ma mission accomplie. (Ezio s'interrompit, défit ses sacoches et en sortit sa lame brisée.) Connais-tu un armurier de confiance, suffisamment habile pour réparer ceci?

Yusuf examina le poignard et secoua lentement la tête, d'un air contrit.

— Il s'agit d'une des lames forgées selon le Codex d'Altaïr. Celui que ton père a retrouvé. Malheureusement, tu demandes l'impossible. Cependant, même si nous ne pouvons accomplir ce miracle, nous pouvons te garantir l'équipement nécessaire. Laisse-nous tes armes – celles dont tu n'as pas un besoin immédiat, tout au moins – et nous nous chargerons de les nettoyer et de les aiguiser. Une tenue propre t'attendra à ton retour.

— Je vous suis obligé.

Ezio se dirigea vers la porte. Comme il approchait, il aperçut de nouveau la jeune portière blonde. Elle baissa les yeux avec modestie.

— Si tu le souhaites, Azize peut te servir de guide, suggéra Yusuf.

Ezio se retourna vers lui.

— Non, merci. J'irai seul.

CHAPITRE 19

En réalité, Ezio n'avait pas envie de compagnie. Il voulait réfléchir calmement. Il se rendit à une taverne du quartier génois, dans laquelle on pouvait boire du vin, et se rafraîchit avec une bouteille de Pigato et un modeste *macaroni in brodo*. Il passa le reste de l'après-midi à se familiariser avec le quartier de Galata tout en évitant les ennuis. Il se mêlait aux badauds dès qu'il croisait une patrouille ottomane ou des bandes de mercenaires byzantins. Il avait l'air d'un voyageur harassé parmi d'autres, déambulant parmi la foule bigarrée, chaotique et indisciplinée qui bondait les rues grouillantes de vie de la citadelle.

Quand il en eut assez, il rejoignit le quartier général, au moment où l'intérieur obscur des échoppes commençait à s'illuminer, et où on installait les premières tables des *lokantas*. Yusuf l'attendait, avec quelques autres.

Le Turc vint aussitôt à sa rencontre, euphorique.

— Que le ciel soit loué ! La ville et ses vices ne nous ont pas volé notre mentor !

— Tu as vraiment le sens du dramatique, rétorqua Ezio en esquissant un sourire. Quant aux vices, je me contente des miens, *grazie*.

— Nous avons pris quelques arrangements en ton absence. J'espère qu'ils te conviendront.

Yusuf conduisit Ezio à l'intérieur du bâtiment, dans une chambre où l'attendait une nouvelle tenue. À côté des vêtements, il aperçut ses armes, soigneusement disposées sur une table en chêne. Aiguisées, nettoyées et huilées, elles étaient comme neuves. On avait rajouté une arbalète.

— Nous avons mis ton poignard brisé en sécurité, poursuivit Yusuf. Par contre, nous avons remarqué que tu n'avais pas ton crochet. Nous t'en avons fourni un.

— Mon crochet ?

— Oui. Regarde.

Yusuf retroussa sa manche pour lui montrer ce qu'Ezio avait d'abord pris pour une lame secrète. Mais lorsque Yusuf actionna le mécanisme, il s'aperçut qu'il s'agissait d'une variante plus complexe. En guise de poignard, ce fut un long crochet tranchant en acier qui jaillit du harnais.

— Fascinant, lança Ezio.

— Tu n'en as jamais vu ? Je l'utilise depuis toujours.

— Hmm, alors montre-moi ça.

Un Assassin tendit un autre crochet à Yusuf, qui s'en empara pour le lancer à Ezio. Celui-ci transféra sa lame secrète de son poignet droit à son poignet gauche, sous le bracelet de protection, et arrima le crochet à la place. Son poids était inhabituel. Il s'entraîna tout d'abord à le déclencher et à le rétracter. Si seulement Leonardo avait pu voir ça !

— Tu ferais mieux de me faire une démonstration.

— Tout de suite, si tu es prêt.

— Je peux difficilement l'être plus.

— Dans ce cas, suis-moi et observe bien.

Ils sortirent dans la rue, la parcoururent dans la lumière tamisée de la soirée et gagnèrent une place déserte entourée de grands bâtiments en briques. Yusuf jeta son dévolu sur l'un d'entre eux. Ses hauts murs étaient décorés de plusieurs rangées horizontales de tuiles émaillées saillantes, disposées à trois mètres d'intervalle. L'Ottoman se précipita vers le mur, bondit sur deux barriques d'eau placées contre la paroi, sauta en l'air et actionna sa lame-crochet. Grâce à elle, il s'accrocha à la première rangée de tuiles et y prit appui pour se hisser furtivement le long du mur, tirant parti de l'élan ainsi gagné pour se suspendre à la rangée supérieure. Et ainsi de suite jusqu'à parvenir au toit. L'opération lui prit à peine quelques secondes.

Ezio inspira une grande bouffée d'air et suivit Yusuf. Il réussit les deux premières manœuvres sans aucun problème, et trouva même l'expérience euphorisante, mais il faillit manquer le troisième étage, et se mit à osciller dangereusement vers l'extérieur, pendant un bref moment, avant de retrouver son équilibre et d'atterrir à son tour sur le toit, à côté de Yusuf.

— Ne perds pas de temps à réfléchir, lui dit l'Assassin. Suis ton instinct et laisse le crochet faire le travail. À ce que je vois, il te suffira de faire deux ou trois escalades de cet acabit pour devenir un maître dans cette discipline. Tu apprends vite, mentor.

— Par la force des choses.

Yusuf sourit. Il actionna de nouveau sa lame et la montra en détail à Ezio.

— Le crochet ottoman classique est en deux parties : le crochet et la lame. On se sert de l'un ou de l'autre. C'est très élégant.

— Dommage que je n'en ai pas possédé plus tôt.

— Tu n'en avais peut-être pas l'usage.

Sur ce, Yusuf bondit de faîte en faîte, Ezio sur les talons. Ce dernier repensa aux jours anciens où il pourchassait son frère sur les toits de Florence. Yusuf le guida vers d'autres endroits où ils purent s'entraîner à l'abri des regards inquisiteurs de la population. Lorsque Ezio eut réussi à grimper trois fois, avec une assurance grandissante, Yusuf lui dit, les yeux brillants de malice :

— Le ciel est encore assez clair. Tu aimerais un défi plus corsé ?

— *Va bene*, répondit Ezio en décochant à son compagnon un sourire entendu. Allons-y.

Yusuf se remit à parcourir les rues de Constantinople, de moins en moins bondées, et ils arrivèrent au pied de la tour de Galata.

— En temps de paix, elle n'est surveillée que lorsqu'on place des torches sur ses garde-corps. Personne ne nous embêtera. Grimpons !

Ezio considéra la gigantesque construction et déglutit péniblement.

— Tout va bien se passer. Suis-moi, prends ton élan et laisse-toi aller. Lance-toi sans réfléchir. Encore une fois : laisse le crochet faire tout le travail. Cette paroi est pleine d'aspérités. Tu auras l'embarras du choix.

En guise d'encouragement, Yusuf éclata d'un rire insouciant et s'élança. Il maniait si bien son crochet qu'il avait l'air de marcher – ou plutôt de courir – à la verticale. Jusqu'au sommet de la tour. Quelque temps plus tard, Ezio le rejoignit, pantelant mais victorieux. Il regarda autour de lui. Le jeune homme du navire avait raison : la vue sur la ville était époustouflante. Et Ezio n'avait pas eu à attendre la permission de bureaucrates pour la contempler. Il repéra tous les monuments que le jeune homme lui avait montrés du boutre, et en profita pour se familiariser avec le plan de la cité. Une autre partie de son esprit se laissa gagner par sa magnificence. L'or ambré de ce coucher de soleil lui rappela la chevelure de sa splendide compagne de voyage. Qui ne l'avait malheureusement pas remarqué.

— Bienvenue à Istanbul, mentor, lança Yusuf en le dévisageant. Le carrefour du monde !

— Je comprends pourquoi on l'appelle comme ça.

— Beaucoup de peuples ont régné sur cette ville, mais aucun n'a su la soumettre. On a beau lui placer un joug sur la nuque, on a beau la négliger, la piller, elle reprend toujours sa liberté.

— Un endroit qu'on apprend vite à aimer.

— C'est vrai.

Au bout d'une ou deux minutes, Yusuf s'approcha du bord et regarda en bas avant de se retourner vers Ezio.

— On fait la course jusqu'en bas ?

Sans attendre de réponse, il se jeta du garde-corps et exécuta un Saut de la Foi impressionnant.

Ezio le regarda plonger comme un aigle fondant sur sa proie et atterrir, indemne, dans le tas de foin qu'il avait préalablement choisi. Près de cinquante mètres plus bas. Ezio soupira et contempla une dernière fois, avec émerveillement, la ville s'étendant à ses pieds. La grande cité. La première mégapole. L'héritière de la Rome antique. Constantinople avait plus de mille ans. En son sein avaient déjà vécu, simultanément, des centaines de milliers d'habitants. À une époque qui n'était pas si lointaine – et où Rome et Florence faisaient figures de villages –, elle avait subi raids et ravages. Il savait que sa beauté légendaire n'était plus. Mais elle avait toujours impressionné ses assaillants. Tous les hommes ayant tenté de la soumettre. Et comme l'avait dit Yusuf, personne n'y était véritablement parvenu.

Ezio observa une dernière fois la ligne d'horizon de ses yeux perçants. Il réprima l'élan de tristesse qui envahissait son cœur et entreprit, à son tour, le Saut de la Foi.

CHAPITRE 20

Le lendemain matin, Ezio et Yusuf étaient assis à une table, dans la cour du quartier général, à réviser leurs plans de bataille. Ils savaient pertinemment que des messagers templiers ne tarderaient pas à arriver de Masyaf, si ce n'était déjà fait. Par conséquent, une attaque était à prévoir.

— Les Templiers ressemblent à une hydre, maugréa Ezio. Coupez-leur la tête, il leur en repousse deux.

— Pas à Rome, mentor. Grâce à toi.

Ezio se tut. Il testa du pouce le tranchant de sa lame-crochet, qu'il était occupé à huiler.

— Une arme splendide, Yusuf. Mes frères de Rome auront tout à gagner à l'ajouter à leur équipement.

— Ce n'est pas une chose très difficile à copier. Contente-toi de leur dire qui l'a inventée.

— Un peu d'entraînement ne serait pas du luxe, dit Ezio.

Il ne pensait pas être exaucé si vite. À ce moment précis, la porte donnant sur la rue s'ouvrit brusquement, avant qu'Azize ait le temps de s'y rendre, et Kasim, un des lieutenants de Yusuf, fit irruption dans la cour, les yeux fiévreux.

— Yusuf *bey*! Viens vite!

Yusuf se leva aussitôt.

— Que se passe-t-il?

— Une attaque sur deux fronts. Galata et le grand bazar!

— Ça ne s'arrêtera donc jamais! grogna Yusuf. Jour après jour, les mêmes mauvaises nouvelles. (Il se tourna vers Ezio.) Est-ce l'assaut groupé que tu redoutes?

— Je n'en ai aucune idée, mais nous devons faire face.

— Bien sûr. Veux-tu faire parler ta lame ?

— Tu connais déjà la réponse. Je suis prêt à tout pour m'améliorer.

— Bien parlé ! Il est grand temps d'utiliser ta lame-crochet à bon escient ! Allons-y !

CHAPITRE 21

Ils se mirent aussitôt à parcourir les toits de la ville, en direction de Galata. Quand ils furent presque arrivés à destination, ils descendirent dans la rue pour éviter d'attirer l'attention des arbalétriers byzantins. Malgré tout, ils se firent intercepter par une troupe de mercenaires lourdement armés qui leur intimèrent de faire demi-tour. Ils prétendirent reculer tout en se concertant.

— Sers-toi de ta lame-crochet, mentor, proposa Yusuf. Nous pouvons surmonter cet obstacle en utilisant le maximum de vitesse et le minimum de violence.

— Ça m'a tout l'air d'un plan judicieux.

— Regarde. On appelle cette technique une esquive au crochet.

Sans plus attendre, Yusuf se retourna vers la rangée d'hommes leur faisant face. Il fit son choix et se rua sur un des Byzantins. Arrivé à sa hauteur, sans lui laisser le temps de réagir – ni à lui, ni à ses camarades – il sauta en l'air, tendit les bras et actionna sa lame. Ensuite, en un clin d'œil, l'Assassin inséra le crochet dans la ceinture du soldat, poursuivit son mouvement et culbuta par-dessus sa cible avant de rétracter son arme. Une fois de l'autre côté, il s'éloigna à toute vitesse du groupe de mercenaires complètement stupéfiés. Ezio imita Yusuf avant qu'ils se regroupent. Tout en pirouettant par-dessus son soldat, il parvint à le cravater et à le plaquer au sol. Il atterrit quelques mètres plus loin et se hâta de rejoindre son compagnon.

Peu après, ils furent confrontés à d'autres gardes. Yusuf en profita pour enseigner une nouvelle technique à Ezio. Cette fois, juste avant d'arriver devant le mercenaire, l'Ottoman se courba, passa son crochet autour de la cheville de son adversaire et le renversa tout en le dépassant. Ezio imita le chef des Assassins d'Istanbul et le rattrapa.

—Ça, c'est un crocheté couru. (Yusuf esquissa un sourire malicieux.) Mais je constate que tu as un don naturel. Félicitations !

—J'ai failli trébucher. Je peux mieux faire.

—Tu auras l'occasion de t'entraîner.

—Attention ! En voilà d'autres !

Ils se trouvaient à un carrefour à quatre branches. Les rues étaient vides. L'échauffourée avait apeuré les habitants, qui s'étaient réfugiés dans leurs maisons pour s'y claquemurer. Malheureusement, Ezio et Yusuf étaient cernés. Des escadrons de Byzantins les chargeaient de tous côtés.

—Et maintenant ? demanda Ezio en dégainant son épée et en déclenchant la lame secrète qu'il portait au poignet gauche.

—Range tes armes, mentor. Quand il a assez couru, l'Assassin d'Istanbul doit prendre son envol.

Ezio s'empressa de suivre Yusuf qui s'était lancé à l'assaut du mur le plus proche en s'aidant de son crochet. L'Italien était de plus en plus agile. Une fois de retour sur les toits, Ezio remarqua que ces derniers étaient presque tous assortis de poteaux verticaux assez courts, d'où partaient des cordes goudronnées. Bien tendues, ces courroies étaient reliées à des dispositifs similaires, plus hauts ou plus bas, de sorte qu'un réseau de poulies et de palans reliait les habitations entre elles. Et Ezio se trouvait précisément à côté d'un poteau.

—Ce système de portage a été conçu pour déplacer les marchandises d'entrepôt en entrepôt, expliqua Yusuf. Et jusqu'aux domiciles des clients. Il est présent dans différents quartiers de la ville. Les marchands qui l'empruntent gagnent du temps. Les rues d'Istanbul sont étroites et souvent bondées. Et ça nous facilite également la vie.

Ezio regarda en bas. Les Byzantins qui les pourchassaient étaient en train de défoncer la porte de l'immeuble sur lequel ils avaient grimpé. Leurs armures étaient trop lourdes pour leur permettre de pratiquer l'escalade. Ils avaient donc décidé de les rejoindre par l'intérieur.

— On ferait mieux de se dépêcher.

— Encore une façon d'utiliser notre lame-crochet, dit Yusuf. Il suffit de la passer sur la corde, de s'accrocher, et de se laisser glisser. Bien sûr, ça ne marche qu'en descente !

— Je commence à comprendre pourquoi vous avez développé cette arme. Elle est parfaitement adaptée à Constantinople.

— Et comment ! (Yusuf jeta à son tour un coup d'œil à la rue en contrebas.) Mais tu as raison. Nous devons nous hâter !

Il parcourut les autres toits du regard. À cent mètres environ de leur position, au sommet d'un bâtiment situé plus bas, il repéra une sentinelle byzantine. L'homme leur tournait le dos pour mieux observer la ville qui s'étendait à ses pieds.

— Tu vois cet homme ? demanda Yusuf.

— Oui.

— Il y en a un autre, là-bas, à gauche. Sur un toit mitoyen.

— Je l'ai vu.

— Il faut qu'on s'occupe d'eux. (Yusuf étira sa lame-crochet et la passa sur la corde. Lorsqu'il vit Ezio s'apprêter à l'imiter, il leva la main en signe d'avertissement.) Ne me suis pas tout de suite. Laisse-moi le temps de te montrer.

— Je suis content d'apprendre les coutumes locales.

— Bienvenue sur notre tyrolienne maison ! Regarde !

Yusuf attendit que la deuxième sentinelle détourne le regard et se pendit de tout son poids à la corde. Elle plia légèrement, mais tint bon. Ensuite seulement, il fit basculer son corps dans le vide et glissa en silence le long de la courroie. Il visait la première sentinelle, totalement insouciante. Au dernier moment, Yusuf dégagea son crochet et se laissa tomber de quelques mètres sur sa cible. D'un coup circulaire de sa lame, il lui trancha le flanc, rattrapa l'homme avant qu'il tombe et le déposa délicatement sur le sol, avant de se camoufler furtivement derrière une extension du bâtiment, qui dépassait légèrement des tuiles. Une fois à couvert, il émit un cri étouffé à l'attention de la seconde sentinelle. Cette dernière fit volte-face pour voir d'où provenait le gémissement.

—Un Assassin! À l'aide! hurla Yusuf en grec, d'un ton anxieux.

—Tiens bon, j'arrive! s'exclama le second éclaireur avant de s'élancer au secours de son camarade.

À ce moment précis, Yusuf fit signe à Ezio qui se laissa porter à son tour par la corde. Il assomma le nouveau venu agenouillé au chevet de son camarade.

Yusuf le rejoignit et lança, en réprimant un fou rire:

—Comme dans du beurre. (Il reprit aussitôt son sérieux.) Je constate que tu te débrouilles comme un chef. Je propose donc qu'on se sépare. Je ferais mieux de filer à notre repaire du grand bazar, pour voir ce qui s'est passé. Rends-toi à celui de Galata! Tu pourras les aider.

—Comment y va-t-on?

Yusuf tendit la main.

—Tu vois cette tour?

—Oui.

—Notre repaire est juste à côté. Je ne peux pas être à deux endroits à la fois... Et maintenant que tu es là, à quoi bon? Allah soit loué pour ta venue, mentor. Sans ton aide...

—Tu t'en es très bien sorti jusqu'ici.

Yusuf lui prit la main.

—*Haydi rastgele* Ezio. Bonne chance.

—Bonne chance à toi aussi.

Yusuf partit vers le sud, et Ezio courut sur les tuiles ocre des toits pour rejoindre le réseau de cordages suivant. Il se fit glisser avec légèreté de poteau en poteau, sans rencontrer la moindre opposition, et bientôt – beaucoup plus vite que s'il avait emprunté la voix terrestre – il atteignit la base de la tour, où l'attendait son prochain combat.

CHAPITRE 22

Lorsque Ezio arriva à Galata, le combat s'était provisoirement interrompu. Il parvint à s'introduire dans le repaire sans être vu et fut accueilli par Dogan, le lieutenant de Yusuf, qu'il avait brièvement rencontré.

— Maître, c'est un honneur. Yusuf est avec toi ?

— Non. Ils ont lancé un autre assaut sur notre repaire du grand bazar. Il s'y est rendu en personne. (Ezio marqua une pause.) Quelle est la situation ?

Dogan épongea son front.

— Nous avons battu l'avant-garde, mais ils enverront sûrement des renforts.

— Tes hommes sont prêts pour un autre combat ?

Dogan gratifia Ezio d'un sourire las. Il semblait encouragé par l'assurance et l'enthousiasme de son mentor.

— À présent, oui.

— D'où penses-tu que viendra l'attaque ?

— Du nord. Ils croient que c'est notre point faible.

— Dans ce cas, assurons-nous que cela devienne notre point fort.

Dogan déploya ses hommes conformément aux instructions d'Ezio, et lorsque les Templiers menèrent leur assaut, les Assassins étaient fin prêts. Le combat fut aussi féroce que bref. Les Templiers perdirent cinq soldats sur la place située au pied de la tour servant de repaire aux Assassins. Quant à ces derniers, ils n'eurent à déplorer que trois blessés

– deux hommes et une femme. Aucun mort. Les mercenaires s'étaient fait battre à plates coutures.

— Ils ne se montreront pas de sitôt, fit remarquer Dogan lorsque tout fut fini.

— Espérons-le. D'expérience, je sais que les Templiers n'aiment pas être défaits de la sorte.

— S'ils s'amusent encore à ça sur notre territoire, ils devront s'y habituer.

Ezio sourit et frappa l'épaule de Dogan du plat de la main.

— Bien parlé. J'aime cette mentalité.

Sur ce, il prit congé.

— Où vas-tu ? demanda Dogan.

— Avertis-moi si les Templiers se regroupent. Je serai avec Yusuf au repaire du grand bazar.

— C'est peu probable, mais si ça se produit, tu seras le premier à le savoir.

— Occupe-toi bien des blessés. Ton sergent a reçu un méchant coup à la tête.

— Quelqu'un s'en charge en ce moment même.

— Puis-je me rendre au grand bazar par tyrolienne ?

— Le mieux, c'est de prendre le bac pour franchir la Corne. C'est le trajet le plus court vers la péninsule.

— Le bac ?

— Il devait y avoir un pont, mais pour une raison ou une autre, on ne l'a jamais construit.

— Ah oui, dit Ezio. On m'en a déjà parlé. (Il tendit la main à Dogan.) *Allaha ismarladik.*

— *Güle güle*, lança Dogan en lui rendant son sourire.

Le repaire qu'Ezio devait rejoindre était situé près du bazar, dans le quartier impérial, entre les échoppes elles-mêmes et l'ancienne basilique Sainte-Sophie, convertie en mosquée par les Ottomans. Mais le combat s'était déplacé au sud-ouest, près des quais de la rive sud. Tout d'abord, Ezio se posta sur un toit pour observer la bataille qui faisait rage dans les rues et les quais, en contrebas. La corde pendue au poteau le plus proche menait droit à Yusuf qui combattait dos à l'eau. L'Ottoman essayait de tenir à distance six mercenaires imposants, et ses compagnons étaient trop occupés pour lui venir en aide. Ezio s'accrocha à la corde et se laissa glisser, tout en déclenchant la lame secrète de son bras gauche. Il tomba de tout son poids sur deux des agresseurs, qui mordirent la poussière. Il les tua aussitôt. Les quatre autres Templiers se retournèrent vers Ezio, donnant à Yusuf le répit nécessaire pour se positionner sur leur flanc. Ezio ne rétracta pas sa lame-crochet.

Tandis que les quatre mercenaires se ruaient en hurlant vers le mentor, Yusuf les prit à revers en jouant de sa propre lame. Un des hercules avait acculé Ezio contre le mur d'un entrepôt. Il était presque sur lui lorsque l'Assassin se souvint de la technique du crocheté roulé, dont il s'était servi pour s'enfuir, et renversa son adversaire. L'homme se tordit de douleur par terre. Ezio lui porta le coup de grâce. Entre-temps, Yusuf s'était débarrassé de deux autres Byzantins. Quant au dernier, il avait pris la fuite.

Le combat fit encore rage sur d'autres fronts, mais la brigade de Yusuf parvint à prendre le dessus, et les Templiers finirent par battre en retraite vers le nord en arrosant les Assassins d'insultes, avant de disparaître dans les profondeurs de la ville.

— Content que tu sois arrivé à temps! lança Yusuf. Un peu plus et tu ratais mes nouveaux compagnons de jeu. (Yusuf essuya son épée, la rengaina et rétracta sa lame-crochet. Ezio l'imita.) Tu t'es battu comme un tigre, mon ami. On aurait dit que tu étais en retard à ton mariage.

— Ne veux-tu pas dire «en retard pour tes propres funérailles» ?

— Qui a envie d'arriver à l'heure à son enterrement ?

—En ce qui concerne mon mariage, je suis déjà en retard de vingt-cinq ans. (Ezio réprima ses idées noires, pourtant familières, et se secoua.) Suis-je arrivé à temps pour défendre le repaire ?

Yusuf haussa les épaules d'un air de regret.

—Hélas, non. Nous sommes seulement parvenus à sauver notre peau. Les Templiers ont pris les lieux. Lorsque je suis arrivé, il était déjà trop tard pour mener l'assaut. Ils s'étaient retranchés à l'intérieur.

—Ne perds pas espoir. Le repaire de Galata est sauf. Nous pouvons demander à ses Assassins de nous rejoindre.

Yusuf s'illumina.

—Avec mon armée ainsi doublée, nous reprendrons sous peu le repaire du bazar ! Viens ! Suis-moi !

CHAPITRE 23

Ils se frayèrent un chemin à travers les rues du gigantesque et labyrinthique souk. Le grand bazar, or et écarlate, était magnifique de frénésie, avec ses myriades d'échoppes. Tout s'y vendait, depuis les parfums jusqu'aux épices, en passant par les peaux de moutons et les précieux tapis persans en provenance d'Ispahan et de Kaboul, les meubles en bois de cèdre, les épées et les armures, les cafetières en bronze ou en argent avec leurs anses alambiquées et leurs becs allongés, les tasses à thé en forme de tulipe et les longs verres à *sharbat*. Il y avait là une abondance de marchandises défiant l'imagination – tout ce dont on pouvait rêver ! – et une armada de vendeurs dont les cris se faisaient écho, en une bonne dizaine de langues différentes.

Après avoir traversé la partie nord-est du souk, ils parvinrent aux rues les plus proches du repaire. La présence des Templiers s'y faisait sentir. Les bâtiments arboraient leurs bannières, et Ezio fut témoin des brimades subies par les marchands locaux.

— Comme tu peux le voir, quand les Templiers prennent le contrôle d'un quartier, ils aiment à marquer leur territoire. Il faut sans cesse les maintenir à distance, et ils nous défient à chaque nouvelle victoire.

— Pourquoi le sultan tolère-t-il cela ? C'est pourtant sa ville !

— Le sultan Bayezid est loin. Et le gouverneur ne dispose pas d'assez de troupes régulières pour contrôler la situation.

Sans nous… (Yusuf hésita avant de poursuivre, comme s'il pensait tout haut.) Le sultan combat les factions de son fils Selim, qui se trouve à des lieues au nord-est de la ville. Il y a des années qu'il est parti, depuis le tremblement de terre de 1509, si ce n'est avant. Il ferme les yeux sur tout ce chaos.

— Le tremblement de terre ?

Ezio se souvint que la nouvelle en était parvenue à Rome. Plus d'une centaine de mosquées et un millier d'autres constructions avaient été réduites en poussière. Près de dix mille habitants avaient perdu la vie.

— C'était indescriptible ! On a appelé ça le petit jour du jugement. Le raz-de-marée provoqué par le séisme en mer de Marmara a failli détruire les murailles méridionales. Mais le sultan est resté aveugle aux présages.

— Par contre, toi, tu gardes les yeux bien ouverts, *no* ?

— Plutôt deux fois qu'une. Crois-moi.

Ils débouchèrent sur un vaste *karesi* bondé de Templiers qui les fusillèrent d'un regard torve tandis qu'ils traversaient la place.

— Trop nombreux pour les affronter. Nous ne pouvons pas les attaquer de front. Nous ferions mieux d'utiliser ça.

Il fouilla dans la sacoche qu'il portait au côté et en sortit une bombe.

— Hmm, je ne crois pas qu'on s'en sortira avec une bombe fumigène.

Yusuf éclata de rire.

— Bombe fumigène ? Mon cher Ezio, il semble que l'Italie ait un siècle de retard. Ça n'aveugle pas, ça. Ça fait diversion.

Ezio s'éloigna et Yusuf lança le projectile à quelques pas devant lui. Il explosa sans faire le moindre dommage, mais propulsa en l'air quantité de petites pièces d'or qui se mirent à pleuvoir sur les mercenaires. Aussitôt, ils oublièrent Ezio et Yusuf et se retournèrent pour ramasser le butin, non sans jouer des coudes avec les civils qui essayaient de se joindre à eux.

— Qu'est-ce que c'était ? demanda Ezio tandis qu'ils continuaient leur chemin, sans craindre d'être interpellés.

Yusuf esquissa un sourire malicieux.

— On appelle ça une bombe à or. C'est rempli de petites pièces en pyrite, qui ressemble à s'y méprendre au précieux métal. Elles sont relativement économiques à produire.

Ezio regarda les soldats se disperser. Ils semblaient obnubilés par l'Or des fous.

— Tu vois ? s'exclama Yusuf. Personne n'y résiste. Mais nous ferions mieux de nous éclipser avant qu'ils aient glané leur butin.

— Décidément ! Tu me réserves bien des surprises, mon ami.

— La confection d'explosifs est un art que nous avons emprunté aux Chinois, et que nous exerçons avec passion.

— Je suis un peu rouillé, mais un ami m'a confectionné des grenades, il y a fort longtemps, en Espagne. Je ne suis donc pas totalement néophyte. Il faut absolument que tu m'enseignes ces nouvelles techniques.

— Avec joie ! Mais qui est le mentor ici ? On pourrait se le demander.

— Épargne-moi ton impertinence, Assassin ! s'exclama Ezio, tout sourires, en tapant sur l'épaule de son compagnon.

Ils empruntèrent une rue étroite qui les mena à une autre place. Comme de bien entendu – ils étaient dans un quartier infesté de Templiers –, de nombreux mercenaires s'y trouvaient déjà. Ces derniers, alertés par le raffut en provenance de l'autre *karesi*, respiraient la nervosité. Yusuf tendit à Ezio une poignée de petites bombes qu'il venait de sortir de sa sacoche.

— À toi, dit-il. Montre-moi ce dont tu es capable. Nous avons le vent dans le dos. Ça ne devrait donc pas poser de problème.

Les Byzantins s'avançaient vers les deux Assassins, l'épée à la main. Ezio ôta les goupilles des trois bombes qu'il tenait et les lança sur leurs assaillants. Les projectiles se brisèrent au sol en émettant des petits craquements inoffensifs. L'espace d'un instant, on aurait dit qu'il ne s'était rien passé. Mais les soldats hésitèrent et s'échangèrent des regards. Ensuite, ils toussèrent en tamponnant leurs uniformes, couverts d'une substance visqueuse proprement nauséabonde. Bien vite, ils battirent en retraite.

—Et voilà! dit Yusuf. Leurs femmes mettront des jours à les accepter de nouveau dans leurs couches.

—Une autre de tes surprises?

—Des bombes à l'huile de putois. Très utiles lorsqu'on choisit bien son moment. Et qu'on a le vent avec soi.

—Merci de m'avoir prévenu…

—Je ne t'ai pas prévenu.

—C'est ce que je voulais dire.

—Vite! On y est presque!

Ils traversèrent le *karesi* et gagnèrent une autre rue. Elle était plus large et flanquée de magasins qui semblaient fermés. Yusuf poussa avec précaution une des portes, qui s'ouvrit aussitôt. Elle donnait sur une petite cour intérieure occupée seulement par une dizaine de barriques et autant de caisses, bien rangées contre le mur du fond. Au milieu, une trappe ouverte donnait sur des marches en pierre qui s'enfonçaient dans le sol. Derrière les deux Assassins, dans le coin gauche, s'élevait une tourelle.

—C'est bien ce que je craignais, dit Yusuf. (Il se tourna vers Ezio et s'empressa d'expliquer sa pensée.) C'est l'un de nos repaires souterrains. De l'extérieur, il a l'air parfaitement vide, mais je suis persuadé que les Templiers l'ont mis sous bonne garde. Parmi la piétaille se trouve sûrement un capitaine. Puis-je te demander de le dénicher et de le tuer?

—Je reprendrai le contrôle de cette cachette.

— Bien. Lorsque tu auras fini, grimpe en haut de la tour et allume le flambeau. Il s'agit d'une autre bombe. Elle dégage la même fumée que celle utilisée par les Templiers pour sonner la retraite.

— Et toi ?

— Les mercenaires de la place comprendront vite ce qui s'est passé. Je vais y retourner et m'arranger pour les empêcher de nous suivre et d'appeler du renfort. J'ai deux bombes à phosphore à la ceinture. Ça devrait faire l'affaire.

— Donc tu utilises encore de vulgaires bombes fumigènes ! Yusuf hocha la tête.

— Oui. Mais celles-ci sont particulièrement corsées. (Il couvrit sa bouche et son nez d'un foulard.) Avant de m'en aller, je voudrais te montrer un autre tour de passe-passe. Avec ça, tu devrais les faire sortir de leur terrier. Je n'ai pas envie que tu descendes dans leur repaire et que tu les affrontes dans la pénombre. En revanche, dès qu'ils auront refait surface, tu pourras les cueillir l'un après l'autre sans aucun souci. (Il sortit de sa sacoche une dernière bombe aux allures de grenade et la soupesa.) Je la déclenche et je m'en vais. Nous devons absolument neutraliser les deux groupes de Templiers en même temps. Sinon, nous sommes perdus. Bouche-toi les oreilles. Ce n'est qu'un simple feu d'artifice rempli de sulfure, mais il tonne comme l'enfer. Ça devrait suffire à les déloger, mais je ne voudrais pas te crever les tympans.

Ezio s'exécuta et se posta à l'écart, dans un recoin sombre qui donnait sur la trappe. Il échangea la lame secrète de son bras gauche pour son pistolet et opta pour la lame-crochet en combat rapproché. Juste avant de ressortir dans la rue, Yusuf lança la bombe vacarme de l'autre côté du patio. Ensuite, il disparut.

La grenade fit un boucan de tous les diables. Tapi sous sa capuche, Ezio avait beau s'être bouché les oreilles, il n'en était pas moins sous le choc. Il secoua la tête pour reprendre ses esprits et dix Templiers émergèrent de la trappe, menés par un capitaine au nez rougeaud. Éblouis par l'éclat du soleil, ils regardèrent autour d'eux avec stupéfaction. Ezio se mit en branle aussitôt et en égorgea trois. Les mercenaires n'eurent pas le temps de réagir. À l'aide de sa lame-crochet, il en tua trois autres en une minute à peine. Soudain, deux nouvelles explosions retentirent au loin, accompagnées par une vague odeur de fumée, portée par le vent. Paniqués, trois autres Byzantins se carapatèrent.

— À point nommé, Yusuf, marmonna Ezio dans sa barbe.

Le capitaine de la cohorte fit face à Ezio. C'était un homme musculeux doté d'un strabisme divergent. Sur sa tunique rouge sombre, il portait une épaulière noire usée. Il tenait une lourde épée en acier de Damas de la main droite, et une dague courbe au bout crénelé de la gauche.

— Je vais te hacher menu! lança le capitaine d'une voix éraillée. Je t'éventrerai avec ma dague, avant de te décapiter avec mon épée. Tu es un homme mort, Assassin.

— Chers Templiers. Il serait temps que vous nous rejoigniez au XVIe siècle, répliqua Ezio.

Il leva le bras et son pistolet jaillit contre sa paume. Il tira. À bout portant, il avait peu de chance de rater sa cible, même de la main gauche. Effectivement, la balle s'enfonça dans le crâne du mercenaire, pile entre ses deux yeux.

L'homme tomba à genoux. Ezio traversa la cour à toute vitesse, sauta sur une des barriques et grimpa au sommet de la tour à l'aide de son crochet.

La balise lumineuse dont Yusuf lui avait parlé était toujours là. Personne n'y avait touché. Ezio plaça la fusée dans un petit mortier et, peu de temps après, elle s'élança dans le ciel, laissant dans son sillage une traînée de flammes vives et de fumée violette.

Ezio redescendit au pied de la tour et se retrouva nez à nez avec Yusuf.

— Je comprends que tu sois notre mentor, fit l'Ottoman. Tout s'est déroulé selon notre plan. (Ses traits respiraient le triomphe.) Partout, les Templiers se replient.

CHAPITRE 24

É tonnamment, le repaire du grand bazar était dans un très bon état malgré sa récente occupation par les Templiers.

— Il y a des dégâts ? demanda Ezio à Yusuf, qui avait les yeux rivés au plafond.

— Je n'en vois aucun. Les Templiers byzantins sont de mauvais hôtes, mais de bons occupants. Quand ils s'emparent d'un endroit, ils en prennent soin.

— Parce qu'ils comptent y rester ?

— Exactement ! (Yusuf se frotta les mains.) Nous devons tirer parti de cette maigre victoire pour te préparer à affronter nos amis grecs. Je t'ai montré comment utiliser nos bombes. L'idéal serait que tu puisses apprendre à les confectionner.

— Quelqu'un pourrait-il s'acquitter de cette tâche ?

— Bien sûr ! Le maître en personne ! Piri Reis.

— Piri Reis est… un des nôtres ?

— D'une certaine façon. Il préfère garder ses distances, mais il est très clairement dans notre camp.

— Je croyais qu'il se consacrait à la cartographie, fit remarquer Ezio en repensant à la carte de Chypre que lui avait offerte Ma'Mun.

— Cartographe, explorateur des mers, pirate… Ces derniers temps, il monte l'un après l'autre les échelons de la marine ottomane. C'est un homme aux multiples talents. Et il connaît Istanbul – Kostantiniyye – comme sa poche.

— Parfait. J'aurais autre chose à lui demander sur cette ville, en plus du mode de fabrication des bombes. Quand puis-je le rencontrer?

— Ne jamais remettre au lendemain ce qu'on peut faire le jour même! Nous n'avons pas de temps à perdre. Ce petit incident t'a-t-il fatigué? As-tu besoin de repos?

— Non.

— Parfait! Dans ce cas, je te mène aussitôt à lui. Son atelier n'est pas loin d'ici.

Piri Reis – l'amiral Piri – possédait un ensemble de pièces en enfilade au deuxième étage d'un immeuble situé au nord du grand bazar. De hautes fenêtres projetaient une lumière franche et froide sur la série bien ordonnée de tables de cartographie installées à même le plancher en teck de l'atelier bondé. Sur les bureaux se trouvaient des cartes disposées avec le plus grand soin. Ezio n'en avait jamais vu autant. Ni d'aussi variées. Une poignée d'assistants étaient assis devant elles, silencieux, travaillant avec zèle. Les murs ouest et sud étaient tapissés d'autres cartes, parfaitement épinglées de façon à former une fresque plus vaste. Cinq globes – un à chaque coin et un au milieu – complétaient ce tableau. Ils n'étaient pas achevés. Par endroits, de l'encre fraîche trahissait l'ajout des découvertes les plus récentes.

Le mur ouest était également couvert de dessins techniques très détaillés. De véritables chefs-d'œuvre de précision. Un coup d'œil rapide permit à Ezio de comprendre qu'il s'agissait de schémas de bombes. Les deux Assassins les longèrent pour se rendre au bureau de Piri. Ezio en aperçut assez pour constater que les armes étaient classées en plusieurs types. Certaines causaient la mort et d'autres permettaient soit d'entreprendre une manœuvre tactique soit de faire diversion. Il existait même une catégorie «prototypes». Enfin, ils parvinrent à une alcôve tout juste assez vaste pour accueillir un plan de travail derrière lequel trônait une étagère remplie d'instruments de métallurgie rangés avec soin.

Quel contraste avec le chaos qui régnait dans l'atelier de Leonardo! Ezio sourit en pensant à son ami.

Yusuf et Ezio surprirent Piri en plein travail. Il était attablé à un bureau installé sous les fenêtres. De six à sept ans le cadet d'Ezio, c'était un homme robuste et sain, au teint mat et au visage buriné. Sous son turban de soie azur, ses traits revêtaient une expression de force et de concentration. Ses yeux gris et vifs étaient absorbés par son étude. Sa luxuriante barbe brune, quoique suffisamment longue pour couvrir le col de sa tunique de brocarts argentés, était parfaitement soignée. Un pantalon bouffant bleu et de simples sabots de bois complétaient sa tenue.

Il gratifia Ezio d'un regard inquisiteur, que l'Assassin lui rendit. Yusuf fit les présentations.

— Quel est votre nom, déjà? demanda Piri.

— Ezio. Ezio Auditore da Firenze.

— Ah oui. L'espace d'un instant, j'ai cru que Yusuf avait dit «Lothario». Je n'ai pas saisi la différence.

Il jaugea Ezio. L'Assassin aurait juré avoir surpris une étincelle dans ses yeux. Sa réputation l'avait-elle précédé? Il conçut aussitôt de l'amitié pour cet homme.

— Je suis familiarisé avec vos œuvres, commença Ezio. Vos cartes, tout au moins. Je possède une copie de votre cartographie de Chypre.

— Vraiment? demanda le marin d'un air bougon.

Il n'avait pas l'air d'apprécier qu'on le dérange. Ou alors il aimait donner cette impression.

— Mais c'est pour bénéficier d'un autre aspect de votre expertise que je suis venu vous solliciter.

— C'était une bonne carte, dit Piri, ignorant la remarque d'Ezio. Mais je me suis nettement amélioré depuis. Pourriez-vous me montrer votre exemplaire?

Ezio hésita.

—Je ne l'ai plus, avoua-t-il. Je l'ai donné à un ami.

Piri leva les yeux.

—C'est très généreux de votre part, dit-il. Savez-vous à combien se vendent mes cartes?

—J'en ai bien conscience. Mais cet homme m'a sauvé la vie. (Ezio hésita de nouveau.) C'est un marin. Comme vous.

—Mmm. Comment s'appelle-t-il? J'ai peut-être entendu parler de lui.

—C'est un Mamelouk répondant au nom d'al-Scarab.

Le visage de Piri s'illumina soudain.

—Ce vieux brigand! Eh bien. J'espère qu'il en fera bon usage. Au moins est-il assez sain d'esprit pour ne rien entreprendre à notre encontre. (Il reporta son attention sur Yusuf.) Yusuf! Que fais-tu encore ici? N'as-tu rien de mieux à faire? Je t'en prie: pars et laisse ton ami avec moi. Je veillerai à lui donner tout ce dont il aura besoin. Les amis d'al-Scarab sont mes amis.

Yusuf sourit et prit congé.

—Je savais que je te laisserais en de bonnes mains, dit-il.

Dès qu'ils furent seuls, Piri reprit son sérieux.

—Je sais qui vous êtes, Ezio. Et j'ai une idée de la raison pour laquelle vous vous trouvez parmi nous. Souhaitez-vous boire quelque chose? J'ai du café, si vous appréciez ce breuvage.

—J'ai fini par y prendre goût.

—Parfait!

Piri frappa dans ses mains. Un de ses assistants hocha la tête et se leva. Quelques instants plus tard, il revint armé d'un plateau de bronze chargé d'une cafetière alambiquée, de deux tasses minuscules et de sucreries qu'Ezio n'avait encore jamais goûtées.

—J'ai rencontré al-Scarab lorsque j'étais moi-même dans la piraterie. Nous avons combattu côte à côte lors de la bataille de Lépante, il y a dix ans de cela, sous la bannière de mon oncle Kemal. Vous aurez sûrement entendu parler de lui ?

— Oui.

— Les Espagnols se sont battus comme des lions, mais ni les Vénitiens ni les Génois ne m'ont donné bonne impression. Vous êtes florentin, n'est-ce pas ?

— Oui.

— Un marin d'eau douce.

— Je suis issu d'une famille de banquiers.

— En surface, certes. Mais vos descendants étaient bien plus nobles en profondeur.

— Disons que la finance ne coule pas dans mes veines comme la piraterie dans les vôtres.

Piri éclata de rire.

— Bien dit ! (Il prit une gorgée de café, se brûla les lèvres et geignit de douleur. Ensuite, il se mit à l'aise dans son fauteuil, étira les bras et posa sa plume.) Mais assez badiné. J'ai constaté que vous aviez déjà regardé les schémas sur lesquels je travaille. Les avez-vous compris ?

— J'ai compris qu'il ne s'agissait pas de cartes.

— Êtes-vous venu me parler de cartes ?

— Oui et non. J'aimerais, avant toute chose, vous poser une question sur cette ville.

Piri écarta les mains.

— Je vous en prie.

Ezio sortit de sa sacoche le livre de Niccolò Polo, *La Croisade Secrète*, et le montra à Piri.

— Intéressant, dit l'explorateur. Il va de soi que je sais tout de la famille Polo. J'ai lu le livre de Marco. Si vous voulez mon avis, il exagère beaucoup.

— Je l'ai pris à un Templier à Masyaf. Yusuf connaît ce livre. Et ce qu'il contient.

— Masyaf ? Vous y êtes donc bien allé.

—Il y est fait mention de cinq clés permettant d'ouvrir la bibliothèque d'Altaïr. D'après ce que j'ai pu lire, Altaïr aurait confié ces clés à Niccolò. Ce dernier les aurait emmenées ici pour les camoufler.

—Ah. Et les Templiers le savent? Dans ce cas, seuls les plus rapides les trouveront.

Ezio acquiesça.

—Ils en ont déjà trouvé une, sous le palais de Topkapi. Je veux la récupérer et trouver les quatre autres.

—Alors, par où allez-vous commencer?

—Savez-vous où se trouvait l'ancien comptoir des Polo?

Piri le dévisagea.

—Je peux vous dire précisément où il se situait. Venez! (Il conduisit Ezio à une grande carte de Constantinople, parfaitement détaillée. Elle pendait au mur dans un cadre doré de simple facture. Piri l'observa un moment avant de désigner un endroit de l'index.) C'est ici. À l'ouest de Sainte-Sophie. Non loin de cet atelier. Pourquoi? Croyez-vous qu'il y ait un lien?

—J'ai une intuition qu'il me plaît de suivre.

Piri le considéra.

—Ce livre est inestimable, articula-t-il avec soin.

—Oui. Si je ne me trompe pas.

—Dans ce cas, prenez bien garde à ce qu'il ne tombe pas en de mauvaises mains. (Il se tut un long moment avant de poursuivre.) Et soyez prudent lorsque vous entrerez dans l'ancien comptoir des Polo. Cet endroit réserve bien des surprises.

—Voilà une remarque qui incite à la curiosité.

—Une curiosité que je ne saurais satisfaire, hélas. Soyez sur vos gardes, mon ami, c'est tout ce que je puis vous dire.

Ezio hésita un instant, mais décida de mettre Piri dans la confidence.

—Je pense que ma quête commencera là. Je suis certain que cet endroit recèle le premier indice qui me permettra d'avancer.

—C'est possible, dit Piri, sans développer. Néanmoins, gardez mon avertissement à l'esprit. (Sur ces mots, il se frotta vigoureusement les mains, comme pour éloigner quelque démon.) Maintenant que nous avons réglé cette affaire, que puis-je faire pour vous ?

—Je crois que vous avez deviné. Je suis chargé d'une mission pour le compte des Assassins. Peut-être la plus cruciale de toutes. Et Yusuf m'a dit que vous seriez prêt à me montrer comment confectionner les bombes que vous concevez ici.

—Ah, Yusuf… Il parle trop ! (Piri reprit son sérieux.) Je ne saurais compromettre ma position, Ezio. Je navigue désormais pour le sultan, et vous avez mon projet officiel devant les yeux. (Il désigna les cartes, avant de décocher un clin d'œil à Ezio.) Les bombes, c'est subsidiaire. Mais je suis toujours prêt à aider mes amis lorsqu'ils servent une cause juste.

—Vous pouvez compter sur ma discrétion. Comme j'augure pouvoir compter sur la vôtre.

—Bien. Suivez-moi. (Piri conduisit Ezio à l'alcôve creusée dans le mur ouest.) En réalité, les bombes font également partie de mon projet naval. Je me suis intéressé aux explosifs au cours de ma carrière militaire. Et j'ai mis ce savoir au service des Assassins. Ça leur donne un… avantage. (Il désigna ses schémas.) Je leur fabrique différents types de bombes. Certaines d'entre elles ne sont utilisées que par la Confrérie. Comme vous pouvez le voir, elles sont divisées en quatre catégories principales. Bien entendu, elles sont onéreuses. Mais la Confrérie l'a toujours compris.

—Yusuf m'a dit que les Assassins manquaient d'argent.

— Toutes les bonnes causes souffrent de ce problème, répliqua Piri. Mais Yusuf est un homme plein de ressources. J'imagine que vous savez comment utiliser ces armes.

— Il m'a donné un cours d'introduction.

Piri le jaugea.

— Bien. Comme Yusuf vous l'a promis, si vous souhaitez les confectionner vous-même, je suis prêt à vous en enseigner la méthode. (Il passa de l'autre côté du bureau et ramassa deux bouts de métal étranges. Ezio se pencha avec curiosité vers une troisième pièce, et fit mine de la prendre.) Ah, ah, ah! Ne touchez pas à cela! le prévint Piri. Un faux mouvement et « boum » !, tout le bâtiment s'écroule !

— Vous êtes sérieux ?

Piri éclata de rire.

— Si vous pouviez voir votre tête ! Laissez-moi vous montrer…

Piri passa les quelques heures qui suivirent à apprendre à Ezio comment fabriquer tous les types de bombes, et à passer en revue leurs ingrédients.

Tous les projectiles avaient pour constituant commun de la poudre à canon, mais peu d'entre eux provoquaient la mort. Quatre ans auparavant, lorsque Ezio avait attaqué la flotte de Cesare Borgia, à Valence, il avait eu l'expérience des bombes mortelles. Yusuf lui avait montré comment s'en servir pour faire diversion. Au moyen d'écrans de fumée, de coups de tonnerre, d'odeurs nauséabondes et de fausses pièces de monnaie. Parmi les bombes mortelles, certaines utilisaient de la poudre de charbon – ingrédient renforçant l'effet explosif de la poudre à canon – et d'autres, dites à fragmentation, se désagrégeaient en plusieurs éclats tuant aveuglément dans un vaste périmètre. D'autres contenaient du sang d'agneau. Elles aspergeaient leurs victimes en explosant, donnant à ces dernières l'illusion qu'elles étaient gravement mutilées, semant ainsi un bien utile vent de panique. Un autre type de bombes non létales, appelées chausse-trappes, avait pour objectif de retarder d'éventuels poursuivants. Elles projetaient des clous intriqués les uns dans les autres, bloquant ainsi la progression d'adversaires potentiels. Les plus incommodantes étaient sûrement celles à base de poudre de datura ou de belladone. Deux ingrédients particulièrement toxiques.

— La datura et la belladone font partie, avec la mandragore et la jusquiame, de ce qu'on appelle les herbes à sorcières, expliqua Piri d'un air sombre. Je n'aime pas les utiliser. Sauf en cas d'absolue nécessité et de danger mortel. En explosant parmi vos adversaires, la datura provoquera des délires, un dysfonctionnement du cerveau, puis la mort. C'est sûrement la plus terrible de mes bombes. La belladone génère quant à elle un gaz toxique tout aussi fatal.

— Les Templiers n'hésiteraient pas à en faire usage contre nous, s'ils en avaient l'occasion.

— Voilà un des nombreux paradoxes que l'humanité n'aura de cesse de résoudre jusqu'à atteindre – peut-être – la véritable civilisation, rétorqua Piri. Est-ce mal de combattre le mal par le mal ? N'est-ce pas simplement une façon de s'amender d'un comportement inexcusable ? Quelle que soit la partie concernée ?

— Pour l'heure, nous n'avons pas le luxe de nous poser de telles questions.

— Vous trouverez les ingrédients nécessaires à la confection de ces bombes dans diverses caches réparties à travers la ville, expliqua Piri. Yusuf vous indiquera où les trouver. Gardez vos yeux grands ouverts et tous les sens en alerte lorsque vous roderez dans les rues.

Ezio se leva pour prendre congé. Piri lui tendit sa main mate.

— Revenez me voir si vous avez besoin d'aide.

Ils échangèrent une poignée de main. Ezio ne fut pas surpris de sa fermeté.

— J'espère que nous nous rencontrerons de nouveau.

— Oh, fit Piri en esquissant un sourire énigmatique. Je n'ai aucun doute là-dessus.

CHAPITRE 25

E zio suivit les instructions de Piri et traversa de nouveau le grand bazar. Il ignora les flagorneries incessantes des marchands et se rendit dans le quartier ouest, par-delà la colossale basilique Sainte-Sophie. Il manqua de s'égarer dans le dédale de rues et de ruelles qui cernaient l'édifice, mais finit par atteindre l'endroit que Piri lui avait montré sur la carte.

C'était une librairie. Son enseigne arborait un nom vénitien.

Il entra. Quelle ne fut pas sa surprise – et son plaisir – lorsqu'il se trouva face à face avec la jeune femme qu'il avait rencontrée lors de son voyage ! Elle l'accueillit chaleureusement, mais il comprit immédiatement que ce n'était qu'en qualité de client potentiel. Elle n'avait pas l'air de le reconnaître.

— *Buon giorno ! Merhaba !* dit-elle, en passant automatiquement de l'italien au turc. Soyez le bienvenu.

Elle s'activait au milieu de ses livres. Elle se retourna vers Ezio, non sans renverser une pile instable. Cette boutique était l'antithèse de l'atelier bien ordonné de Piri.

— Ah ! fit la jeune femme. Pardonnez ce désordre. Je n'ai pas encore eu le temps de ranger depuis mon retour.

— Vous revenez de Rhodes, non ?

Elle le dévisagea avec surprise.

— *Si.* Comment le savez-vous ?

— Nous étions sur le même bateau. (Il s'inclina légèrement.) Je m'appelle Ezio Auditore.

— Sofia Sartor. Je vous connais, monsieur ?

Ezio sourit.

—Maintenant, oui. Puis-je faire un tour ?

—*Prego*. Mes plus beaux ouvrages sont au fond.

Prétextant s'intéresser aux livres stockés dans un chaos apparent sur des étagères en bois qui ployaient sous leur poids, Ezio explora les profondeurs obscures du magasin.

—Quel plaisir de rencontrer un autre Italien ici, dit Sofia en le suivant. La plupart ne quittent jamais Galata ou le quartier vénitien.

—Plaisir partagé. Je pensais que la guerre entre Ottomans et Vénitiens avait chassé la plupart de nos compatriotes. Après tout, elle ne s'est achevée qu'il y a sept ou huit ans.

—Mais Venise a conservé ses îles de la mer Égée. Tout le monde semble s'être entendu à ce propos, rétorqua-t-elle. Pour le moment, tout au moins.

—C'est pour cela que vous êtes restée ?

Elle haussa les épaules.

—Je vivais ici avec mes parents, quand j'étais petite. La guerre nous a chassés, mais j'ai toujours su que je reviendrais. (Elle hésita.) D'où venez-vous ?

—De Florence.

—Ah.

—Cela vous pose un problème ?

—Non, non. J'ai rencontré des Florentins très sympathiques.

—Nul besoin de paraître surprise.

—Désolée. Si vous avez la moindre question au sujet des livres, n'hésitez pas à me solliciter.

—*Grazie*.

—J'en ai d'autres dans la cour, si cela vous intéresse. (Soudain, elle parut triste.) J'en ai plus que je ne saurais jamais en vendre, pour être parfaitement honnête.

—Pourquoi vous êtes-vous rendue à Rhodes ?

— Les chevaliers de Rhodes sont inquiets. Ils savent que les Ottomans n'ont pas abandonné l'idée de reprendre l'île. Ils pensent que ce n'est qu'une question de temps. Philippe de Villiers de L'Isle-Adam vendait une partie de leur bibliothèque. J'y suis allée en voyage d'affaires, si vous voulez. Malheureusement, je n'en ai pas fait beaucoup. Leurs prix sont exorbitants.

— De L'Isle-Adam est un grand maître compétent. Et un brave homme.

— Vous le connaissez?

— Seulement de réputation.

Sofia le regarda déambuler.

— Bon. J'apprécie votre conversation, mais êtes-vous sûr de n'avoir pas besoin de renseignements? Vous m'avez l'air un peu perdu.

Ezio opta pour la franchise.

— Pour tout vous dire, je ne souhaite rien vous acheter.

— Dans ce cas, dit-elle avec brusquerie, sachez que je ne fais pas dans la gratuité, *messer*.

— Veuillez m'excuser. Mais si vous demeurez en ma compagnie, je vous promets de m'amender.

— Comment?

— J'y travaille.

— Je dois dire que…

Ezio lui fit signe de se taire. Il avait déplacé une des étagères tapissant le mur de la cour intérieure. Non seulement il semblait plus épais, mais Ezio y avait repéré une fêlure qui, en réalité, n'en était pas une.

Il s'agissait de l'encadrement d'une porte habilement camouflée.

— *Dio Mio!* s'exclama Sofia. Qu'est-ce que ça fait ici?

— Personne n'a jamais déplacé ces étagères?

— Non. Elles étaient en place lorsque mon père a repris la boutique. Avant cela, l'échoppe était désaffectée depuis des années. Voire des dizaines d'années.

— Je vois.

Ezio brossa le mur du plat de la main pour en ôter plusieurs couches de poussière et de gravats qui dataient sûrement de bien plus que quelques décennies, mais ne trouva pas de poignée. Ni aucun système d'ouverture. Heureusement, il se souvint subitement de la porte secrète qui menait de la forteresse familiale de Monteriggioni à la crypte secrète de son oncle... et finit par dénicher un clapet secret. Peu après, la porte s'ouvrit vers l'intérieur. Dans l'épaisseur du mur, des marches s'enfonçaient dans le sol. Les souterrains baignaient dans les ténèbres.

— Incroyable, fit la femme en regardant par-dessus l'épaule d'Ezio.

Il sentit sa peau et la douce odeur de ses cheveux.

— Avec votre permission, je vais voir où mène cet escalier, dit-il d'un ton décidé.

— Laissez-moi vous apporter de quoi vous éclairer.

Elle revint aussitôt, munie d'une bougie et d'une boîte d'allumettes.

— Qui êtes-vous, *messere*? demanda-t-elle en le regardant droit dans les yeux.

— L'homme le plus intéressant que vous ayez croisé.

Elle esquissa un sourire furtif.

— Ah! *Presuntuoso*!

— Restez ici. Ne laissez personne entrer dans votre boutique. Je serai de retour sous peu.

Il l'abandonna et descendit les marches jusqu'à un tunnel, qui semblait s'enfoncer dans les entrailles de la terre.

CHAPITRE 26

E zio se retrouva dans une gigantesque citerne souterraine. À la faible lueur de sa bougie, il distingua une série de voûtes en plein cintre, soutenues par d'innombrables rangées de colonnes élancées, dont les chapiteaux étaient décorés d'une variété de symboles. Parmi eux, Ezio reconnut des yeux. Certaines bases sculptées représentaient, très bizarrement, des Gorgonéions inversés.

Ezio reconnut cet endroit. C'était la Yerebatan Sarnici. L'immense réservoir d'eau construit sous Constantinople. Niccolò Polo le mentionnait dans son livre. C'était Justinien qui l'avait édifié pour stocker l'eau, quelque mille ans auparavant. Mais Ezio avait beau connaître leur nature, les lieux n'en étaient pas moins angoissants. Il était fortement impressionné par ce gigantesque et caverneux espace. À en croire l'écho de ses pas, la citerne était aussi vaste qu'une cathédrale. Néanmoins, *La Croisade Secrète* livrait des indices quant à l'emplacement de l'une des clés. Ils étaient délibérément obscurs, mais Ezio décida néanmoins de les suivre, en se concentrant sur chaque détail.

Ce n'était pas une mince affaire de patauger en silence dans l'eau peu profonde qui tapissait le sol de la citerne. Toutefois, avec un peu d'entraînement, Ezio parvint à limiter les clapotis. Heureusement, d'autres gens s'affairaient devant lui. Leur vacarme lui simplifiait la tâche en noyant le bruit de ses pas. Il n'était donc pas le seul à s'être lancé dans cette quête. Avant d'être en sa possession, ce livre avait été compulsé par les Templiers.

Ezio repéra des lumières, éteignit sa bougie et se faufila dans leur direction. Bientôt, il devina les silhouettes de deux Byzantins. Ils étaient assis dans une galerie sombre, près d'un feu aux flammes peu vives. Ezio s'approcha. Ses rudiments de grec lui permirent de comprendre le sens général de leur conversation.

L'homme qui parlait était de mauvaise humeur et ne s'en cachait pas. Il semblait même au bord de la crise de nerfs.

— *Ti distihia!* maugréait-il. Quelle misère ! Tu sais depuis combien de temps on fouille ce bassin répugnant ?

— Je suis là depuis des semaines, répondit son camarade, plus calme.

— Ce n'est rien du tout ! On a commencé il y a treize mois ! Depuis que le Grand maître a trouvé cette clé maudite ! (Il s'apaisa quelque peu.) Mais il ne sait pas du tout où chercher. Tout ce qu'il sait, c'est qu'elles sont quelque part dans la ville, lâcha-t-il sur un ton sardonique.

En entendant cela, l'autre soldat s'agita. Il avait l'air effaré à l'idée de la tâche à accomplir.

— Et elle est tellement grande…

— Je sais ! C'est bien ce que je dis ! Enfin, pas trop fort…

Ils furent interrompus par l'arrivée d'un sergent.

— Retournez à vos postes, bons à rien ! Bougez-vous les fesses ! On ne vous paie pas pour rester assis toute la journée !

Les deux hommes se remirent au travail en grommelant. Ezio les suivit discrètement, dans l'espoir de grappiller quelques informations supplémentaires. Les soldats furent bientôt rejoints par d'autres, tout aussi mécontents et de mauvaise disposition. Mais Ezio devait rester sur ses gardes. Ils avaient beau être fatigués et d'humeur exécrable, ils n'en demeuraient pas moins vigilants et entraînés.

— Petros! s'exclama l'un d'entre eux. Vérifie qu'on a assez de torches pour les fouilles. J'en ai assez de toujours trébucher dans le noir.

Ezio redoubla d'attention lorsqu'il entendit le mot « fouilles ». Malheureusement, quand il se remit en route, son attirail racla légèrement une colonne et le plafond voûté amplifia le grattement anodin.

L'homme répondant au nom de Petros jeta un coup d'œil derrière lui.

— Il y a un intrus parmi nous, siffla-t-il. Ouvrez l'œil et soyez prêts à dégainer.

Aussitôt, la troupe se mit à l'affût. Les soldats, effrayés, s'interpellaient à mi-voix.

— Vous voyez quelque chose ?

— Fouillez partout !

Ezio s'enfonça plus profondément dans l'ombre et attendit patiemment que le vent de panique retombe. Il devait faire d'autant plus attention que l'acoustique des lieux était décuplée.

Peu à peu, les gardes se remirent au travail. Plus Ezio les regardait faire, plus il avait l'impression qu'ils tâtonnaient. Et qu'ils en avaient conscience. Mais l'Assassin continua de les observer dans l'espoir de dégager une tendance, tout en écoutant leur conversation à bâtons rompus.

— Ça pue.

— Tu t'attendais à quoi ? On est dans les égouts !

— J'ai besoin d'air.

— Patience ! La relève arrive dans trois heures !

— Taisez-vous ! aboya le sergent en s'approchant de nouveau. Et ouvrez grand vos oreilles. Seigneur ! C'est à se demander pourquoi on vous a choisis pour une mission aussi délicate !

Ezio les dépassa et gagna une berge en pierre. Deux jeunes officiers devisaient, debout près d'un brasero. Il les écouta.

—Tout ce que je sais, c'est qu'on a une longueur d'avance sur les Assassins, dit l'un d'entre eux.

—Le Grand maître nous a enjoint de nous hâter. Selon lui, ils nous suivraient de près.

—Il est sûrement bien renseigné. Elles ressemblent à quoi, ces clés, d'ailleurs?

—À celle qu'on a découverte sous le palais. Enfin, à ce qu'on suppose.

L'autre lieutenant se secoua.

—Huit heures dans cette puanteur. *Apistefto!*

—Je suis d'accord. Je ne me suis jamais autant ennuyé de ma vie.

—C'est vrai. Mais nous allons sûrement trouver les clés sous peu.

—Tu rêves!

Le premier lieutenant regarda autour de lui.

—Qu'est-ce que c'était?

—Sûrement un rat. Seul le Sauveur sait combien il y en a, ici.

—J'ai l'impression de voir les ombres bouger.

—C'est à cause des flammes.

—Il y a quelqu'un. Je le sens.

—Fais attention. À force d'être enfermé ici, tu vas devenir fou.

Ezio s'éloigna pas à pas des deux officiers. Il était pressé, mais il avait peur de troubler l'eau qui entourait ses mollets. Il longea, à tâtons, le mur d'un passage humide, bien plus bas et plus étroit que les galeries soutenues par les colonnades. Il avait l'impression d'aller dans la bonne direction. Lorsqu'il n'y eut plus aucun signe des Templiers, il se sentit suffisamment en confiance pour s'éclairer de nouveau. Il sortit la bougie et la boîte d'allumettes de sa sacoche et entreprit de rallumer la mèche. En priant pour ne rien faire tomber.

Il était enfin prêt. Il resta un moment immobile pour s'assurer qu'il n'était pas suivi, et s'engouffra dans les méandres du tunnel. Après quelques virages, celui-ci se divisait en plusieurs branches. À la grande consternation d'Ezio. Il opta à plusieurs reprises pour la mauvaise direction, se heurtant toujours à un cul-de-sac, mais il retrouva chaque fois son chemin. Au bout d'un certain temps, il eut l'impression d'errer dans quelque labyrinthe. Mais il n'en continua pas moins son exploration à travers les galeries sombres. Il commençait à se demander s'il allait bien dans la bonne direction – et s'il pouvait faire confiance à la libraire – lorsqu'il aperçut une lueur, droit devant lui. Guère plus lumineuse qu'une luciole, elle suffit néanmoins à le guider.

Il suivit le tunnel et parvint à une petite pièce circulaire. Son toit voûté se perdait dans les ténèbres. Ses murs étaient ponctués, à intervalles réguliers, par des demi-colonnes. Pour seul bruit, on n'entendait que le clapotis de fines gouttelettes.

Au milieu de la pièce s'élevait un petit pupitre en pierre sur lequel reposait une carte pliée. Ezio l'ouvrit et se rendit compte qu'il s'agissait d'un plan de Constantinople, extrêmement détaillé, au centre duquel figurait l'ancien comptoir des Polo. La carte était divisée en quatre sections. Chacune d'entre elles était caractérisée par un monument précis. Dans les marges, on pouvait lire les titres de douze livres. Quatre d'entre eux se référaient clairement aux sections mises en valeur. Leurs lettrages étaient verts, bleus, rouges et noirs.

Ezio replia la carte avec soin et la rangea dans sa sacoche. Ensuite, il reporta son attention sur l'objet placé au milieu du pupitre.

Il s'agissait d'un disque de pierre ouvragé, de dix centimètres de diamètre. Il était fin, fuselé sur les bords et sculpté dans un matériau ressemblant à de l'obsidienne. Son centre était percé d'un trou parfaitement circulaire d'un centimètre de diamètre et sa surface gravée représentait des symboles. Ezio en reconnut certains, qui figuraient dans le Codex appartenant à son père et à son oncle. On pouvait distinguer un soleil dont les rayons, tels des membres, semblaient irriguer la terre ; des créatures humanoïdes au sexe indéterminé affublées d'yeux, de lèvres, de nez, de fronts et de ventres hypertrophiés ; et enfin des symboles mathématiques et des formules absconses.

C'était de cet objet qu'émanait la lueur timide.

Ezio le prit en main avec révérence. La dernière fois qu'il avait ressenti un tel émerveillement, c'était en soupesant la Pomme. Il savait pertinemment ce qu'il venait de trouver.

À mesure qu'il manipulait le disque, la luminescence s'intensifiait.

Che succede ? pensa Ezio. *Que se passe-t-il ?*

Soudain, la lueur devint aveuglante ; à tel point qu'il dut se protéger les yeux.

Et la crypte fut envahie par un raz-de-marée lumineux.

CHAPITRE 27

Bizarrement, Ezio était présent sans l'être. Peut-être était-il plongé dans un rêve ? À moins que ce ne soit une sorte de transe ? Dans tous les cas, il savait parfaitement où et quand il se trouvait. Et c'était plusieurs centaines d'années avant sa naissance, à la fin du XIIᵉ siècle. *En l'an de grâce 1189*, lui suggérait sa conscience tandis qu'il marchait – ou plutôt qu'il flottait – à travers des nuages tourbillonnant et des rais de lumière surnaturels et chaotiques. Les nimbes finirent par s'ouvrir pour mieux révéler, au loin, une forteresse impressionnante. Ezio la reconnut sur-le-champ. Masyaf. On entendait les clameurs d'un combat à mort. Puis les sabots d'un cheval lancé au galop. Un jeune Assassin vêtu de blanc, la tête couverte d'une capuche, chevauchait à bride abattue.

Plus Ezio le regardait, plus il lui semblait perdre sa propre identité. Sa personnalité propre. Il savait ce qui se passait. Il avait l'impression de s'en souvenir. C'était un message venu du passé. Il ne s'en souvenait pas vraiment, mais la scène lui était étrangement familière…

Le jeune homme en blanc chargeait, l'épée dégainée. Il franchit le seuil du château et s'élança dans la mêlée. Deux croisés solidement charpentés s'apprêtaient à donner le coup de grâce à un Assassin blessé. Le jeune cavalier se pencha de sa selle, abattit un des soldats d'un coup net, ralentit et sauta de sa monture pour atterrir dans un nuage de poussière. Le second croisé fit volte-face pour l'affronter. En un clin d'œil, le jeune homme dégaina un couteau de lancer et visa. La lame s'enfonça dans le cou de son adversaire, juste sous le heaume, et l'homme tomba à genoux, puis face contre terre.

Le jeune combattant se rua au secours de son camarade qui s'était adossé à un arbre. Son épée lui avait glissé des mains. Le dos contre le tronc, légèrement penché en avant, il massait sa cheville en grimaçant de douleur.

—Tu es blessé? demanda le jeune homme, inquiet.

—Le pied cassé. Tu arrives à point nommé.

Le jeune homme s'inclina vers son compagnon pour l'aider à se relever. Il lui plaça un bras sur sa propre épaule et entreprit de le guider jusqu'à un banc, contre le mur en pierre d'un bâtiment annexe.

L'Assassin blessé leva les yeux sur lui.

—Quel est ton nom, mon frère?

—Altaïr, fils d'Umar.

Les traits de l'homme s'illuminèrent.

—Umar… ah oui. Un juste qui est mort comme il a vécu. Avec honneur.

Un troisième Assassin tituba vers eux. Il s'était extrait du cœur de la bataille. Il était sanguinolent et épuisé.

—Altaïr! s'exclama-t-il. Nous avons été trahis! L'ennemi a envahi la forteresse!

Altaïr Ibn-La'Ahad termina le bandage qu'il était en train de confectionner pour son camarade blessé. Ensuite, il lui tapota l'épaule et le rassura.

—Tu survivras. (Ensuite, il se tourna vers le nouveau venu. Les deux hommes s'échangèrent un regard sans chaleur.) Triste nouvelle, Abbas. Où est Al Mualim?

Abbas secoua la tête.

—Il était à l'intérieur quand les croisés ont percé l'enceinte. Nous ne pouvons plus rien pour lui.

Altaïr ne répondit pas immédiatement. Il se tourna vers le château qui s'élevait parmi les éperons rocheux à quelques centaines de mètres, et réfléchit.

—Altaïr! l'interrompit Abbas. Il faut nous replier!

Altaïr reporta son attention sur son compagnon.

—Écoute, lui dit-il d'un ton calme. Quand je fermerai les portes, prenez les croisés à revers au village et repoussez-les vers les gorges, à l'ouest.

—Encore une de tes tactiques inconscientes! grogna Abbas avec rage. Tu n'as aucune chance!

—Abbas! le réprimanda Altaïr d'un ton sec. Contente-toi de ne pas commettre d'erreur.

Il remonta à cheval et se dirigea vers la forteresse. Tout en parcourant ce chemin familier, il sentit son cœur s'alourdir à la vue des scènes de destruction qui s'offraient à lui. Les villageois étaient étendus au bord de la route. Une femme leva la tête sur son passage et s'écria:

—Que Dieu maudisse les croisés! Qu'ils meurent tous au fil de ton épée!

—Laisse les prières aux prêtres, ma sœur.

Altaïr encouragea sa monture, mais sa progression se trouvait ralentie par les groupes de croisés occupés à piller et à pourchasser les paysans qui fuyaient la forteresse assiégée. Par trois fois, il perdit une énergie et un temps précieux pour défendre ses gens des déprédations de ces rustres de Francs qui se prétendaient soldats du Christ. Tandis qu'il chevauchait vers Masyaf, leurs remerciements et encouragements résonnaient à ses oreilles et décuplaient son courage.

—Dieu te bénisse, Assassin!

—J'ai cru mourir! Merci!

—Boute ces croisés à la mer une bonne fois pour toutes!

Enfin, il atteignit le seuil du château. La herse était bloquée en position ouverte. Altaïr leva les yeux. À quelque trente mètres au-dessus de lui, un frère se démenait pour actionner le mécanisme. Un escadron d'Assassins était posté au pied d'une des tours les plus proches.

— Pourquoi les portes sont-elles encore ouvertes ? demanda Altaïr.

— Les deux treuils sont coincés ! Les ennemis ont envahi la place !

Altaïr reporta son attention sur la cour. Un groupe de croisés le chargeait. Il héla le sergent en charge de l'escadron d'Assassins.

— Tenez votre position !

Il rengaina son épée, sauta de cheval et se mit à escalader le mur extérieur de la tour de garde pour rejoindre son camarade aux prises avec les treuils. Ils y mirent toutes leurs forces, et leurs efforts furent récompensés. La herse fut partiellement libérée. Assez pour s'abaisser de quelques mètres en grinçant et en grognant.

— Nous y sommes presque, dit Altaïr, la mâchoire crispée.

Les muscles tendus à l'extrême, les deux hommes s'acharnèrent sur les rouages du second treuil. Il finit par céder à son tour, et la porte s'abattit lourdement. En bas, la bataille faisait rage. Les Assassins réussirent à se dégager à temps, mais les troupes croisées furent divisées. Certains restèrent à l'intérieur, d'autres à l'extérieur.

Altaïr descendit les marches en pierre menant de la petite tour de garde à la cour principale de Masyaf. Çà et là, les cadavres éparpillés des Assassins attestaient de la férocité des combats qui venaient de se dérouler. Il observa les environs, inspecta les remparts et les courtines, et vit la porte de la forteresse principale s'ouvrir sur un bataillon d'infanterie d'élite. Altaïr retint son souffle. Les croisés avaient capturé le mentor de la Confrérie. Al Mualim. Il était dans un état de semi-conscience. Deux croisés particulièrement brutaux le traînaient sans ménagement.

Altaïr reconnut une silhouette munie d'une dague. C'était un homme rude au regard sombre et impénétrable. Son faciès était défiguré par une cicatrice au menton, et ses cheveux clairsemés étaient retenus sur sa nuque par un ruban noir.

Haras.

Altaïr s'était souvent demandé si Haras leur était véritablement loyal. Depuis qu'il était devenu Assassin, il ne s'était jamais satisfait du rang hiérarchique qu'on lui avait attribué au sein de la Confrérie. Il voulait brûler les étapes. Qu'importe si ce parcours était moins méritant. Certes, il avait acquis une fabuleuse réputation de guerrier – il se battait comme un serpent –, mais il était parvenu à s'immiscer dans les secrets d'autrui en feignant la complicité. Il était très doué pour adapter sa personnalité à celle de ses interlocuteurs. Son ambition avait dû avoir eu raison de lui. Il avait dû saisir une opportunité, trahissant sans vergogne ses compagnons pour les livrer aux croisés. Il allait jusqu'à porter leur uniforme.

— Un autre pas, Altaïr, et ton mentor périra! cria-t-il.

À ces mots, Al Mualim se raffermit, se drapa de toute sa dignité et ordonna :

— Tue ce misérable, Altaïr! Je n'ai pas peur de la mort!

— Tu ne sortiras jamais d'ici en vie, traître! lança Altaïr à l'adresse de Haras.

Ce dernier éclata de rire.

— Non. Tu fais erreur. Je ne suis pas un traître… (Il saisit le heaume pendant à sa ceinture et le montra à l'Assassin. C'était un heaume de croisé! Haras rit de plus belle.) Car on ne saurait trahir ceux qu'on n'a jamais aimés.

Haras s'avança vers Altaïr.

— En cela, tu es pire qu'un traître, rétorqua ce dernier, car tu as vécu un mensonge.

Tout se passa très vite. Haras dégaina son épée et exécuta une fente en direction d'Altaïr. À ce moment précis, Al Mualim parvint à se libérer. Faisant preuve d'une force étonnante pour son grand âge, il subtilisa son épée à l'un des deux gardes et s'en servit pour l'occire. Cette manœuvre déconcertra brièvement Haras. Altaïr en profita pour actionner sa lame secrète et attaquer le traître. Mais celui-ci esquiva furtivement et assena un coup sournois à Altaïr qui avait momentanément perdu l'équilibre. L'Assassin fit un roulé-boulé sur le côté et se remit rapidement debout, tandis qu'un détachement de croisés se précipitait au secours de Haras. Altaïr aperçut, du coin de l'œil, Al Mualim combattre un autre groupe de soldats.

—Achevez ce bâtard ! grogna Haras en se mettant hors de danger.

Altaïr sentit la rage l'envahir. Il se rua en avant, égorgea deux de ses adversaires et fit fuir les deux autres. Haras était de nouveau isolé. Altaïr l'accula dans un coin. Le traître était pétrifié de terreur. L'Assassin devait faire vite s'il voulait porter assistance à son mentor.

Le croyant distrait, Haras tenta une fente qui lacéra la tunique de l'Assassin. Ce dernier rompit, pour mieux plonger sa lame secrète à la naissance du cou de son ennemi, juste au-dessus du sternum. Le traître émit un gémissement étranglé et s'affaissa contre le mur. Altaïr se posta devant lui pour mieux le toiser.

Haras leva les yeux vers lui. L'Assassin lui voilait le soleil.

—Ta foi en la nature humaine te perdra, Altaïr, dit-il. (Ses mots étaient à peine audibles à travers les gargouillis du sang giclant sur sa poitrine.) Les Templiers prêchent la vérité. Les hommes sont faibles, vils et bas.

Sans le vouloir, c'était lui qu'il décrivait.

—Non, Haras. Notre Credo est la preuve du contraire. Essaie de t'y conformer une dernière fois. Même si ton heure est venue. Je t'en supplie. J'ai pitié de toi. Repends-toi.

—Tu ignores encore tant de choses, Altaïr. Et tu apprendras à tes dépens. (Soudain, Haras prit un air songeur.

Son regard avait beau sombrer lentement dans la mort, il lutta pour parler.) Peut-être ne suis-je pas assez sage pour comprendre votre Credo… Mais il se pourrait plutôt… que je le sois trop pour croire à ces inepties.

Soudain, ses yeux se changèrent en deux billes de marbre, et son corps s'affala sur le côté, laissant échapper un long soupir rauque. Il avait rendu l'âme.

Le doute que Haras avait insinué dans l'esprit d'Altaïr ne germa pas immédiatement. Sa besogne était telle qu'il n'avait pas le temps de réfléchir. Le jeune homme fit volte-face et rejoignit son mentor. Ils combattirent côte à côte et parvinrent à mettre la troupe de croisés en déroute. Ceux qui ne mordirent pas la poussière maculée de sang s'enfuirent sans demander leur reste.

Autour des deux hommes, tous les signes annonçaient leur victoire. La bataille venait de tourner à leur avantage. Peu à peu, l'armée adverse battait en retraite hors de la forteresse. Le combat se déplaçait en contrebas.

Altaïr et Al Mualim n'avaient pas ménagé leurs efforts. Ils s'autorisèrent un moment de répit sous un arbre, au coin de la porte donnant sur l'enceinte intérieure.

— Cet homme, ce misérable Haras, tu lui as donné l'opportunité de racheter son honneur, de reconnaître ses erreurs. Pourquoi ?

Altaïr fut flatté que le mentor lui demande son avis.

— Nul ne devrait quitter ce monde sans connaître la bonté de son prochain. Sans une chance de se repentir.

— Mais il a rejeté ta clémence.

Altaïr haussa légèrement les épaules.

— C'était son droit.

Al Mualim dévisagea Altaïr un long moment, avant de sourire et de hocher la tête. Ils se dirigèrent de conserve vers la porte du château.

—Altaïr, commença Al Mualim. Je t'ai vu devenir un homme en si peu de temps que cela me remplit à la fois de chagrin et de fierté. Mais je dois dire que tu fais pleinement honneur à Umar.

Altaïr redressa la tête.

—Je ne m'en souviens pas comme d'un père. C'était un Assassin avant tout.

Al Mualim posa une main sur son épaule.

—Tu es né toi aussi au sein de cet Ordre. De notre Confrérie. (Il s'interrompit.) Le regrettes-tu ?

—Comment regretter la seule vie que je connaisse ?

Al Mualim approuva avec sagesse, leva brièvement les yeux et fit signe à une vigie postée sur la muraille.

—Il se pourrait que cela t'arrive, un jour. Et toi seul pourras choisir la voie qui te correspondra.

En réponse au signe d'Al Mualim, les hommes postés sur la tour de garde remontèrent la herse.

—Viens, mon garçon…, dit le vieil homme. Et aiguise ta lame. Cette bataille est loin d'être gagnée.

Ils passèrent le seuil de la forteresse et descendirent le chemin écrasé de soleil.

Les rayons violents de l'astre du jour se fondirent dans une lumière blanche intense et envahissante. Aveuglé, Ezio ferma les paupières pour chasser les formes bariolées qui dansaient devant ses yeux. Il secoua vigoureusement la tête pour la libérer de la vision, en prenant garde de ne pas rouvrir les paupières. Il se décida à le faire lorsque son rythme cardiaque commença à s'apaiser. Il était de retour dans la pièce souterraine, nimbée d'une lueur tamisée. Il avait toujours le disque de pierre en main. Désormais, il n'avait plus aucun doute quant à sa nature.

Il avait trouvé la deuxième clé.

Il regarda sa bougie. Il lui semblait que sa vision avait duré une éternité. Pourtant, la flamme brûlait toujours aussi énergiquement, et la cire n'avait guère fondu.

Il fourra la clé dans sa sacoche, à côté de la carte, et rebroussa chemin vers la surface. Où il retrouverait Sofia.

CHAPITRE 28

Sofia posa le livre qu'elle essayait de lire et se rua fiévreusement sur Ezio, réprimant l'envie soudaine de le prendre dans ses bras.

— *Salve*, Ezio. Je pensais que vous aviez disparu pour de bon.

— Moi aussi, rétorqua-t-il.

— Qu'avez-vous trouvé ?

— Une chose qui pourrait vous intéresser.

Ils se rendirent à une table bondée de livres, que Sofia débarrassa pour qu'il puisse y déplier sa trouvaille.

— *Dio Mio*, quelle splendeur ! s'exclama-t-elle. Et voici ma boutique ! Elle se trouve au milieu.

— Oui. Il s'agit d'un site des plus importants. Et regardez les marges.

Elle chaussa une paire de lunettes et se pencha pour examiner les titres de plus près.

— Il s'agit d'ouvrages précieux. Et que représentent ces symboles, autour ?

— C'est ce que j'aimerais découvrir.

— Certains de ces volumes sont rarissimes. Ils ont disparu depuis plus d'un millénaire ! Ils valent sûrement une fortune !

— Votre boutique se trouve être l'ancien comptoir des frères Polo : Niccolò et Maffeo. Niccolò a caché ces livres dans la ville. Nous les trouverons grâce à cette carte. Si nous parvenons à l'interpréter.

Elle ôta ses bésicles et le regarda d'un air intrigué.

— Hmm. Vous commencez à m'intéresser. Vaguement.

Ezio sourit et se pencha sur le plan.

— Si je comprends bien, parmi ces douze titres, je dois trouver ces trois-là d'abord, dit-il en les désignant.

— Et les autres ?

— Ça reste à découvrir. Il peut s'agir de fausses pistes délibérées. Je suis convaincu que nous devons nous concentrer sur cet échantillon. Il devrait contenir les indices qui me permettront de localiser les pièces assorties à celle-ci.

Il sortit la pierre circulaire de sa sacoche. Sofia chaussa de nouveau ses lunettes pour mieux inspecter l'objet, puis elle se redressa et secoua la tête.

— *Molto curioso.*

— C'est la clé d'une bibliothèque.

— Ça ne ressemble même pas à une clé.

— Il s'agit d'une bibliothèque très spéciale. Une de ces clés a été trouvée sous le palais de Topkapi. Mais avec l'aide de Dieu, nous avons encore le temps de trouver les autres.

— Trouvée par qui ?

— Des hommes qui ne lisent pas.

Sofia esquissa un sourire. Mais Ezio garda son sérieux.

— Pouvez-vous déchiffrer cette carte ? Et m'aider à trouver ces livres ?

Elle étudia la carte quelques minutes de plus, en silence. Ensuite, elle se redressa et décocha un nouveau sourire à Ezio, accompagné d'un clin d'œil.

— Je possède de nombreux ouvrages de référence. En les consultant, je suis sûre de pouvoir percer ce mystère. Mais à une seule condition.

— Laquelle ?

— Pourrais-je vous emprunter les livres, une fois que vous aurez fini de les consulter ?

Ezio eut l'air amusé.

— Nous devrions pouvoir nous arranger.

Il prit congé. Elle le regarda partir, ferma boutique pour la journée et retourna à sa table de travail. Après avoir sorti quelques volumes de leurs étagères et s'être équipée d'un calepin et de plumes, elle s'installa devant la carte pour l'inspecter en détail.

CHAPITRE 29

L e lendemain, Ezio retrouva Yusuf à l'hippodrome, dans le quartier sud-est de la péninsule. Il le surprit en pleine discussion avec un groupe de jeunes Assassins. Ils étudiaient une carte. Ils interrompirent leur conciliabule à l'arrivée d'Ezio. Yusuf replia le plan.

— Bienvenue, mentor, dit-il. Si je ne me trompe, tu nous réserves une bonne surprise. Pour ma part, je te raconterai ce qui s'est passé si je ne suis pas mort demain.

— Cela risque-t-il d'arriver ?

— Nous avons entendu dire que les Byzantins tramaient quelque chose. Maintenant que le jeune prince Suleiman est rentré de son *hajj*, ils prévoient d'envahir le palais de Topkapi. Ils ont choisi d'agir ce soir.

— Qu'y a-t-il de spécial, ce soir ?

— Une réception. Un événement culturel. Je crois qu'il s'agit d'une exposition de peinture, mêlant les frères Bellini et quelques artistes turcs. Et il y aura de la musique.

— Quel est notre plan ?

Yusuf le regarda avec gravité.

— Mon frère, ce combat n'est pas le tien. Intervenir dans les affaires des Ottomans ne t'avance à rien.

— Tout ce qui est en rapport avec le palais de Topkapi me concerne. Les Templiers y ont trouvé une des clés ouvrant la bibliothèque d'Altaïr. Et j'aimerais savoir comment ils s'y sont pris.

— Ezio, nous voulons protéger notre prince, et non l'interroger.

— Aie confiance, Yusuf. Et dis-moi juste où aller.

Yusuf n'avait pas l'air convaincu, mais il s'exécuta.

— Aux portes du palais. Nous allons nous déguiser en musiciens pour nous y faufiler.

— J'y serai.

— Il te faudra un costume. Et un instrument.

— Je jouais du luth, autrefois.

— Je vais voir ce que je peux faire. Mais tu ferais mieux de t'infiltrer parmi les musiciens italiens. Tu ne fais pas assez turc pour te mêler à nous.

Au crépuscule, Yusuf, accompagné d'un groupe d'Assassins triés sur le volet, se trouvait comme convenu près de la porte principale, tous revêtus d'habits plus élégants.

— Comment trouves-tu ta tenue ? demanda Yusuf.

— Ma lame est trop visible avec ce déguisement. Les manches sont étroites.

— On ne peut pas jouer du luth avec des manches larges. Et tu es un joueur de luth. C'est toi qui l'as voulu.

— Certes.

— Et nous, nous sommes armés. Contente-toi de découvrir les coupables. Nous nous chargerons de les abattre. Voici ton instrument. (Il prit un luth des mains d'un de ses hommes et le passa à Ezio qui tenta d'en jouer.) Par Allah ! J'espère que tu te débrouilles mieux que ça !

— Ça fait très longtemps que je n'en ai plus joué.

— Es-tu sûr de savoir comment faire ?

— J'ai appris quelques accords quand j'étais jeune.

— As-tu vraiment été jeune un jour ?

— C'était il y a fort longtemps.

Yusuf fit la grimace en regardant son propre costume de satin vert et jaune.

— J'ai l'air ridicule. Je me sens ridicule.

— Tu ressembles aux autres musiciens. C'est tout ce qui compte. Viens. L'orchestre se rassemble.

Ils rejoignirent un groupe d'instrumentistes italiens qui trépignaient d'impatience devant l'entrée du palais. Yusuf et ses hommes étaient équipés d'instruments turcs : tambûrs, ouds, kanuns, kudüms. À eux tous, ils pouvaient en jouer de manière passable. Ezio les regarda se faire guider vers l'entrée de service.

Il était content de se retrouver en compagnie de compatriotes, et se mêla à leurs conversations.

— Tu viens de Florence ? Bienvenue ! Ça devrait être un bon concert, lui lança un des musiciens.

— Tu appelles ça un bon concert ? rétorqua un joueur de viole. Ça ne vaut pas la France ! Ils n'ont que les meilleurs ! J'y étais il y a six mois à peine. J'ai assisté à un concert du *Qui Habitat* de Josquin. Le chœur le plus splendide qu'il m'ait été donné d'entendre. Connais-tu son travail, Ezio ?

— Un peu.

— Josquin est exceptionnel, concéda le premier artiste, un joueur de sacqueboute [1]. Il n'a pas son égal en Italie.

— Je vois que tu es luthiste, Ezio, intervint un homme équipé d'une cithare. Je me suis essayé à la scordatura, récemment. C'est un excellent moyen de trouver de nouvelles idées. Par exemple, j'accorde ma quatrième corde sur ma troisième. Le son en devient très mélancolique. Au fait, j'espère que tu as apporté des cordes de rechange ! J'en ai cassé six en un mois.

---

1. sacqueboute : instrument à vent, ancêtre du trombone.

—Les compositions de Josquin sont trop expérimentales à mon goût, l'interrompit un joueur de cistre. Je suis persuadé que la polyphonie n'est qu'une mode.

—Rappelle-moi d'apprendre quelques airs orientaux avant de partir, poursuivit le cithariste, ignorant la remarque de son collègue.

—Bonne idée, enchaîna un joueur de chalemie [1].

—Quand pourrons-nous entrer? demanda Ezio.

—Ça ne saurait tarder, répondit le joueur de cistre. Regardez! Ils ouvrent la porte!

Le violiste tenta un accord et prit un air satisfait.

—Quelle belle journée pour un concert, ne trouves-tu pas, Ezio?

—J'espère que tu as raison, répondit l'Assassin.

Ils passèrent le seuil. Des Ottomans inspectaient les musiciens.

Malheureusement, lorsque le tour d'Ezio fut arrivé, un des fonctionnaires l'arrêta.

—Joue-nous un air, lui demanda-t-il. J'adore le luth.

Ezio lança des regards désespérés à ses camarades, qui défilaient devant lui.

—*Perdonate, buon signore*, mais je me réserve pour le prince Suleiman.

—N'importe quel *gerzek* peut trimbaler un instrument. Et je ne me souviens pas t'avoir vu dans cet orchestre. Joue-nous quelque chose.

Ezio prit une grande bouffée d'air et entreprit de jouer une balade qu'il avait apprise lorsqu'il habitait toujours le palais familial des Auditore. C'était inaudible.

—Excuse-moi, mais c'est atroce! lança le fonctionnaire. À moins que ce ne soit de la musique expérimentale?

---

1. chalemie: instrument à vent, ancêtre du hautbois.

— On dirait que tu grattes une planche à lessiver! Quel boucan! dit un autre en s'approchant, hilare.

— On dirait les cris d'agonie d'un chat!

— Je ne peux pas travailler dans ces conditions! s'indigna Ezio. Laissez-moi le temps de m'échauffer!

— Pas de problème! Et profites-en pour accorder ton instrument!

Ezio invoqua toute sa volonté, se concentra et fit une nouvelle tentative. Après quelques hésitations, il parvint à produire une assez belle interprétation d'un vieux morceau de Landini. C'était presque émouvant. Pour finir, les fonctionnaires ottomans allèrent jusqu'à applaudir.

— *Pekala*, dit celui qui l'avait mis au défi. Entre donc! Et sers ton boucan aux invités.

Une fois à l'intérieur, Ezio se trouva mêlé à une foule bariolée. La cour intérieure dans laquelle il venait d'entrer, semi-couverte à la façon d'un atrium, était dallée de marbre multicolore et brillait de mille feux sous les branches des tamariniers. Partout, les invités déambulaient, et les serviteurs s'affairaient munis de plateaux bondés de rafraîchissements et de confiseries. Toute la noblesse ottomane était de la partie, ainsi que bon nombre de diplomates, artistes de renom et autres hommes d'affaires venus d'Italie, de Serbie, du Péloponnèse, de Perse et d'Arménie. Il était presque impossible de repérer de potentiels infiltrés byzantins parmi une assemblée aussi hétéroclite.

Ezio décida de rejoindre l'orchestre dont il venait de faire la connaissance. Il prit néanmoins le temps de déambuler parmi les invités pour prendre ses marques.

Malheureusement, les gardes impériaux étaient vigilants. Ils ne furent pas longs à le remarquer. Un d'entre eux accosta Ezio.

— Excusez-moi, monsieur. Êtes-vous perdu?

— Non.

— Vous faites partie des musiciens, non ? On vous paie pour jouer, pas pour vous promener !

Ezio était furieux, mais il contint sa colère de peur de révéler son identité. Fort heureusement, il fut sauvé par un groupe de riches locaux. Il s'agissait de quatre hommes élancés accompagnés de femmes d'une beauté à couper le souffle.

— Joue-nous quelque chose, le pressèrent-ils en formant un cercle autour de lui.

Ezio reprit le morceau de Landini et s'en remémora d'autres, du même compositeur. Il espérait que son public n'allait pas le trouver trop traditionnel. Mais il semblait conquis. Son assurance crût d'autant. Aux anges de constater que ses talents musicaux s'étaient améliorés, il osa même improviser. Et chanter.

— *Pek güzel,* commenta un des hommes, tandis qu'il achevait une série.

— C'est très beau, effectivement, acquiesça sa partenaire.

Ezio se serait volontiers noyé dans ses yeux violets.

— Mmm… Sa technique n'est pas tout à fait au point, fit remarquer un autre homme.

— Oh, Murad ! Tu es d'un pédantisme ! Ce sont les émotions qui priment !

— Son jeu est à la hauteur de ses goûts vestimentaires, ajouta une autre femme tout en le dévisageant.

— Quel son délicieux ! Aussi délicat qu'une cascade.

— C'est vrai. Le luth italien est presque aussi ravissant que notre oud, concéda Murad en éloignant sa partenaire. Malheureusement, nous devons rejoindre les autres invités.

— *Tesukkür ederim efendim*, pépièrent les femmes avant de prendre congé.

Maintenant qu'ils étaient convaincus de l'identité d'Ezio, les gardes le laissèrent tranquille, et il put prendre contact avec Yusuf et son équipe.

— Magnifique, mentor! le félicita Yusuf. Mais il ne faut pas qu'on nous surprenne ensemble. Cela éveillerait les soupçons. Essaie de rejoindre le deuxième espace. La cour intérieure. C'est par là. Je te rejoins.

— C'est plus sûr, effectivement, répondit Ezio. Qu'y a-t-il dans l'autre pièce ?

— Les proches du prince. Voire, si la chance nous sourit, Suleiman en personne. Mais reste sur tes gardes, mentor. Cet endroit n'est pas sans danger.

Chapitre 30

Dans la cour intérieure, l'atmosphère était beaucoup plus feutrée. Néanmoins la nourriture, les boissons, les œuvres d'art et la musique y surpassaient la première réception en sophistication.

Ezio et Yusuf se fondirent dans le décor et observèrent les invités.

— Je ne vois pas le prince Suleiman, dit Yusuf.

— Attends ! le prévint Ezio.

L'orchestre entonna une fanfare, et les hôtes se tournèrent avec agitation vers une porte flanquée de riches draperies, au milieu du mur d'en face. Devant l'ouverture, une série de tapis précieux en soie d'Ispahan furent étalés avec diligence. Peu après, un petit groupe de personnes en émergea. Deux hommes semblaient au centre de toutes les attentions. Ils étaient vêtus de tenues en soie blanche assorties de turbans incrustés pour l'un de diamants, pour l'autre d'émeraudes. Le regard d'Ezio fut attiré par le plus jeune d'entre eux. Il fut stupéfait de le reconnaître.

— Qui est ce jeune homme ? demanda-t-il à son compagnon.

— Suleiman, lui répondit Yusuf. Petit-fils du sultan Bayezid, gouverneur de Kefe. Et il n'a que dix-sept ans !

Ezio ne masqua pas son amusement.

— Je l'ai rencontré sur le bateau. Il m'a dit qu'il était étudiant.

— On raconte qu'il aime voyager incognito. C'est également une mesure de sécurité. Il revenait de son *hajj*.

— Et lui, qui est-ce ? Celui avec les émeraudes ?

— Son oncle, le prince Ahmet. Fils préféré de Bayezid. Il est obsédé par l'idée de lui succéder sur le trône.

Les deux princes s'immobilisèrent, et on leur présenta les hôtes de marque. Ensuite, ils prirent des verres contenant un liquide bordeaux.

— Du vin ? demanda Ezio.

— Du jus de canneberge.

— *Serefe ! Sagliginiza !* s'exclama Ahmet en levant son verre.

Après les toasts de rigueur, Yusuf et Ezio continuèrent d'observer la foule. Tout le monde, hôtes comme invités, semblait détendu, mais les soldats n'en restaient pas moins discrètement attentifs. Ils étaient grands et aucun d'eux ne semblait turc. Ils portaient, en guise d'uniformes, une longue tunique blanche et un couvre-chef blanc haut et fuselé, comme celui des derviches. Ils avaient tous la moustache, leur tête n'était pas rasée et ils étaient dépourvus de barbe. Ezio en savait assez sur les coutumes ottomanes pour comprendre qu'il s'agissait d'esclaves. Formaient-ils une sorte de garde rapprochée ?

Soudain, Yusuf saisit le bras d'Ezio.

— Regarde ! Là-bas !

Un jeune homme pâle et élancé doté de fins cheveux clairs et d'yeux inexpressifs marron foncé s'était faufilé près de Suleiman. Richement vêtu, il devait s'agir d'un prospère marchand d'armes serbe, ou d'une personnalité suffisamment importante pour figurer sur la liste des invités de la cour intérieure. Ezio parcourut la foule du regard et aperçut quatre hommes tout aussi élégants. Nullement turcs d'apparence, ils se déployaient en se concertant.

Yusuf et Ezio n'eurent pas le temps de réagir que le jeune homme, à présent à hauteur de Suleiman, dégaina une *djambia*[1] à la vitesse de l'éclair, et se fendit vers la poitrine du jeune prince. Au même instant, le garde le plus proche remarqua la manœuvre et se jeta dans la trajectoire du poignard.

Aussitôt, ce fut le chaos. Les gardes se ruèrent au secours des deux princes et de leur camarade blessé et repoussèrent les invités. Les Templiers aux velléités de meurtre en profitèrent pour tenter de s'échapper en slalomant dans la foule paniquée. Le jeune homme maigre avait disparu, mais les gardes avaient repéré ses quatre camarades. Ils s'élancèrent à leur poursuite. Les conjurés byzantins tirèrent parti de l'indécision des invités éperdus pour semer leur sillage d'obstacles humains. Toutes les issues étant condamnées, les conspirateurs essayèrent de gravir le mur extérieur de la cour. Le prince Ahmet s'était évanoui dans la nature, et Suleiman se trouvait esseulé. Ezio vit qu'il avait dégainé un petit poignard et qu'il maintenait calmement sa position.

— Ezio! siffla tout à coup Yusuf. Regarde! Là-bas!

Ezio obéit à l'injonction de son camarade et remarqua que le grand blond maigre était de retour. Il fendait la foule en direction du prince, l'arme au clair. Ezio, beaucoup plus près que Yusuf, était le seul à pouvoir intervenir. Malheureusement, il n'avait pas d'arme. Il baissa les yeux sur le luth qu'il avait encore en main et décida, à contrecœur, de le fracasser contre une colonne. L'instrument partit en miettes, mais Ezio conserva une fine écharde de bois d'épicéa. En un clin d'œil, il bondit en avant, saisit le blond par son poignet osseux, le força à reculer et, alors que le Templier s'apprêtait à porter au prince le coup de grâce, lui enfonça son arme improvisée dans l'œil. Le Byzantin se figea, comme transformé en statue de sel.

---

1. *djambia*: poignard traditionnel du Yémen.

Sa *djambia* lui échappa des mains et tomba à grand fracas sur les dalles de marbre. Il s'effondra peu après.

Le silence tomba sur la foule, qui formait un cercle autour de Suleiman et d'Ezio, en gardant une distance respectable. Les gardes firent mine d'intervenir, mais Suleiman les interrompit d'un geste de la main.

Le prince rengaina son poignard et prit une légère inspiration. Ensuite, il fit un pas en direction d'Ezio. C'était une marque d'honneur, de la part d'un prince. Les invités poussèrent un soupir de stupéfaction.

— Quel soulagement de vous revoir, *mio bel menestrello*. Cela se prononce-t-il ainsi ?

— Mon beau ménestrel. Oui, c'est parfait.

— Quel dommage pour votre luth. Il est de loin préférable de l'utiliser comme instrument que de s'en servir d'arme.

— Vous avez raison. Mais la musique ne sauve pas de vies.

— D'aucuns argueraient le contraire.

— Peut-être. Dans d'autres circonstances. (Les deux hommes échangèrent un sourire.) On m'a dit que vous étiez un gouverneur en sus d'être un prince. Que ne faites-vous pas ?

— Je ne parle pas aux étrangers. (Suleiman inclina très légèrement la tête.) Je m'appelle Suleiman Osman.

— Ezio Auditore…

Ezio s'inclina à son tour.

Un des gardes vêtus de blanc s'approcha d'eux. Un sergent.

— Excusez-moi, mon prince. Votre oncle souhaiterait avoir l'assurance que vous êtes indemne.

— Où est-il ?

— Il vous attend.

Suleiman le considéra avec froideur.

— Dis-lui que je suis indemne, mais uniquement grâce à cet homme, et non grâce à vous. Janissaires ! Ma garde d'élite ! Vous m'avez failli, à moi, un prince de la famille royale ! Où est votre capitaine ?

— Tarik Barleti est absent. Il avait une affaire à régler.

— Une affaire à régler ? Vous tenez vraiment à exhiber votre incompétence devant cet étranger ? (Suleiman s'approcha du garde. Le colosse, qui devait peser cent quarante kilos, se mit à trembler.) Emporte ce cadavre et renvoie les invités, et convoque Tarik au divan !

L'homme ne demanda pas son reste. Suleiman reporta son attention sur Ezio.

— C'est très gênant. Les janissaires constituent la garde rapprochée du sultan.

— Ils protègent le sultan, mais pas sa famille ?

— Il semblerait que non. (Le jeune homme s'interrompit et jaugea Ezio d'un air satisfait.) Ezio, auriez-vous du temps à m'accorder ? Je voudrais solliciter votre avis.

La foule se dispersait peu à peu. Yusuf faisait signe à Ezio.

— M'autorisez-vous à me changer d'abord ? demanda Ezio en adressant un hochement de tête discret à son camarade assassin. Je souhaiterais ôter ce costume.

— Soit. Pour ma part, j'ai quelque chose à régler. Venez me trouver au divan lorsque vous serez prêt. Mes serviteurs vous y mèneront.

— Quel esclandre ! lança Yusuf tandis qu'ils quittaient le palais, escortés par les deux valets de Suleiman. Mais grâce à toi, nous avons obtenu une audience. Nous n'en espérions pas tant.

— *J'ai* obtenu une audience, rectifia Ezio.

Chapitre 31

Peu après, Ezio se rendit au divan – la chambre du conseil du palais. Suleiman l'attendait déjà. Le jeune homme semblait parfaitement calme et alerte.

— J'ai organisé un entretien avec mon oncle Ahmet et le capitaine des janissaires Tarik Barleti, annonça-t-il sans préambule. Je dois tout d'abord vous expliquer ceci : les janissaires restent fidèles à mon grand-père, mais ils s'opposent ouvertement à son successeur.

— Votre oncle.

— Précisément. Les janissaires préfèrent mon père, Selim.

— Mmm, fit Ezio en réfléchissant. Votre situation est complexe. Mais quel rôle jouent les Byzantins là-dedans ?

Suleiman secoua la tête.

— J'espérais que vous le sachiez. Seriez-vous prêt à m'aider à le découvrir ?

— Je suis déjà sur leur piste. Vous aurez mon aide tant que nous poursuivrons le même but.

Suleiman esquissa un sourire énigmatique.

— Toute aide sera la bienvenue, dit-il. (Il marqua une pause.) Écoutez. Il y a une trappe au sommet de cette tour. Si vous y grimpez, vous pourrez voir et entendre tout ce qui se dira au divan.

Ezio hocha le menton et prit aussitôt congé. Quant à Suleiman, il tourna les talons et entra dans la salle du conseil.

Lorsque Ezio parvint à son poste d'observation, le débat faisait déjà rage. Les trois interlocuteurs étaient tantôt debout, tantôt assis à une longue table couverte de tapis de Bergame. Derrière eux, une grande tapisserie représentant Bayezid pendait au mur.

Ahmet, un quadragénaire vigoureux aux cheveux noirs coupés court et à la barbe fournie, dorénavant nu-tête et habillé de riches vêtements rouges, verts et blancs, s'était lancé dans une longue tirade.

— Mon neveu a raison, Tarik. Ton incompétence frise la trahison. Et que dire de tes janissaires qui ont été surpassés par un joueur de luth italien ! C'est grotesque !

Tarik Barleti avait l'air contrit. Tout le bas de son visage était couvert d'une barbe grisonnante.

— Un intolérable fiasco, *efendim*. Je vais personnellement mener l'enquête.

Suleiman l'interrompit.

— C'est moi qui conduirai l'enquête, Tarik. Pour des raisons plus qu'évidentes.

Barleti approuva brièvement.

— *Evet, Shehzadem*. Tu as la sagesse de ton père.

Ahmet décocha au capitaine un regard furibond. Suleiman se contenta de rétorquer :

— Et son impatience. (Il se tourna vers son oncle et adopta un ton formel.) *Shehzad* Ahmet. Je me réjouis de te voir sain et sauf, mon oncle.

— Moi aussi, Suleiman. Que Dieu soit toujours à tes côtés.

Ezio voyait que Suleiman jouait à une sorte de jeu rebattu. Le prince se leva et convoqua ses valets.

— Permets-moi de prendre congé. Je te ferai part sous peu d'un rapport relatif à ce regrettable incident. Sois-en sûr.

Accompagné de sa suite et de sa garde, Suleiman quitta le divan d'un pas décidé. Tarik Barleti s'apprêtait à le suivre, mais le prince Ahmet le retint.

— Tarik *bey*… Viens ici !

Le soldat se retourna. Ahmet l'invita à approcher. Son ton était cordial. Ezio dut tendre l'oreille pour distinguer ses paroles.

— Quel était le but précis de cette attaque ? Me faire passer pour un faible ? Incapable de protéger cette ville ? (Il marqua une pause.) Était-ce là ton objectif, mon cher capitaine ? Si tu es impliqué dans cette histoire, Tarik, tu as commis une grave erreur. C'est moi que mon père a choisi pour lui succéder, pas mon frère !

Tarik ne répondit pas immédiatement. Il avait les traits impassibles, voire las.

— Prince Ahmet, je ne suis pas assez corrompu pour imaginer le complot dont tu m'accuses, finit-il par rétorquer.

Ahmet fit un pas en arrière. Son timbre gardait toute son affabilité.

— Qu'ai-je donc fait pour mériter tant de mépris de la part des janissaires ? Qu'est-ce que mon frère a fait de mieux que moi ?

Tarik hésita.

— Puis-je parler librement ? demanda-t-il enfin.

Ahmet écarta les mains.

— Je te le conseille.

Tarik lui fit face.

— Tu es faible, Ahmet. Tu réfléchis en temps de guerre et tu agis en temps de paix. Tu ne tiens pas compte des traditions des *ghazi* – des soldats de Dieu – et tu prêches la fraternité en compagnie d'infidèles. (Il marqua une pause.) Tu ferais un adroit philosophe, Ahmet, mais tu ne seras pas un bon sultan.

Les traits du prince s'assombrirent. Il claqua des doigts, et son garde du corps personnel se mit au garde-à-vous derrière lui.

— Tu peux disposer, dit-il au janissaire d'une voix glacée.

Ezio espionnait toujours le divan lorsque Ahmet le quitta, quelques minutes plus tard. Peu après, Suleiman le rejoignit.

— Quelle famille, hein ? lança le prince. Ne vous inquiétez pas : j'ai tout entendu.

Ezio avait l'air soucieux.

— Votre oncle manque cruellement d'autorité pour un futur sultan. Pourquoi n'a-t-il pas exécuté ce janissaire sur-le-champ pour son insolence ?

— Tarik est un homme difficile, répondit le prince en écartant les bras. Capable, mais ambitieux. Et il a la plus grande admiration pour mon père.

— Mais il n'a pas su défendre ce palais contre une invasion. Les Byzantins s'en sont pris à vous dans le saint des saints. Cela justifie qu'on s'intéresse à lui.

— Précisément.

— Par où devrions-nous commencer ?

Suleiman réfléchit. Ezio l'observa. *Une tête si sage sur des épaules si jeunes*, se dit-il, sentant croître son respect.

— Pour le moment, surveillez Tarik et ses janissaires. Ils passent presque tout leur temps libre aux alentours du bazar. Pourriez-vous vous en charger ? Avec l'aide de vos... collègues ?

Il choisit ces derniers mots avec soin.

Ezio se souvint du conseil de Yusuf. L'Assassin turc l'avait enjoint à ne pas se mêler des affaires ottomanes. Pourtant, sa quête semblait intimement liée à ces luttes de pouvoir. Sa décision était prise.

— À partir de maintenant, prince Suleiman, ils ne pourront plus acheter un mouchoir sans que vous en ayez connaissance.

CHAPITRE 32

Après avoir demandé à Yusuf et à ses Assassins de surveiller les janissaires en permission au grand bazar, Ezio se rendit, accompagné d'Azize, sur les quais du sud de la ville afin de rassembler les ingrédients nécessaires à la confection de bombes. Piri Reis lui en avait dressé une liste.

Il fit donc ses achats et les renvoya au quartier général sous la bonne garde d'Azize. Soudain, il remarqua Sofia dans la foule de badauds qui vaquaient sur le port. Elle parlait à un homme d'allure italienne et de l'âge d'Ezio. Il s'approcha et s'aperçut vite que la jeune femme avait l'air agacée. Et surtout, qu'il connaissait son interlocuteur. Il en fut tout autant amusé qu'ennuyé. L'apparition de l'Italien réveillait de nombreux souvenirs et des émotions contradictoires.

Ezio s'avança discrètement.

Il s'agissait de Duccio Dovizi. Plusieurs dizaines d'années plus tôt, Ezio avait été à deux doigts de lui briser le bras droit pour le punir d'avoir trompé sa sœur, avec laquelle il s'était fiancé. Ezio remarqua que le membre était toujours un peu tordu. Duccio avait mal vieilli – il semblait même hagard – mais il n'avait rien perdu de son bagou. Il s'était de toute évidence entiché de Sofia et faisait son possible pour éveiller son intérêt.

— *Cara Mia*! lui disait-il, le destin nous a conduits l'un vers l'autre. Deux Italiens seuls et perdus en Orient. Ne ressentez-vous pas ce *magnetismo*?

Sofia, profondément excédée, lui répondit :

— Je ressens bien des choses, *messere*, de la nausée en particulier.

Ezio eut une impression de déjà-vu lorsqu'il décida d'intervenir.

— Cet homme vous importune, Sofia ? demanda-t-il en s'interposant.

Duccio, furieux d'avoir été dérangé, se retourna vers le nouveau venu.

— Pardonnez-moi, *messere*, mais je disais à cette dame… (Il s'interrompit lorsqu'il reconnut Ezio.) Ah ! Le Diable en personne ! (Sa main gauche tâta inconsciemment son bras droit.) N'approchez pas !

— Duccio. Comme on se retrouve…

Duccio ne répondit pas. Il tituba en arrière, manqua de trébucher sur les pavés et s'écria :

— Fuyez, *buona donna !* Sauvez-vous.

Ils le regardèrent disparaître le long de la jetée. Un ange passa.

— Qui était-ce ? finit par demander Sofia.

— Un chien, lui répondit Ezio. Il était fiancé à ma sœur, il y a bien longtemps.

— Et que s'est-il passé ?

— Son *cazzo* était fiancé à six autres.

— Vous vous exprimez de façon très spontanée.

Sofia semblait quelque peu surprise d'entendre Ezio prononcer un mot aussi vulgaire, mais pas spécialement offensée.

— Pardonnez-moi. (Il marqua une pause.) Que venez-vous faire à cet endroit ?

— J'ai interrompu mon travail pour récupérer un colis, mais les gens de la douane disent que les papiers ne sont pas en règle. Donc, j'attends. (Ezio observa le port, très bien gardé, pour mémoriser sa configuration.) C'est ennuyeux. Tout cela peut durer des heures.

— Laissez-moi vous aider, lui dit-il. Il y a des règles que j'ai appris à contourner.

— Vraiment ? Ma foi. Je dois admettre que j'admire votre bravade.

— Faites-moi confiance. Je vous retrouve à la boutique.

— Dans ce cas… (Elle fouilla dans son sac.) Voici le papier en question. Il s'agit d'un colis très précieux. Prenez-en bien soin… si vous parvenez à le leur soustraire.

— Je n'y manquerai pas.

— Je suis votre obligée.

Elle le gratifia d'un sourire et regagna la ville.

Ezio la regarda s'éloigner et se dirigea vers le grand bâtiment en bois qui abritait l'administration des douanes. À l'intérieur se trouvait un long comptoir campé devant des rangements remplis de paquets et de colis. Sur l'étage inférieur d'une des étagères les plus proches, bien en évidence, reposait un tube dont l'étiquette spécifiait : « Sofia Sartor ».

— *Perfetto*, se dit-il.

— Puis-je vous aider ? demanda un fonctionnaire corpulent en s'avançant vers lui.

— Certainement. Je suis venu récupérer ce colis, dit-il en désignant le tube.

L'homme suivit son regard.

— Malheureusement, c'est hors de question ! Tous ces paquets sont en attente d'autorisation administrative.

— Combien de temps cela prendra-t-il ?

— Je ne saurais dire.

— Quelques heures ?

Le fonctionnaire crispa les lèvres.

— Quelques jours ? insista Ezio.

— Ça dépend, répondit le fonctionnaire. Bien entendu, moyennant finance… On peut toujours s'arranger.

— Allez au diable !

Le fonctionnaire perdit toute son amabilité.

— Chercheriez-vous à me détourner de mes devoirs ? aboya-t-il. Passez votre chemin, vieil homme ! Et je vous conseille dans votre intérêt de ne pas revenir !

Ezio le repoussa et passa par-dessus le comptoir. Il s'empara du tube en bois et s'apprêtait à repartir lorsque le fonctionnaire s'époumona dans un sifflet. Aussitôt, ses collègues apparurent, quelques gardes lourdement armés sur les talons.

— Cet homme a essayé de me soudoyer ! hurla le fonctionnaire. Mais comme j'ai résisté, il a usé de la force !

Les hommes se ruèrent sur Ezio. L'Assassin se hissa sur le comptoir et fit tournoyer le tube autour de lui, défonçant quelques crânes. Il sauta ensuite par-dessus les têtes des autres douaniers et se rua vers la sortie, semant le chaos sur son passage.

— C'est la seule façon de traiter les bureaucrates, se dit-il avec satisfaction.

Ses poursuivants n'eurent pas le temps de se remettre de leurs émotions qu'il avait déjà disparu dans le dédale de rues qui s'étirait au nord des quais. Sans le papier de Sofia, qu'il avait pris soin de fourrer dans sa tunique, ils n'avaient aucun moyen de la retrouver.

CHAPITRE 33

A ux alentours de midi, il entra dans la librairie située à l'ouest de Sainte-Sophie.

Sofia leva les yeux à son arrivée. Les étagères étaient bien mieux rangées que lors de sa première visite. Dans la pièce arrière, il aperçut la table de travail de la libraire. La carte des citernes y était soigneusement étalée, en compagnie d'épais ouvrages de référence.

— *Salute*, Ezio, dit-elle. Je ne pensais pas vous revoir de sitôt. Avez-vous eu la main heureuse ?

Ezio souleva le tube en bois et lut son étiquette.

— « Madamigella Sofia Sartor, libraia, Costantinopoli ». Est-ce bien vous ?

Il lui tendit le colis en souriant. Elle le saisit avec enthousiasme, mais lorsqu'elle l'observa de plus près, ses traits s'assombrirent.

— Oh non ! Regardez ça ! On dirait qu'ils s'en sont servis pour combattre les pirates ! (Ezio haussa les épaules, penaud. Sofia ouvrit le tube et sortit la carte. Elle l'examina.) Bon. Elle a l'air intacte.

Elle la déplia avec précaution sur la table. Il s'agissait d'une mappemonde.

— N'est-elle pas splendide ? demanda-t-elle. (Ezio se posta à ses côtés. Tous deux, ils se mirent à l'explorer.) C'est une copie d'une carte dessinée par Martin Waldseemüller. Elle est assez récente. L'originale n'a été publiée qu'il y a quatre ans. Et regardez ! Là, sur la gauche… Les nouvelles terres dont le *navigatore* Vespucci a rendu compte, cinq ans à peine avant la réalisation de cette carte.

— Ils travaillent vite, ces Allemands, fit remarquer Ezio. Je vois que Waldseemüller a appelé ces terres d'après le prénom de Vespucci. Amerigo.

— America !

— Oui. Pauvre Cristoforo Colombo. L'Histoire s'écrit d'une étrange manière.

— Et que dites-vous de cette immense étendue d'eau, ici ?

Elle montra les mers qui se trouvaient par-delà les continents nord et sud de l'Amérique. Ezio se pencha pour mieux voir.

— Un nouvel océan, peut-être ? La plupart des érudits que je connais pensent que la taille du globe est sous-estimée.

Sofia avait l'air pensive.

— Incroyable ! Plus nous en apprenons sur le monde, moins nous le comprenons.

Abasourdis par cette pensée, ils observèrent un moment de silence. Ezio réfléchit à leur époque. Le XVIe siècle. Ils n'en étaient qu'au tout début. Dieu seul savait quelles évolutions les attendaient. En raison de son âge, Ezio n'en verrait qu'une bien maigre partie. De nouvelles découvertes et de nouvelles guerres, à n'en pas douter. Depuis la nuit des temps se jouait la même pièce. Les acteurs se contentaient de changer de costumes et d'accessoires, génération après génération, chacune persuadée de l'emporter sur la précédente.

— Bien, dit Sofia. Vous avez tenu parole, à moi d'honorer ma promesse. (Elle le guida jusqu'à la pièce située à l'arrière et prit une feuille posée sur la table.) Si j'ai vu juste, ceci vous indiquera l'emplacement du premier livre. (Ezio prit le papier et le lut.) Je vous avoue que je rêve du jour où je verrai enfin ces livres. Toute cette sagesse que le monde a perdue, nous devons la lui restituer. (Elle s'assit à la table et posa le menton sur ses mains, songeuse.) Je pourrais en imprimer quelques exemplaires et les faire circuler ? Une petite cinquantaine. Ça devrait suffire...

Ezio sourit, puis éclata de rire.

— Pourquoi riez-vous ?

— Pardonnez-moi. Votre passion est si noble et originale qu'elle m'emplit de joie. C'est même... exaltant.

— Grand Dieu, dit-elle, passablement embarrassée. Que répondre à cela...

Ezio brandit le papier.

— Je vais mener l'enquête sur-le-champ, dit-il. *Grazie*, Sofia. Je serai de retour sous peu.

— Je me réjouis d'avance, répondit-elle en le regardant partir avec un mélange de stupéfaction et d'anxiété.

Quel homme mystérieux, pensa-t-elle. La porte se referma derrière lui, et Sofia retourna à sa carte de Waldseemüller. Et à ses rêves d'avenir.

CHAPITRE 34

L es calculs de Sofia étaient corrects. Ezio trouva le livre qu'il cherchait sous un panneau en bois, dans un immeuble abandonné du forum de Constantin.

Il s'agissait d'une copie, ancienne mais bien conservée, de *De la nature*. Ce poème, écrit quelque deux mille ans auparavant par le philosophe grec Empédocle, résumait la somme de ses pensées.

Ezio sortit le petit ouvrage de sa cachette et l'épousseta. Ensuite, il l'ouvrit à la première page, qui était vierge. Sous ses yeux, le papier s'illumina et révéla une carte de Constantinople. En la scrutant, il discerna un point remarquable indiquant la tour de la Jeune Fille, le phare érigé de l'autre côté du Bosphore. Ezio se pencha et repéra précisément une cave située sous les fondations de l'édifice.

Si tout se passait bien, il y trouverait l'autre clé de la bibliothèque d'Altaïr à Masyaf.

Il traversa à la hâte la ville grouillant d'activité pour gagner l'îlot de la tour. Après avoir esquivé les gardes ottomans, il traversa l'eau à bord d'un bateau « d'emprunt » et repéra bien vite l'escalier qui desservait les caves. Le livre, qu'il garda ouvert entre les mains, le guida à travers un dédale de couloirs dotés d'innombrables portes. Il lui semblait inconcevable que tant de pièces aient pu être agencées dans un espace si réduit. Enfin, il parvint au bon endroit. L'huis était identique à tous les autres, mais il en émanait un mince filet de lumière. Il s'ouvrit à son toucher et là, sur un petit socle en pierre,

Ezio découvrit une clé circulaire, aussi fine qu'un disque de lancer et, comme la précédente, couverte d'étranges symboles. Ceux-là étaient différents, bien que tout aussi énigmatiques. Ezio distingua la silhouette d'une femme – une déesse, peut-être – qui lui était vaguement familière. Le métal était ponctué de crans représentant peut-être des formules ; à moins qu'il ne s'agisse simplement du panneton destiné à s'insérer dans la garniture d'une des serrures.

Lorsque Ezio s'empara de l'objet, il se mit à luire de plus belle. Cette fois, l'Assassin était préparé à se transporter Dieu sait où. L'éblouissement l'enveloppa et l'entraîna, en tourbillonnant, des siècles en arrière. Trois cent vingt années, pour être exact. Jusqu'en l'an de grâce 1191.

Masyaf.

À l'intérieur de la forteresse. Une éternité auparavant.

Des silhouettes voilées par une brume vacillante. Peu à peu en émergèrent un jeune homme et un vieillard. Les indices d'un combat que le vieil homme – Al Mualim – venait de perdre.

Il gisait à terre, le jeune homme à son chevet.

Ses doigts faiblirent. Un objet en tomba, roula sur le sol en marbre et s'immobilisa.

Ezio inspira profondément lorsqu'il le reconnut. Il s'agissait sans aucun doute de la Pomme d'Éden. Mais comment ? Et le jeune homme – le vainqueur – vêtu de blanc, une capuche voilant ses traits, n'était autre qu'Altaïr.

— Tu avais le pouvoir au creux de ta main. Tu aurais dû le détruire !

— Détruire la seule chance de mettre un terme aux croisades et ramener la paix ? dit Al Mualim en riant. Jamais !

Les images s'estompèrent comme des spectres, cédant bientôt la place à une autre scène.

Altaïr se tenait dans l'enceinte intérieure de Masyaf, en compagnie d'un de ses capitaines. À côté d'eux, posée avec déférence sur un catafalque en pierre, reposait la dépouille d'Al Mualim. Enfin serein dans la mort.

— C'est vraiment fini ? demanda le soldat. Ce sorcier est-il mort ?

Altaïr se tourna pour regarder le corps.

— Ce n'était pas un sorcier, dit-il avec calme. C'était un homme ordinaire entouré d'illusions.

Il fit de nouveau face à son camarade.

— Est-ce que le bûcher est prêt ?

— Oui, mais… (L'homme hésita.) Altaïr… Certains de nos frères refuseront de te laisser faire.

Altaïr se pencha sur le catafalque et prit le cadavre du vieil homme dans ses bras.

— Je m'en chargerai. (Il se releva. Sa longue tunique battait au vent autour de lui.) Es-tu en état de voyager ?

— J'en suis capable, oui.

— J'ai demandé à Malik al-Sayf de chevaucher jusqu'à Jérusalem pour y porter la nouvelle de la mort d'Al Mualim. Pourrais-tu faire de même à Acre ?

— Bien sûr.

— Dans ce cas, mets-toi en route. Et que Dieu te protège.

Le capitaine inclina le front et prit congé.

Le successeur d'Al Mualim sortit affronter les membres de sa Confrérie, le cadavre de leur ancien maître dans les bras.

Lorsqu'il apparut, l'assemblée se mit aussitôt à échanger des propos lourds de stupéfaction. Certains se demandaient s'ils rêvaient. D'autres étaient pétrifiés par la preuve physique de la mort d'Al Mualim.

— Altaïr ! Explique-toi !

— Comment en es-tu arrivé à cette extrémité ?

— Que s'est-il passé ?

Un des Assassins secoua la tête.

— J'avais l'esprit parfaitement clair, mais mon corps était incapable de bouger !

Au milieu de toute cette confusion, Abbas apparut. Abbas était l'ami d'enfance d'Altaïr. Désormais, leur amitié était compromise. Ils avaient eu trop de différends.

— Que s'est-il passé ici ? demanda-t-il.

Sa voix reflétait son horreur.

— Notre mentor nous a menti, répondit Altaïr. Les Templiers l'ont corrompu.

— En as-tu la preuve ? rétorqua Abbas avec méfiance.

— Accompagne-moi, Abbas, et je t'expliquerai.

— Tes réponses vont devoir me convaincre.

— Je parlerai jusqu'à ce que tu sois satisfait.

Ils se dirigèrent de conserve vers le bûcher funéraire préparé en l'honneur d'Al Mualim. Altaïr portait toujours le vieil homme dans ses bras. À ses côtés, Abbas était tendu, rétif et sur la défensive. Il ne masquait pas sa défiance.

Altaïr en connaissait parfaitement la raison. Il la regrettait, mais il devait faire avec.

— Tu te souviens de l'artefact que nous avons pris à Robert de Sablé dans le Temple de Salomon ?

— Celui que tu devais récupérer, mais qui le fut par d'autres ?

Altaïr ne releva pas.

— Oui. Un instrument des Templiers, la Pomme d'Éden. Entre autres pouvoirs, elle forge des illusions et contrôle les esprits. Y compris celui de la personne l'actionnant. Une arme redoutable.

Abbas haussa les épaules.

— Il est préférable, dans ce cas, qu'elle soit en notre possession plutôt qu'entre les mains des Templiers.

Altaïr secoua la tête.

— Ça ne change rien. Elle corrompt quiconque l'utilise.

— Alors, tu crois qu'Al Mualim a été ensorcelé ?

Altaïr fit un geste agacé.

—Oui. Il a utilisé la Pomme pour asservir Masyaf. Tu l'as vu de tes propres yeux.

Abbas avait l'air méfiant.

—Je ne sais plus ce que j'ai vu.

—Écoute, Abbas. Elle est en sécurité dans l'office d'Al Mualim. Quand j'en aurai terminé ici, tu auras toutes tes réponses.

Ils parvinrent au pied du bûcher. Altaïr en gravit les marches et plaça respectueusement le corps du mentor à son sommet. Abbas était horrifié. C'était la première fois qu'il voyait l'édifice.

—Je n'arrive pas à croire que tu t'apprêtes réellement à faire ça, dit-il, atterré.

Derrière lui, la Confrérie des Assassins s'agita comme un champ de blé sous la brise.

—Je dois faire mon devoir, répliqua Altaïr.

—Non !

Mais Altaïr s'était déjà emparé d'une des torches qu'on entretenait constamment près du bûcher et l'avait plongée à la base du monceau de bois.

—Je dois m'assurer qu'il ne revienne pas.

—Mais cela enfreint nos lois ! Nous n'avons pas le droit de brûler nos morts !

Derrière lui, une voix furieuse s'éleva brusquement de la foule.

—Mécréant !

Altaïr se retourna pour faire face à la multitude hostile massée en contrebas.

—Écoutez-moi ! Ce corps pourrait être un des fantômes d'Al Mualim ! Je ne peux prendre ce risque !

—Mensonges ! cracha Abbas. (Tandis que les flammes commençaient à embraser le bûcher, il s'approcha d'Altaïr et leva le ton de façon que tous puissent l'entendre.) Toute ta vie, tu n'as cessé de bafouer notre Credo ! Tu transgresses les règles à ta guise, tu rabaisses et tu humilies tous ceux qui t'entourent !

—Attrapez-le ! hurla un Assassin.

—Vous ne l'écoutez pas ? demanda un de ses camarades. Al Mualim a été ensorcelé !

En guise de réponse, le premier Assassin assena un coup de poing au second. Une bataille générale s'en suivit, de plus en plus violente à mesure que les flammes s'élevaient vers le ciel.

Abbas poussa violemment Altaïr du bûcher et le fit tomber au beau milieu du combat. Tandis qu'Abbas retournait au château, Altaïr se remit laborieusement debout parmi la horde de ses camarades fous furieux. Ils avaient tous dégainé leurs épées.

—Mes frères ! s'écria-t-il, tentant en vain de rétablir l'ordre. Arrêtez ! Rangez vos armes !

Mais le combat faisait rage et Altaïr, qui eut à peine le temps de voir Abbas regagner la forteresse, fut contraint de se battre contre ses propres hommes, les désarmant quand il le pouvait, les exhortant au calme. Jamais il ne saurait combien de temps dura la lutte, mais soudain, les combats furent interrompus par un éclair de lumière aveuglante. Et les Assassins de tituber, les mains devant les yeux.

L'éclair provenait du château.

Les pires craintes d'Altaïr s'étaient réalisées.

Juché sur le garde-corps d'une tourelle, Abbas tenait la Pomme à bout de bras.

—N'avais-je pas raison, Altaïr ? hurla-t-il en le toisant.

—Abbas ! Non !

—Que pensais-tu provoquer en assassinant notre mentor bien-aimé ?

—Tu haïssais Al Mualim plus que quiconque ! Tu le tenais même pour responsable du suicide de ton père !

—Mon père était un héros ! cria Abbas d'un ton de défi.

Altaïr l'ignora et se retourna vers le groupe d'Assassins qui l'entourait. Ils étaient hébétés de stupeur.

—Écoutez! leur dit-il. Le temps n'est plus au débat. Il est trop tard pour ressasser le passé. Nous devons décider quoi faire de cette arme!

Il désigna Abbas, qui brandissait toujours la Pomme.

— Quoi que cet artefact puisse provoquer, Altaïr, s'exclama ce dernier, tu n'es pas digne de l'utiliser.

—Personne ne l'est! lui répondit Altaïr sur le même ton.

Mais Abbas regardait déjà à l'intérieur du globe luminescent. La lumière s'intensifia. L'Assassin semblait hypnotisé.

—Ahhh… elle est… magnifique, en effet…, dit-il.

Sa voix était à peine audible.

Soudain, il se transforma du tout au tout. Son expression de triomphe amusé céda la place à une grimace horrifiée, et il fut pris de violentes convulsions. Le pouvoir de la Pomme le traversa de part en part et s'empara de son être. Les Assassins de son bord se ruèrent à son secours. Mais l'objet surnaturel, qu'il tenait toujours, émit une violente onde de choc, à peine visible, qui les fit tomber à genoux. Ils prirent leurs têtes entre leurs mains en hurlant de douleur.

Altaïr se précipita vers Abbas. Poussé par l'énergie du désespoir, il escalada la tour à une vitesse irréelle. *Je dois y arriver à temps*! se dit-il. Tandis qu'il s'approchait de son ancien ami, ce dernier se mit à hurler. La Pomme lui arrachait l'âme. Altaïr fit un dernier bond en avant et plaqua Abbas au sol. Le rebelle horrifié s'effondra en hurlant, et la Pomme lui échappa des mains, non sans projeter une dernière onde de choc qui se répandit avec une violence indicible autour de la tourelle.

Le silence tomba sur la forteresse.

Peu à peu, les Assassins éparpillés par terre se relevèrent et échangèrent des regards stupéfaits. Le traumatisme continuait de résonner dans leurs corps et dans leurs esprits. Ils scrutèrent les remparts. Il n'y avait aucun signe d'Altaïr. Ni d'Abbas.

—Qu'est-il arrivé?

—Ils sont morts?

Mais Altaïr apparut sur le garde-corps de la tourelle. Le vent faisait battre sa tunique blanche. Il leva la main. La Pomme y reposait. En sécurité. Elle grésillait et battait comme un être vivant, mais il la contrôlait.

—Pardonne-moi…, lui dit Abbas, pantelant. (Étendu sur le sol en pierre, il pouvait à peine articuler.) Je ne savais pas…

Altaïr reporta son attention sur la Pomme qu'il avait au poing. Il émanait d'elle une étrange sensation. Ses tressaillements se propageaient le long de son bras tendu.

—As-tu des choses à nous apprendre? demanda Altaïr à l'adresse de l'objet, comme s'il était doué de raison. Ou bien provoqueras-tu notre perte?

Le vent se mit alors à soulever des bourrasques de poussière autour d'Ezio. Mais peut-être était-ce simplement le retour des nimbes brumeuses annonciatrices de sa vision? Le phénomène fut suivi d'un éclair de lumière aveuglante qui s'intensifia jusqu'à noyer tout le reste, avant de s'estomper de nouveau pour se confondre à la lueur tamisée provenant de la clé qui reposait entre les mains d'Ezio.

Épuisé, ce dernier s'assit par terre et s'adossa au mur de la crypte. Dehors, le soleil devait sûrement se coucher. L'Assassin avait envie de repos, mais il ne pouvait pas s'offrir ce luxe.

Au bout d'un long moment, il se releva, rangea avec soin la clé et l'ouvrage d'Empédocle dans sa sacoche et regagna la rue.

CHAPITRE 35

L e lendemain, dès l'aube, Ezio se rendit au grand bazar. Il était temps qu'il découvre par lui-même ce que tramaient les janissaires. Et il était impatient d'espionner leur capitaine, Tarik Barleti. Une fois sur place, il se fit aussitôt alpaguer par les marchands importuns, passés maîtres dans l'art de la vente agressive. Malheureusement, Ezio devait absolument se faire passer pour un touriste comme les autres, de peur d'éveiller les soupçons des agents ottomans ou des Templiers byzantins.

— Touchez ce tapis! s'écria un boutiquier qui l'avait accosté en lui tirant la manche en plus d'envahir son champ de vision. (Ezio déplorait cette attitude, très courante à Constantinople.) Vos pieds vous aimeront plus que votre épouse!

— Je ne suis pas marié.

— Ah, poursuivit le marchand, sans se laisser déconte-nancer. Quel homme chanceux! Venez le toucher!

Ezio remarqua un groupe de janissaires postés non loin.

— Les affaires ont été bonnes? demanda-t-il au marchand de tapis.

L'homme leva les bras et désigna les janissaires sur sa droite.

— Je n'ai rien vendu! Les janissaires ont confisqué la plupart de mes tapis sous prétexte qu'ils sont importés.

— Vous connaissez Tarik Barleti, leur capitaine?

— Oui, il doit être dans les environs. Un homme arrogant, mais...

Le marchand s'apprêtait à développer, mais il s'interrompit, se figea momentanément et reprit son baratin commercial. Il ne regardait plus Ezio, mais quelqu'un situé derrière lui.

— Ohhhh! Quelle injure, monsieur! Je ne le vends pas à moins de deux cents *akçe*! C'est ça ou rien.

Ezio se tourna légèrement et suivit le regard de l'homme. Trois janissaires s'approchaient. Ils n'étaient plus qu'à quinze mètres.

— Quand je le verrai, je lui demanderai pour les tapis, promit-il au commerçant d'un ton calme, tout en tournant les talons.

— Vous êtes dur en affaires, étranger! s'exclama le marchand. Entendons-nous pour cent quatre-vingts *akçe* et quittons-nous bons amis!

Mais Ezio n'écoutait plus. Il prit le groupe de janissaires en filature, tout en restant à une distance respectable. Il espérait qu'ils le mèneraient à Tarik Barleti. Plus que de déambuler, ils avaient l'air de se rendre à un rendez-vous. Mais l'Assassin ne baissa pas la garde pour autant : c'était bien beau de garder ses proies à l'œil, mais s'il se faisait repérer, ses efforts seraient vains. Les allées du souk étaient bondées, ce qui lui facilitait – autant que de lui compliquer, d'ailleurs – la tâche. D'après le marchand, le capitaine était sûrement au bazar. Mais celui-ci était gigantesque. C'était un dédale tentaculaire d'échoppes et d'étalages. Une ville dans la ville.

À la longue, sa patience fut récompensée. Les hommes parvinrent à un croisement où les rues s'élargissaient pour former une petite place dotée d'un café à chaque coin. Devant l'un d'entre eux se tenait le gigantesque capitaine. Sa barbe grise et sa tenue luxuriante témoignaient de son rang. L'homme n'était clairement plus un esclave.

Ezio s'approcha aussi près que possible pour écouter la conversation.

—Comment t'a paru Manuel ? demanda Tarik. Était-il nerveux ? Réticent ?

—Comme d'ordinaire. Impatient et discourtois.

—Hmm. J'imagine qu'il est en droit de l'être. A-t-on eu vent du sultan ?

—Pas depuis la semaine dernière. La lettre de Bayezid était courte et pleine de tristes nouvelles.

Tarik secoua la tête.

—Je n'aimerais pas avoir maille à partir de la sorte avec mon propre fils.

—Êtes-vous prêts ? demanda Tarik à ses lieutenants.
(Ils acquiescèrent.) C'est une réunion importante… Veillez à
ce que je ne sois pas suivi.

Ils hochèrent de nouveau la tête et se dispersèrent.
Ezio savait qu'ils seraient à l'affût du moindre signe de la
présence d'Assassins dans la foule. L'espace d'un instant, il
eut l'impression qu'un des janissaires l'avait repéré. Il retint
son souffle, et le soldat disparut. Après avoir attendu aussi
longtemps que le voulait la prudence, Ezio se remit à la
poursuite du capitaine.

Barleti n'alla pas loin. Il s'arrêta bien vite à côté d'un
janissaire qui avait l'air, pour un œil non averti, de faire du
lèche-vitrines devant la boutique d'un armurier. Ezio avait
remarqué que les soldats de la garde étaient les seuls à échapper
aux harcèlements des vendeurs.

—Qu'as-tu appris ? demanda Barleti en se rapprochant
de son lieutenant.

—Manuel accepte de te rencontrer, Tarik. Il t'attend près
de la porte de l'Arsenal.

Ezio dressa l'oreille en entendant ce nom.

—Ce vieux sournois est impatient, fit remarquer Tarik
d'une voix blanche. Viens.

Ils quittèrent le bazar et parcoururent les rues de la ville.
La porte de l'Arsenal, située de l'autre côté de la Corne
d'Or, n'était pas toute proche, mais ils ne firent pas mine
d'emprunter de moyen de transport. Ezio les suivit donc à
pied sur un peu plus de trois kilomètres. Il dut redoubler de
prudence au moment d'emprunter le bac. Heureusement,
les janissaires, absorbés par leur conversation, n'étaient
guère attentifs. Cerise sur le gâteau : Ezio parvint même à
discerner ce qu'ils se disaient. Il se fondait facilement dans
cette foule hétéroclite d'autochtones et de visiteurs originaires
de toute l'Europe.

CHAPITRE 36

E zio suivit les deux janissaires jusqu'à un bâtiment proche de la porte de l'Arsenal. Un homme richement vêtu les y attendait. C'était un individu replet d'une cinquantaine d'années, doté d'une longue barbe grise et de moustaches gominées. Son turban à plumes était incrusté de joyaux, et il avait une bague à chacun de ses doigts grassouillets. Son compagnon était plus mince, voire malingre et, d'après sa tenue, d'origine turkmène.

Ezio choisit un poste d'observation qui lui permettait de passer totalement inaperçu. Camouflé parmi les lourdes branches d'un tamarinier qui poussait à proximité, il observa les amabilités de rigueur. Il apprit que l'obèse infatué n'était autre que Manuel Palaiologos. Si ce que Yusuf lui avait dit de ses ambitions était vrai, cette rencontre s'avérerait sûrement des plus intéressantes. Le compagnon de Manuel – son garde du corps, si l'on se fiait aux présentations – se prénommait Shahkulu.

Ezio avait entendu parler de lui. Shahkulu était un opposant. Il luttait contre les dirigeants ottomans et, d'après les rumeurs, il fomentait la révolte de son peuple. Il avait la réputation de se livrer à de nombreux actes de cruauté et de brigandage.

Effectivement, cette rencontre s'annonçait passionnante.

Après un échange de gracieusetés – exercice qu'Ezio trouvait particulièrement élaboré dans cette ville –, Manuel fit un signe à Shahkulu. Ce dernier entra dans le bâtiment devant lequel ils se trouvaient ; un poste de garde abandonné, à première vue. Le Turkmène ressortit peu après, muni d'un petit coffre en bois – apparemment massif – qu'il déposa aux pieds de Tarik. Le lieutenant l'ouvrit et entreprit de compter les pièces d'or qu'il contenait.

— Tu peux recompter si tu veux, Tarik, lança Manuel, d'un ton aussi affecté que son apparence, mais l'argent restera avec moi tant que je n'aurai pas vu la cargaison et évalué sa qualité.

Tarik émit un grognement.

— Entendu. Tu es un homme avisé, Manuel.

— Sans cynisme, la confiance est dérisoire, entonna Palaiologos, tout miel.

Le janissaire compta rapidement. Peu après, il referma le coffret.

— Le compte est bon, Tarik, dit-il. Tout est là.

— Bien, fit Manuel à l'adresse du capitaine. Et maintenant ?

— Tu pourras accéder à l'Arsenal. Quand tu l'auras vérifiée, la cargaison te sera livrée là où tu souhaites.

— Tes hommes sont prêts à voyager ?

— Absolument.

— *Poi kalà*. (Le roitelet byzantin se détendit quelque peu.) Très bien. Je te fournirai dans la semaine une carte qui te guidera à bon port.

Sur ce, ils se séparèrent. Ezio attendit que la voie soit libre, descendit de son arbre et regagna en toute hâte le quartier général des Assassins.

CHAPITRE 37

Au crépuscule, Ezio retourna à l'Arsenal pour y retrouver Yusuf qui l'attendait déjà.

—Un de mes hommes aurait vu une cargaison d'armes entrer dans l'Arsenal. Cela m'a intrigué.

Ezio réfléchit un instant. Voilà qui confirmait ses craintes.

—Des armes. (Il marqua une pause.) J'aimerais les voir de mes propres yeux.

Il inspecta les murs de l'Arsenal. Ils étaient bien gardés. La porte principale avait l'air imprenable.

—Ils abattent à vue, dit Yusuf, comme s'il avait deviné les pensées du mentor. Je ne sais vraiment pas comment on pourra entrer.

Derrière eux, la place grouillait de vie. Les gens se hâtaient chez eux après leur travail. Les cafés et les restaurants ouvraient leurs portes. Soudain, une altercation entre un marchand et trois janissaires attira leur attention. Elle avait éclaté près de la porte principale. Les soldats vilipendaient le commerçant.

—Nous t'avons prévenu deux fois! Aucun marchand aux abords de l'Arsenal! lança le sergent (Il se tourna vers ses hommes.) Débarrassez-moi de ça!

Les janissaires se mirent à ramasser ses paniers de fruits et à les emporter.

—Hypocrites! protesta le vendeur. Si vos hommes n'achetaient pas mes fruits, je les vendrais ailleurs!

Le sergent ignora sa remarque et les soldats continuèrent leur labeur. Mais le marchand n'en démordait pas. Il interpella le sergent.

— Vous êtes pires que les Byzantins, sales traîtres !

En guise de réponse, le janissaire lui décocha un violent coup de poing. Le vendeur s'écroula en gémissant et porta la main à son nez sanguinolent.

— Surveille ta langue, vermine ! mugit le sergent.

Il tourna les talons et supervisa la confiscation des fruits, tandis qu'une femme émergeait de la foule pour venir en aide au blessé. Elle le remit debout et épongea son sang avec un mouchoir.

— Même en temps de paix, les pauvres, eux, sont toujours en guerre, fit remarquer Yusuf d'un air sombre.

Ezio était songeur. Il avait été témoin d'événements similaires à Rome. Peu de temps auparavant.

— Donnons-leur une chance de crier leur colère, ça pourrait servir notre cause.

Yusuf le dévisagea.

— Tu ne penses tout de même pas à… recruter ces gens ? Les pousser à la révolte ?

— Une simple manifestation suffira. Mais si nous en embrigadons suffisamment…

Les deux hommes regardèrent les soldats confisquer impunément les fruits du marchand. Après avoir entièrement vidé son étal, ils disparurent par le guichet de la porte principale.

— Feindre la solidarité pour servir nos intérêts ! fit Yusuf avec une pointe de mépris. Tu es un exemple.

— Je n'en suis pas fier. Mais ça marchera. Crois-moi.

— La fin justifie les moyens, convint Yusuf en haussant les épaules. Et je ne vois pas d'autres moyens de pénétrer cette forteresse.

— Viens ! Les gens se sont rassemblés en nombre. Le vendeur a l'air très populaire. Nous pouvons tenter de les enrôler !

Ezio et Yusuf passèrent la demi-heure suivante à fomenter la révolte parmi la foule, à grand renfort de flatteries, de persuasion, d'incitations et de discours exaltants. Ces simples gens du peuple leur semblèrent particulièrement réceptifs à l'idée de mettre fin à l'oppression. Apparemment, ils n'attendaient qu'une chose, c'était qu'on les guide. Lorsqu'ils furent assez nombreux, Ezio s'adressa à l'attroupement. Le commerçant se tenait un peu à l'écart. Il avait l'air méfiant, désormais. Yusuf avait armé la plupart des hommes et des femmes. Le vendeur avait opté pour une serpette.

— Luttez à nos côtés, mes frères ! déclama Ezio. Ensemble, vengeons cette injustice ! Les janissaires ne sont pas au-dessus des lois. Montrons-leur que nous ne supporterons pas plus longtemps leur tyrannie !

— Oui ! rugirent plusieurs voix.

— La façon dont ils abusent de leur pouvoir m'écœure ! poursuivit Ezio. Pas vous ?

— Si !

— Vous battrez-vous avec nous ?

— Oui !

— Dans ce cas, allons-y !

Un détachement de janissaires franchit la porte de l'Arsenal. On la referma avec soin derrière eux. Ils se postèrent devant, l'épée à la main, et firent face à la foule en colère. Les citadins étaient au bord de l'hystérie. Loin de se laisser impressionner par cette démonstration de force, ils redoublèrent de hargne. Les rangs des révoltés grossirent rapidement et, tous ensemble, ils prirent la porte d'assaut. Si un janissaire commettait l'imprudence de s'approcher du premier rang des insurgés, ces derniers le submergeaient, du simple fait de leur poids, et le bousculaient pour passer ; quand ils ne le piétinaient pas purement et simplement. La foule eut vite fait de l'emporter sur les défenseurs et de piaffer devant la porte. Ezio et Yusuf, au prix de quelques instructions, transformèrent leur insurrection spontanée en une véritable invasion.

—À bas les janissaires ! hurlaient des centaines de voix.

—Vous n'êtes pas au-dessus des lois ! s'exclamait le reste de la foule.

—Ouvrez cette porte, si vous ne voulez pas qu'on la défonce !

—Elle ne résistera pas longtemps, dit Ezio à Yusuf.

—Le peuple te rend un grand service, mentor, rétorqua Yusuf. Assure-toi que personne ne soit blessé.

Au moment où il prononçait ces mots, deux détachements de janissaires arrivaient en renfort par les portes latérales nord et sud. Ils attaquèrent la foule par les deux flancs.

—Le combat rapproché s'impose, fit remarquer Ezio.

Il actionna son crochet et sa lame secrète avant de se jeter dans la mêlée. Yusuf l'imita.

Encouragés par les talents professionnels des deux Assassins, les hommes et les femmes postés sur les côtés encaissèrent courageusement le double assaut des janissaires. Ces derniers, pris de court par une telle résistance, tout à fait inattendue de la part de simples citadins, eurent une hésitation de trop... et furent repoussés. Entre-temps, les insurgés s'étant attaqués à la porte virent leurs efforts récompensés. Les planches massives se mirent à grincer, à céder et à se tordre, avant de partir en miettes. À grand fracas, la poutre latérale qui cadenassait l'huis de l'intérieur se brisa à son tour, comme une vulgaire allumette, et le portail s'éventra. Ses deux battants pendaient mollement de leurs gonds colossaux.

La foule gronda sa victoire d'une seule voix, comme un gigantesque fauve, et envahit l'Arsenal. Dans le raffut, on entendait quelques voix s'élever.

— Poussez !

— On est entrés !

— La justice ou la mort !

Les janissaires furent impuissants à empêcher le raz-de-marée, mais grâce à leur discipline, ils parvinrent à le contenir. Et un combat sanglant éclata dans la cour intérieure de l'Arsenal. Profitant de ce tohu-bohu, Ezio se faufila tel un spectre dans les tréfonds de la forteresse.

CHAPITRE 38

L oin du portail brisé, au fond du secteur ouest de l'Arsenal, Ezio trouva enfin ce qu'il cherchait. La plupart des soldats de la garnison se battant dans la cour, l'endroit était calme. À l'abri des regards, Ezio se glissa à côté des quelques gardes encore en poste, ne les éliminant promptement que lorsqu'aucune autre option ne se présentait. Quand il en aurait terminé ici, il lui faudrait aiguiser sa lame-crochet.

Doucement, lentement, Ezio avançait dans un long couloir, si étroit qu'il n'aurait aucune chance de prendre par surprise les occupants de la pièce qui s'ouvrait à son extrémité. Près de la porte, une échelle métallique fixée au mur menait à une galerie qui surplombait la salle. Attachant son fourreau à sa jambe pour l'empêcher de claquer, Ezio grimpa prestement sans faire plus de bruit qu'une fleur naissante. Depuis sa cachette, il suivit la scène qui se jouait en contrebas.

Au milieu de la pièce, entourés d'un fatras de caisses, certaines ouvertes, Manuel et Shahkulu discutaient. Une unité réduite de janissaires montait la garde derrière la porte. Ezio poussa un soupir muet de soulagement. S'il avait essayé d'entrer, il serait tombé dans une embuscade. Cette fois, son instinct et son expérience l'avaient sauvé.

Manuel interrompit son examen du contenu des caisses. De là où il était, Ezio ne pouvait voir de quoi il s'agissait, mais il en avait une idée assez précise.

—Vingt ans dans cette ville, à jouer la comédie…, disait Manuel. Et voilà enfin qu'arrive mon heure.

— Lorsque les Palaiologos retrouveront leur trône, répondit Shahkulu d'une voix teintée de menace, n'oublie pas qui t'aura aidé à le reprendre.

Manuel le dévisagea, ses petits yeux brillant d'une lueur froide entre les plis de chair.

— Rassure-toi, mon ami ! Jamais je ne trahirai un homme aussi influent que toi. Mais fais preuve de patience. Rome ne s'est pas faite en un jour.

Shahkulu grommela indistinctement. Manuel se tourna vers le capitaine de son escorte.

— Je suis satisfait. Conduis-moi à mon bateau.

— Suivez-moi. Nous allons éviter les combats en passant par la porte ouest, dit le capitaine.

— J'ose espérer que vous aurez bientôt rétabli le calme.

— C'est en cours, votre Altesse.

— Si un seul objet est endommagé, il n'est pas question que je paie. Dites-le bien à Tarik.

Ezio les regarda partir. Lorsqu'il fut certain d'être seul, il descendit dans la salle, puis inspecta sommairement la marchandise, soulevant le couvercle d'une caisse descellée.

Des fusils. Au moins une centaine.

— *Merda !* souffla-t-il.

Un son métallique interrompit ses pensées, sans doute le portail ouest que l'on refermait après le passage de Manuel. Peu après, il entendit le bruit de bottes sur la pierre, de plus en plus près. Les janissaires revenaient sceller les caisses ouvertes. Ezio se plaqua contre le mur, puis abattit les soldats à mesure qu'ils entraient. S'ils avaient pu l'affronter tous ensemble, plutôt qu'un par un, les choses se seraient passées différemment, mais l'étroitesse du couloir joua en sa faveur.

Ezio repartit en empruntant le même chemin qu'à l'allée. Dans la cour, la bataille était terminée, ne laissant derrière elle que les stigmates habituels. Ezio passa lentement à côté d'une mer de corps, la plupart immobiles, certains encore agités par quelques soubresauts d'agonie. On n'entendait que les lamentations des femmes agenouillées près des morts, et le vent sans pitié qui soufflait par le portail béant.

La tête basse, Ezio quitta les lieux. Le tribut à payer pour la connaissance était parfois bien lourd.

Chapitre 39

Il était largement temps de retourner à la librairie de Sofia. Il s'y dirigea d'un pas leste, sans détour.

Le magasin était toujours ouvert, et les lampes brûlaient vivement. Sofia était penchée sur son atelier, au milieu de la pièce. Voyant Ezio entrer, elle se releva et retira ses lunettes. Devant elle, au milieu de livres ouverts, était étalée la carte qu'il avait découverte dans la Yerebatan Sarnici.

—*Salute*, dit-elle en refermant la porte derrière lui et en abaissant les stores. Il est l'heure de fermer pour aujourd'hui. Deux clients dans l'après-midi. Je vous le dis : il est inutile de rester ouvert pour le commerce du soir.

Puis, elle vit l'expression sur le visage d'Ezio et lui offrit de s'asseoir, ce qu'il fit sans se faire prier. Elle lui apporta un verre de vin.

—*Grazie*, dit-il avec gratitude.

Il était heureux qu'elle ne l'assaille pas de questions.

—J'aurai bientôt retrouvé deux autres livres : l'un près du palais de Topkapi et l'autre dans le quartier de Bayezid.

—Bayezid d'abord. Topkapi ne nous donnera rien ; c'est là que les Templiers ont découvert leur clé.

—Ah, *sì*. Ils ont dû la trouver par hasard ou par un autre biais que le nôtre.

—Ils avaient le livre de Niccolò.

—Alors, remercions la Sainte Vierge que vous l'ayez récupéré avant qu'ils ne puissent en tirer plus d'informations.

Revenant à la carte, Sofia s'assit et prit la plume. Ezio sortit le livre d'Empédocle, qu'il posa sur la table à côté d'elle. La seconde clé avait déjà rejoint la première, sous bonne garde dans le quartier général des Assassins à Galata.

— Que penses-tu donc de ceci ? dit-il, adoptant le tutoiement.

Prudemment, avec une sorte de révérence, elle le fit tourner entre ses mains. Des mains délicates sans être osseuses, aux doigts longs et élancés.

Elle en resta bouche bée.

— Oh, Ezio ! *È incredibile !*

— Il a de la valeur ?

— Un exemplaire de *De la nature* dans cet état ? Avec la reliure copte d'origine ? C'est fantastique ! (Elle l'ouvrit délicatement. La carte codée ne brillait plus. En fait, on ne la voyait plus du tout.) Fabuleux. Cette transcription doit dater du IIIe siècle, dit Sofia d'un ton enthousiaste. Je ne pense pas qu'il en existe d'autres exemplaires.

Mais les yeux d'Ezio scrutaient la pièce sans relâche. Quelque chose avait changé, mais il n'arrivait pas à mettre le doigt dessus. Enfin, son regard se posa sur une fenêtre occultée par des planches. Le carreau manquait.

— Sofia, dit-il, inquiet, que s'est-il passé, ici ?

Elle répondit avec un filet d'irritation dans la voix, même si l'excitation dominait clairement.

— Oh, ça arrive une ou deux fois par an. Des voleurs qui s'imaginent trouver de l'argent. (Elle se tut quelques instants.) J'en garde très peu ici, mais cette fois, ils sont partis avec un portrait non sans valeur. Il y a moins de trois heures, alors que j'étais sortie du magasin pendant un court instant. (Elle eut l'air triste.) Un très bon portrait de moi, à vrai dire. Il me manquera, et ce n'est pas qu'une question d'argent. Je compte bien trouver une bonne cachette pour lui, ajouta-t-elle en posant la main sur l'Empédocle.

Craignant que la disparition du tableau ne cache quelque chose de plus sinistre qu'un simple vol, Ezio fit le tour de la pièce à la recherche d'indices. Puis, il prit une décision. Il s'était assez reposé et devait une faveur à Sofia… Non, c'était plus que cela : il voulait faire tout ce qui était en son pouvoir pour l'aider.

— Continue à travailler, dit-il. Je me charge de le récupérer.

— Ezio, à l'heure qu'il est, le voleur a dû disparaître. Il pourrait être n'importe où.

— S'il est venu pour de l'argent, et qu'il a pris un tableau, il essaiera de le vendre, sans doute dans les environs.

Sofia eut l'air pensive.

— Quelques marchands d'art ont leurs boutiques dans des rues non loin d'ici.

Ezio était déjà sur le pas de la porte.

— Attends ! l'appela-t-elle. J'ai des courses à faire dans cette direction. Je vais te montrer le chemin.

Il attendit tandis qu'elle mettait *De la nature* à l'abri dans un coffre fermant à clé, puis la suivit hors de l'échoppe, verrouillant la porte derrière elle.

— Par ici, dit-elle. Nous nous séparerons au premier carrefour. Je t'indiquerai la direction à partir de là.

Ils marchèrent en silence. Après une douzaine de mètres, elle s'arrêta à un carrefour.

— Descends cette rue, dit-elle en la montrant du doigt.

Leurs regards se croisèrent. Il espérait que ce qu'il voyait dans ses yeux n'était pas le produit de son imagination.

— Eh bien, si tu le retrouves dans les prochaines heures, rejoins-moi près de l'aqueduc de Valens. Je dois me rendre à une foire aux livres, mais je serai heureuse de t'y voir.

— Je vais faire de mon mieux.

Elle le regardait toujours, puis finit par détourner les yeux.

— Je n'en doute pas, Ezio. Merci beaucoup.

CHAPITRE 40

L e quartier des marchands d'art ne fut pas difficile à
trouver : des rues étroites, parallèles les unes aux autres,
de petites boutiques aux vitrines pleines de trésors éclairées
par des lampes à huile.

Ezio passait lentement de l'une à l'autre, observant les
chalands plutôt que les œuvres elles-mêmes. Il ne lui fallut
pas longtemps pour repérer un individu à l'air louche et aux
vêtements voyants qui sortait de l'une des galeries, absorbé
par le décompte de pièces dans une bourse en cuir.

L'homme fut sur la défensive dès qu'Ezio se rapprocha
de lui.

— Que voulez-vous ? demanda-t-il nerveusement.

— Vous venez de conclure une affaire, pas vrai ?

L'homme se redressa de toute sa hauteur.

— En quoi cela vous…

— Un portrait de femme ?

L'homme tenta vainement de lui donner un coup de poing
avant de s'enfuir, mais Ezio fut un peu plus rapide que lui.
Un croche-pied l'envoya à terre, et les pièces s'éparpillèrent
sur les pavés.

— Ramasse-les et donne-les-moi, dit Ezio.

— Je n'ai rien fait, aboya-t-il. (Mais il obéit tout de même.)
Vous n'avez pas de preuve !

— Je n'en ai pas besoin. Il me suffit de te frapper jusqu'à
ce que tu avoues.

L'homme blêmit.

— J'ai trouvé le portrait. Je veux dire, quelqu'un me l'a donné.

Ezio le frappa au visage.

— Mets de l'ordre dans ton histoire avant de mentir effrontément.

— Que Dieu me vienne en aide !

— Il a mieux à faire que de répondre à tes prières.

Ayant fini sa besogne, le voleur tendit humblement la bourse pleine à Ezio, qui le releva brusquement, puis le plaqua contre un mur proche.

— Peu m'importe comment tu as trouvé le portrait. Dis-moi juste où il est.

— Je l'ai vendu à un marchand du bazar, pour deux cents misérables *akçe*. (Sa voix tremblait tandis qu'il pointait une échoppe du doigt.) Il faut bien que je mange !

— À l'avenir, nourris-toi d'une autre manière, *canaglia*.

Ezio lâcha le voleur, mais ne le quitta pas des yeux tandis qu'il disparaissait dans une allée en hurlant des insultes.

Une fois dans la galerie, Ezio inspecta les peintures et les sculptures. Il n'eut aucun mal à identifier ce qu'il cherchait, puisque le boutiquier finissait tout juste de l'accrocher. Un portrait de trois-quarts de Sofia. Elle avait quelques années de moins, des anglaises dans les cheveux, un collier de jais et de diamants, un ruban noir attaché à la manche gauche de sa robe de satin bronze. Ezio présuma qu'il avait dû être peint pour la famille Sartor durant le bref séjour de Meister Dürer à Venise.

Le voyant admirer le tableau, le galeriste vint vers lui :

— Il est à vendre, bien sûr ! Je vous en prie… (Il fit un pas en arrière, partageant la vue avec son client potentiel.) Un portrait lumineux, si vivant. Une beauté rayonnante !

— Combien en voulez-vous ?

Le marchand se balança de gauche à droite.

— Difficile d'estimer l'inestimable, n'est-ce pas ? (Il attendit.) Mais je vois que vous êtes un connaisseur. Disons… cinq cents ?

— Vous l'avez payé deux cents.

L'homme ouvrit les mains, consterné.

— *Efendim !* Jamais je n'oserais profiter ainsi d'un homme tel que vous ! Et d'ailleurs, comment le savez-vous ?

— Je viens de parler au vendeur. Il y a moins de deux minutes.

Le marchand vit qu'Ezio n'était pas un homme à traiter à la légère.

— Ah ! Bien, bien. Mais j'ai des frais, vous comprenez.

— Vous venez juste de l'accrocher. Je vous ai vu.

Le marchand avait l'air penaud.

— Très bien… Quatre cents alors ?

Ezio le fixa d'un regard furieux.

— Trois cents ? Deux cent cinquante ?

Ezio lui mit délicatement la bourse dans la main.

— Deux cents. Tout est là. Vous pouvez compter si vous le désirez.

— Je vais vous l'emballer.

— J'espère que vous ne vous attendez pas à un pourboire pour cela.

Grommelant *sotto voce*, l'homme décrocha le portrait et l'enveloppa soigneusement dans une feuille de coton qu'il découpa dans un rouleau rangé sous le comptoir. Il le tendit alors à Ezio.

— Un plaisir de faire affaire avec vous, dit-il sèchement.

— La prochaine fois, n'acceptez pas aussi facilement des biens volés. Un autre client aurait pu désirer connaître la provenance d'une peinture de cette qualité. Heureusement pour vous, je suis prêt à fermer les yeux sur cette question.

— Et pour quelle raison, si je peux me permettre ?

— Je suis un ami du modèle.

Sidéré, le galeriste lui fit une révérence en l'invitant à quitter son magasin, avec autant de hâte que lui permettait la politesse.

— Un plaisir de faire affaire avec vous aussi, dit Ezio d'un ton froid.

CHAPITRE 41

D ans l'impossibilité d'honorer son rendez-vous avec Sofia ce soir-là, Ezio lui fit parvenir un mot lui proposant de se rencontrer le lendemain à la mosquée Bayezid, où il lui rendrait le tableau.

Lorsqu'il arriva, elle était déjà là à l'attendre. Éclairée par un rayon de soleil, il la trouva si belle que le portrait lui rendait à peine justice.

—C'est assez réussi, qu'en dis-tu, Ezio ? demanda-t-elle après qu'il eut déballé le tableau et lui eut tendu.

— Je préfère l'original.

Elle lui donna un coup d'épaule.

—*Buffone*, dit-elle en se mettant en route. C'est un cadeau de mon père, lorsque nous étions à Venise, pour mon vingt-huitième anniversaire. (Elle plongea un instant dans ses souvenirs.) Je suis restée assise pour Albrecht Dürer pendant une semaine. M'imagines-tu immobile pendant sept jours ? À ne rien faire ?

—Ça, non.

— *Una tortura !*

Ils s'arrêtèrent près d'un banc. Elle s'assit. Ezio dut se retenir de rire en l'imaginant poser, s'interdisant de bouger le moindre muscle, durant tout ce temps. Mais le résultat en valait la chandelle, même s'il préférait réellement l'original.

Le sourire disparut de ses lèvres lorsqu'elle sortit une feuille de papier ; son expression redevint immédiatement sérieuse, tout comme la sienne.

— Un prêté pour un rendu, dit-elle. J'ai découvert l'emplacement d'un autre livre. Il n'est d'ailleurs pas très loin d'ici.

Elle lui tendit la feuille pliée.

— *Grazie*, dit-il.

Cette femme était un génie. Il lui fit un signe solennel de la tête et s'apprêtait à partir, mais elle le stoppa en lui posant une question :

— Ezio, de quoi s'agit-il, dis-moi ? Tu n'es pas un érudit, c'est plus qu'évident. (Elle jeta un œil à son épée.) Sans vouloir t'offenser, bien sûr ! (Elle s'interrompit.) Es-tu au service de l'Église ?

Ezio la regarda, amusé.

— Pas de l'Église, non. Disons que je suis une sorte de… de professeur.

— Quelle sorte ?

— Je t'expliquerai, un jour, Sofia. Quand ce sera possible.

Elle hocha la tête, déçue, mais, pour autant qu'il puisse le voir, pas totalement dévastée. Elle était assez raisonnable pour attendre.

CHAPITRE 42

L e code déchiffré mena Ezio jusqu'à un édifice ancien, à peine trois pâtés de maison plus loin, au cœur du quartier Bayezid. Il avait dû servir d'entrepôt, mais il était à présent abandonné. Les fenêtres avaient l'air tout à fait closes, mais quand il tira la porte, elle s'avéra être ouverte. Prudemment, en jetant un œil de chaque côté de la rue à l'affût de gardes ottomans ou de janissaires, il entra.

Suivant les instructions sur le papier qu'il tenait dans sa main, il monta l'escalier qui menait au premier étage, emprunta un couloir au bout duquel il trouva une petite salle ; un bureau couvert de poussière. Les étagères étaient pleines de registres, et sur la table se trouvaient une écritoire et un coupe-papier. Il inspecta soigneusement la pièce, mais ses murs ne révélèrent aucune trace de ce qu'il cherchait, jusqu'à ce qu'il remarque une anomalie dans le carrelage autour de la cheminée.

En l'explorant attentivement du bout des doigts, il découvrit que l'une des tuiles bougeait. Il la délogea à l'aide du coupe-papier, tout en écoutant d'éventuels bruits de mouvement au rez-de-chaussée, même s'il était certain que personne ne l'avait vu entrer dans le bâtiment. La tuile ne résista pas longtemps à ses efforts, révélant un panneau de bois. En le retirant, il vit un livre dans la pénombre, qu'il ôta délicatement. Un petit livre, très ancien. Il lut le titre au dos ; c'était la version des *Fables d'Ésope* mise en vers par Socrate alors qu'il était condamné à mort.

Il souffla pour chasser la poussière accumulée sur l'ouvrage, puis, fébrilement, l'ouvrit sur la page de garde. Comme il l'espérait, une carte de Constantinople apparut. Il l'observa attentivement, patiemment. La lumière surnaturelle indiquait précisément la tour de Galata. Rangeant le livre dans sa pochette de ceinture, il repartit en se dirigeant vers le nord de la ville. Après avoir traversé la Corne d'Or grâce au bac, il accosta à quelques pas du pied de la tour.

Il dut employer toutes ses ruses pour passer inaperçu et échapper à l'attention des gardes. Une fois à l'intérieur, le livre le guida en haut d'un escalier en colimaçon, jusqu'à un palier entre deux étages. Il ne contenait apparemment rien d'autre entre ses murs de pierre. Ezio vérifia dans le livre, s'assurant qu'il était au bon endroit. Il sonda les murs des mains, cherchant une fêlure qui trahirait la présence d'une ouverture dissimulée, aux aguets du moindre bruit de pas dans l'escalier. Mais personne ne vint. Enfin, il discerna un espace dans la maçonnerie qui n'avait pas été rempli de mortier. La suivant du bout des doigts, il dessina le contour d'une très étroite porte secrète.

Persistant dans sa fouille, il poussa doucement les pierres voisines, jusqu'à en trouver une, à environ un mètre du sol, qui s'enfonça légèrement. La porte accepta alors de s'ouvrir, dévoilant une pièce creusée dans l'épaisseur du mur de la tour, à peine assez grande pour une personne. À l'intérieur, sur une mince colonne, reposait une autre clé circulaire, sa troisième. Se tassant pour entrer, il la prit. Elle se mit immédiatement à briller, sa lumière s'intensifiant rapidement. La pièce lui parut gagner en volume, et il se retrouva transporté en un autre lieu, à une autre époque.

Alors que la lumière revenait à une intensité normale, celle d'une matinée ensoleillée, Ezio vit à nouveau Masyaf. Mais le temps avait passé. Dans son cœur, il savait que de nombreuses années s'étaient écoulées. Il ignorait s'il rêvait ou pas. Il avait l'impression d'être dans un rêve, puisqu'il n'en faisait pas partie ; mais dans le même temps, il était, d'une façon ou d'une autre, impliqué. Si l'expérience ressemblait à un rêve, elle était également – d'une façon qu'Ezio était incapable de définir – comme un souvenir.

Désincarné, intégré à la scène qui se présentait à lui sans pour autant en faire partie, il regarda et attendit. Le jeune homme en blanc était là, mais il ne semblait plus si jeune que cela : il comptait désormais quelques décennies de plus.

Et il semblait préoccupé…

CHAPITRE 43

Après s'être absenté longtemps à l'est, Altaïr était revenu au siège de l'Ordre des Assassins. C'était en l'an de grâce 1228. Quoique dans sa soixante-troisième année, Altaïr était toujours mince et vigoureux. Assis sur un banc de pierre devant une maison du village de Masyaf, il réfléchissait. L'adversité ne lui était pas étrangère, et le désastre semblait une fois de plus prêt à frapper. Pendant combien de temps aurait-il encore la force nécessaire ? Pendant combien de temps refuserait-il de tomber face aux coups que le Destin s'obstinait à lui asséner ?

Ses pensées furent interrompues, de façon inopportune, par l'apparition de sa femme, Maria Thorpe, l'Anglaise qui, il y a tant d'années, avait été son ennemie, un membre de la compagnie des Templiers. Le temps et le hasard avaient changé tout cela. Après un long exil, ils étaient revenus à Masyaf et affrontaient le Destin ensemble.

Elle sentit sa morosité dès qu'elle l'eut rejoint sur le banc. Il lui annonça la nouvelle.

— Les Templiers ont repris leurs archives de Chypre. Abbas Sofian n'a envoyé aucun renfort pour soutenir les défenseurs. Ce fut un massacre.

Maria se figea sous le coup de la surprise et de la consternation.

— Comment Dieu a-t-il pu permettre cela ?

—Maria, écoute-moi. Notre Ordre était puissant quand nous avons quitté Masyaf il y a dix ans. Mais tous nos progrès, tout ce que nous avons accompli a été anéanti.

—Abbas devra en répondre, dit-elle en contenant à grand-peine sa fureur.

—En répondre à qui ? dit Altaïr avec colère. Les Assassins n'obéissent qu'à lui, à présent.

Elle posa la main sur son bras.

—Renonce à la vengeance, Altaïr. Dis-leur la vérité et ils reconnaîtront leurs erreurs.

—Il a tué notre plus jeune fils, Maria ! Il mérite la mort !

—Peut-être. Mais si tu ne reprends pas le contrôle de l'Ordre dignement, cela détruira ses fondements.

Altaïr ne répondit rien, mais resta assis en silence, ruminant un terrible conflit intérieur. Finalement, il releva la tête, l'air apaisé.

—C'est vrai, Maria, dit-il calmement. Il y a trente ans, j'ai laissé la passion étouffer ma raison. J'étais têtu et ambitieux, et nous souffrons toujours de la division que j'ai causée au sein de la Confrérie.

Il se leva, et Maria l'imita. Lentement, plongés dans leur conversation, ils traversèrent les rues poussiéreuses du village.

—Laisse parler la raison, Altaïr, et les hommes raisonnables écouteront, l'encouragea-t-elle.

—Certains, mais pas Abbas, dit-il en secouant la tête. J'aurais dû le renvoyer il y a trente ans, quand il a tenté de voler la Pomme.

—Mais, mon aimé, tu as gagné le respect des autres Assassins en lui laissant la vie sauve.

Il lui adressa un sourire en coin.

—Comment le saurais-tu ? Tu n'étais pas là.

Elle lui rendit son sourire.

—J'ai épousé un grand conteur d'histoires, répondit-elle avec désinvolture.

Leurs pas les amenèrent en vue de la silhouette imposante du château. Il évoquait la négligence, voire la désolation.

— Regarde cet endroit, gronda Altaïr. Masyaf est l'ombre de ce qu'elle était.

— Nous sommes partis si longtemps, lui rappela doucement Maria.

— Mais pas pour nous cacher, dit-il d'un ton irrité. La menace des Mongols, la tempête des hordes venues de l'Est, menées par le khan Genghis, réclamait notre attention, et nous sommes allés à sa rencontre. Qui, ici, peut en dire autant?

Ils continuèrent leur route. Un peu plus tard, Maria rompit le silence:

— Où est notre fils aîné? Darim sait-il que son frère est mort?

— Je lui ai envoyé un message il y a quatre jours. J'espère qu'il l'aura reçu.

— Alors, nous le verrons peut-être bientôt.

— Si Dieu le veut. Quant à Abbas… il ne m'inspire que la pitié. Il est rongé par sa rancœur.

— Sa blessure est profonde, mon aimé. Seule la vérité peut le guérir.

Mais Altaïr secoua la tête.

— Cela n'aura pas d'importance à ses yeux. Pour un cœur meurtri, la sagesse est aussi tranchante que la pointe d'un couteau. (Il regarda la poignée de villageois qui les croisaient en baissant les yeux ou en regardant de côté.) Ces rues que nous arpentons… il y règne la peur, pas l'amour.

— Abbas a détruit l'âme de cet endroit. Il l'a privé de sa joie.

Altaïr s'arrêta net, regardant sa femme d'un air grave. Son visage était toujours aussi beau malgré les rides; ses yeux toujours aussi clairs, même s'il imaginait y voir le reflet de tout ce qu'ils avaient traversé ensemble.

— Nous allons au-devant d'un sort funeste, Maria.

Elle prit sa main.

— C'est possible. Mais nous y allons ensemble.

Chapitre 44

À la lisière du château, Maria et Altaïr croisèrent des Assassins, des membres de la Confrérie, qui les connaissaient. Mais ils ne se montrèrent pas aussi amicaux qu'escompté, loin de là. Alors que l'un d'eux allait passer à côté d'eux sans même un regard, Altaïr l'arrêta.

— Frère. Parlons un moment.

L'Assassin se tourna vers lui à contrecœur, le visage fermé.

— Pour quelle raison devrais-je te parler ? Pour laisser le temps à ton artefact diabolique de faire des nœuds dans mes pensées ?

Et il repartit en toute hâte, refusant d'en dire plus. Mais un autre Assassin arrivait juste derrière lui. Celui-ci souhaitait également éviter tout contact avec l'ancien mentor et son épouse. Altaïr l'accosta.

— Tout va bien, frère ? demanda-t-il avec une pointe de défi dans la voix.

— Qui pose la question ? répondit-il sèchement.

— Tu ne me reconnais pas ? Je suis Altaïr.

Il le regarda impassible.

— Ce nom sonne creux. Et tu n'es qu'un fantoche, rien de plus. Même le vent parle avec plus de sagesse que toi.

Ils entrèrent sans problème dans les jardins du château. Ils comprirent qu'on les avait volontairement laissés arriver jusque-là lorsque les encerclèrent soudain des Assassins habillés de noir, loyaux au mentor félon, prêts à frapper à tout instant. Abbas lui-même apparut sur un rempart, arrogant dans sa victoire.

— Laissez-les parler, ordonna-t-il d'une voix impérieuse. (Puis il s'adressa à Altaïr et Maria.) Que faites-vous ici ? Pourquoi êtes-vous revenus en ce lieu où vous n'êtes plus les bienvenus ? Pour le salir plus que vous ne l'avez déjà fait ?

— Dis-nous la vérité sur la mort de notre fils, répondit Altaïr avec calme et clarté. Pourquoi Sef a-t-il été tué ?

— Vous voulez la vérité, ou une raison de vous venger ? répondit Abbas.

— Si la vérité nous en donne une, nous agirons, s'exclama Maria.

La réplique laissa Abbas interdit, mais après un instant de réflexion, il répondit, un ton plus bas :

— En échange de la Pomme, Altaïr, je te dirai pourquoi ton fils a été exécuté.

Altaïr acquiesça comme s'il avait décelé un message caché. Il s'apprêta à s'adresser à la Confrérie des Assassins rassemblée devant lui.

— C'est donc ça, la vérité ! commença-t-il d'une voix forte. Abbas veut la Pomme pour lui. Pas pour libérer vos esprits, mais pour les contrôler !

Abbas ne perdit pas de temps pour répondre.

— Tu la détiens depuis trente ans, Altaïr. Tu te repais de son pouvoir et tu accapares ses secrets. Elle t'a corrompu.

Altaïr observa la foule des visages autour de lui. La plupart étaient hostiles, mais quelques-uns, rares, montraient des signes de doute. Il réfléchit rapidement, concoctant un plan qui avait une chance de réussir.

— Très bien, Abbas, dit-il. Prends-la.

Il sortit la Pomme de la sacoche pendant à son flanc et la tint en l'air.

— Quoi… ? fit Maria, surprise.

Les yeux d'Abbas se mirent à briller lorsqu'il vit la Pomme, mais il hésita avant de faire signe à son garde du corps d'aller la chercher dans la main émaciée d'Altaïr.

Le garde s'approcha. Une fois tout près d'Altaïr, il fut comme possédé par le démon. Avec une expression amusée sur le visage, il se pencha vers l'ancien mentor et lui murmura à l'oreille :

— J'ai exécuté ton fils, Sef. Juste avant de le tuer, je lui ai dit que j'agissais sur ton ordre. (Il ne vit pas l'éclair traverser les yeux d'Altaïr. Il poursuivit, satisfait, parvenant à grand-peine à se retenir de rire.) Il est donc mort en croyant que tu l'avais trahi.

Altaïr lui lança un regard furieux. Dans sa main, la Pomme s'embrasa, brillant comme une étoile.

Le garde du corps se mit à hurler de douleur, pris de soubresauts incontrôlables. Il porta les mains à ses tempes, enfonçant désespérément les doigts dans sa chair. On aurait dit qu'il essayait de s'arracher la tête pour mettre un terme à son agonie.

— Altaïr ! cria Maria.

Mais il ne l'entendait plus. Ses yeux étaient noirs de colère. Poussé par une force invisible à laquelle il ne pouvait résister, le garde du corps tira un long poignard de sa ceinture. Les mains tremblantes, luttant contre la volonté qui les dirigeait, il leva son arme et s'apprêta à la plonger dans sa propre gorge.

Maria agrippa le bras de son mari, le secoua et cria de nouveau :

— Altaïr ! Non !

Ses paroles finirent par l'atteindre. Un instant plus tard, visiblement secoué, Altaïr se libéra de la transe qui l'avait saisi. Ses yeux retrouvèrent leur aspect normal. La lumière de la Pomme s'éteignit, la laissa sombre et terne, inerte dans sa main.

Mais le garde du corps était lui aussi délivré de la force qui l'avait possédé. Il se secoua comme un chien, puis jeta un regard dément tout autour de lui. Alors, en poussant un terrible blasphème, il se jeta sur Maria et lui planta son poignard dans le dos. Ensuite, laissant le couteau planté là, il recula. Un faible cri s'échappa des lèvres de Maria. L'assemblée des Assassins retint son souffle, comme pétrifiée. Abbas lui-même était silencieux, bouche bée.

Altaïr fut le seul à bouger. Le garde du corps vit comme au ralenti son ancien mentor dégainer sa lame secrète. L'arme cliqueta ; le bruit aurait pu être aussi fort que celui d'un rocher éclatant à la chaleur du soleil. Le meurtrier vit la lame s'approcher de lui, centimètre par centimètre, seconde par seconde. Mais à la fin, elle avança brusquement et violemment, ouvrant son visage en deux, entre les yeux. Il y eut une explosion dans son crâne. Puis, plus rien.

Altaïr se tint immobile durant une fraction de seconde, le temps que le garde s'écroule à terre, un flot de sang jaillissant de son front perforé. Puis, il épaula sa femme qui perdait pied et l'allongea doucement sur la terre qui, il le savait, l'accueillerait bientôt. Un bloc de glace enserra son cœur. Il se pencha sur elle, le visage si près du sien qu'on aurait pu croire des amoureux sur le point de s'embrasser. Ils étaient pris dans un silence total qui les entourait comme une armure. Elle essayait de parler. Il approcha l'oreille.

— Sois fort, Altaïr.

— Maria…

Sa voix n'était guère qu'un murmure angoissé.

Puis, impitoyables, les bruits, la poussière, les odeurs s'agitèrent de nouveau, fracassant l'armure protectrice, la voix d'Abbas en tête :

— Il est possédé ! Tuez-le !

Altaïr se redressa, lentement, de toute sa hauteur, tout en reculant pas à pas.

— Prenez la Pomme ! hurla Abbas. Vite !

CHAPITRE 45

Altaïr s'enfuit avant qu'ils n'aient le temps de réagir. Il franchit la grande porte ouverte du château, descendit l'escarpement et s'engouffra dans le bosquet épars à la frontière entre la forteresse et le village sur le côté nord. Là, dans une clairière, comme par miracle, sa course fut interrompue par une rencontre avec un homme qui lui ressemblait de façon frappante, seulement une génération plus jeune.

— Père! s'exclama le nouveau venu. Je suis parti dès que j'ai eu ton message. Que s'est-il passé? Suis-je arrivé trop tard?

Depuis le château derrière eux s'élevaient les plaintes de cors sonnant l'alarme.

— Darim! Mon fils! Fais demi-tour!

Darim jeta un coup d'œil par-dessus l'épaule de son père. Là, sur les arêtes au-delà des bois, il aperçut des groupes d'Assassins, prêts à les pourchasser.

— Sont-ils devenus fous?

— Darim, j'ai encore la Pomme. Nous devons partir. Abbas ne doit pas mettre la main dessus.

En guise de réponse, Darim ouvrit son sac et en tira un fourreau de couteaux de lancer avant de le poser à terre.

— Il y a d'autres couteaux dans le sac. Tu peux les prendre si tu en as besoin.

Les Assassins fidèles à Abbas les avaient repérés; certains se dirigeaient vers eux, d'autres se dispersaient pour les contourner.

— Ils vont nous tendre des embuscades, dit Altaïr d'un ton sinistre. Garde une bonne réserve de couteaux avec toi. Nous devons être prêts.

Ils s'enfoncèrent plus profondément dans les bois.

C'était un passage périlleux. Ils devaient souvent se mettre à l'abri, repérant les groupes d'Assassins les ayant devancés ou tentant de les prendre en tenaille.

— Reste à côté de moi! dit Darim. Nous devons rester ensemble.

— Nous allons essayer de faire le tour. Il y a des chevaux dans le village. Une fois que nous aurons des montures, nous tâcherons de rejoindre la côte.

Jusque-là, Darim avait été trop préoccupé par le danger immédiat pour penser à autre chose, mais il dit alors:

— Où est mère?

Altaïr secoua la tête tristement.

— Elle est morte, Darim. Pardonne-moi.

Darim inspira difficilement.

— Quoi? Comment?

— Plus tard. Quand nous aurons le temps de parler. Pour l'instant, il faut s'échapper. Il faut combattre.

— Mais ce sont nos frères. Des Assassins comme nous. Pourquoi ne pas parler, les persuader?

— Raisonner serait vain, Darim. Les mensonges les ont empoisonnés.

Le silence se fit entre eux. Puis, Darim dit:

— C'est Abbas qui a tué mon frère?

— Oui. Il a aussi tué notre camarade, le grand Malik al-Sayf. Et beaucoup d'autres, répondit Altaïr d'un ton maussade.

Darim baissa la tête.

— C'est un dément. Sans scrupules. Sans conscience.

— Un dément à la tête d'une armée.

— Il mourra, dit Darim calmement. Un jour, il devra payer.

Ils atteignirent les limites du village. Là, ils eurent la chance de trouver les écuries sans avoir été blessés, les rues grouillant pourtant de guerriers assassins. En hâte, ils apprêtèrent leurs chevaux et se mirent en selle. En chevauchant au loin, ils entendirent la voix d'Abbas qui rugissait comme un fauve blessé depuis le sommet d'une petite tour sur la place du village.

—J'aurai la Pomme, Altaïr! Et j'aurai ta tête pour venger le déshonneur que tu as jeté sur ma famille! Nous te retrouverons! Et tu paieras pour tes mensonges!

Puis, sa voix se perdit dans le lointain.

Après huit kilomètres de course, ils ralentirent. On ne les poursuivait pas. Pas encore. Ils avaient gagné du temps. Darim, qui chevauchait derrière son père, remarqua que ce dernier s'était affaissé sur sa monture, victime de la fatigue et du chagrin. Il éperonna son cheval pour s'approcher de lui, et examina son visage avec inquiétude.

Ramassé sur lui-même, Altaïr était au bord des larmes.

—Maria. Mon amour…, murmurait-il.

—Viens, père, dit-il. Nous devons poursuivre notre route.

Faisant un dernier effort, Altaïr lança sa monture au galop. Ils s'éloignèrent tous les deux, disparaissant dans le paysage cruel.

CHAPITRE 46

Après avoir mis la nouvelle clé en sécurité avec les autres au quartier général des Assassins de Constantinople et remis la copie d'Ésope par Socrate à une Sofia toujours plus reconnaissante et émerveillée, Ezio décida qu'il était temps de faire son rapport au prince Suleiman à propos de ce qu'il avait découvert à l'Arsenal.

Ayant quelques indications quant aux endroits où il pourrait le trouver, il se dirigea vers un parc à la mode près de la mosquée Bayezid. Effectivement, il avisa Suleiman et son oncle Ahmet, assis à l'ombre d'un platane d'Orient, les rayons du soleil magnifiant le vert clair de ses larges feuilles. Un janissaire montait la garde, non loin d'eux, tandis qu'ils jouaient aux échecs. Ezio se positionna à un endroit où il pouvait les observer sans être vu. Il souhaitait parler au prince en tête-à-tête, mais il s'intéressait également au jeu. Les échecs lui avaient appris nombre de stratégies qu'il avait ensuite appliquées ailleurs. Il suivit la partie avec attention.

Les deux joueurs paraissaient d'un niveau sensiblement égal. À un moment, Suleiman, après avoir réfléchi à un coup de son oncle mettant son roi en danger, répondit par un roque.

— Est-ce là une nouvelle règle ? dit le prince Ahmet, surpris.

— C'est une variante européenne. *Arrocco*.

— C'est intéressant, mais il est injuste de ne pas suivre les mêmes règles que ton adversaire.

—Tu pourrais changer d'avis une fois sultan, répondit Suleiman, catégorique.

Ahmet le dévisagea comme s'il venait de recevoir une gifle, mais ne dit rien. Suleiman souleva son roi.

—Veux-tu que j'annule mon coup ?

En guise de réponse, Ahmet se leva.

—Suleiman, dit-il, je sais qu'il n'a pas été facile de nous voir nous disputer le trône de Bayezid, ton père et moi.

Le jeune homme haussa les épaules.

—Grand-père t'a choisi, et sa parole est loi… *kanun*. Que puis-je redire à cela ?

Le prince Ahmet regarda son neveu, l'admirant malgré lui.

—Ton père et moi étions proches, autrefois, mais sa cruauté et son ambition ont peut-être…

—Oui… J'ai entendu les rumeurs, mon oncle, l'interrompit Suleiman.

Embarrassé, Ahmet détourna son regard sur le parc, avant de revenir à l'échiquier.

—Bien…, dit-il finalement. Il faut que je me rende à une réunion des vizirs. Nous continuerons une prochaine fois ?

—Quand tu le voudras, répondit Suleiman, cordialement.

Il se leva, fit une révérence à son oncle, qui lui rendit la pareille avant de partir avec son garde du corps. Ezio attendit un moment, regardant Suleiman se rasseoir en contemplant à son tour l'échiquier.

Puis il s'avança.

Suleiman le vit s'approcher et fit signe aux gardes de ne pas importuner son visiteur.

—Ezio, dit-il.

L'Assassin entra aussitôt dans le vif du sujet.

—Tarik vend des armes à feu à un riche notable de la ville, Manuel Palaiologos.

Le visage de Suleiman s'assombrit. Il serra les poings.

— Palaiologos… Un nom si funeste. (Il se leva de nouveau.) Le dernier empereur byzantin s'appelait Konstantinos Palaiologos. Si ses descendants arment une milice, ce conflit va dégénérer. Alors que mon grand-père et mon père sont justement en conflit.

Il s'arrêta là, se plongeant dans ses pensées. Ezio imagina qu'il devait prendre l'une des décisions les plus difficiles de toute sa jeune vie.

— Tarik connaît la destination de ces fusils, dit-il. Si je le retrouve, je n'aurai qu'à suivre les armes jusqu'aux Byzantins.

Suleiman le regarda.

— Il est avec ses janissaires, dans leur caserne. Si tu veux réussir à y entrer, tu devras te faire passer pour l'un d'eux.

Ezio sourit à cette familiarité soudaine.

— Rien de plus simple.

— *Güzel*, dit Suleiman. Excellent. (Il se remit à réfléchir, et il était clair que la décision à laquelle il arrivait ne lui plaisait pas. Mais une fois qu'elle était prise, il était sûr de lui.) Soutire-lui l'information, puis élimine-le.

Ezio leva un sourcil. C'était un aspect de lui qu'il n'avait pas encore entrevu.

— En es-tu sûr ? N'as-tu pas dit que Tarik et ton père étaient amis, Suleiman ?

Le jeune homme déglutit difficilement, mais il demeura intraitable.

— En effet. Mais une trahison si flagrante envers mon grand-père mérite la mort.

Ezio le regarda un instant, puis dit :

— Compris.

Il n'y avait plus rien à dire. Ezio prit congé. Quand il regarda en arrière, Suleiman étudiait de nouveau l'échiquier.

Chapitre 47

Avec un peu d'aide de la part des Assassins de Yusuf, Ezio parvint à isoler et acculer un janissaire sans méfiance après son service, puis à le soulager de son uniforme. Mais il y eut un prix à payer : le janissaire résista, blessant gravement deux Assassins avant d'être vaincu et de subir lui-même une blessure mortelle. Ezio dut, avec l'assistance d'Azize, laver minutieusement les taches de sang sur le vêtement blanc avant de l'enfiler. Dorénavant, il pouvait passer pour un garde janissaire sans provoquer de suspicion, à condition de dissimuler sa barbe derrière une écharpe blanche, n'exposant que sa moustache.

En se dirigeant vers la caserne, il fut amusé, mais aussi déconcerté, par les réactions de la population locale. Hommes ou femmes, Ottomans ou Byzantins, toutes les nationalités qu'il croisa répondirent tous à son approche par un large éventail d'émotions : certains étaient apparemment admiratifs, voire obséquieux, d'autres se montraient subtilement méprisants, et d'autres encore réagissaient avec peur et méfiance. Il était clair que les janissaires étaient au mieux tolérés, au pire haïs. Ils ne suscitaient pas la moindre affection, pas la moindre estime sincère. Mais de ce qu'il comprenait, le plus grand dédain visait spécifiquement les janissaires qui appartenaient à la caserne de Tarik. Ezio garda cette expérience en mémoire, certain qu'elle serait utile dans un futur indéterminé. Mais pour le moment, il se concentrait sur sa tâche.

Il fut soulagé de constater que son uniforme lui permettait de circuler sans soucis et sans contestation en se dirigeant vers la caserne, d'autant plus qu'il ne tarda pas à apprendre que les janissaires avaient déjà eu vent de la mort du leur aux mains des Assassins. Alors qu'il s'approchait de sa destination, il déboucha dans un square où un héraut turc annonçait l'événement à une foule de passants intéressés.

— Sombres jours, citoyens de Kostantiniyye, proclamait-il. Un serviteur de notre sultan est tombé sous les coups d'un criminel, avant d'être dépouillé de ses vêtements. (Il regarda autour de lui et haussa le ton d'un cran.) Soyez aux aguets de toute activité suspecte.

Ezio traversa le square aussi discrètement que possible, mais quelques regards se portèrent sur lui. Il pria de pouvoir entrer dans la caserne sans qu'on lui pose de question. S'ils étaient au courant de la mort du garde et de la disparition de son uniforme, ils renforceraient la sécurité en moins de temps qu'il n'en faut pour crier « couteau ! ».

— Malheur au meurtrier qui a pris la vie d'un de nos janissaires bien-aimés, continuait le héraut. Cet ennemi de la civilisation doit être trouvé et jugé ! Si vous le voyez, signalez-le ! (Il balaya la foule d'un regard impressionnant, tout en secouant son rouleau de parchemin pour accentuer son effet.) Citoyens, soyez sur vos gardes ! Un tueur rôde dans nos rues, un homme sans conscience qui prend pour cible les serviteurs de notre sultan ! Les janissaires vouent leurs vies à la protection de l'Empire. Remercions-les de cette faveur et trouvons le coupable avant qu'il ne frappe de nouveau !

La poterne de la caserne était ouverte, mais flanquée de deux janissaires. Toutefois, ils se mirent au garde-à-vous en voyant Ezio arriver. Il se rendit alors compte que si ses habits imposaient visiblement le respect, il devait s'agir de ceux d'un sous-officier ou d'un officier subalterne. C'était un coup de chance, car, pour un œil profane, les uniformes des janissaires étaient quasiment identiques, officiers ou hommes du rang. Il pénétra dans l'enceinte sans difficulté, mais à peine entré, il commença à cueillir des bribes de conversation évoquant le meurtre.

— *Khardeshlerim*, l'un des nôtres a été retrouvé sans vie il y a moins d'une heure, dépouillé de ses vêtements et abandonné dans un tas d'ordures, dit un soldat à plusieurs de ses camarades qui murmuraient avec colère. Soyez vigilants lorsque vous patrouillez les rues, poursuivit-il. Quelqu'un se prépare à frapper, en se servant de notre uniforme comme d'une couverture. Nous devons être constamment sur nos gardes jusqu'à ce qu'il soit pris.

— Et étripé, ajouta un autre.

Ezio décida d'être aussi prudent que possible tant qu'il était dans l'enceinte. La tête baissée, il fit le tour de la caserne, se familiarisant avec sa disposition et espionnant les conversations. Ce qu'il entendit était aussi révélateur que précieux.

— Selim comprend notre situation. Les Byzantins, les Mamelouks, les Safavides… Lui seul a le courage d'affronter ces menaces, dit un soldat.

— C'est juste. Selim est un guerrier. Tout comme Osman et Mehmet, répondit un autre.

— Alors pourquoi notre sultan Bayezid a-t-il préféré le chat au lion ?

— Ahmet est de nature calme, comme le sultan. Je crains qu'ils ne se ressemblent trop.

Un troisième soldat se joignit à la conversation :

— Le sultan Bayezid est un homme bon, un sultan juste… mais la flamme qui l'animait s'est éteinte.

— Non, non, dit un quatrième. Il reste un guerrier. Regardez l'armée qu'il a levée pour affronter Selim.

— Une nouvelle preuve de son déclin. Prendre les armes contre son propre fils ? Quelle honte.

— Ne déforme pas la vérité pour justifier ta colère, mon ami, répliqua le quatrième. C'est Selim qui a attaqué notre sultan.

— *Evet, evet.* Mais Selim a agi dans l'intérêt de l'Empire, pas du sien.

— À propos de la guerre, a-t-on des nouvelles du nord ? s'invita un cinquième soldat.

— J'ai entendu dire que les troupes de Selim se sont repliées sur Varna, proposa un sixième. De lourdes pertes, à ce qu'on dit.

— Incroyable, n'est-ce pas ? Je prie pour une conclusion rapide.

— Certes, mais favorable à qui ?

— Je ne saurais dire. Mon cœur penche pour notre sultan, mais ma tête pour Selim.

— Et que pensez-vous du jeune fils de Selim, Suleiman ? demanda un septième janissaire. L'avez-vous rencontré ?

— Pas personnellement, répondit un huitième, mais je l'ai vu. C'est un garçon remarquable.

— Ce n'est plus un garçon. C'est un jeune homme doué. À l'esprit magnifique.

— Tient-il de son père ?

Le septième janissaire haussa les épaules.

— Peut-être. Mais j'ai l'intuition qu'il est d'une autre trempe.

Deux janissaires nouvellement arrivés se joignirent à la conversation alors qu'Ezio restait en périphérie du petit groupe. L'un d'eux était visiblement un plaisantin.

— Pourquoi Ahmet s'obstine à rester ici ? demanda-t-il sournoisement. Il n'est pas le bienvenu.

— Il est comme un papillon attiré par l'éclat d'une flamme. Il attend la mort de son père pour pouvoir accéder au trône.

—Vous saviez, dit le plaisantin, qu'il a proposé de l'argent à Tarik en échange de notre loyauté ?

—Qu'il aille au diable ! Qu'a fait Tarik ?

L'autre garde se mit à rire :

—Il a dépensé la moitié de l'argent en foin pour les chevaux et a envoyé le reste à Selim !

CHAPITRE 48

Plusieurs tentes élégantes étaient dressées à l'intérieur de l'enceinte, protégées par ses hauts murs. S'éloignant des soldats, Ezio s'approcha du centre où il devinait que devaient se trouver les quartiers de Tarik. Effectivement, il distingua bientôt sa voix. Il s'adressait à un messager, en compagnie d'un troisième janissaire, certainement un adjudant.

— Tarik *bey*, dit le messager. Un message pour toi.

Tarik prit la lettre sans faire de commentaire, brisa le sceau et lut la missive. Il éclata d'un rire satisfait avant de l'avoir terminée.

— Quelle bonne nouvelle ! dit-il en pliant le papier pour le glisser dans sa tunique. Les fusils sont arrivés en Cappadoce, là où Manuel Palaiologos a envoyé son armée.

— Et nos hommes, sont-ils encore avec lui ? demanda l'adjudant.

— Oui. Ils nous préviendront dès que les Byzantins lèveront le camp. Nous irons les accueillir à leur arrivée à Bursa.

L'adjudant sourit.

— Tout se déroule comme prévu, *efendim*.

— Oui, Chagataï, répondit Tarik. Pour une fois.

Il fit signe aux hommes de prendre congé et se mit à marcher entre les tentes. Ezio le fila à bonne distance. Ne pouvant passer totalement inaperçu, chaque fois que des soldats se mirent au garde-à-vous ou que des officiers de son rang le saluèrent, il se félicita du peu de turc qu'il avait appris depuis son arrivée à Constantinople. Pourtant, la route n'était pas sans cahot. Une fois ou deux, il perdit sa trace et remarqua qu'on lui lançait des regards suspicieux avant qu'il ne retrouve son chemin. Et il tomba finalement sur un accroc. Deux gardes lui bloquaient le chemin.

—À quel régiment appartenez-vous, *efendim?* lui demanda le premier d'une voix polie mais avec assez de tranchant pour mettre Ezio sur ses gardes.

Avant qu'il ne puisse répondre, le deuxième lui coupa la parole.

—Il ne me semble pas te connaître. Je ne vois pas ton insigne impérial. Viens-tu de la cavalerie?

—Comment es-tu entré? demanda le premier sans une trace de politesse cette fois.

—Où est ton capitaine?

Ezio ne maîtrisait pas assez bien le turc pour bluffer. Et il se rendait bien compte qu'ils étaient trop soupçonneux pour cela. Prestement, il dégaina sa lame-crochet et fit trébucher l'un des deux gardes qui tomba pile sur l'autre. Puis il courut, se précipitant entre les tentes, sautant par-dessus les tendeurs, tout en gardant un œil sur Tarik qui était de plus en plus loin.

Puis, on cria derrière lui :

—Imposteur!

—Fourbe! Tu vas mourir!

—Arrêtez-le!

—C'est le hors-la-loi qui a tué Nazar! Attrapez-le!

Mais l'enceinte était grande, et Ezio profita du fait qu'avec leurs uniformes et leurs moustaches, tous les janissaires se ressemblaient. Ignorant la confusion derrière lui, il retrouva rapidement la trace de Tarik, qu'il situa dans un coin tranquille de la caserne, là où se trouvait la salle des cartes réservée aux officiers supérieurs.

Voyant Tarik entrer dans cette pièce, Ezio jeta un coup d'œil autour de lui pour s'assurer que sa proie était seule et qu'il s'était débarrassé de ses derniers poursuivants. Alors, il suivit Tarik à l'intérieur, ferma la porte, puis la verrouilla derrière lui.

Ezio avait déjà récolté toutes les informations dont il pensait avoir besoin. Il savait que Tarik comptait rallier Manuel à Bursa, il savait que la cargaison d'armes était arrivée en Cappadoce au campement de Manuel. Alors, quand Tarik tira son épée et se jeta sur lui, il n'eut pas besoin de poser des questions avant d'agir. Il fit un pas de côté à gauche, esquivant le coup d'estoc de Tarik, puis activa sa lame secrète sur sa main gauche et la plongea dans le flanc droit du capitaine, lui perforant les reins avant de retirer la lame.

Tarik s'effondra sur une table, envoyant valser les cartes qui la recouvraient et arrosant celles qui restaient de son sang. Il inspira et, avec ses dernières forces, s'appuya sur son coude gauche pour se tourner vers son agresseur.

—Ta vilenie arrive à son terme, soldat, dit Ezio durement.

Mais Tarik avait l'air résigné, presque amusé. Ezio fut soudain saisi par le doute.

—Ah, quelle triste ironie…, lâcha Tarik. Est-ce là le résultat de l'enquête de Suleiman?

—Tu as pactisé avec les ennemis du sultan, dit Ezio dont la confiance s'effritait. Que croyais-tu qu'une telle trahison entraînerait?

Tarik lui fit un sourire plein de regret.

—Je suis coupable. (Il s'arrêta, respirant difficilement, le sang jaillissant sans discontinuer de sa blessure ouverte.) Pas de trahison mais d'orgueil. (Il regarda Ezio, qui s'était approché pour mieux l'entendre, sa voix n'étant plus maintenant qu'un râle.) Je préparais une embuscade… pour frapper les Templiers byzantins là où ils s'y attendaient le moins.

—Peux-tu prouver ce que tu affirmes?

—Regarde.

De sa main gauche, Tarik sortit douloureusement une carte de sa ceinture.

— Prends-la, dit-il. (Ezio s'exécuta.) Elle te conduira aux Byzantins en Cappadoce, continua Tarik. Détruis-les si tu peux.

La voix d'Ezio elle aussi n'était plus qu'un murmure :

— Tu as été loyal, Tarik. Pardonne-moi.

— Je ne te blâme pas, répondit Tarik. (Il avait de plus en plus de difficulté à parler, mais il s'y obligea, sachant que ses prochaines paroles seraient les dernières.) Protège ma terre, Assassin. *Allah ashkina !* Pour la grâce de Dieu, sauve l'honneur que nous avons perdu dans ce combat.

Ezio passa le bras de Tarik sur son épaule et le hissa sur la table, puis il retira l'écharpe autour de son cou et la noua aussi fermement que possible autour de la blessure qu'il venait d'infliger.

Mais il était trop tard.

Dehors, il entendait la clameur de la chasse à l'homme reprendre et s'amplifier. Il n'avait pas le temps de pleurer sur son erreur. Il enleva rapidement son uniforme d'emprunt, revenant aux chausses et à la simple tunique grise qu'il portait en dessous. La salle des cartes était proche du mur d'enceinte. Avec sa lame-crochet, il n'aurait aucune difficulté à l'escalader.

Il était temps de partir.

CHAPITRE 49

Au quartier général des Assassins, Ezio se changea, puis, le cœur lourd, il retourna au palais de Topkapi. Visiblement, les gardes avaient reçu l'ordre de le laisser entrer et de le conduire dans une antichambre privée. Là, quelques minutes plus tard, Suleiman vint à sa rencontre. Le jeune prince semblait surpris de le voir. Nerveux, aussi.

Ezio devança la question qu'il lisait dans ses yeux.

— Tarik n'était pas un traître, Suleiman. Lui aussi traquait les Byzantins.

— Quoi ? (Sa détresse était apparente.) Et tu l'as…

Ezio acquiesça, gravement.

Suleiman se laissa tomber sur une chaise. Il avait l'air malade.

— Dieu me pardonne, dit-il calmement. Je n'aurais pas dû le juger aussi vite.

— Il fut loyal à ton grand-père jusqu'à la mort. Grâce à son courage, nous avons une chance de sauver ta ville.

Ezio expliqua brièvement ce qu'il avait appris en écoutant les janissaires, puis lui montra la carte de Tarik.

— Ah, Tarik, murmura Suleiman. Pourquoi s'entourer à ce point de mystère… Quelle triste manière de faire le bien.

— Les armes sont en Cappadoce. Nous devons agir immédiatement. Peux-tu m'aider à m'y rendre ?

Suleiman sortit de sa rêverie.

—Quoi? T'amener là-bas? Oui, bien sûr. Je vais faire affréter un navire qui te conduira à Mersin. De là, tu emprunteras la route.

Ils furent interrompus par l'arrivée du prince Ahmet. Heureusement, ce dernier appela Suleiman d'une voix impatiente avant d'entrer, et Ezio eut le temps de reculer dans un coin de la pièce où il attirerait moins l'attention.

Une fois entré, Ahmet ne perdit pas de temps avant d'en venir au fait.

—Suleiman, on m'a tendu un piège pour que je passe pour un traître! Tu te souviens de Tarik, le janissaire?

—L'homme avec qui tu t'es querellé?

Tout chez Ahmet montrait une colère grandissante.

—Il a été assassiné. Tout le monde était au fait de notre discorde. Les janissaires m'accuseront fatalement de ce crime.

—Quelle terrible nouvelle…, mon oncle.

—En effet. Quand mon père en sera informé, il me fera bannir de la ville!

Suleiman ne put se retenir de jeter un regard nerveux derrière son oncle, vers Ezio. Ahmet le remarqua et se retourna. Ses manières se firent immédiatement plus réservées.

—Ah, pardonne mon intrusion, mon neveu. J'ignorais que tu avais de la visite.

Suleiman hésita, puis dit:

—C'est Marcello. L'un de mes conseillers européens à Kefe.

Ezio fit une grande révérence.

—*Buona sera.*

Ahmet lui fit un geste d'impatience.

—Marcello, je dois m'entretenir d'affaires privées avec mon neveu, dit-il sèchement.

—Bien sûr. Veuillez m'excuser.

Ezio s'inclina de nouveau, plus bas encore, et recula vers la porte. Il échangea un regard avec Suleiman, espérant qu'il les tirerait de ce mauvais pas. Par chance, le jeune prince comprit parfaitement le signal et déclara d'une voix officielle :

— Vous connaissez vos ordres. Comme je l'ai dit, je mettrai un bateau à votre disposition pour votre périple.

— *Grazie, mio principe*, répondit Ezio.

Il sortit de la pièce, mais s'attarda dans le couloir, souhaitant entendre la fin de la conversation. Ce qu'il saisit ne fit rien pour le convaincre qu'il était sorti d'affaire.

— Nous traquerons le responsable de ce méfait, mon oncle. Soyez patient.

Ezio médita sur la situation. Pouvait-elle être pire que maintenant ? Il ne connaissait pas Suleiman si bien que cela. Et que lui avait dit Yusuf ? À propos de se mêler de la politique ottomane ?

Il était d'humeur maussade en quittant le palais. Il n'avait envie d'être qu'à un seul endroit. Un endroit où il pourrait se détendre et rassembler ses pensées, et Dieu sait qu'il en avait besoin.

CHAPITRE 50

Nous gravîmes aussitôt le dur sentier qu'il ouvrait devant nous, mon guide en avant et moi sur ses traces ; et, remontant ainsi sans trêve et sans relâche, nous parvînmes au dernier soupirail, d'où nous sortîmes enfin pour jouir du spectacle des cieux.

Ezio avait commencé à relire *L'Enfer* de Dante sur les conseils de Sofia, quelques jours auparavant. Il l'avait lu durant ses études, sans vraiment le comprendre, son esprit étant trop préoccupé par d'autres soucis. Mais maintenant, c'était comme une révélation. L'ayant terminé, il reposa le livre en poussant un soupir de satisfaction. Il regarda Sofia, ses lunettes perchées sur son nez, la tête penchée, son regard allant de la carte originale à ses ouvrages de référence et au carnet dans lequel elle écrivait. Il l'observa travailler, sans oser l'interrompre, tellement elle semblait absorbée par la tâche en cours. Il préféra reprendre le livre. Peut-être devrait-il entamer *Le Purgatoire*.

Alors, Sofia leva les yeux de ses documents. Elle lui sourit.

— Le poème te plaît ?

Il lui sourit à son tour, posant le livre sur la table à côté de sa chaise, et se leva.

— Qui étaient ces hommes condamnés à l'enfer ?

— Des opposants, des ennemis politiques. La plume de Dante Alighieri est acérée comme une lame, non ?

— *Sì*, répondit Ezio pensivement. C'est une habile manière de se venger.

Il ne souhaitait pas revenir à la réalité, mais l'urgence du voyage qu'il avait à entreprendre s'imposait à lui. Pourtant, il ne pouvait rien y faire tant qu'il n'avait pas de nouvelles de Suleiman. À condition qu'il puisse faire confiance au prince. Mais ses pensées s'étaient calmées. Quel profit Suleiman pouvait-il tirer d'une trahison ? Il se rassit sur sa chaise, reprit *La Divine comédie* et l'ouvrit là où il s'était arrêté.

Elle l'interrompit.

— Ezio, commença-t-elle d'une voix hésitante. Je dois me rendre à Andrinople d'ici quelques semaines, pour visiter une nouvelle imprimerie.

Notant la timidité de sa déclaration, il se demanda si elle avait remarqué la douceur avec laquelle il lui parlait lui-même. Avait-elle réalisé l'ampleur qu'avaient pris ses sentiments pour elle ? Délibérément, il répondit avec une nonchalance exagérée.

— Tu vas t'y amuser.

Elle poursuivit en manquant toujours de confiance.

— Je crois que c'est à cinq ou six jours d'ici et il me faudra une escorte.

— *Prego ?*

Elle parut embarrassée.

— Pardonne-moi. Tu es déjà bien occupé.

Ce fut à son tour d'être gêné.

— Sofia, je serais ravi de t'accompagner, mais mon temps est compté.

— C'est notre lot à tous.

Ne sachant quoi répondre, ni comment interpréter ses paroles, il se tut. Il pensait aux vingt années qui les séparaient. Sofia regarda la carte un moment, puis releva les yeux.

— Je peux essayer de déchiffrer ce dernier code, mais j'ai une course à faire avant la nuit. Peux-tu attendre demain ?

— Que dois-tu acheter ?

Elle détourna le regard un instant.

— C'est idiot, mais… un bouquet de fleurs fraîches. Des tulipes blanches, pour être exacte.

Il se leva.

— J'irai chercher tes fleurs. *Nessun problema.*

— Tu en es sûr ?

— Oui. Ça me changera les idées.

Elle lui adressa un sourire chaleureux.

— *Bene !* Retrouve-moi dans le parc à l'est de Sainte-Sophie, nous troquerons fleurs contre informations !

CHAPITRE 51

Le marché aux fleurs était un embrasement de couleurs et de senteurs, qui plus est dénué de toute présence des janissaires. Ezio le traversa nerveusement, car nulle part dans cette abondance il n'avait vu les fleurs qu'il recherchait.

— Un homme avec de l'argent plein les poches ! dit un vendeur de fleurs alors qu'Ezio s'approchait de son étal. Qu'est-ce que ce sera, mon ami ?

— Des tulipes. Blanches, si vous en avez.

Le marchand eut l'air contrarié.

— Ah, des tulipes. Pardonnez-moi, mais je n'en ai plus. Autre chose, peut-être ?

Ezio secoua la tête.

— J'ai eu des instructions très précises.

Le marchand réfléchit à ce problème un moment, puis se pencha comme pour faire une confidence :

— Puisque c'est vous, voilà mon secret. La plupart des tulipes blanches que je vends, je les cueille moi-même près de l'hippodrome. Sans mentir. Allez-y et voyez par vous-même.

Ezio sourit, ouvrit sa bourse et donna un bon pourboire au marchand.

— *Grazie*.

Il partit précipitamment, se frayant un chemin dans les rues ensoleillées qui menaient à l'hippodrome. Et en effet, sur le parterre d'un côté de la piste, poussaient des tulipes blanches à profusion. Il s'agenouilla, dégaina sa lame secrète et coupa autant de fleurs qu'il espérait que Sofia en désirait.

CHAPITRE 52

Le jardin impérial, à l'est de Sainte-Sophie, composé de parterres formels et de pelouses verdoyantes, offrait de nombreux bancs de marbre et des tonnelles idéales pour des rendez-vous galants. C'est là qu'il trouva Sofia.

Elle avait disposé sur le sol un modeste pique-nique. Ezio vit tout de suite qu'il ne s'agissait pas de boissons ou de mets byzantins. Elle était parvenue à organiser un repas réunissant des spécialités de leurs deux villes natales : des *moleche* et du *risotto de gò* de Venise, et de la *panzanella* et du *salame toscano* de Florence. Elle s'était également procuré des figues de Tuscolo et des olives de Piceno, ainsi qu'un plat de *macaroni* au turbot. Le vin était un Frescobaldi. À côté de la nappe blanche soigneusement étalée était posé un panier en osier.

— Qu'est-ce que c'est ? demanda-t-il émerveillé.

— Un cadeau. Viens.

Ezio s'inclina, lui tendit les fleurs, puis s'assit comme on le lui demandait.

— Elles sont magnifiques, merci.

— Ce pique-nique l'est aussi, répondit-il. Crois-moi, j'apprécie tout ce que tu as fait pour moi depuis mon arrivée.

— Je voulais te remercier de me laisser jouer un modeste rôle dans ton aventure.

— Je n'aurais pas qualifié ton rôle de « modeste », mais c'est bien assez pour une aventure de ce genre, crois-moi.

Elle rit tranquillement.

— Tu es si mystérieux, Ezio Auditore.

Il eut l'air inquiet.

— Désolé. Ce n'est pas mon intention.

Elle rit de nouveau.

— Ce n'est rien. (Elle fit une pause.) C'est séduisant.

Ne sachant pas quoi répondre, Ezio se concentra sur la nourriture.

— Ça a l'air succulent.

— Merci beaucoup.

Ezio sourit. Il n'avait aucune envie de troubler l'atmosphère, mais une ombre noircit son esprit. Il n'était pas encore temps de célébrer ou d'espérer prématurément. Il la regarda plus sérieusement, et elle devina immédiatement ses pensées.

— As-tu décrypté le dernier code ? demanda-t-il avec autant de désinvolture que possible.

— Ah, le code, répondit-elle. (Elle restait un peu enjouée, ce qui le soulagea.) Oui. Je l'ai déchiffré il y a un bon moment. Tu l'auras bientôt.

La façon dont elle le regarda alors anéantit ses dernières défenses.

CHAPITRE 53

Il allait être plus difficile d'atteindre le dernier livre. Niccolò Polo avait réussi à le dissimuler en haut de la façade de la mosquée Sainte-Sophie, entre la grande arche et le dôme principal de l'ancienne basilique.

Pour cette mission, Ezio choisit les heures précédant l'aube, quand il y aurait le moins de gens dans les rues. Il atteignit le bâtiment sans problème, puis l'exonarthex, la pièce réservée aux tombeaux, d'où il jaugea la falaise de pierre qu'il lui fallait maintenant escalader. La paroi manquait d'anfractuosités où glisser sa lame-crochet, mais après quelques tentatives infructueuses, il arriva enfin à l'endroit que lui avait indiqué Sofia. Là, il trouva un panneau en bois usé par le temps et couvert de toiles d'araignées.

Il s'arrima à un tuyau proche, vérifia qu'il était assez solide pour supporter son poids, puis utilisa à nouveau sa lame-crochet pour ouvrir le panneau. La planche tomba au sol, provoquant ce qui lui parut être un tapage assourdissant. Suspendu dans la lumière terne d'un soleil encore hésitant, il pria silencieusement pour que personne ne l'ait entendu. Mais après trois minutes sans la moindre réaction, il tendit la main dans la cavité qu'il venait de révéler, et en tira le livre recherché.

Une fois de retour sur le sol, il s'éloigna en hâte, cherchant un coin tranquille dans le jardin où il avait mangé avec Sofia la veille. Là, il examina sa découverte. Le livre était une copie de *L'Ambassade à Constantinople*, de Luitpold, évêque de

Crémone. Pendant un instant, il se laissa aller à imaginer le plaisir de Sofia devant une telle rareté, avant de l'ouvrir à la page de garde.

Les feuilles blanches brillaient aussi vivement que les maigres rayons du soleil qui pointaient à l'est, au-dessus du Bosphore. Une carte de la ville apparut, comme il l'espérait. Une autre lumière jaillit, plus vive que le reste, marquant clairement le marché aux bœufs.

Suivant la piste exposée par le livre, Ezio se rendit au marché, à l'ouest de la ville, au-delà des deuxième et troisième collines, à peu près à mi-chemin entre l'aqueduc de Valens au nord et le port de Théodose au sud. Cela faisait un bout de chemin, mais quand Ezio arriva, il était encore tôt et l'endroit était désert. Ezio scruta l'immense place à la recherche d'un indice. Il ne vit rien, mais pourtant le lieu indiqué par le livre étincelait nettement. Alors, il se souvint de l'existence d'un système de citernes souterraines sous la ville. Orientant ses recherches en ce sens, il finit par localiser un trou où des marches de pierre s'enfonçaient dans les entrailles de la terre.

Ezio referma le livre et le mit en sûreté dans sa sacoche. Il remplaça sa lame-crochet par son pistolet, vérifia sa lame secrète, puis descendit prudemment l'escalier.

Il pénétra alors dans une caverne voûtée, sur la berge en pierre d'une rivière souterraine. Des torches allumées étaient disposées régulièrement le long des murs. Se faufilant discrètement dans un couloir étroit et humide, il entendit, malgré le bruit de l'eau courante, les échos de voix. En les remontant, il tomba sur deux Templiers byzantins.

— Qu'as-tu trouvé? dit l'un d'eux. Une autre clé?

— Une sorte de porte, répondit son camarade. Encastrée dans la roche.

Passant la tête au coin du couloir, Ezio repéra plusieurs soldats un peu plus loin, sur un vieil embarcadère s'avançant dans la rivière. L'un d'eux faisait rouler un baril hors de l'un des deux radeaux amarrés là.

— Ah! C'est encourageant! dit le plus proche des Templiers. La première clé a été trouvée derrière une porte de ce genre.

— Vraiment? Et comment l'ont-ils ouverte?

— Ce n'est pas eux. C'est le tremblement de terre.

Suivant le signal des hommes près d'Ezio, les autres soldats apportèrent le baril qu'ils logèrent contre la porte. Ezio vit alors que l'ouverture était scellée par un mur en pierres noires parfaitement ajustées, sans doute taillées par un maître maçon.

— Le tremblement de terre! Il a été bien utile, dit le second Templier. Et nous n'avons que quelques barils de poudre.

— Ça suffira, répondit le premier. (Aux aguets, Ezio prit son pistolet en main et tira le chien en arrière.) Et sinon, nous irons en chercher d'autres, continua le premier Templier.

Ezio tendit le bras et visa, mais le fût de l'arme refléta la lumière de la torche et l'éclat inattendu attira l'attention de l'un des soldats.

— Qu'est-ce que…? s'écria-t-il.

Ayant vu le pistolet, il sauta devant le baril à l'instant même où Ezio tirait. La balle le frappa et il tomba à terre, mort.

Ezio jura.

Mais les soldats l'avaient vu.

— L'Assassin! Allez! Allez!

Ezio tenta de recharger, mais les soldats partaient déjà vers les radeaux. Il les suivit, dans l'espoir de les arrêter avant qu'ils ne sonnent l'alarme, mais quand il arriva au débarcadère, les soldats s'éloignaient déjà de la berge. Le temps qu'Ezio saute sur le deuxième radeau et se débrouille avec les amarres, les soldats flottaient au milieu du courant.

Alors que son embarcation s'engageait à son tour sur la rivière, une pensée le frappa: avaient-ils peur de lui ou essayaient-ils de le piéger ? Il était trop tard de toute façon. Il ne pouvait plus reculer maintenant.

Son radeau étant plus léger, le courant l'amena plus près. Les soldats paraissaient paniqués, mais cela ne les empêcha pas d'amorcer des bombes et de charger leurs mousquets.

— Nous avons de la poudre à bord, servons-nous-en ! cria l'un d'eux.

— Mettons-le à l'eau à coups de grenades ! dit un autre.

Il lança une bombe, qui explosa en touchant l'eau quelques dizaines de centimètres devant la proue d'Ezio.

— Faites-moi de la place, s'écria un autre soldat qui essayait de trouver son équilibre, afin de viser avec son mousquet.

— Tire !

— Que crois-tu que j'essaie de faire ?

— Contente-toi de tuer ce bâtard !

Ils fonçaient à toute allure. Ayant agrippé la barre du gouvernail, Ezio était parvenu à reprendre le contrôle de l'embarcation, tout en se recroquevillant pour éviter les balles ennemies, même si le tangage et le roulis réduisaient de toute façon à néant tout espoir de faire mouche. Soudain, l'un des barils se libéra de ses cordes et débula sur le pont, bousculant deux soldats qui tombèrent dans le torrent. L'un des deux était leur barreur. Le radeau remua violemment, faisant chuter un autre soldat dans l'eau noire, puis il se brisa contre la berge. Les survivants rampèrent hors de l'eau. Ezio leva les yeux vers la voûte au-dessus de la rivière, à peut-être six mètres de haut. Dans la pénombre, il distingua une corde tendue sur la longueur du plafond ; elle devait certainement servir à guider barges et radeaux. Même seul, un homme pouvait facilement décrocher et raccrocher sa perche à chaque anneau dans lequel passait la corde à intervalles réguliers. Ezio constata que cette corde, suivant la pente de la rivière, descendait graduellement elle aussi. Juste assez pour ce qu'il avait prévu.

Se préparant mentalement, Ezio dirigea son radeau vers la berge. En même temps que son esquif percutait l'autre, il bondit sur le chemin de pierre longeant la rivière.

Les soldats survivants avaient déjà un peu d'avance sur lui, s'enfuyant à toute allure… ou allant à la rencontre de renforts. Ezio n'avait pas de temps à perdre. Rapidement, il échangea son pistolet pour sa lame-crochet, courut sur le mur de la caverne et s'élança vers la corde qui surplombait la rivière. Il eut tout juste assez d'élan pour l'attraper avec son crochet, et se mit à filer au-dessus de l'eau, bien plus vite que les soldats ne pouvaient courir. Bien sûr, à chaque œillet, il devait enlever et remettre son crochet pour éviter de tomber dans le torrent rugissant, sans la moindre marge d'erreur.

Une fois qu'il eut rattrapé les soldats, il reprit sa première manœuvre à l'envers, se décrochant au moment crucial, se balançant de côté afin d'atterrir sur la berge, juste devant les Templiers. Ils stoppèrent leur course, haletant.

C'est un dément, souffla le premier Templier.

— Ce n'est pas un homme, c'est un démon ! s'exclama un deuxième.

— Voyons si les démons saignent, brailla un troisième plus brave que les deux autres.

Il se lança sur Ezio, son épée tournant au-dessus de sa tête.

Ezio effectua une esquive au crochet par-dessus son dos et profita qu'il soit déséquilibré pour le projeter dans la rivière. Il restait trois soldats. Ils n'avaient plus aucun désir de se battre, mais Ezio savait qu'il ne pouvait se permettre de faire preuve de pitié. L'affrontement qui s'en suivit fut aussi bref que sanglant. Il en sortit avec une entaille au bras droit et trois cadavres gisant devant lui.

Respirant par grandes bouffées, il repartit vers la porte scellée. Ils avaient parcouru un long chemin par bateau, et il lui fallut plus de dix minutes à pied pour rejoindre la jetée où les radeaux avaient été amarrés. Au moins, il n'avait pas à craindre d'être poursuivi dans l'immédiat, et le baril de poudre était toujours là où les Templiers l'avaient logé.

Remplaçant une fois de plus sa lame-crochet par son pistolet, Ezio le rechargea, choisit une position en aval où il s'abrita derrière un contrefort, visa soigneusement, et tira.

Il y eut d'abord la détonation du pistolet, suivie du sifflement de la balle et enfin un choc lorsqu'elle atteignit sa cible. Ensuite, pendant ce qui lui parut une éternité, plus rien.

Rien d'autre que le silence.

Mais, soudain...

Dans cet espace confiné, l'explosion prit des allures de coup de tonnerre. Alors qu'une grêle de petits cailloux s'abattait sur lui, Ezio crut un instant que le plafond avait cédé et qu'il avait irrémédiablement endommagé ce qui se trouvait derrière la porte. Mais lorsque la poussière se dissipa, il constata que malgré la force de l'explosion, l'entrée n'était que partiellement dégagée.

Assez, cependant, pour qu'il passe le bras vers la planche familière. Là, à son grand soulagement, demeurait une clé d'obsidienne circulaire, intacte, la sœur de celles qu'il avait déjà récupérées. Mais il n'eut pas le temps de souffler. En la prenant, il remarqua la même lueur qu'il avait déjà connue les autres fois. Alors qu'elle devenait de plus en plus brillante, il tenta de résister à son pouvoir. Il se sentait miné, perturbé par les étranges visions qui suivaient la lumière aveuglante à laquelle il s'attendait.

Mais ses efforts s'avérèrent vains. Il se sentit de nouveau céder face à une volonté plus forte que la sienne.

CHAPITRE 54

Pour Ezio, c'était comme si vingt longues années s'étaient écoulées. Il reconnaissait ce paysage où se dressait, comme une griffe géante, le château maintenant familier de Masyaf. Non loin de sa porte d'entrée, trois Assassins étaient assis autour d'un feu de camp.

Leurs visages étaient ceux de personnes dont tous les rêves se sont effondrés, et leurs voix étaient lasses et mornes.

— Ils disent qu'il hurle dans son sommeil, qu'il appelle son père, Ahmad Sofian, dit l'un d'eux.

Un autre ricana amèrement.

— Donc, Cemal, il appelle son papa à l'aide ? Cet Abbas n'est qu'un misérable.

Leurs visages étaient tournés vers le feu, et ils ne remarquèrent pas tout de suite l'homme âgé, encapuchonné, en robe blanche, qui s'approchait dans l'ombre.

— Ce n'est pas à nous de juger, Teragani, dit le troisième froidement.

— Mais bien au contraire, Tazim, le coupa Cemal. Si notre maître est fou, nous devons le savoir.

Le vieil homme était tout près maintenant, et ils s'aperçurent de sa présence.

— Chuut, Cemal…; dit Tazim. (Il se tourna vers le nouveau venu.) *Masa'il kher.*

— À boire, dit le vieil homme d'une voix aussi sèche qu'une feuille morte.

Teragani se leva et, après l'avoir plongée dans une cruche, lui tendit une petite gourde.

— Bien sûr. Assieds-toi, proposa Cemal.

— Je te remercie, dit le vieil homme.

Les autres l'observèrent tandis qu'il buvait tranquillement.

— Qu'est-ce qui t'amène ici, vieillard ? demanda Tazim quand son invité eut bu à sa soif.

L'étranger réfléchit un moment avant de répondre. Puis, il dit :

— Abbas inspire la pitié, mais pas le mépris. Il a vécu une vie d'orphelin, tant sa famille l'a couvert de honte.

Tazim parut choqué par cette déclaration, mais Teragani sourit sereinement. Il jeta un œil à la main du vieil homme et vit qu'il avait perdu l'annulaire de sa main gauche. Donc, à moins d'une coïncidence extraordinaire, c'était un Assassin. Teragani examina furtivement le visage maigre et ridé. Il avait quelque chose de familier…

— S'il cherche tant le pouvoir, c'est parce qu'il n'a rien, continua le vieil homme.

— Mais c'est notre mentor ! s'écria Tazim. Et au contraire d'Al Mualim ou d'Altaïr Ibn-La'Ahad, lui ne nous a jamais trahis !

— Mensonges, dit Teragani. Altaïr n'était pas un traître. (Il fixa le vieil homme.) Il a été chassé. Injustement.

— Tu ne sais pas de quoi tu parles ! fulmina Tazim avant de s'éloigner de quelques pas dans les ténèbres.

Le vieil homme regarda Teragani et Cemal depuis l'ombre de sa capuche, mais il ne dit rien. Teragani le dévisageait toujours. La plus grande partie du visage était obscurcie, mais rien ne pouvait dissimuler les yeux. Et Teragani avait remarqué que sa manche droite laissait apparaître le harnais d'une lame secrète.

L'Assassin demanda d'une voix tremblante :

290

—C'est… c'est toi ? (Il hésita.) Il y a eu des rumeurs, mais je n'y ai pas cru.

Le vieil homme fit une esquisse de sourire.

—Je me demande si Abbas accepterait de me parler. Cela fait si longtemps.

Cemal et Teragani échangèrent un regard. Cemal inspira profondément, reprit la gourde, la plongea de nouveau dans l'eau et lui rendit avec révérence.

—Impossible, dit-il gauchement. Abbas utilise les fedayin renégats pour nous tenir loin du château.

—Moins de la moitié des guerriers sont de vrais Assassins, ajouta Teragani.

Il hésita, puis finit par dire :

—Altaïr.

Le vieil homme sourit et hocha presque imperceptiblement la tête.

—Mais je constate qu'il reste de véritables Assassins, fidèles au Credo, dit-il.

—Tu es parti longtemps, mentor. Où étais-tu tout ce temps ?

—J'ai voyagé. Étudié, énormément étudié. Je me suis reposé. J'ai fait mon deuil, et j'ai appris à vivre avec. Bref, j'ai fait comme n'importe qui d'autre à ma place. (Il s'interrompit, puis reprit d'un ton légèrement altéré.) J'ai aussi rendu visite à nos frères d'Alamut.

—Alamut ? Comment vont-ils ?

Altaïr secoua la tête.

—Tout est fini pour eux. Ils ont été submergés par les Mongols du khan Hulagu, qui tiennent maintenant la forteresse. La bibliothèque a été détruite. Les Mongols progressent toujours vers l'ouest, comme une nuée de sauterelles. Notre seul espoir est de réaffirmer notre présence ici et à l'ouest. Nous devons être forts. Mais peut-être nos bases devraient-elles maintenant être au milieu du peuple, plutôt que dans des forteresses comme Masyaf.

— Est-ce vraiment toi, maître ? demanda Cemal.

— Silence ! le coupa Teragani. Tu ne veux pas le faire tuer.

— Tazim ! s'exclama Cemal soudainement anxieux.

Teragani sourit.

— Tazim montre les dents, mais il ne mord pas. Il aime la dispute pour la dispute, et ce, plus que tout au monde. Et il est aussi abattu que nous, ce qui n'améliore pas son moral. De plus, il est parti avant que cette petite charade n'arrive à son dénouement ! (Il se tourna vers Altaïr, sans aucune trace de son ancien découragement.) Clairement, nous avons beaucoup de travail devant nous.

— Donc, dit le vieil homme, comment dois-je m'y prendre ?

Cemal regarda à nouveau Teragani. Ils se levèrent tous les deux et tirèrent leurs capuches en place.

— Nous t'aiderons.

Souriant, Altaïr se leva à son tour. Assis, c'était encore un vieil homme, mais une fois debout, il avait fière allure.

Chapitre 55

Ils marchèrent ensemble vers le château.

— Vous dites que ces hommes sont cruels, dit Altaïr. Leur arrive-t-il de s'en prendre aux innocents ?

— Hélas, oui, répondit Cemal. Seule la brutalité semble les satisfaire.

— Alors ils vont mourir, car ils ont bafoué nos principes. Mais ceux restés fidèles à notre Credo seront épargnés.

— Tu peux nous faire confiance, affirma Cemal.

— J'en suis certain. Maintenant, laissez-moi. Je souhaite aller seul en reconnaissance, et ce n'est pas comme si je ne connaissais pas déjà les lieux.

— Nous attendrons ton appel.

Altaïr acquiesça, puis se tourna vers les portes du château, tandis que ses deux compagnons se mettaient en retrait. Profitant des ombres, il entra sans alerter les deux sentinelles. Il se dit avec regret que de véritables Assassins ne l'auraient pas laissé passer aussi facilement. Plaqué contre le mur de la cour extérieure, il le longea jusqu'à arriver à un poste de garde éclairé par des torches, non loin de la porte de la cour intérieure. Altaïr s'immobilisa pour écouter la conversation des deux capitaines qui se trouvaient là. Quelques phrases lui suffirent à déterminer qu'ils étaient loyaux à Abbas. Abbas ! Pourquoi, pensa-t-il, avait-il fait preuve de pitié à son égard ? Quelles souffrances sa bonté avait-elle engendrées ! Mais peut-être Abbas méritait-il la pitié, en fin de compte, quel qu'en soit le prix.

— Tu as entendu ces histoires qu'on raconte au village ? dit le premier officier.

— Sur Abbas et ses cauchemars ?

— Non. (Il se mit à parler plus bas.) Sur Altaïr.

— Ah ? Qu'est-ce qu'on en dit ?

— Il paraît qu'un vieil Assassin a sauvé la vie d'un marchand dans la vallée. Et qu'il s'est servi d'une lame secrète.

Le deuxième officier secoua la tête, dubitatif.

— Des rumeurs. Je n'y crois pas.

— Quoi qu'il en soit, pas un mot à Abbas. Il se sent déjà assez persécuté.

— Si Altaïr est dans la région, nous devons agir les premiers : il faut le traquer et l'abattre comme le chien qu'il est. Il ne ferait que semer le mécontentement parmi nous, comme autrefois, faisant porter aux autres le poids de ses décisions et sapant l'autorité qui a légitimement fait d'Abbas ce qu'il est devenu.

— Une poigne de fer. C'est la seule chose que tout le monde comprend.

— Tu as raison. Pas d'ordre sans contrôle.

Altaïr avait eu le temps d'évaluer la situation. Il savait que Cemal et Teragani étaient quelque part dans les ombres derrière lui. Ces deux officiers, là, devant lui, étaient apparemment tout ce qui se dressait entre lui et la cour intérieure. Ils étaient dévoués aux idées d'Abbas, des idées plus proches de celles des Templiers que des Assassins.

Tout en avançant tranquillement dans la lumière, il se racla la gorge.

Les deux officiers se tournèrent vers lui.

— Qui diable es-tu ?

— Pars d'ici, vieil homme, si tu tiens à la vie.

Le premier eut un rire mauvais.

— Et si on l'éviscérait sur place ? Ça ferait un repas de plus aux cochons.

Altaïr ne parla pas. Il se contenta de lever la main gauche, la paume tournée vers eux, afin qu'ils constatent qu'il n'avait plus d'annulaire.

Ils firent un pas en arrière, dégainant simultanément leurs cimeterres.

— L'usurpateur est de retour ! aboya le deuxième capitaine.

— Qui l'aurait cru ? Après si longtemps…

— Qu'est-ce qui t'amène ?

— Les chiens reviennent toujours renifler leur vomi.

— Vous parlez trop, dit Altaïr.

Avec l'économie de mouvements qui s'imposait à un vieil homme, mais sans la lenteur de l'âge, il fit jaillir sa lame secrète, s'avança et frappa deux fois, avec une précision mortelle.

Altaïr s'approcha prudemment des portes de la cour intérieure. Sa précaution fut salutaire : il aperçut un troisième capitaine et se retira avant d'être vu. Alors, il entendit un cri étouffé derrière lui, puis vit un jeune Assassin sortir des ténèbres et courir vers l'officier. Il lui murmura quelque chose à l'oreille. L'officier écarquilla les yeux sous le coup d'un mélange de surprise et de colère. On venait certainement de découvrir les corps des Assassins corrompus qu'il avait éliminés. Sa présence dans ces lieux ne serait bientôt plus un secret. Altaïr échangea promptement sa lame secrète contre le pistolet à ressort qu'il avait inventé durant ses études en Orient.

— Envoyez-lui un message, vite ! ordonnait le capitaine à son jeune acolyte. (Puis il haussa la voix.) Assassins de la Confrérie ! Avec moi !

Altaïr attendit, jaugeant ses options, quand, près de lui, une voix amicale dit :

— Mentor !

En se tournant, il vit Cemal et Teragani, accompagnés d'une demi-douzaine d'Assassins.

— Nous n'avons pas pu empêcher la découverte des capitaines que tu as tués. Deux des plus cruels de la bande, qui n'auraient jamais été promus sous le règne d'un autre qu'Abbas, expliqua rapidement Cemal, mais nous avons amené des renforts. Et ce n'est qu'un début.

— Bienvenue, dit Altaïr en souriant.

Cemal lui rendit son sourire. Derrière eux, les véritables Assassins levèrent leurs capuches, presque à l'unisson.

— Nous ferions mieux de le faire taire, dit Teragani en montrant le troisième capitaine du menton.

— Si vous le permettez, dit Altaïr. J'ai besoin d'exercice.

Il s'avança vers l'officier assassin, qui était maintenant entouré de plusieurs de ses soldats renégats.

— Le voilà ! hurla le capitaine. Tuez-le ! Tuez ces traîtres !

— Pense avant d'agir, dit Altaïr. Chaque action a ses conséquences.

— Gueux pathétique ! Rends-toi ou meurs !

— Nous aurions pu t'épargner, mon ami, dit Altaïr tandis que ses partisans sortaient de l'ombre.

— Je ne suis pas ton ami, vieil homme, répliqua le capitaine.

Il s'élança sur Altaïr, espérant l'entailler de son épée avant qu'il ne soit prêt. Mais le mentor était prêt. Le conflit fut aussi bref que brutal et, quelques secondes plus tard, le capitaine et la plupart de ses hommes gisaient, morts, devant la porte.

— Suivez-moi dans le donjon, cria Altaïr, et ne répandez le sang que si vous n'avez pas d'autre choix. Souvenez-vous de notre véritable Code.

Un autre capitaine se tenait à la porte de la cour intérieure, portant des robes noires et gris foncé, l'emblème des Assassins à sa ceinture réfléchissant la lumière des torches. Il était âgé, de peut-être cinquante printemps.

— Altaïr Ibn-La'Ahad, dit-il d'une voix ferme qui ne connaissait pas la peur. Deux décennies se sont écoulées depuis que tu as franchi cette porte. Je vois à ton visage que le temps a été plus tendre avec toi qu'avec notre Ordre décrépi. (Il hésita.) Abbas nous parlait souvent d'Altaïr l'arrogant, d'Altaïr le menteur, d'Altaïr le traître. Mais je ne l'ai jamais cru. Et aujourd'hui, je vois enfin Altaïr le maître. Et je te salue humblement.

Il tendit la main en signe d'amitié. Altaïr la prit, serrant fermement le poignet, à la façon romaine. Des gardes assassins, clairement ses hommes, se rangèrent derrière lui.

— Nous avons besoin de ta sagesse, Grand maître. Plus que jamais. (Il tourna la tête pour s'adresser à ses hommes.) Notre mentor est de retour !

Les soldats rengainèrent leurs armes et levèrent leurs capuches. Joignant la troupe d'Assassins loyaux à Altaïr, ils se mirent en route vers le sombre donjon de Masyaf.

CHAPITRE 56

M ais à peine avaient-ils mis le pied dans l'enceinte de la cour intérieure qu'Abbas apparut en personne derrière un détachement d'Assassins renégats. Toujours reconnaissable, même si c'était un vieil homme lui aussi : les yeux enfoncés et les joues creusées, il paraissait hagard, effrayé, obsédé.

— Tuez-le ! gronda Abbas. Tuez-le vite !

Ses hommes hésitèrent.

— Mais enfin, qu'attendez-vous ? hurla Abbas d'une voix étranglée par la tension.

Mais ils étaient paralysés par l'indécision, regardant leurs camarades qui leur faisaient face et ceux qui se tenaient à leurs côtés.

— Imbéciles ! Il vous a ensorcelés !

Toujours rien. Abbas cracha à leurs pieds, avant de disparaître dans le donjon.

Ils étaient dans l'impasse. Assassins contre Assassins. Dans le silence pesant, Altaïr leva sa main gauche, celle qui avait été mutilée lors de son initiation au sein de la Confrérie.

— Aucune sorcellerie n'est à l'œuvre, dit-il simplement. Ni aucune magie noire. Agissez en votre âme et conscience. Mais la mort règne en ces lieux depuis trop longtemps. Et nous avons de nombreux ennemis, de vrais ennemis. Nous ne pouvons pas nous permettre de nous battre entre nous.

L'un des défenseurs indécis d'Abbas retira respectueusement sa capuche, s'avança et s'agenouilla devant Altaïr.

— Mentor, dit la jeune femme.

Une autre la rejoignit.

—Bienvenue chez vous, ajouta-t-elle.

Puis une troisième.

—Je combattrai pour vous. Pour l'Ordre.

Les autres suivirent rapidement l'exemple des trois femmes, accueillant Altaïr comme un frère depuis longtemps perdu, étreignant leurs anciens adversaires de la Confrérie. Quelques-uns d'entre eux suivirent Abbas dans le donjon en lançant des insultes.

À la tête de sa troupe, Altaïr entra à l'intérieur de la tour et s'arrêta dans le hall. Abbas se tenait en haut de l'escalier central, flanqué de deux Assassins loyaux à sa cause. Des lanciers et des archers occupaient les galeries.

Altaïr les dévisagea calmement. Ne pouvant affronter son regard, les Assassins renégats vacillèrent. Mais ils ne rompirent pas.

—Dis à tes hommes de se rendre, Abbas, ordonna-t-il.

—Non! Je dois défendre Masyaf! Ne ferais-tu pas de même?

—Abbas, tu as corrompu tout ce qui nous était cher, et perdu tout ce que nous avons gagné. Tu as tout sacrifié sur l'autel de ta rancune.

—Et toi, cracha Abbas, tu as perdu ta vie à contempler cette Pomme, préoccupé par ta seule gloire.

Altaïr fit un pas en avant. Aussitôt, deux lanciers d'Abbas s'avancèrent en brandissant leurs armes.

—C'est vrai, Abbas. J'ai beaucoup appris grâce à la Pomme. Sur la vie et la mort, sur le passé et l'avenir. (Il s'interrompit.) Je le regrette, mon vieux camarade, mais je vois que je n'ai pas d'autre choix que de te montrer l'une des choses que j'ai apprises. C'est le seul moyen de t'arrêter. Jamais tu ne changeras, jamais tu ne verras la lumière que l'on te propose.

—Tuez les traîtres! cria Abbas en guise de réponse. Tuez-les tous et lancez leurs corps dans le fumier.

Ses hommes s'agitèrent, mais sans attaquer. Altaïr savait qu'ils ne pouvaient plus faire marche arrière. Il leva son bras, détacha le pistolet de sa hampe et, alors qu'il jaillissait dans sa main, visa et tira sur l'homme qui, sept décennies plus tôt, pendant de brèves années, avait été son meilleur ami. La balle toucha Abbas. Chancelant sous le choc, un air de surprise et d'incrédulité déforma son visage ridé. Il inspira, oscilla, chercha un point d'appui, mais personne ne vint à son aide. Alors il tomba dans le long escalier, dégringolant jusqu'à s'écraser aux pieds d'Altaïr. Ses jambes brisées étaient tordues selon des angles anormaux.

Mais il n'était pas mort. Pas encore. Réussissant péniblement à se redresser, il regarda Altaïr dans les yeux.

— Je te haïrai toujours, Altaïr, réussit-il à dire. Pour tes mensonges sur ma famille, sur mon père. Les humiliations que j'ai subies.

Altaïr baissa les yeux, mais son regard était plein de pitié.

— J'ai dit la vérité, Abbas. J'avais dix ans quand ton père est venu me voir dans ma chambre. Il était en larmes. Il m'a supplié de le pardonner d'avoir trahi ma famille. (Altaïr s'interrompit.) Et il s'est tranché la gorge.

Abbas soutint le regard de son ennemi, mais ne dit rien. Il était visiblement en proie à la douleur d'un homme affrontant une vérité insupportable.

— J'ai regardé son sang couler à mes pieds, poursuivit Altaïr. Jamais je n'oublierai cette image.

— Non…, gémit Abbas à l'agonie.

— Mais ce n'était pas un lâche, Abbas. Il a racheté son honneur.

Abbas savait qu'il allait bientôt mourir. La lumière dans ses yeux était en train de s'éteindre lorsqu'il dit :

— J'espère qu'une autre vie nous attend. Je le reverrai, et je saurai enfin la vérité sur sa mort…

Une toux le secoua. Quand il reprit son souffle en s'efforçant de parler, on entendait encore un raclement. Mais lorsqu'il retrouva sa voix, elle était ferme et sans regret.

—Et quand ton heure viendra, nous te trouverons, et le doute fera place à la certitude.

Abbas s'effondra, son corps s'affalant contre le sol de pierre.

Altaïr resta auprès de lui, debout dans le silence, la tête baissée. Rien ne bougeait, à part les ombres tremblant à la lumière des torches.

CHAPITRE 57

Quand Ezio revint à lui, il eut peur que l'aube se soit déjà levée, mais il ne vit que des lueurs du rouge le plus pâle poindre à l'est. Le soleil n'avait même pas encore franchi les collines brunes d'Asie qui se dressaient au loin.

Épuisé, éreinté par son expérience, il se rendit au quartier général des Assassins où il laissa la clé sous la responsabilité d'Azize. Puis, les jambes tremblantes, il alla presque instinctivement vers la librairie de Sofia. Il était encore tôt, mais il userait de la sonnette jusqu'à ce qu'elle se réveille dans l'appartement du dessus. Il espérait qu'elle serait heureuse de le voir. Ou, au moins, de recevoir un nouveau livre dans sa bibliothèque. En fait, il était trop fatigué pour se demander si elle serait excitée ou pas. Tout ce qu'il voulait, c'était s'allonger et dormir. Yusuf lui avait donné rendez-vous un peu plus tard au marché aux épices ; il devait être en forme.

Il était impatient d'avoir des nouvelles de son bateau, celui qui devait l'amener à Mersin, d'où il voyagerait vers le nord et la Cappadoce. Un trajet qui réclamerait toutes ses forces.

Quand Ezio arriva au marché aux épices, il était déjà envahi par la foule. Il ne s'était pourtant accordé que deux heures de repos. Il jouait des coudes pour avancer au milieu des chalands grouillant devant les étals, lorsqu'il aperçut un voleur à quelques mètres devant lui, chapardant un gros sac d'épices et donnant un coup d'épaule au vieux marchand qui tentait de l'arrêter.

Par chance, le voleur courut dans la direction d'Ezio, zigzagant à travers la foule avec une agilité extraordinaire. Quand il passa à côté de lui, Ezio le fit trébucher à l'aide de sa lame-crochet. Le voleur lâcha le sac en tombant, puis lança un regard furieux à Ezio, mais en le voyant, il abandonna toute velléité de revanche. Il se releva et disparut dans la masse aussi rapidement qu'un rat rentre dans son trou.

—Merci, *efendim*, dit le marchand lorsque Ezio lui tendit son sac. Du safran. Vous m'avez évité une terrible perte. Peut-être accepterez-vous…?

Ayant repéré Yusuf dans la foule, Ezio secoua la tête et sourit brièvement au marchand, avant d'aller retrouver son lieutenant.

—Quelles sont les nouvelles? demanda-t-il.

—Nous avons appris, très discrètement, que ton bateau était prêt à hisser les voiles, répondit Yusuf. J'ignorais que tu avais l'intention de nous quitter.

—Rien ne reste secret ici? demanda Ezio en riant.

Mais il était heureux que Suleiman ait tenu parole.

—Les espions du jeune prince sont presque aussi doués que les nôtres, expliqua Yusuf. Je suppose qu'il m'a prévenu parce qu'il savait que tu étais occupé… ailleurs.

Ezio repensa aux deux heures passées avec Sofia. Il était heureux d'avoir pu en profiter, maintenant qu'il ne savait pas quand il la reverrait, ou même s'il la reverrait un jour. Et pourtant, il n'avait osé lui parler des sentiments qui fleurissaient dans son cœur et qu'il ne pouvait plus nier. Lui qui attendait l'amour depuis si longtemps, l'avait-il enfin trouvé? Si c'était le cas, cela en valait la peine.

Mais il avait des problèmes plus pressants en tête.

—Nous espérions avoir terminé les réparations de ta lame secrète, continua Yusuf, mais le seul armurier assez compétent pour les mener est à Salonique, et il ne reviendra pas avant le mois prochain.

— Gardez la lame, et ajoutez-la à votre propre armurerie lorsqu'elle sera réparée, dit Ezio, en échange de ma lame-crochet. C'est un échange plus qu'honnête.

— Je suis content que tu apprécies ses qualités. Je t'ai vu te charger de ce voleur, je crois que tu as plus que maîtrisé son utilisation.

— Je ne saurais plus m'en passer.

Ils échangèrent un air satisfait, puis Ezio redevint sérieux.

— J'espère, cependant, que mon futur voyage n'est pas connu de tout le monde.

Yusuf éclata de rire.

— Sois tranquille, mon frère. Le capitaine du bateau est un ami, que tu connais déjà.

— Qui donc ?

— Piri Reis. Tu as de la chance. (Yusuf s'arrêta, embarrassé.) Mais vous n'êtes pas encore prêts à lever l'ancre, crois-moi.

— Comment cela ?

— Les janissaires ont tendu une chaîne sur l'embouchure de la Corne d'Or. Ils vont maintenir le blocus jusqu'à ton arrestation. (Yusuf hésita.) Tant que la chaîne n'est pas abaissée, aucun bateau ne peut entrer ou sortir du port.

Ezio se sentait plutôt fier.

— C'est en mon honneur qu'ils l'ont fermé ?

Yusuf parut amusé.

— Nous fêterons ça plus tard. Tiens, ceci est pour toi, Ezio.

Conduisant Ezio dans une alcôve discrète, il sortit une bombe de son sac et lui tendit précautionneusement.

— Attention. Elle est cinquante fois plus puissante que tes bombes normales.

— Merci. Tu devrais réunir tes gens. Cela va attirer l'attention.

— Et voici deux bombes fumigènes. Elles te seront utiles.

—*Bene.* Je sais quoi faire.

—J'en suis sûr. La tension est à son comble, plaisanta Yusuf.

—Je vais prendre la tour sur le côté sud. C'est la plus proche.

—Je te rejoindrai sur le quai pour te montrer ton bateau. *Sinav icin iyi sanslar!*

Ezio sourit.

—Bonne chance à toi aussi, mon ami.

Yusuf était sur le point de partir, mais Ezio l'arrêta.

—Yusuf, attends. *Un favore.*

—Je t'écoute.

—Cette femme qui tient une librairie dans l'ancienne boutique des Polo… Sofia. Veille sur elle. C'est une femme exceptionnelle.

Yusuf lui lança un regard pénétrant, puis répondit très sérieusement :

—Je te donne ma parole.

—Merci. Et maintenant, nous avons du travail.

—Le plus tôt sera le mieux !

Plaçant la bombe avec soin dans sa sacoche et accrochant les bombes fumigènes à sa ceinture, Ezio échangea la lame secrète à sa main gauche contre son pistolet. Puis il détala aussitôt vers le nord, dans la direction de la tour qui faisait face à Galata sur le côté gauche de la Corne. La grande chaîne était suspendue entre les deux rives.

Là, Yusuf le rejoignit.

—Mes archers sont en place. Ils couvriront ton départ, dit-il. Bien, maintenant, regarde, là, dans le port extérieur, le boutre rouge aux voiles blanches ferlées et à la banderole argentée. C'est le bateau de Piri. Il est prêt à partir : il n'attend plus que toi.

La tour était protégée par des remparts. De petites tours de guet se dressaient aux extrémités est et ouest de cette enceinte. Des cordes de chargement étaient tendues entre leur sommet et les jetées. Au bout de l'une d'entre elles, Ezio remarqua la présence d'une arme de siège : une imposante *squitatoria*, un lance-feu grégeois. Elle était prête à l'action, avec ses trois hommes près d'elle. Plusieurs gardes ottomans attendaient au pied de la tour. Ezio allait devoir les mettre hors combat avant de placer la bombe. Il remercia silencieusement Yusuf pour les grenades fumigènes. N'ayant nulle part où se cacher, il s'avança, vite et vaillamment pour une attaque frontale.

Dès que les gardes le virent, ils firent un boucan de tous les diables et lui tombèrent dessus en masse. Il tint bon, les laissant s'approcher, tout en tirant son écharpe sur son nez et sa bouche, et en abaissant sa capuche sur ses yeux.

Dès qu'ils furent à portée, il dégoupilla les deux grenades et les lança à droite et à gauche des gardes. Elles explosèrent en diffusant un nuage de fumée grise qui les enveloppa instantanément. Plongeant dans la cohue, Ezio, les yeux plissés contre les fumées âcres, dégaina son cimeterre et saigna les soldats sans défense, désorientés par le brouillard subit qui les entourait. Agissant dans la hâte, car la brise soufflant depuis le Bosphore allait bientôt disperser la fumée, il parvint à éliminer tous ses adversaires. Il plaça la bombe sur un rebord au pied de la tour, juste sous les premiers maillons géants de la chaîne qui passait au-dessus de lui jusqu'à la salle du treuil. Ensuite, il recula de quelques pas vers le bord de l'eau. De là, il dégaina son pistolet, tira sur la bombe et plongea sans attendre à l'abri derrière une large bitte d'amarrage.

L'explosion fut effroyable : de la poussière et des pierres volèrent partout, tandis que la chaîne colossale se détachait de la tour et plongeait dans l'eau, brisant les mâts des bateaux ancrés trop près d'elle. Ezio vit la tour trembler sur sa base, une fois. Puis deux. Et, alors que l'on aurait pu croire qu'elle allait se stabiliser, elle implosa, s'écroulant en une masse de briques et de débris.

Quelques secondes plus tard, un peloton de janissaires se ruait sur la place, courant droit vers Ezio, qui venait de quitter sa cache brisée par l'explosion. Il les évita, escaladant la tour de guet occidentale à l'aide de sa lame-crochet. Une fois au sommet, il assomma le garde qui se trouvait là, puis s'accrocha à la corde qui descendait vers la jetée où était placée la *squitatoria*. Se préparant à glisser sur la tyrolienne, il vit les janissaires encocher des flèches à leurs arcs. Avant qu'ils n'aient eu le temps de viser et de tirer, ils furent eux-mêmes décimés par un déluge de traits décochés par les Assassins. D'autres frères se précipitèrent au milieu des décombres de la tour pour charger les janissaires qui avaient survécu au premier assaut. Parmi eux se trouvait Yusuf. Il cria :

— Souviens-toi : le boutre rouge ! Et les vaisseaux entre toi et lui sont armés. Ils t'arrêteront s'ils le peuvent.

— Je vais m'occuper d'eux, lança Ezio en retour.

— Et nous allons dégager les quais !

Ezio laissa la corde supporter son poids sur la lame-crochet, et bondit au bas de la tour de guet. Fonçant vers l'emplacement du lance-flammes, il sauta juste avant de l'atteindre. Il se lança sur le plus proche des soldats qui se préparaient à tourner leur arme contre les Assassins, puis l'envoya dans l'eau où il fut écrasé entre les coques de deux barges attachées là. Il se débarrassa rapidement des deux autres grâce à sa lame-crochet.

En inspectant le lance-flammes, il saisit rapidement son fonctionnement. L'arme était placée sur une base pivotante, activée par un levier sur le côté gauche. Le canon proprement dit était en cuivre jaune, et sa bouche avait la forme d'une tête de lion d'où le tube de bronze dépassait légèrement. Sur le bord, une pierre provoquait une étincelle lorsqu'elle était frappée par le mécanisme de déclenchement, libérant la vapeur d'huile de roche sous pression qui se déversait depuis le réservoir chauffé au pied de l'arme.

Il entendit une voix venant de la bataille près de la tour brisée. C'était Yusuf.

— Bonne idée! Brûle les bateaux au feu grégeois, criait-il. J'aime ta façon de penser, Ezio!

De l'autre côté de la Corne, sur la rive nord, la garde ottomane apprêtait deux canons et les pointait sur les Assassins qui se battaient près d'Ezio. Peu après, alors que le Florentin se pressait de faire tourner le lance-flammes pour l'orienter vers les bateaux les plus proches, il vit un panache de fumée sortir de la bouche des canons, avant d'entendre les détonations. Le premier boulet tomba trop court, dans l'eau. Mais le second s'écrasa sur la jetée, la secouant dangereusement. Mais sans la détruire.

Ezio se cramponna et appuya sur la gâchette. Avec un terrible rugissement, une longue traînée de flammes jaillit de la bouche du lion, et se déversa sur les vergues et les ponts des trois bateaux qui se trouvaient entre lui et le boutre de Piri. En un instant, le feu était déclaré. Ezio appuya sur la gâchette jusqu'à avoir vidé le réservoir d'huile de roche. Puis, abandonnant l'arme, il bondit sur l'une des barges qui flottaient sous la jetée, courut sur toute sa longueur, sauta pour attraper le plat-bord extérieur du premier bateau en feu, se hissa sur le pont à l'aide de sa lame-crochet et parvint à se débarrasser de deux marins désespérés qui l'assaillirent armés de cabillots d'amarrage. Il escalada le mât de misaine au milieu des flammes, glissa juste à temps vers le débarcadère d'où il se jeta sur le deuxième bateau avant que le mât ne se brise et tombe dans le chaos du brasier qu'il venait de quitter.

Sur le deuxième bateau aussi, l'incendie avait bien progressé; il commençait à s'enfoncer par l'arrière. Ezio courut vers la proue, écartant quelques marins affolés, puis sur le beaupré, d'où il plongea vers le troisième navire, moins endommagé que les précédents. Son équipage se préparait à tourner son canon contre le boutre rouge qui n'était plus qu'à vingt mètres de là, et Ezio constata avec inquiétude que Piri donnait l'ordre de lever les voiles. Ses marins s'activaient frénétiquement à prendre le vent pour éviter les boulets adverses.

Ezio leva la voix, appelant sa Confrérie à l'aide. Jetant un œil en arrière, il vit que certains de ses camarades assassins avaient déjà suivi sa route périlleuse et qu'ils étaient juste derrière lui, prêts à bondir. Ensemble, ils se jetèrent sur les servants du canon. Une escarmouche sanglante s'en suivit, qui se solda par la mort de plusieurs Assassins et de tous les marins. Sur le boutre rouge, Piri avait levé un bras pour interrompre les opérations. Il criait à Ezio de se hâter, quoique sa voix soit étouffée par le fracas du canon.

Enfin, Ezio se tenait sur le plat-bord du dernier bateau. D'un tir d'arbalète, il lança une corde jusqu'au boutre, que l'équipage de Piri assura fermement. Alors, il glissa en tyrolienne au-dessus de l'eau agitée. Derrière lui, les Assassins survivants lui firent des signes d'adieu avant de quitter le navire condamné pour la rive.

Ezio les salua en retour, la respiration quelque peu sifflante. Ses articulations un peu raides, il s'étira. Rapidement, il fut entouré par une poignée d'hommes de Piri, qui vérifièrent qu'il n'était pas blessé et le conduisirent à la timonerie, où Piri se tenait devant les voiles maintenant toutes levées.

— Vous avez pris votre temps, dit Piri Reis avec un large sourire non dénué d'inquiétude.

— Oui, désolé pour le retard.

Les hommes à la proue étaient déjà occupés à lever l'ancre. Quelques instants plus tard, le boutre prit le vent et franchit, avec précaution mais sans encombre, la ligne de bateaux en feu qui devaient assurer le blocus. Le vent qui les poussait en avant avait également propagé le feu allumé par Ezio, les navires étant dangereusement près les uns des autres.

— Heureusement que je ne mouillais pas dans le sens du vent de ceux-là, dit Piri. Mais je suppose que c'est le genre de chose que vous aviez remarqué depuis le début.

— Naturellement, dit Ezio.

— Bien.

Le boutre rouge sortait de la Corne pour entrer dans le Bosphore, voguant vers le sud.

— Ce voyage promet d'être intéressant, prédit Piri.

Deuxième partie

Ce que j'en entendais me rappelait assez l'effet que nous produit quelquefois la musique quand le texte paraît tantôt être couvert et tantôt renforcé par les accords de l'orgue.

Dante, *Le Purgatoire*,
traduction d'Antoine de Rivarol, 1785.

CHAPITRE 58

À Mersin, après deux semaines de navigation, Ezio prit congé de l'amiral turc. Le soleil se reflétait sur la mer.

—Qu'Allah te protège, mon ami, dit le marin.

—Merci, Piri Reis.

—J'attendrai ton retour. Mais je ne peux pas rester ici éternellement.

—Je sais.

—Ne veux-tu pas emmener quelques-uns de mes hommes avec toi ?

—Non. Mieux vaut que je sois seul.

—Alors, laisse-moi au moins te trouver un cheval. Ton voyage n'en sera que plus rapide et plus sûr.

—Je t'en serais reconnaissant.

—Tu es courageux, Ezio Auditore, un digne disciple du grand mentor, Altaïr.

—C'est trop d'honneur. (Ezio tourna son regard vers l'intérieur des terres.) Si je ne suis pas revenu dans deux cycles lunaires…

Piri Reis acquiesça gravement.

—Que ton Dieu te guide, dit-il tandis qu'ils se serraient la main.

Son itinéraire le menait au nord, à travers les monts Taurus. Après une pause à Niğde, près du mont de Melendiz, il reprit son chemin à travers les collines brunes, vers Derinkuyu, la cité où l'armée rebelle de Manuel Palaiologos devait se rassembler.

Deux semaines après avoir débarqué, il fit une nouvelle pause dans le triste petit village de Nadarim, en vue de sa destination. L'endroit était dans un état de désolation qui contrastait avec le paysage somptueux qui l'entourait. Vu l'heure matinale, les rues étaient encore peu animées ; les rares passants lui jetèrent des regards soupçonneux tandis qu'il chevauchait dans la place centrale, se déployant devant une église.

Il n'y avait aucune trace d'activité militaire. Ezio, après avoir confié sa monture à une écurie, décida d'escalader le clocher de l'église afin d'avoir une meilleure vue de Derinkuyu.

Ses yeux d'aigle perçaient le ciel lumineux, observant les bâtiments bas et les tours éparses qui constituaient le profil de la cité toute proche. Mais là non plus, il ne trouva aucun signe de la garnison.

Mais il savait qu'il y avait une raison à cela.

Il redescendit. La place était déserte ; Ezio fut immédiatement sur ses gardes. Il avait eu l'intention de repartir à cheval, mais il se demandait maintenant s'il était prudent de retourner à l'écurie. Sa suspicion ne fit qu'augmenter lorsqu'il aperçut une silhouette rôdant à l'ombre des murs décrépis de l'église. Il décida d'aller voir de plus près.

Alors, la silhouette fit volte-face, une dague à la main. C'était une jeune femme. Dure, noueuse, bronzée. Presque sauvage.

— Reste où tu es, *adi herif* ! gronda-t-elle.

Ezio leva les mains.

— Qui traites-tu de porc ? demanda-t-il calmement.

Il vit une lueur de doute dans ses yeux.

— Qui es-tu ? L'une des racailles de Manuel ?

— Non, non. C'est Tarik qui m'envoie.

La jeune fille hésita, puis baissa son arme.

—Qui es-tu ?

—Ezio Auditore.

Elle se détendit un peu plus.

—Nous avons eu des nouvelles du jeune prince, dit-elle. Je suis Dilara, le principal agent de Tarik dans cette ville. Pourquoi t'ont-ils envoyé seul ? Pourquoi personne d'autre ? N'ont-ils pas reçu mes rapports à Kostantiniyye ?

—Je suffirai. (Ezio regarda autour de lui.) Où sont tes hommes ?

Dilara cracha par terre.

—Capturés par les Byzantins il y a une semaine. J'étais déguisée en esclave, alors j'ai pu m'échapper. Mais les autres… (Elle se tut, secouant la tête. Puis elle le dévisagea.) Sais-tu te servir d'une arme ?

—J'ose croire que oui.

—Quand tu en seras certain, reviens me voir. Dans la ville là-bas. J'attendrai près de la porte ouest de la cité souterraine.

Elle lui sourit, exposant ses dents blanches, et détala aussi vite qu'un lézard.

CHAPITRE 59

E zio s'équipa de son pistolet au poignet gauche, de sa lame secrète au poignet droit, et d'une paire de bombes fumigènes à sa ceinture. Il laissa la lame-crochet dans sa fonte.

Deux heures plus tard, il retrouva Dilara, postée à l'endroit convenu. La porte était large, cerclée de fer et fermée.

Elle le salua sèchement, et entama sans préambule :

— Les Byzantins ont emmené mes hommes dans le réseau de caves il y a plusieurs jours. D'après ce que je sais, cette porte est la moins protégée du lot. Régulièrement, les soldats y amènent leurs ordures, mais elle est déserte la plupart du temps.

— Donc, nous nous infiltrons à l'intérieur, nous libérons tes hommes et nous les sortons de là ?

— Exactement…

Ezio essaya d'ouvrir la porte. Elle ne bougea pas. Il se tourna vers Dilara avec un sourire déçu, penaud.

— J'allais dire : après que tu l'auras déverrouillée de l'intérieur, conclut-elle.

— Bien sûr.

— Suis-moi.

Elle le conduisit jusqu'à un point d'où ils pouvaient voir une porte plus grande. C'était en fait une large meule circulaire que l'on roulait sur une rigole pour bloquer ou dégager le passage. Elle s'ouvrit justement sous leurs yeux. Des soldats sortirent et se mirent en rang avant de partir en patrouille.

319

—Voilà l'entrée principale, au pied de cette colline. Mais elle est bien gardée.

—Attends ici, dit Ezio.

—Où vas-tu?

—Je dois explorer cet endroit par moi-même.

—Tu auras besoin d'un guide.

—Pourquoi?

—C'est une véritable garenne. Tu vois ces tours?

—Oui.

—Des conduits d'aération. Et des puits pour l'eau. La cité fait onze étages et s'étend sur quatre-vingt-dix mètres de profondeur.

—Je vais me débrouiller.

—Tu es arrogant.

—Non, je suis prudent. Et je me suis préparé. Je sais que cet endroit a été bâti par les Phrygiens il y a mille cinq cents ans, et je connais un peu sa géographie.

—Alors tu sais aussi ce qui se trouve là-dessous : une rivière souterraine tout en bas, et au-dessus, sur plus de dix niveaux, des églises, des écoles, des magasins, des entrepôts, des étables et de la place pour cinquante mille personnes.

—Assez grand pour toute une garnison.

Dilara le regarda dans les yeux.

—Tu auras besoin d'un guide, répéta-t-elle.

—J'ai besoin de quelqu'un ici.

—Alors que Dieu soit ton guide, dit-elle. Mais dépêche-toi. Dès que les patrouilles reviendront, ils refermeront la porte. Avec un peu de chance, tu pourras rentrer avec les chariots d'approvisionnement, qui sont là. Je t'attendrai à côté de la porte ouest.

Ezio hocha la tête, puis partit sans rien dire.

Se fondant dans la populace byzantine, qui ne semblait pas très heureuse de cette récente présence militaire dans sa ville, et marchant à côté d'un chariot tiré par des bœufs, il put franchir la porte sans difficulté.

À l'intérieur, des torches éclairaient des murs de pierre volcanique tendre d'un beige jaunâtre, marqués par des siècles de suie. Et pourtant, l'air était frais. Les rues, si l'on pouvait appeler ainsi les larges couloirs crasseux, grouillaient de soldats et de citoyens qui se poussaient des coudes en vaquant à leurs affaires. Ezio se fraya un chemin parmi eux, pénétrant de plus en plus profondément dans la cité souterraine.

Enfin, au deuxième sous-sol, il tomba sur un vaste hall au toit voûté, décoré de fresques défraîchies. Il parcourut l'une des galeries en observant les deux hommes dans la pièce principale, six mètres plus bas. L'acoustique était bonne, et il entendit parfaitement ce qu'ils se disaient. Il avait tout de suite reconnu la silhouette bouffie de Manuel Palaiologos et celle dégingandée de Shahkulu. Près d'eux, un groupe de gardes se tenaient au garde-à-vous. Ezio repéra un large tunnel menant vers l'ouest, peut-être jusqu'à la porte que Dilara lui avait montrée tout à l'heure.

— Quand mes soldats pourront-ils se servir de ces fusils ? demandait Manuel.

— Dans quelques semaines, répondit l'austère Turkmène.

Manuel paraissait pensif.

— Les janissaires ont dû comprendre que je les avais trahis. Mais ont-ils encore les moyens de se venger ?

— J'en doute. Ils n'ont d'yeux que pour le duel que se livrent Selim et le sultan.

Manuel se mit à rire, mais son rire se changea bientôt en toux et en suffocation.

— Ah ! haleta-t-il. Quelle est cette odeur nauséabonde ? Les évents sont-ils bloqués ?

— Mes excuses, Manuel. Le vent a dû tourner. Certains prisonniers ottomans que nous avons pris il y a environ une semaine étaient assez… fragiles. Nous avons dû les entreposer quelque part après leur malheureux… accident.

Manuel était presque amusé par cette nouvelle, mais aussi préoccupé.

— Shahkulu, tâche de contenir ta colère. Je sais que le sultan a humilié ton peuple. Mais il est futile d'écraser ces êtres inférieurs.

— Humilié mon peuple! s'écria Shahkulu. Il a essayé de nous écraser comme si nous n'étions que des cafards. C'est pour cette raison que je me suis rangé du côté d'Ismaël de Perse et que j'ai pris le nom Shahkulu: «serviteur du Shah». Sous ce nom, je contrarierai toutes les attaques des Seldjoukides contre le peuple turkmène et ceux d'entre nous qui suivent les Séfévides et la charia.

— Bien sûr, bien sûr. Néanmoins, débarrassons-nous des preuves, dit Manuel.

Là-dessus, il partit en maintenant un mouchoir parfumé contre son nez.

Shahkulu le regarda s'éloigner avec un air maussade. Puis il appela les gardes du corps restant d'un claquement de doigts.

— Vous trois! Rassemblez les cadavres et balancez-les à l'extérieur, sur le tas de fumier ouest.

— Shahkulu, bégaya nerveusement le sergent de la garde, je n'ai pas les clés de la porte ouest.

— Alors trouve-les, idiot! explosa Shahkulu.

Puis, il partit à son tour.

Laissés seuls, les gardes se regardèrent les uns les autres.

— Qui a la clé? Aucune idée? dit le sergent d'un ton irrité.

Il n'aimait pas être traité d'idiot devant ses hommes. Et il aimait encore moins leurs sourires en coin.

— Je crois que c'est Nikolos, dit l'un d'eux. Il est de repos aujourd'hui.

—Alors, il doit être au marché, au niveau trois, ajouta un autre soldat.

—À se gaver, sans doute, râla le premier. *Hristé mou!* J'aimerais perforer Shahkulu d'un coup de lance!

—Eh, eh! s'exclama le sergent sévèrement. Garde ces pensées pour toi, *edáxi?*

Ezio entendit à peine les derniers mots. Il était déjà en chemin pour le marché, un étage plus bas.

CHAPITRE 60

M is à part le fait qu'il était profondément enfoui sous terre, le marché ressemblait à celui de n'importe quelle autre ville. Des étals proposaient de la viande, des légumes, des épices – dont les parfums s'insinuaient partout, plus denses encore qu'ils ne l'auraient été en plein air –, des vêtements, des chaussures : bref, tout ce dont les habitants pouvaient avoir besoin. Il y avait également de petites tavernes et des magasins de vin. Près de l'un d'eux, dans un espace ouvert, avait éclaté une bagarre d'ivrognes, apparemment au sujet d'une prostituée à la peau claire. Une vieille femme osseuse, assise élégamment sur une chaise à l'une des tables du magasin de vin, savourait le spectacle.

Un cercle s'était formé autour des deux hommes qui se balançaient des coups de poing, sous les encouragements rauques des passants. Ezio resta au bord de l'attroupement.

— Vas-y mon gars !

— Frappe-le !

— Mort au bâtard !

— Plus fort !

— Du sang ! Du sang !

— Déchiquette-le !

Parmi les spectateurs, dont la plupart étaient aussi saouls que les combattants, se trouvait un soldat gras au visage rougeaud, qui portait la barbe sur un menton fuyant, une outre à la main. Il hurlait avec les autres. Ezio avait déjà remarqué la bourse en cuir entrouverte suspendue à sa ceinture, et l'anneau d'une grande clé en fer qui en dépassait. Jetant un œil aux environs, il vit les trois gardes du hall aux fresques qui arrivaient de l'autre côté du marché.

Pas de temps à perdre. Il s'avança prudemment dans le dos du gros soldat et lui soutira la clé alors que ses camarades l'appelaient par son nom.

Nikolos allait devoir trouver quoi répondre à sa hiérarchie, pensa Ezio en retournant au deuxième étage et au tunnel d'où venait la puanteur. Ce tunnel, devinait-il, qui menait à la porte ouest.

CHAPITRE 61

—Tu as pris ton temps, murmura Dilara d'un ton sévère tandis qu'Ezio déverrouillait la porte ouest de l'intérieur.

—Quelle gratitude…, marmonna-t-il en la faisant entrer.

Dilara eut ensuite exactement la réaction qu'avait prévue Ezio. Elle se plaqua la main sur le nez.

—*Aman Allahim!* Quelle est cette odeur?

Ezio fit un pas en arrière et montra le tas de cadavres, empilé dans une large niche à l'intérieur du passage.

—Tous n'ont pas été faits prisonniers.

Dilara se précipita vers les morts, puis s'arrêta, le regard fixe.

—Les pauvres. Que Dieu vous garde! (Elle baissa les épaules, abattue. Elle semblait plus humaine, la façade fière qu'elle avait maintenue jusqu'ici s'était soudain fissurée.) Le responsable, c'est ce sale renégat turkmène… Shahkulu. Je le sais, continua-t-elle. (Ezio hocha la tête.) Je vais le tuer.

Elle se mit à courir.

—Attends! appela Ezio.

Mais il était trop tard. Elle était déjà partie.

Se lançant à sa suite, il la rejoignit dans un endroit isolé qui surplombait une petite place publique. Il s'approcha prudemment. Elle lui tournait le dos, fixant quelque chose sur la place; quelque chose qu'il ne pouvait pas encore voir.

—Le travail d'équipe n'est pas ton fort, dit-il.

Elle ne se tourna pas.

— Je viens pour sauver mes hommes, dit-elle froidement, pas pour me faire des amis.

— Pas besoin d'être amis pour coopérer, commenta Ezio en se rapprochant d'elle. Mais il serait utile de savoir où tes hommes sont retenus prisonniers, et je peux t'aider à les trouver.

Il fut interrompu par un cri d'angoisse. Il se précipita aux côtés de l'espionne turque. Son visage s'était durci.

— Juste là, dit-elle en pointant le doigt.

Suivant la direction indiquée, Ezio vit un certain nombre de prisonniers ottomans assis par terre, les mains liées. Sous leurs yeux, l'un d'eux fut projeté au sol par les gardes byzantins. Une potence improvisée était dressée sur la place, où un autre Ottoman était pendu par les poignets, les bras tordus dans le dos. Près de lui se trouvait Shahkulu, facilement reconnaissable malgré le masque de bourreau qui lui cachait le visage. L'homme hurlait sous les coups de Shahkulu.

— C'est Janos, dit Dilara en se tournant enfin vers Ezio. Il faut aider cet homme !

Ezio considéra attentivement la situation.

— J'ai une arme à feu, mais je ne peux pas m'en servir, dit-il. Son armure résistera aux balles. (Il hésita.) Je vais devoir m'approcher.

— Nous n'avons pas beaucoup de temps. Ce n'est pas un interrogatoire. Shahkulu va le battre à mort. Et alors il passera à un autre. Et un autre…

Chaque coup, chaque cri la faisait tressaillir.

Ils entendaient également les rires et les provocations des hommes de Shahkulu.

— Je crois avoir une idée, dit Ezio. (Il décrocha une grenade fumigène de sa ceinture.) Quand j'aurai lancé ceci, fais le tour par la droite. Vois si tu peux trancher les liens de tes hommes à l'abri de l'écran de fumée.

Elle acquiesça.

— Et Shahkulu ?

— Laisse-le-moi.

— Assure-toi de faire payer ce rat.

Ezio retira la goupille de la grenade, attendit quelques secondes que la fumée commence à sortir, puis la lança en direction de la potence. Les Byzantins, pensant s'être débarrassés de toute opposition, ne s'attendaient pas à une attaque. La surprise était totale.

Dans la confusion, Ezio et Dilara dévalèrent la pente vers la place, l'un à gauche, l'autre à droite. Ezio tira sur le premier garde qui tenta de s'interposer, puis brisa la mâchoire d'un second à l'aide du bracelet sur son avant-bras gauche. Alors, il déclencha sa lame secrète et avança rapidement vers Shahkulu. Un cimeterre lourd à la main, le Turkmène restait sur place, se tournant de gauche à droite, ne sachant de quel côté viendrait l'attaque. Profitant d'un moment d'inattention, Ezio bondit et lui ficha sa lame dans la poitrine, pile dans l'intervalle entre le masque et l'armure. Un sang sombre bouillonna autour du poing d'Ezio qui maintenait l'arme enfoncée. Shahkulu tomba, entraînant dans sa chute l'Assassin qui se retrouva à genoux au-dessus de lui. Shahkulu s'agitait de moins en moins. Ses yeux se fermèrent.

— Ceux qui prennent plaisir à tuer ne méritent aucune pitié, chuchota Ezio à son oreille.

Shahkulu ouvrit brusquement des yeux de forcené, saisit le cou d'Ezio de son poing ganté et serra de toutes ses forces. Son rire dément fit redoubler les flots de sang qui s'échappaient de sa blessure. Ezio enfouit la lame au plus profond, la faisant tourner cruellement. Dans un dernier spasme, Shahkulu repoussa Ezio, et le Florentin s'étala dans la poussière. Puis, le dos arqué par l'agonie, il émit un dernier râle avant de retomber, inerte.

Ezio se releva, puis nettoya sa lame sur la cape de Shahkulu. Dilara avait déjà libéré plusieurs de ses hommes.

Ezio se retourna juste à temps pour la voir se jeter sur le dernier survivant des gardes byzantins à qui elle trancha la gorge d'un geste fluide. Elle bondit depuis le corps de sa victime, atterrit comme un chat, puis revint vers sa troupe libérée.

Ezio donna un coup de pied à Shahkulu, pour s'assurer qu'il était bien mort cette fois. Dilara aidait ses hommes à se remettre debout.

— Dieu te bénisse, Dilara, dit Janos quand elle le détacha.

— Tu peux marcher ?

— Oui.

Ezio s'approcha d'eux.

— Est-ce votre détachement qui a apporté les fusils à Manuel ? (Elle hocha la tête.) Alors ils doivent être détruits.

Elle acquiesça à nouveau.

— La plupart d'entre eux ne fonctionnent pas, précisa-t-elle. Mais la poudre est bien réelle. Il a fallu donner le change.

— *Bene*, dit Ezio. (Il regarda les Ottomans autour de lui.) Restez cachés jusqu'à ce que vous entendiez les explosions. Et là, courez.

— Des explosions ? dit Dilara. Si tu fais ça, tu sèmeras le chaos. Ce sera la panique générale.

— C'est bien ce que j'espère. Les explosions vont détruire les fusils en état de marche, et la panique ne peut que nous aider.

Dilara réfléchit.

— Très bien. Je vais emmener mes hommes en sécurité. Mais, et toi ?

— Après avoir déclenché les explosions, je m'occuperai de Manuel Palaiologos.

CHAPITRE 62

La ville souterraine comptait quelques grandes salles voûtées, des cavernes artificielles où étaient entreposés les fusils et la poudre destinés à l'armée de Manuel. On avait installé un réseau de palans et de treuils afin de transporter les tonneaux le long de cordes tendues d'une salle à l'autre. S'étant trouvé un point d'observation discret dans une galerie du cinquième étage, Ezio vit un groupe de Byzantins utiliser ce système, sous la surveillance vigilante des troupes de Manuel. C'était une occasion en or, et Ezio remercia Dieu que leur sécurité soit si relâchée. Visiblement, ils étaient certains d'être à l'abri d'une attaque, et il s'était déplacé trop vite pour qu'on les prévienne de la découverte du cadavre de Shahkulu et de ses bourreaux.

Sa lame-crochet avait remplacé sa lame secrète et son pistolet était rechargé. Se mêlant à un groupe d'ouvriers, il les regarda descendre un baril relié par une corde aux deux poulies du palan. Autour d'eux, des centaines de barils étaient empilés les uns sur les autres. Le long des murs étaient disposées des caisses contenant les mousquets.

— Doucement, doucement ! criait un contremaître. C'est de la poudre, pas du millet !

— J'ai compris ! répondit l'homme qui contrôlait le treuil.

Ezio examinait les lieux en réfléchissant à son plan d'action. S'il parvenait à déclencher une explosion qui provoquerait une réaction en chaîne dans les trois caves qu'il avait repérées et qui servaient d'entrepôts aux Byzantins…

Cela pouvait marcher.

Tandis qu'il rôdait dans les couloirs, se fondant au milieu des ouvriers, il écoutait attentivement leurs conversations afin de jauger leur humeur. Et il découvrit alors que tous les hommes de Palaiologos n'étaient pas maléfiques : comme souvent, seuls ceux qui souffraient d'un ego surdimensionné et d'un appétit démesuré pour le pouvoir étaient à blâmer pour les malheurs de tous.

— Cela pourrait être pire, tu sais, dit une femme à un autre ouvrier.

— Pire ? Comment ça ?

— Mieux vaut le turban des Turcs que la tiare du pape. Au moins les Ottomans font preuve d'un minimum de respect pour notre Église orthodoxe.

— Chut ! Si on t'entendait…, la prévint une autre femme.

— Elle est folle ! s'écria l'homme. As-tu conscience de ce que tu dis ?

— D'accord, je suis folle. Et si tu préfères le travail forcé et vivre sous terre comme une taupe, alors parfait !

L'homme réfléchit un instant.

— Eh bien, c'est sûr que je n'ai aucune envie de faire la guerre. Je veux juste nourrir ma famille.

Un autre homme, un surveillant portant l'uniforme des Templiers, avait surpris leur conversation. Il intervint, non sans compassion :

— Personne ne souhaite la guerre, mon ami. Mais que pouvons-nous faire d'autre ? Regarde-nous ! Regarde comment nous vivons ! Ces Turcs nous ont pris nos terres. Penses-tu que nous devrions juste les abandonner sans combattre ?

— Non, non, répondit le premier homme. C'est juste que… Je ne sais pas, je suis fatigué de tout ça. Nous sommes fatigués de nous battre !

Amen, pensa Ezio, en se glissant entre deux piles de barils de six mètres de haut.

Une fois seul, il perça un tonneau au niveau du sol d'un coup de cimeterre. Ayant rempli un sac de poudre, il en fit couler une traînée dans l'allée, jusqu'à l'entrée de la deuxième salle. Là, il fit de même, puis de nouveau dans la troisième salle, jusqu'à ce que la traînée de poudre atteigne la porte cintrée au fond de la pièce. Ensuite, il attendit que tous les ouvriers soient partis et hors de danger pour la nuit.

Il ne restait que les gardes.

Ezio s'assura que sa retraite était dégagée, prit position à quelques mètres de la sortie, dégaina son pistolet et tira sur le baril le plus proche. Puis il se mit à courir.

Les explosions titanesques qui s'en suivirent secouèrent les fondations de la ville souterraine comme un tremblement de terre. Les plafonds s'effondraient derrière lui. Partout, il n'y avait plus que nuages de poussière, débris et confusion.

CHAPITRE 63

E zio arriva dans la grande salle du deuxième niveau à peu
près en même temps que Manuel qui débola entouré
d'une multitude de gardes d'élite. Ezio se cacha derrière un
contrefort, puis attendit et observa. Il allait en finir cette
nuit, si possible. Il avait vu la clé manquante de Masyaf dans
la main de Manuel, celle que les Templiers avaient exhumée
sous le palais de Topkapi. S'il l'avait sur lui, alors le soi-disant
futur empereur de Byzance devait projeter de s'enfuir.

Quel est ce vacarme, enfin ? vociféra Manuel avec un
mélange de colère et de peur.

— Un sabotage, Manuel, dit un capitaine templier à côté
de lui. Il faut vous éloigner.

Une foule bruyante de gens paniqués remplissait
maintenant un bout de la chambre. Ezio vit Manuel ranger la
clé dans la sacoche qu'il portait en bandoulière autour de son
corps obèse. Il donna un coup de coude à l'officier templier.

— Hors de mon chemin.

Il se hissa sur un podium et s'adressa à la foule. Ezio se
mêla aux habitants, profitant de son discours pour s'approcher
de sa proie.

— Citoyens ! dit Manuel d'une voix aiguë. Soldats !
Reprenez-vous. Refusez de céder à la peur ! Nous sommes
les bergers de Constantinople, les seigneurs de cette terre.
Nous sommes byzantins ! (Il s'interrompit pour ménager ses
effets, mais s'il avait espéré des applaudissements, il fut déçu.

Il reprit malgré tout.) *Kouráyo!* Soyez courageux! Tenez bon! Ne laissez personne briser cette…

Il s'arrêta en remarquant Ezio. Une espèce de sixième sens devait avoir déclenché une alarme interne, car il poussa un juron et sauta prestement à bas du podium, se précipitant vers une sortie à l'arrière du hall.

—Arrêtez-le! Cet homme en capuche à visière! Tuez-le!

Après s'être frayé un chemin dans la foule interloquée, Ezio partit à la poursuite de Manuel, esquivant et assommant les gardes templiers sur son passage. Enfin débarrassé d'eux, il jeta un œil en arrière. Ils étaient aussi déboussolés que le reste des habitants, regardant dans toutes les directions sauf celle où il était parti, criant des ultimatums, aboyant des ordres et courant avec détermination avant de se raviser. Manuel avait fui trop vite pour que ses hommes aient le temps de le suivre. Seuls les yeux de lynx d'Ezio lui avaient permis de ne pas le perdre de vue.

Pour quelqu'un d'aussi replet, Manuel courait vite. Ezio galopait dans un long passage étroit et mal éclairé, ne s'arrêtant que pour jeter un œil sur les côtés afin de s'assurer que sa proie n'avait pas tourné. Il aperçut, loin devant, l'éclat d'une robe en soie réfléchissant la lumière des torches. Manuel montait un escalier exigu taillé dans la pierre, qui menait au premier étage. L'homme qui voulait être roi cherchait le plus court chemin vers la sortie, ses munitions envolées et son armée en plein désarroi.

Et Ezio fonçait derrière lui.

Il l'accula enfin dans une maison vide, creusée à même la pierre. Manuel lui fit face, un curieux rictus déformant ses lèvres charnues.

—Tu es là pour la clé de Masyaf? demanda-t-il. C'est cela? Tu viens nous voler le résultat de deux années d'efforts et récupérer ce que les Assassins ont abandonné?

Ezio ne répondit pas, mais il le fixa avec prudence. Impossible de dire quelles ruses cet homme pouvait dissimuler dans ses manches.

— Tu mènes une guerre perdue d'avance, Assassin ! continua Manuel d'une voix où le désespoir était palpable. Nous sommes toujours plus nombreux et notre influence toujours plus grande. Nous nous cachons à la vue de tous ! (Ezio fit un pas en avant.) Réfléchis un peu à ce que tu fais, continua Manuel en levant une main ornée d'anneaux. Pense aux vies que tu as sacrifiées aujourd'hui, au chaos que tu as semé ! Vous ! Vous profitez de la faiblesse d'un peuple persécuté, pour ne servir que vos propres intérêts ! Mais nous luttons pour la dignité, Assassin ! Pour pacifier ce pays en proie au chaos.

— Les Templiers sont toujours prompts à invoquer la paix, répondit Ezio, mais jamais à céder le pouvoir.

Manuel écarta l'argument d'un geste.

— Parce que le pouvoir engendre la paix, imbécile, ce n'est jamais l'inverse ! Ce peuple se noierait dans la liberté si nous ne le guidions pas dans le droit chemin !

Ezio sourit.

— Le voilà enfin. Le monstre que je suis venu tuer.

Manuel le regarda dans les yeux. Ezio eut l'impression désagréable qu'il se résignait à son sort. Malgré son poids, sa coquetterie, ses bijoux brillants et sa moustache soigneusement entretenue, il n'était pas sans une étrange dignité. Ezio dégaina sa lame et poignarda Manuel dans la poitrine, s'apprêtant à le soutenir quand il tomberait à genoux. Mais Manuel ne tomba pas. Il s'appuya contre un banc de pierre et fixa calmement son regard sur Ezio.

— Je suis celui qui méritait de succéder à Konstantinos, dit-il d'une voix épuisée. J'avais tant de projets. Sais-tu combien de temps j'ai attendu ?

—Tes rêves meurent avec toi, Manuel. Ton empire s'est écroulé.

Même s'il était visiblement à l'agonie, Manuel avait presque l'air amusé.

—Ah, mais je ne suis pas le seul à y croire, Assassin. Le rêve de notre Ordre est universel. Ottomans, Byzantins… Ce ne sont que des apparences. Des façades. Sous ces déguisements, les Templiers forment une même famille.

Ezio commençait à perdre patience. Le temps jouait contre lui. Il devait encore sortir de là.

—Assez bavardé. Je veux la clé de Masyaf.

Il se baissa et saisit la sacoche toujours suspendue à l'épaule de Manuel. Il avait soudain l'air plus vieux que ses cinquante-huit ans.

—Alors prends-la, dit-il avec une douleur amusée. Prends-la et tente ta chance. Nous verrons si tu réussis à t'approcher de cette bibliothèque avant que l'un des nôtres ne te retrouve et te tue.

Là-dessus, son corps se raidit. Il tendit les bras comme s'il venait de se réveiller, avant de tomber en avant dans des ténèbres infinies et silencieuses.

Pendant quelques instants, Ezio considéra le cadavre, plongé dans ses pensées. Enfin, il fouilla dans la sacoche de Manuel. Il n'y prit que la clé, qu'il transféra dans sa poche, et laissa la sacoche au mort.

Alors, il fit demi-tour.

CHAPITRE 64

Les niveaux supérieurs de la ville souterraine avaient été scellés par des soldats templiers et byzantins loyaux à leurs officiers mais ignorant ce que la suite des événements leur réservait. Le corps de Manuel allait bientôt être découvert. Ezio décida que sa meilleure – et peut-être sa seule – chance de s'enfuir était de passer par la rivière souterraine qui traversait le onzième niveau du complexe.

L'enfer sur terre, voilà ce qu'étaient devenus les niveaux inférieurs de Derinkuyu. Les rues étaient envahies par des nuages de poussière et de fumée. Des incendies s'étaient déclarés dans les étages juste au-dessus et au-dessous de l'armurerie et des réserves de poudre qu'Ezio avait détruites. Les routes étaient bloquées par des plafonds ou des murs effondrés, obligeant Ezio à faire des détours. Plusieurs fois, en passant à côté d'une pile de débris, il aperçut, qui émergeaient des pierres, les membres de personnes écrasées. Il s'efforça de fermer son esprit aux conséquences de ses actes. En vain. Les soldats et les simples citoyens erraient, confus, protégeant leur visage d'une écharpe ou d'un mouchoir, des larmes coulant sur leurs joues. Bien qu'il ait parfois du mal à respirer, Ezio poursuivit sa route le long de rampes, de couloirs et d'escaliers taillés dans la roche.

L'air était de plus en plus pur. Il commença à sentir l'humidité de l'eau magnifiée par l'espace confiné dès le neuvième étage.

À cause du tumulte et de la confusion provoqués par les explosions, Ezio put traverser la cité sans heurt. Au dernier niveau, il se retrouva seul sur une jetée, devant un lac artificiel. Plus loin au sud, ou tout du moins ce qu'il pensait être le sud, puisqu'il était difficile de s'orienter sous terre, il vit une lueur là où la rivière qui alimentait le lac retournait à l'air libre. Elle devait suivre un long chemin en contrebas depuis Derinkuyu. Mais Ezio n'eut pas le temps de réfléchir à la question, car il vit un radeau, portant une demi-douzaine de marins byzantins, quitter une autre jetée à vingt mètres de là. Mais c'est l'un des passagers qui attira plus particulièrement son attention : un homme barbu, élégamment vêtu, debout sur le pont arrière. Le prince Ahmet Osman.

Apercevant Ezio à son tour, Ahmet ordonna à ses rameurs de se diriger vers lui. Quand il fut assez prêt pour se faire entendre, il appela l'Assassin d'un ton moqueur.

— Pauvre Manuel. Le dernier des Palaiologos.

Pendant un instant, Ezio fut trop étonné pour parler. Puis il dit :

— Les nouvelles vont vite.

— Les Assassins ne sont pas les seuls à avoir des espions. (Ahmet haussa les épaules.) Mais je n'aurais pas dû charger Manuel de notre expédition à Masyaf. C'était un homme arrogant, impossible à contrôler.

— Je suis vraiment déçu, Ahmet. Pourquoi les Templiers ?

— Eh bien, Ezio… à moins que je doive continuer à t'appeler Marcello ? Parce que je suis fatigué de ces querelles futiles entre père et fils, et de ces luttes fratricides. L'humanité ne connaîtra la paix qu'en étant unie par la même volonté et dirigée par les mêmes idées. (Il s'interrompt.) Tous les secrets du Grand Temple nous ouvriront cette voix. Et Altaïr nous y conduira.

— Tu as tort. Les secrets d'Altaïr ne sont pas pour vous. Et vous ne trouverez jamais le Grand Temple.

— Nous verrons.

Remarquant qu'Ahmet regardait derrière lui, Ezio se retourna et vit des soldats byzantins qui s'avançaient vers l'endroit où il se trouvait.

— Quoi qu'il en soit, je n'ai aucune envie de discuter moralité et éthique avec toi, Assassin. Je suis venu pour les clés de Masyaf.

Avec un sourire ironique, Ezio sortit de son sac la clé qu'il venait de prendre à Manuel.

— Les clés ? Celle-ci n'est donc pas la seule ?

— Non, à ce qu'on dit, répondit Ahmet poliment. Pourquoi ne pas demander à une spécialiste ? Sofia Sartor ? C'est bien son nom ?

Ezio était ébranlé, mais il s'efforça de ne pas le montrer.

— Elle ne sait rien ! Laissez-la !

Ahmet sourit.

— C'est ce que nous verrons.

Il fit signe à ses hommes, et le radeau s'éloigna.

— Je te tuerai si tu la touches.

— Je sais que tu essaieras, mon cher Ezio. Mais je doute que tu y parviennes. (Il éleva la voix, s'adressant aux hommes à terre.) Tuez-le maintenant et prenez la clé. Puis apportez-la-moi sans délai.

— Tu ne restes pas pour admirer le spectacle ? demanda Ezio froidement.

— J'ai trop de respect pour ma propre sécurité, répondit Ahmet. Je connais ta réputation et je t'ai vu à l'œuvre aujourd'hui même. Acculé comme tu l'es, j'imagine que tu es encore plus dangereux. Par ailleurs, j'abhorre la violence.

L'embarcation s'éloigna, laissant Ezio seul face aux troupes byzantines massées contre lui. Il réfléchit à ses options. Mais il n'en avait aucune.

Au bout de la jetée, il n'avait aucun moyen de battre en retraite, et il était hors de question qu'il s'échappe à la nage.

Ils devaient être vingt ou trente. Certains portaient des mousquets qui avaient échappé à la destruction des entrepôts. Le capitaine du détachement vint vers lui.

— Donne-nous la clé, *kyrie*, dit-il d'un ton sarcastique. Je ne crois pas que tu aies le choix.

Les mousquetaires à ses côtés levèrent leurs armes.

Ezio les regarda. Cette fois, il était vaincu. Il avait son pistolet, qui pourrait tirer deux coups au mieux, sa lame secrète et son cimeterre. Mais même s'il était rapide, les balles de mousquet le transperceraient de part en part. Peut-être allaient-ils tirer de toute façon. Ce serait le moyen le plus simple de prendre la clé. Il aurait peut-être le temps de la jeter dans le lac avant de mourir.

Il ne lui restait plus qu'à prier que Yusuf ne laisse pas les autres clés tomber entre les mains des Templiers, et que Sofia ne subisse pas des tortures inutiles ; pour sa propre sécurité, il lui avait caché leur emplacement.

Mais il n'avait pas été assez prudent.

Enfin… Tout le monde arrivait au bout de sa route un jour ou l'autre.

Le capitaine leva la main et ses hommes posèrent le doigt sur la gâchette.

CHAPITRE 65

L es mousquets tirèrent, Ezio se jeta à terre.
Venu de derrière et d'au-dessus d'eux, des flèches plurent sur les soldats byzantins. En quelques secondes, tous les hommes du prince Ahmet gisaient morts ou blessés sur la rive du lac.

Une balle avait brûlé la capuche d'Ezio, mais il était indemne. Il remercia Dieu que l'âge n'ait pas émoussé ses réactions. Une fois debout, il vit à l'autre bout de la jetée Dilara et ses partisans qui descendaient de leurs cachettes. Certains marchaient déjà parmi les Byzantins, inspectant les morts et soignant les blessés.

— On ne peut pas te laisser seul une minute, lança Dilara.

— De toute évidence, dit Ezio. Merci.

— As-tu ce que tu cherchais ?

— Oui.

— Alors, mieux vaut partir d'ici. Tu as provoqué un beau bordel, tu sais.

— On dirait.

Elle secoua la tête.

— Il leur faudra des années pour s'en remettre. S'ils y arrivent. Mais ils ont encore assez de force pour te rosser s'ils te trouvent. Allons-y !

Elle se dirigea vers l'escalier.

— Attends ! Je ne devrais pas plutôt prendre un bateau ?

— Es-tu fou ? Ils vont t'attendre à la sortie. La rivière passe par un défilé étroit. Tu serais mort en quelques secondes, et je ne veux pas que mes efforts soient réduits à néant.

Ezio la suivit sans discuter.

Ils remontèrent de plusieurs niveaux, avant d'emprunter une rue qui serpentait vers le sud. La fumée s'était plus ou moins dissipée, et les gens étaient trop occupés à éteindre les incendies pour faire attention à eux. Dilara les faisait marcher d'un bon pas, et ils arrivèrent bientôt à un portail similaire à celui qu'Ezio avait ouvert à l'ouest de la ville. Elle sortit une clé et déverrouilla la porte.

— Je suis impressionné, dit Ezio.

— À raison. Dis-leur à Kostantiniyye qu'ils peuvent être rassurés sur la qualité de notre travail ici.

La lumière du soleil qui se déversait par la porte fit plisser les yeux à Ezio. Comparée à la pénombre de la ville souterraine, elle était aveuglante. Il discerna une route qui menait vers le sud, le lugubre petit village de Nadarim, niché sur son chemin.

— Ton cheval est sellé, nourri et abreuvé de frais dans l'écurie là-bas. Tu trouveras à boire et à manger dans tes fontes. Tu peux aller le chercher sans danger. Les habitants ont été libérés de leurs oppresseurs. Ils ont déjà commencé à passer les murs à la chaux. Allah sait que le village en avait besoin, dit Dilara avec un air de triomphe. Mais pars maintenant. Ahmet apprendra bientôt ce qui s'est passé. Il n'osera pas revenir ici lui-même, bien sûr, mais il enverra ses gens contre toi.

— Combien lui en reste-t-il ?

Dilara sourit, très légèrement, mais visiblement.

— Va-t'en. Tu devrais pouvoir atteindre Niğde à la fin de la semaine. Tu seras de retour à Mersin pour la pleine lune si personne ne te bloque la route.

— En avance sur le programme.

— Félicitations.

— Et toi ?

— Nous n'en avons pas fini ici. De toute façon, nous n'agissons pas sans un ordre direct de Kostantiniyye. Tu passeras mon bonjour à Tarik.

Ezio garda un silence lugubre pendant un moment. Puis, il dit :

— Je transmettrai à la Sublime Porte, le siège du parlement ottoman, à quel point ils te sont redevables.

— D'accord. Et maintenant, je dois retrouver mes hommes et les réorganiser. Ton petit feu d'artifice a saccagé notre quartier général, entre autres.

Ezio avait encore quelque chose à dire, mais elle était déjà partie.

CHAPITRE 66

Fort heureusement, le voyage de retour fut rapide et sans histoire.

—Tu es en avance, dit Piri Reis quand Ezio apparut au pied de la passerelle du boutre rouge.

—Et c'est une bonne chose. Nous devons retourner à Kostantiniyye aussi vite que possible.

—As-tu la cinquième clé ?

Ezio sourit en posant la main sur sa sacoche.

—Bien, dit Piri en retrouvant sa bonne humeur. Et Manuel ?

—Nous n'avons plus à nous préoccuper de lui.

—De mieux en mieux. Tu vas finir *sövalye* si tu continues ainsi.

—La bataille est loin d'être terminée. Nous devons nous presser.

—Il nous faut des provisions, et la marée doit être favorable pour partir. Mais nous pouvons nous occuper des premières en attendant la seconde. (Piri se tourna vers le quartier-maître qui venait de les rejoindre, et lui transmit des ordres laconiques.) Il va également falloir rassembler l'équipage. Nous ne nous attendions pas à ce que tu achèves aussi vite ta tâche à Derinkuyu.

—J'ai eu la chance de bénéficier d'une assistance exceptionnelle.

—J'ai entendu parler du chef des espions nommé là-bas par la Sublime Porte. Sa réputation la précède, dit Piri.

— Alors, je dois des remerciements au gouvernement ottoman.

— Sous le règne de Bayezid, la Sublime Porte est devenue une administration modèle. Il est heureux qu'elle soit toujours aussi efficace malgré les dissensions dans la famille royale.

— En parlant d'eux, je pense qu'il faut garder un œil sur Ahmet, dit calmement Ezio. Je lui ai découvert des amis fort peu recommandables.

— Les Assassins ne devraient pas se mêler des affaires ottomanes.

— Les amis en question font que ces affaires deviennent les nôtres.

Piri leva un sourcil, mais il ne dit rien de plus sur le sujet.

— Ta cabine est prête, dit-il. Tu souhaites sans doute te reposer avant le départ.

Une fois seul, Ezio se délesta de son équipement, puis nettoya et aiguisa ses armes. Quand tout fut près, il s'assura que la porte était bien fermée, sortit la cinquième clé, la plaça sur la table pliante et s'assit devant elle. Il était curieux de voir si elle se comporterait de la même façon que les autres. Il devait savoir ce qu'elle pouvait lui apprendre de plus sur Altaïr, d'autant qu'il n'avait aucun moyen de déterminer si elle avait procuré une révélation mystique aux Templiers qui l'avaient découverte avant lui. Quelles connaissances avait-elle pu leur transmettre ? À moins qu'elle ne dispose d'un moyen de savoir quand parler, pour ainsi dire, et quand se taire ?

Son esprit était également troublé par Sofia, et il avait hâte d'être de retour à Constantinople pour s'assurer de la sécurité des quatre autres clés. Mais il devait être patient, puisqu'il était à la merci de la mer et du vent.

La clé ressemblait aux autres, même diamètre, mêmes proportions, mêmes symboles étranges et mystérieux gravés en sillons précis mais inintelligibles. Il se prépara mentalement, puis tendit la main pour la toucher. La clé ne le déçut pas. Rapidement, la lumière tamisée de la cabine sembla s'assombrir, tandis que la lueur émanant du disque d'obsidienne brillait de plus en plus fortement…

CHAPITRE 67

A lors qu'il entrait dans la scène, se fondant avec elle tout en restant distant, Ezio sut que dix années de plus s'étaient écoulées depuis sa dernière visite à Masyaf. Il observa et se perdit dans les événements qui se déroulaient sous ses yeux…

Les hommes étaient debout dans la cour intérieure de Masyaf, à l'abri de la lumière du soleil sous les grandes branches d'un vieux cannelier.

Il y avait là Altaïr, la peau parcheminée et la silhouette maigre tellement bien enveloppée dans ses vêtements que l'on ne voyait que son visage et ses longues mains pâles, et deux Vénitiens costauds d'une trentaine d'années. Le plus âgé des deux portait un timbre sur sa manche : un bouclier bleu orné, en jaune, d'une cruche surmontée d'un chevron et de trois étoiles à cinq branches en ligne, le tout sous un heaume argenté. À l'écart, de nombreux Assassins se préparaient à la bataille.

Le mentor toucha la manche de l'homme dans un geste familier et amical. Il bougeait avec la précision et l'application caractéristiques des personnes très âgées, mais sans la faiblesse que l'on aurait pu attendre chez un homme de quatre-vingt-onze printemps, surtout après toutes les épreuves qu'il avait vécues.

— Niccolò, dit Altaïr, la famille Polo, toi et ton frère ici présent, est chère à nos cœurs depuis longtemps, même si le temps que nous avons passé ensemble a été trop court, et j'en suis désolé. Mais j'ai confiance que ce Codex, que je vous confie, répondra aux questions que vous vous poserez.

Altaïr fit signe à un assistant, qui s'approcha pour remettre un ouvrage relié en cuir entre les mains de Niccolò Polo.

— Altaïr, dit l'Italien, c'est un cadeau… inestimable. *Grazie.*

Altaïr hocha la tête, et l'assistant lui tendit un petit sac.

— Alors, dit-il en se tournant vers le frère aîné, maintenant où iras-tu ?

— Maffeo et moi retournons à Constantinople. Nous allons y établir une guilde avant de rentrer à Venise.

Altaïr sourit.

— Ton fils Marco sera ravi d'entendre le récit des aventures de son père.

— Il n'a que trois ans, il est encore un peu jeune pour de tels récits. Mais un jour prochain, oui.

Ils furent interrompus par l'arrivée de Darim, qui traversait la porte intérieure en courant.

— Père ! Une faction mongole d'Hulagu a percé nos défenses. Le village est pris d'assaut !

— Si vite ? (Altaïr se raidit. Il parla d'un ton plus urgent.) Niccolò, ta cargaison et tes provisions t'attendent près des portes du village. Nous allons t'y escorter. Ensuite, vous devrez partir sans attendre.

— Merci, mentor.

Altaïr se tourna vers deux Assassins qui s'étaient détachés du groupe principal, maintenant tous prêts au combat et chevauchant hors de la forteresse.

— Parez les catapultes, ordonna-t-il, et attendez mon signal.

Ils acquiescèrent, puis partirent en courant.

— Restez avec moi, recommanda Altaïr aux deux frères Polo.

— Nous devons partir immédiatement pour le village, père, dit Darim. Je pense que tu devrais rester avec Niccolò et Maffeo. Je vais t'ouvrir le chemin.

— Prends garde à toi, Darim. Et fais attention aux trébuchets.

Altaïr regarda dans la direction des armes de siège imposantes que leurs servants étaient en train de mettre en place.

— S'ils me touchent, ils emporteront une douzaine de Mongols avec moi, dit Darim en souriant.

— Le khan Hulagu n'est pas un ennemi à prendre à la légère.

— Nous sommes prêts à l'affronter.

Altaïr se tourna vers ses invités.

— Venez, dit-il.

Après s'être mis en selle sur les chevaux que l'on avait préparés à leur intention, ils sortirent de la forteresse à une allure raisonnable, sur une route évitant le gros de la bataille qui se déroulait maintenant sur les pentes des collines proches.

— Allez-vous réussir à les retenir ? demanda Niccolò sans parvenir à cacher sa nervosité.

— Aussi longtemps que nécessaire, le rassura Altaïr avec calme. J'envie votre voyage. Byzantium est une cité splendide.

Niccolò s'efforça de sourire, parfaitement conscient du danger auquel ils s'exposaient, même si Altaïr le minimisait. Mais il s'était déjà trouvé dans des situations délicates : il savait qu'Altaïr voulait le tranquilliser. Il joua le jeu.

— Je vois que vous optez pour l'ancien nom. Avez-vous déjà visité la ville ?

— Il y a longtemps. Quand vous autres, les Vénitiens, avez détourné les croisés francs pour l'attaquer plutôt que Jérusalem.

— Constantinople était alors le plus grand rival commercial de Venise. C'était un coup d'éclat.

— Qui a ouvert l'Europe à l'Orient de plus d'une façon.

— Les Mongols n'arriveront jamais jusque-là, dit Niccolò, mais sans conviction.

Altaïr ne releva pas. Il poursuivit plutôt :

— Ce petit conflit en 1204 m'a empêché d'amener le Credo en Europe.

— Eh bien, avec de la chance et de la patience, je pense que nous pourrons terminer ce que vous avez commencé.

— Si vous avez l'occasion d'y monter, on a une vue splendide de la cité depuis le toit de Sainte-Sophie.

— Comment y accède-t-on ?

— Avec de l'entraînement et de la patience. (Il s'interrompit.) Je suppose qu'une fois sortis d'ici, vous ne prendrez pas la route terrestre ? Que vous naviguerez jusqu'à Byzantium ?

— Oui. Nous irons à Latakia à cheval, où nous prendrons un bateau. Les routes d'Anatolie sont obscurcies par les souvenirs des croisades.

— Ah, dit Altaïr. Les passions les plus graves sont aussi les plus mortelles.

— N'hésitez pas à venir nous rendre visite, Altaïr. Nous aurons largement la place de vous accueillir vous et votre entourage.

— Non merci, Niccolò, dit Altaïr. Ce pays n'est pas pour de vieux hommes. Je vais rester ici, puisqu'il le faut, maintenant.

— Bien, mais si vous changez d'avis, notre porte sera toujours ouverte.

Altaïr tourna son attention vers la bataille. Les trébuchets étaient entrés en lice, et les pierres qu'ils projetaient semaient la panique dans les rangs mongols.

Un cavalier se détacha du corps principal des Assassins et se dirigea vers eux au galop. C'était Darim.

— Nous allons faire une pause au village, lui dit Altaïr quand il fut assez près. Vous semblez tenir l'ennemi en échec.

— Mais pour combien de temps, père ?

— Tu as toute ma confiance. Après tout, tu n'es plus un enfant.

— J'ai soixante-deux ans.

— Tu me donnes l'impression d'être un vieillard, plaisanta Altaïr.

Mais Darim voyait bien la pâleur sur ses joues. Il réalisa à quel point son père était épuisé.

— Bien sûr, nous allons nous reposer, et dire au revoir à nos amis.

Ils chevauchèrent jusqu'aux écuries, où les frères Polo s'empressèrent de transférer leurs affaires sur les chevaux de bât qu'on leur fournissait, avec deux montures fraîches pour leur voyage à l'ouest, vers la côte. Altaïr, ayant enfin l'occasion de se reposer, s'affaissa légèrement, et s'appuya contre Darim.

— Père… Tu es blessé ?

Darim l'escorta jusqu'à un banc sous un arbre.

— Donne-moi un moment, haleta Altaïr.

Refusant de céder à la douleur, il s'assit et inspira, le regard braqué sur le château. Un vieil homme, se dit-il, n'est qu'une chose dérisoire, comme un manteau usé sur une patère, mais, au moins, son âme avait chanté et claqué des mains.

— Ah. La fin d'une époque…, murmura-t-il.

Il regarda son fils, et sourit. Il prit le sac que son assistant lui avait apporté plus tôt et en sortit le contenu. Cinq disques en obsidienne, délicatement gravés. Il en fit une pile bien droite.

— Dans mon jeune âge, dit-il, j'étais assez naïf pour croire que notre Ordre mettrait enfin un terme à tous ces conflits. (Il s'interrompit.) Si seulement j'avais eu l'humilité de comprendre que j'en avais assez vu pour une vie. Que j'avais fait ma part. (Il se releva avec difficulté.) Pourtant, il n'est de combat plus glorieux que celui pour la vérité.

Il regardait le village et, au-delà, le champ de bataille.

Niccolò s'approcha.

— Nous sommes prêts, dit-il.

— Une dernière requête, Niccolò, dit Altaïr en lui donnant les disques. Prends-les avec toi et mets-les en lieu sûr. Cache-les, si nécessaire.

Niccolò le regarda avec un air curieux.

— Des artefacts ?

— En quelque sorte. Ce sont des clés, chacune abrite un message.

Niccolò inspecta l'une d'elles. Il était perplexe.

— Un message… pour qui ?

Altaïr prit la clé dans la main.

— J'aimerais bien le savoir.

Alors qu'il levait la clé au-dessus de sa tête, elle se mit à luire. Fermant les yeux, il se plongea dans ses pensées.

Chapitre 68

Ezio revint à lui dans sa cabine, à nouveau plongée dans une clarté apaisante, sentant le bois de cèdre. De la poussière en suspension flottait dans la lumière du soleil qui passait par le hublot. On entendit des bruits de pas sur le pont, les cris des matelots et les craquements des vergues tandis que l'on levait les voiles.

Ils partaient.

En mer, ils croisèrent la voile d'un pirate barbaresque, et Ezio et Piri repensèrent à leur vieil ami, al-Scarab. Mais le vaisseau pirate garda ses distances et ne les attaqua pas. Durant la majeure partie des quinze jours de leur voyage, ils furent seuls sur les eaux sombres, à l'exception de bancs de maquereaux. Ezio passa son temps à essayer de décoder les symboles sur la clé, en vain. Il aurait aimé que Sofia soit là pour l'aider, s'inquiétait pour sa sécurité, toujours plus impatient d'arriver à destination.

Mais enfin, le jour se leva où apparurent à l'horizon les dômes, les tours coiffées de nuages, les murailles, les clochers et les minarets de Constantinople.

— Nous serons là-bas en milieu d'après-midi, dit Piri Reis.

— Le plus tôt sera le mieux.

Le port était toujours aussi bondé, même en ce jour de chaleur humide et oppressante, à l'heure de la sieste qui plus est. La foule était particulièrement dense autour d'un héraut, debout sur un podium à un bout du quai principal. Il était accompagné d'une escouade de janissaires, reconnaissables à leurs amples robes blanches. Pendant que l'on déchargeait le boutre rouge, Ezio s'approcha pour entendre ce que l'homme avait à dire.

— Citoyens de l'Empire et voyageurs des terres lointaines, écoutez! Par ordre des janissaires, de nouvelles restrictions s'appliquent à tous ceux qui entrent ou sortent de la ville. Je vous informe par la présente qu'une récompense de 10 000 *akçe* sera offerte à toute personne en mesure de fournir des informations menant à l'arrestation immédiate de l'Assassin Ezio Auditore.

Ezio jeta un œil à Piri, qui vint vers lui discrètement.

— Tu ferais mieux de partir d'ici, dit-il. As-tu la clé avec toi?

— Oui.

— Alors prends tes armes et pars. Je m'occupe du reste de ton équipement.

Hochant la tête en guise de remerciement, Ezio se faufila hors de la foule et dans la ville.

Il se rendit au magasin de Sofia par un chemin indirect, vérifiant régulièrement qu'il n'était pas suivi et qu'on ne l'avait pas reconnu. Une fois proche, il se sentit à la fois soulagé et heureux d'avance. Mais en tournant dans sa rue, il s'arrêta brusquement. La porte de la librairie était grande ouverte, des curieux s'étaient assemblés non loin et un groupe des Assassins de Yusuf, dont Dogan et Kasim, montait la garde.

Ezio se précipita vers eux, la gorge sèche.

— Que se passe-t-il? demanda-t-il à Kasim.

— À l'intérieur, répondit laconiquement celui-ci.

Ezio vit qu'il avait les larmes aux yeux.

L'échoppe n'avait pas changé depuis son dernier passage, mais le sang d'Ezio se figea lorsqu'il vit ce qui l'attendait dans la cour intérieure.

Sur le banc, allongé sur le ventre, la garde d'une dague dépassant de ses omoplates, gisait Yusuf.

— La dague tenait une note, dit Dogan qui l'avait suivi. Elle t'est destinée. La voilà.

Il tendit à Ezio une feuille de parchemin tachée de sang.

— L'as-tu lue ?

Dogan hocha la tête.

— De quand cela date-t-il ?

— Aujourd'hui. Cela ne peut pas être plus vieux, les mouches ne sont pas encore là.

Ezio, entre la rage et les larmes, tira la dague du dos de Yusuf. Aucun sang frais ne coula de la blessure.

— Tu as mérité le repos, frère, dit-il doucement. *Requiescat in pace.*

Puis il déplia la feuille. Le message provenait d'Ahmet. Il était court, mais son contenu fit bouillir le sang d'Ezio.

D'autres Assassins étaient entrés dans la cour. Ezio les fixa tous, un par un.

— Où est Sofia ? demanda-t-il les mâchoires serrées.

— Nous ne savons pas où il l'a emmenée.

— Quelqu'un d'autre a-t-il disparu ?

— Nous ne trouvons plus Azize.

— Mes frères. Mes sœurs. Il semble qu'Ahmet souhaite lever toute la ville contre nous, alors que le meurtrier de Yusuf nous nargue depuis l'Arsenal. Combattez avec moi et montrez-lui ce qu'il en coûte d'affronter les Assassins !

Chapitre 69

Sans perdre de temps, ils partirent ensemble pour l'Arsenal où ils supprimèrent diligemment et violemment les gardes janissaires loyaux à Ahmet. Celui-ci ne devait pas s'attendre à une attaque par surprise aussi soudaine, à moins qu'il n'ait sous-estimé la fureur et la force des Assassins dont le pouvoir avait cru régulièrement sous l'autorité de Yusuf. Ou peut-être pensait-il avoir encore un atout dans sa manche, puisqu'il ne parut pas inquiet quand les Assassins arrivèrent jusqu'à lui.

Emporté par sa rage, Ezio parvint à grand-peine à se retenir de tuer le prince ottoman, l'ayant projeté sur le sol et le tenant par la gorge. Mais au dernier moment, il planta sa lame secrète dans le carrelage, à quelques centimètres de la tête d'Ahmet. Sans lui, il n'aurait plus aucun moyen de secourir Sofia. La note l'expliquait clairement. Mais pendant un instant, la fureur avait faussé son jugement.

Son visage était si près du prince qu'Ezio sentait le parfum de violette de son haleine. Ahmet soutint avec calme son regard furibond.

— Où est-elle ? demanda sèchement Ezio.

Ahmet poussa un rire bref.

— Quelle fureur ! dit-il.

— Où… est-elle ?!

— Mon cher Ezio, si tu te considères en position de négocier, tue-moi qu'on en finisse !

D'abord, Ezio ne lâcha pas prise, il ne rétracta pas sa lame secrète. Mais quelques secondes plus tard, il entendit raison et se releva, tendant son poignet de façon que la lame rentre dans son harnais.

Ahmet s'assit, se frotta le coup, mais resta là où il était, le sourire toujours aux lèvres. C'était comme si le prince se plaisait à ce petit jeu, pensa Ezio, avec un mélange de frustration et de mépris.

—Comme il est triste d'en arriver là, dit Ahmet. Nous devrions être amis au lieu d'en découdre pour les clés d'une bibliothèque. (Ahmet se releva et s'épousseta.) Nous avons le même but, Ezio. Seules nos méthodes diffèrent. Ne le vois-tu pas? (Il s'arrêta. Ezio devinait ce qui allait suivre. Il avait entendu trop souvent des Templiers rationaliser leurs ambitions dictatoriales.) La paix. La stabilité. Un monde où les hommes vivent sans peur. Les gens veulent la vérité, oui, mais quand ils la détiennent, ils ferment les yeux. Comment combattre une telle ignorance?

La voix du prince se faisait véhémente. Ezio se demanda s'il croyait vraiment à ses propres artifices. Il contra:

—La liberté n'est jamais facile, *principe*. Mais elle n'a pas de prix.

Et il pensa: *La tyrannie est toujours plus organisée que la liberté.*

—Bien sûr, répondit sèchement Ahmet. Et quand tout s'écroulera, quand la civilisation mourra, Ezio Auditore régnera sur les ténèbres en annonçant fièrement: «Je suis resté fidèle à mon Credo!». (Ahmet se détourna, retrouvant son calme.) J'entrerai dans cette bibliothèque et je trouverai le Grand Temple. Et grâce au pouvoir qu'il contient, je détruirai les superstitions qui divisent les hommes.

—Pas dans cette vie, Ahmet, répondit catégoriquement Ezio.

Avec un grognement d'impatience, Ahmet se prépara à partir. Ezio ne fit rien pour l'en empêcher. À la porte, le prince se retourna vers lui.

—Quand tu seras prêt, apporte les clés à la tour de Galata, dit-il. Obéis et Sofia sera épargnée. (Il hésita.) Et ne tarde pas, Ezio. L'armée de mon frère sera bientôt là. Après ça, tout sera différent. Je dois être prêt.

Là-dessus, Ahmet sortit. Ezio le regarda s'éloigner, faisant signe à ses hommes de ne pas l'arrêter.

Ses pensées furent interrompues par un raclement de gorge poli derrière lui. Se retournant, il vit le prince Suleiman debout devant lui.

—Depuis quand étais-tu ici? demanda-t-il.

—Assez longtemps. Derrière cette tapisserie d'Arras. J'ai surpris votre conversation. Mais, à vrai dire, j'ai fait suivre Ahmet depuis qu'il est revenu de son petit voyage à l'étranger. En fait, je le tiens à l'œil depuis qu'il a essayé de me faire tuer, une tentative que tu as fort brillamment déjouée à l'aide de ton luth. (Il fit une pause.) Mais jamais je ne m'attendais… à cela.

—Et toi, qu'en penses-tu?

Suleiman réfléchit un moment avant de répondre. Puis il soupira et dit:

—C'est un homme sincère. Mais les Templiers sont dangereux. Leurs croyances s'opposent à notre réalité. (Il s'interrompit.) Écoute, Ezio. Je n'ai pas vécu longtemps, mais je sais que le monde est une tapisserie de formes et de couleurs. Un bon souverain s'en réjouirait, au lieu de la détruire.

—Il craint le désordre que provoque la différence.

—C'est la raison d'être de nos lois, un vrai code qui s'applique à tous de façon impartiale.

Leur conversation fut interrompue par l'arrivée d'une patrouille de gardes janissaires que les Assassins à l'extérieur avaient laissé passer, puisque la troupe était loyale à Suleiman. Mais quand leur lieutenant vit Ezio, il dégaina son cimeterre.

— Prince, éloignez-vous ! dit l'officier, bien décidé à arrêter Ezio.

— Arrière, soldat, dit Suleiman. Cet homme n'est pas un ennemi.

Le lieutenant hésita un instant, puis ordonna à ses hommes de sortir en murmurant une excuse.

Suleiman et Ezio échangèrent un sourire.

— Les choses ont bien changé depuis notre premier voyage, dit Suleiman.

— Avoir un fils comme toi aurait été un réel honneur.

— Tu n'es pas encore mort, mon vieil ami. Peut-être auras-tu un jour un fils digne de toi. (Suleiman s'éloigna, mais une pensée le frappa.) Ezio, je sais que cela te sera difficile, mais… épargne mon oncle, si tu le peux.

— Ton père le ferait ?

Suleiman n'hésita pas.

— Je n'y avais pas pensé, mais… non.

CHAPITRE 70

E zio se rendit au quartier général des Assassins d'Istanbul au pas de course. Là, il prit les quatre clés qu'il avait déjà trouvées et y ajouta celle qu'il avait prise à Manuel à Derinkuyu. Il les emballa soigneusement dans une sacoche qu'il passa en bandoulière. Il attacha sa lame-crochet à son poignet droit et son pistolet au gauche. Puis, au cas où il doive s'évader en urgence du sommet de la tour, il mit le parachute de Leonardo dans un sac à dos.

Mais avant de partir pour la tour, il avait un devoir à accomplir. Il passa au cimetière de Galata, où le corps de Yusuf avait déjà été amené pour y être enterré.

Il fut accueilli par Dogan, le nouveau capitaine des Assassins d'Istanbul.

—Mentor.

—Mentor, dit également Irini, se levant à son tour pour le saluer.

Ezio s'adressa brièvement à eux, debout à côté du cercueil.

—Nous devrions vouer ces instants au souvenir et au deuil… mais nos ennemis ne nous accordent pas ce luxe. (Il se tourna vers Dogan.) Yusuf te tenait en haute estime, Assassin. Je n'ai aucune raison de désavouer son jugement. Auras-tu le courage de mener ces hommes et ces femmes et de préserver la dignité de notre Ordre ainsi que Yusuf s'y employait ?

—Ce serait un honneur, répondit Dogan.

—Et ce sera toujours un honneur de servir notre cause et de porter le Credo, ajouta Evraniki, qui se tenait à côté de lui.

— *Bene*, dit Ezio. J'en suis heureux. (Il recula d'un pas pour observer les bâtiments qui entouraient le cimetière et, derrière eux, la tour de Galata.) Notre ennemi approche, poursuivit-il. Quand les obsèques seront terminées, déployez-vous autour de la tour. Puis attendez mes ordres.

Il s'éloigna rapidement. Plus tôt Sofia serait en sécurité, mieux ce serait.

Il trouva Ahmet, flanqué d'un seul garde, sur un rempart au pied de la tour.

— Où est-elle ? demanda-t-il.

Sans se départir de son agaçant sourire, Ahmet répondit :

— Je t'admire, Ezio. Mais ta soif de sang rend toute amitié difficile.

— Soif de sang ? Quel étrange reproche venant de celui qui voulait la mort de son neveu.

Ahmet perdit quelque peu son sang-froid.

— On devait seulement l'enlever, Ezio, pas le tuer.

— Je vois. Enlevé par les Byzantins afin que son oncle puisse le sauver et devenir un héros ?

Ahmet secoua les épaules.

— Bonne déduction. (Il fit un signe de la tête. Aussitôt, une demi-douzaine de soldats templiers apparurent de nulle part et encerclèrent Ezio.) Bien… les clés.

Il tendit la main.

Mais Ezio émit lui aussi un signal. Derrière le demi-cercle de Templiers, un plus grand nombre d'Assassins se matérialisèrent, cimeterre à la main.

— D'abord Sofia, dit Ezio froidement.

Ahmet gloussa.

— Elle est toute à toi.

Il tendit le doigt vers le ciel. En levant la tête, Ezio vit une femme debout à côté d'un garde prêt à la jeter dans le vide. La femme portait une robe verte, mais sa tête était couverte par un sac en toile de jute. Elle avait les chevilles et les poignets attachés.

— Sofia! souffla involontairement Ezio.

— Dis à tes hommes de reculer! s'écria Ahmet.

Rageur, Ezio fit signe aux Assassins d'obtempérer. Puis il lança à Ahmet la sacoche contenant les clés. L'homme la saisit adroitement au vol et vérifia son contenu. Puis il sourit.

— Va la sauver.

Là-dessus, il disparut du rempart, suivi de ses hommes. Il monta dans un carrosse qui traversa la ville à toute allure en direction de la porte nord.

Ezio n'avait pas le temps de le regarder partir. Il prit son élan, bondit sur la tour et commença son escalade. L'angoisse et la colère décuplant sa vitesse, quelques instants plus tard, il franchissait le parapet à côté de la femme. Le garde battit en retraite vers l'escalier. Ezio sauta en avant, agrippa la femme et l'éloigna du bord de la tour. Il arracha le sac de sa tête.

C'était Azize!

On l'avait bâillonnée pour l'empêcher d'avertir son mentor. Ezio déchira le foulard qui lui bloquait la bouche.

— *Tesekkür, mentor. Chok tesekkür ederim!* haleta-t-elle.

Le garde ricana et descendit l'escalier quatre à quatre. Une triste réception l'attendait au rez-de-chaussée.

Ezio était en train de libérer Azize de ses liens lorsqu'elle poussa un cri. En se tournant, il vit qu'une potence temporaire avait été dressée sur une autre fortification non loin de là. Sofia se trouvait sous l'échafaud, debout sur un tabouret et une corde autour du cou. Sous ses yeux, un soldat byzantin resserra le nœud de ses mains rêches.

Ezio évalua la distance entre le sommet de la tour de Galata et la fortification qu'il devait atteindre. Laissant Azize finir de se libérer seule, il retira son sac à dos et assembla en hâte le parachute. Quelques secondes plus tard, il volait dans les airs, se guidant de son mieux vers l'échafaud où les Byzantins avaient éjecté le tabouret d'un coup de pied. Toujours en l'air, Ezio libéra sa lame-crochet et s'en servit pour trancher la corde quelques centimètres au-dessus de la tête de Sofia. Il atterrit un instant plus tard et saisit son corps chancelant entre ses bras.

Marmonnant des insultes, les gardes se retirèrent. Des Assassins couraient dans les rues entre la tour et cette fortification, mais Ezio vit que des Byzantins venaient à leur rencontre pour bloquer leur approche. Il allait devoir agir seul.

D'abord, il se tourna vers Sofia et dénoua fiévreusement la corde autour de son cou, tout en sentant sa poitrine se soulever contre la sienne.

— Tu es blessée ? demanda-t-il avec inquiétude.

Elle toussa, s'étrangla, reprit son souffle.

— Non... Je n'ai rien. Mais je ne comprends pas...

— Je ne voulais pas te mêler à ça. Je suis navré.

— Tu n'es pas responsable des actes que d'autres commettent, dit-elle d'une voix encore rauque.

Il lui laissa un moment pour récupérer, puis la regarda. Qu'elle puisse être aussi rationnelle dans des conditions pareilles... !

— Tout sera bientôt terminé. Mais je dois récupérer ce qu'ils ont volé.

— Peux-tu m'expliquer ce qui arrive, Ezio ? Qui sont ces hommes ?

Elle fut interrompue par un coup de canon. Un instant plus tard, la fortification trembla sous l'impact d'un boulet de neuf kilos. Sofia fut projetée au sol, au milieu des morceaux de maçonnerie brisés.

Ezio l'aida à se relever, tout en inspectant la zone en dessous d'eux. Son regard fut attiré par un carrosse vide gardé par deux soldats ottomans qui s'étaient mis à l'abri dès le premier coup de canon.

Il estima à nouveau la distance. Le parachute allait-il supporter son poids à elle en plus du sien ? Il devait prendre le risque.

— Cours ! dit-il en la serrant solidement dans ses bras.

Et il sauta.

Pendant quelques secondes terrifiantes, ils crurent qu'ils allaient s'empaler sur les créneaux, mais ils passèrent juste au-dessus... puis tombèrent très rapidement. Mais assez lentement pour atterrir sans encombre près du carrosse. Ezio plia sommairement le parachute et le fourra dans son sac à dos, sans prendre la peine de le détacher. Ils se précipitèrent vers l'attelage. Ezio lança Sofia à la place du chauffeur, donna une claque sur le flanc du cheval et sauta à son tour. Il prit les rênes et s'élança à toute vitesse, les gardes ottomans criant vainement pour qu'il s'arrête tout en les poursuivant à pied.

Ezio les conduisit à travers le quartier Galata, vers le nord. Hors de la ville.

CHAPITRE 71

Ils n'avaient pas quitté Constantinople depuis longtemps quand, comme il l'avait espéré, ils repérèrent le carrosse d'Ahmet qui fonçait à toute allure sur la route devant eux.

—Est-ce lui que tu poursuis ? demanda Sofia à bout de souffle.

Ezio se pencha en avant sur les rênes.

—C'est lui. Nous gagnons sur eux ! Accroche-toi !

Ahmet les avait repérés lui aussi. Il se pencha à sa fenêtre et cria :

—Vous voilà ! Vous venez me faire vos adieux !

Les deux hommes postés sur le banc arrière se retournèrent, cherchant leur équilibre tout en pointant leurs arbalètes sur Ezio et Sofia.

—Abattez-les ! ordonna Ahmet. Maintenant !

Mais Ezio pressa ses chevaux et remonta bientôt au niveau de l'attelage d'Ahmet. En réponse, son cocher fit une embardée pour percuter son poursuivant. Aucun des deux véhicules ne chavira, mais Ezio et Sofia furent brutalement projetés sur le côté. Sofia parvint à s'accrocher au bord du siège. Quant à Ezio, il passa par-dessus bord et eut tout juste le temps de saisir une corde destinée aux bagages fixés sur le toit du carrosse. Il heurta la route, puis fut traîné derrière son propre véhicule, maintenant hors de contrôle, même si Sofia avait repris les rênes et s'efforçait de calmer les chevaux lancés dans un galop frénétique.

Cela devient une habitude, pensa Ezio tristement en tentant de remonter la corde. Mais le carrosse tourna et il fut envoyé violemment hors piste, évitant de peu un arbre noueux. Il ne lâcha pas la corde pour autant, tout en réalisant qu'il n'avait aucune chance de remonter à bord à cette vitesse. Serrant les dents et s'accrochant à une main, il plongea l'autre dans son sac à dos et en tira le parachute. La force de l'air l'ouvrit, et les fixations qui l'attachaient à son sac tinrent bon.

Ezio lui-même se sentit soulevé, volant derrière le carrosse, qui était à nouveau derrière celui d'Ahmet, qui gagnait en vitesse. Heureusement, Ezio pouvait maintenant manœuvrer plus facilement le long de la corde, même s'il devait pour cela lutter contre la force du vent. Enfin, quand il fut assez près, il dégaina sa lame-crochet, coupa les lanières du parachute et atterrit bruyamment sur le siège à côté de Sofia.

—Décidément, Jésus te sourit, dit-elle.

—Tu as repris le contrôle des chevaux. Peu de gens en auraient été capables, répondit Ezio en reprenant son souffle. Jésus doit aussi te sourire. (Il remarqua le sang sur sa robe.) Es-tu blessée ?

—Une égratignure. Je me suis cognée contre le bord du siège.

—Tiens bon !

—Je fais de mon mieux !

—Veux-tu que je prenne les rênes ?

—Je n'ose pas les lâcher !

Ils rattrapaient de nouveau Ahmet.

—Ta détermination serait charmante, si elle n'était pas aussi exaspérante, lui cria-t-il.

À l'évidence, les périls de la poursuite ne lui avaient pas fait perdre son sens singulier de la politesse.

Ils arrivaient en vue d'un village où un peloton de soldats ottomans contrôlait le passage vers la cité. Une barrière avait été disposée en travers de la route, mais elle était actuellement relevée.

—Arrêtez-les! rugit Ahmet tandis que son carrosse passait à côté des soldats ahuris. Ils veulent assassiner votre prince!

Alors que les soldats se hâtaient de baisser la barrière, Sofia chargea et les força à s'éparpiller tels des poulets face à un renard.

—Désolé! cria-t-elle avant de renverser toute une rangée d'étals dans la rue principale. Oh, je m'excuse!

—Sofia, tu dois être plus prudente, dit Ezio.

—Garde-toi de tout commentaire sur la conduite des femmes! lâcha-t-elle.

Juste à ce moment, leur carrosse percuta l'un des deux mâts qui soutenaient une bannière dans la largeur de la rue, la faisant tomber sur la tête des villageois furieux qui se rassemblaient derrière eux.

—Que fais-tu? demanda Ezio qui pâlissait.

—Que penses-tu que je sois en train de faire? Je m'évertue à suivre sa trace!

Pendant ce temps, le cocher d'Ahmet avait gagné du terrain, son carrosse bondissant hors du village sous les exhortations de son propriétaire. Jetant un coup d'œil en arrière, Ezio vit une patrouille de cavalerie à leur poursuite. Les arbalétriers à l'arrière de l'attelage du prince s'apprêtaient à tirer de nouveau. Cette fois, rien ne leur fit obstacle. Un carreau frôla l'épaule de Sofia.

—*Aïe*! cria-t-elle. Ezio!

—Accroche-toi!

Il passa un doigt sur la coupure superficielle. Sa peau était si douce… Malgré tout ce qui se passait autour d'eux, il sentit un picotement au bout de son doigt. Un picotement qu'il n'avait ressenti qu'une seule fois auparavant, lors d'une expérience que lui avait montrée Leonardo, quand son ami s'intéressait à ce qu'il appelait « l'électricité ».

—Ce n'est qu'une écorchure, rien de grave.

—Une écorchure de trop! J'aurais pu être tuée! Dans quoi m'as-tu entraînée?

—Ce n'est pas maintenant que je vais te l'expliquer!

—Évidemment, encore une excuse!

Ezio pivota sur son siège pour examiner les soldats qui chevauchaient derrière eux.

—Débarrasse-toi d'eux! l'implora Sofia.

Il dégaina son pistolet, le vérifia, et visa soigneusement le cavalier de tête, malgré les secousses et les ruades du carrosse. C'était maintenant ou jamais. Il prit une profonde inspiration, puis tira.

L'homme jeta les bras en l'air, perdant le contrôle de son cheval, qui fit une embardée, bloquant la route aux autres cavaliers. Un chaos agité s'en suivit, les chevaux trébuchant les uns sur les autres, emportant avec eux leurs cavaliers. Ceux qui arrivaient derrière ne purent tourner à temps et s'ajoutèrent à la mêlée. La poursuite s'arrêta d'un coup dans un vacarme de cris de soldats et de gémissements de bêtes.

—Ravie que tu te sois enfin rendu utile! dit Sofia tandis qu'ils laissaient la confusion derrière eux.

Mais devant eux, la route menait à présent à travers une gorge étroite, deux falaises s'élevant de chaque côté. Le carrosse d'Ahmet venait de passer entre elles. Mais leur propre véhicule était plus large.

—Trop étroit! souffla Ezio.

—Accroche-toi! dit Sofia en faisant claquer les rênes.

Ils foncèrent dans la gorge à toute vitesse. Les arêtes des rochers filaient à quelques centimètres de l'épaule d'Ezio.

Puis, ils furent de l'autre côté.

—Ouf! pantela Ezio.

Sofia lui lança un sourire triomphant.

Ils étaient maintenant assez près pour entendre Ahmet injurier ses arbalétriers qui avaient réussi à recharger leur arme et à tirer, mais avaient complètement manqué leurs cibles.

— Mioches incompétents! braillait-il. Qu'est-ce que c'était que ça? Où avez-vous appris à vous battre?

Une fois sortie de la gorge, la route partait vers l'ouest. Les eaux scintillantes de la mer Noire apparurent au nord, sur leur droite.

— Corrigez-moi ça ou jetez-vous dans l'océan! rugissait Ahmet.

— Bon sang…, dit Ezio en regardant devant lui.

— Quoi? demanda Sofia.

Puis elle vit ce qu'il venait de voir, et dit à son tour:

— Bon sang…

Un autre village. Et, au-delà, un autre poste de garde ottoman. Une autre barrière en travers de la route.

— Je dois dire que tu contrôles parfaitement les chevaux, dit Ezio tout en rechargeant son pistolet avec difficulté à cause des cahots de la route. La plupart des gens les auraient déjà perdus et ils se seraient sauvés. Pas mal du tout… pour une Vénitienne.

— Tu devrais me voir manœuvrer une gondole, dit Sofia.

— Eh bien, il est temps de les mettre à nouveau à l'épreuve.

— Laisse-moi faire.

C'était le jour du marché dans ce village-ci également, mais la foule s'écarta devant les deux carrosses comme la mer Rouge devant Moïse.

— Désolée! cria Sofia à un marchand de poissons dont l'étal s'écroula à son passage.

Puis, ce fut le tour de la table du potier. Des éclats de poterie et de voix volèrent en tous sens.

Ensuite, un poulet vivant tomba sur les genoux d'Ezio.

— On vient d'acheter un poulet?

— C'est à emporter.

—Quoi?

—Non, rien.

Le poulet échappa à Ezio, lui donna un coup de bec pour faire bonne mesure, et voleta vers la sécurité relative du sol.

—Regarde! Devant! cria Ezio.

Après le passage d'Ahmet, les gardes avaient descendu leur barrière. Cette fois, ils se tenaient prêts, piques pointées vers les chevaux de Sofia. Leurs visages méchants et basanés étaient éclairés par un désagréable regard où se lisait l'assurance d'une victoire proche.

—C'est ridicule, dit Sofia.

—Quoi?

—Eh bien… Ils ont posé leur barrière en travers du chemin, bon. Mais le passage est dégagé sur les côtés de la route. Nous prennent-ils pour des idiots?

—Ce sont peut-être eux les idiots, dit Ezio non sans une pointe d'amusement.

Alors, il dut se cramponner à son siège, Sofia venant de tirer fermement sur les rênes gauches, ce qui fit tourner les chevaux autour de la barrière. Puis elle tira à nouveau, cette fois à droite, et ils regagnèrent la route quelque trente mètres derrière les soldats, dont certains jetaient leurs piques vers eux sans espoir de les atteindre.

—Tu vois de la cavalerie? demanda Sofia.

—Pas cette fois.

—Bien.

Elle fit claquer les rênes, et ils grignotèrent une fois de plus l'écart qui les séparait d'Ahmet. Mais il y avait un autre village, plus petit, devant eux.

—Pas encore! s'écria Sofia.

—Je le vois, dit Ezio. Essaie de t'approcher, maintenant!

Sofia fouetta les chevaux, mais alors qu'ils entraient dans le village, le cocher d'Ahmet eut l'intelligence de ralentir. Les soldats sur le siège arrière avaient remplacé leurs arbalètes par des hallebardes aux hampes courtes et aux lames luisantes. Sofia freina aussitôt, mais avec l'élan de son attelage, elle ne put s'empêcher d'arriver à leur niveau. Le cocher tourna et les deux véhicules se heurtèrent de nouveau. Cette fois, le carrosse d'Ezio tangua et menaça de se renverser. Mais le choc eut le même effet sur celui d'Ahmet.

Au moment de la collision, Ezio se jeta hors de son siège, dans les airs, et atterrit sur le toit du carrosse d'Ahmet. Il brandit sa lame-crochet et l'abattit violemment sur les deux soldats à sa gauche, s'en débarrassant avant qu'ils n'aient le temps de se servir de leurs hallebardes. Le cocher avait aiguillonné ses chevaux dans l'espoir de redresser son véhicule, tandis que celui de Sofia s'était déjà retourné, s'écrasant derrière eux en soulevant un nuage de poussière. Ils longeaient un fossé où s'engagèrent les roues du carrosse, le faisant chavirer à son tour.

Ezio, projeté à terre, se releva, chancelant. Il balaya la scène des yeux, mais la poussière obscurcissait l'air. Il entendait des cris affolés, sans savoir d'où ils venaient ; probablement des habitants du village. La poussière commençant à se dissiper, Ezio aperçut le corps du cocher, allongé dans des rochers.

Aucun signe d'Ahmet.

Ou de Sofia.

Vainement, Ezio appela son nom.

CHAPITRE 72

Quand la poussière fut complètement retombée, Ezio retrouva ses marques. Les villageois se regardaient les uns les autres, en proie à la confusion. Un coup d'œil hostile d'Ezio suffit à les garder à distance, mais il savait qu'il devait agir vite. Les troupes ottomanes qu'ils avaient laissées dans leur sillage ne tarderaient pas à se regrouper et à les rattraper.

Il parcourut la scène. Ahmet gisait sur le dos à quelques mètres de l'accident. Ses geignements trahissaient une souffrance intense. Puis, au grand soulagement d'Ezio, Sofia sortit d'un massif d'arbustes. Elle était meurtrie et secouée, mais ne présentait aucune blessure apparente. Ils se rassurèrent mutuellement en échangeant un regard tandis qu'Ahmet se tournait sur le ventre avant d'entreprendre de se redresser à grand-peine.

Ezio ramassa la sacoche, puis l'ouvrit. Les clés étaient intactes. Il se tourna vers le prince à terre.

— Et maintenant, Ezio ? Que comptes-tu faire ? dit Ahmet qui avait du mal à reprendre son souffle.

Sofia rejoignit l'Assassin et posa la main sur son épaule.

— Je me posais justement la question, dit Ezio.

Ahmet se mit à rire, sans parvenir à s'arrêter, même s'il en souffrait visiblement. Il réussit à se mettre à genoux.

— Eh bien, si jamais tu trouves la réponse… (Sortis de nulle part, une douzaine de soldats byzantins en armure prirent position autour du prince.) Fais-le-nous savoir ! (Ezio fit une grimace, tirant son épée et faisant signe à Sofia de reculer.) Tu es un imbécile, Ezio, si tu pensais que je voyagerais sans renforts !

Ahmet allait ponctuer sa tirade d'un éclat de rire, mais il fut coupé dans son élan par une pluie de flèches apparue par surprise, qui frappa tous les Byzantins. L'une d'elles se ficha dans la cuisse d'Ahmet qui tomba en arrière, hurlant de douleur.

Ezio était décontenancé. À sa connaissance, aucun Assassin n'était présent dans la région, et il était fort peu probable qu'une autre Dilara vienne à sa rescousse.

En faisant demi-tour, il vit, un peu plus loin, une douzaine de janissaires montés, encochant de nouvelles flèches à la corde de leurs arcs. À leur tête se trouvait un homme à l'allure majestueuse, d'environ quarante-cinq ans, habillé de noir et de rouge, avec une cape en fourrure et des moustaches luxuriantes. Il leva la main.

— Stop ! ordonna-t-il.

Les janissaires baissèrent leurs arcs.

Le chef et deux capitaines descendirent de cheval, puis s'approchèrent d'Ahmet, qui se tordait sur le sol. Ils ne prêtèrent guère attention à Ezio, qui les observait prudemment, hésitant encore sur la marche à suivre.

Au prix d'un effort surhumain, Ahmet se releva, saisissant une branche cassée en guise de soutien. Il se tint debout, tout en cédant le terrain au nouvel arrivant.

Remarquant la ressemblance entre les deux hommes, Ezio ne tarda pas à tirer ses propres conclusions sur l'identité du nouvel arrivant. Dans le même temps, Ahmet se mit à parler. Il s'adressa aux janissaires d'une voix qu'il faisait tout pour garder ferme et autoritaire.

— Soldats ! Selim n'est pas votre maître ! Vous servez le sultan ! C'est à lui que vous obéissez ! Où est-il ? Où est notre sultan ?

Ahmet avait battu en retraite jusqu'à une clôture au bord de la falaise qui surplombait la mer. Là, ne pouvant plus reculer, il s'avachit contre elle. L'autre homme, l'ayant suivi, se dressait maintenant au-dessus de lui.

— Il est debout devant toi, mon frère, dit l'homme. (Posant les mains sur les épaules d'Ahmet, il se pencha pour lui parler plus tranquillement.) Père a fait son choix avant d'abdiquer. C'était la meilleure solution.

— Que vas-tu faire, Selim ? balbutia Ahmet en remarquant l'expression dans les yeux de son frère.

— Je crois qu'il vaut mieux éliminer toutes les sources de dissension potentielles, n'est-ce pas ?

Selim referma les mains autour de la gorge d'Ahmet, le plaquant contre la clôture.

— Selim ! Arrête ! Par pitié ! cria Ahmet avant de commencer à étouffer.

Le sultan Selim Osman resta indifférent aux implorations de son frère. Au contraire, elles semblaient l'encourager. Ezio estima qu'il s'appuyait sur Ahmet avec bien plus de force que nécessaire. Ahmet griffait le visage de son frère, dans une vaine tentative de le repousser. Alors, la clôture, qui oscillait de façon alarmante sous leur poids, finit par céder. Selim relâcha sa prise au moment même où Ahmet bascula en arrière, tombant dans le vide en hurlant de terreur. Il ne s'arrêta qu'une soixantaine de mètres plus bas, contre des rochers noirs.

Selim se pencha au-dessus du bord, le visage impassible. Puis, il se détourna et marcha, calmement, vers l'endroit où se trouvait toujours Ezio.

— Alors, c'est toi l'Assassin, Ezio Auditore ? (Ezio acquiesça.) Je suis Selim, le père de Suleiman. Il dit le plus grand bien de toi.

— C'est un garçon remarquable, *Ekselânslari*, et un esprit éclairé.

Mais la cordialité de Selim s'arrêta là. Son affabilité disparut, tandis que ses yeux se plissaient et que son visage s'assombrissait. Ezio ressentit la dureté qui avait permis à cet homme d'atteindre la position qui était dorénavant la sienne.

— Soyons clairs, dit Selim en approchant sa face de celle d'Ezio. Sans le soutien que mon fils t'apporte, je t'aurais fait exécuter comme un chien. Quitte nos terres et ne reviens jamais.

Incapable de se maîtriser, Ezio sentit l'insulte faire monter sa rage. Il serra les poings, ce que Selim ne manqua pas de remarquer. Sofia lui sauva la vie en posant une main apaisante sur son bras.

— Tu as fait ce qu'il fallait, Ezio, murmura-t-elle. Ce combat n'est pas le tien.

Selim le défia une nouvelle fois du regard, puis repartit vers ses capitaines et la troupe de cavalerie qui l'attendaient. Quelques instants plus tard, ils étaient partis en direction de Constantinople. Ezio et Sofia étaient seuls avec les morts et une foule de villageois éberlués.

— Non, ce n'est pas mon combat, acquiesça Ezio. Mais si ce combat s'arrête, où commence le suivant ?

CHAPITRE 73

U n mois plus tard, la nouvelle année ayant débuté, Ezio se trouvait de nouveau au pied de la grande forteresse de Masyaf.

Il s'était passé tant de choses depuis la dernière fois. Suite à la vague de conquêtes ottomanes dans la région, le château était maintenant désert. Un aigle solitaire volait dans le ciel, mais il n'y avait aucun signe d'activité humaine. Le château se dressait, seul et silencieux, gardant ses secrets. Il s'engagea sur le long chemin escarpé suivant la pente qui remontait jusqu'aux portes extérieures. Après avoir marché un moment, il s'arrêta et se retourna, inquiet pour sa compagne qui avait pris du retard, le souffle court. Il l'attendit à l'ombre d'un vieux tamarinier couvert de cicatrices.

— Quelle ascension ! haleta Sofia en le rattrapant.

Ezio sourit.

— Imagine ce que ce serait si tu étais un soldat alourdi par une armure et un paquetage.

— C'est assez fatigant comme cela. Mais aussi plus drôle que de rester assise dans un magasin. J'espère qu'Azize se débrouille avec les livres.

— N'aie crainte. Là, dit-il en lui tendant une gourde d'eau.

Elle but avec reconnaissance, puis dit :

— La forteresse est-elle désertée depuis longtemps ?

— Les Templiers sont venus pour essayer de forcer ses pièces secrètes, mais ils ont échoué. Tout comme ils n'ont pu obtenir les clés qui, réunies, leur en auraient offert l'accès. Et maintenant…

Ils gardèrent le silence un moment. Sofia admirait la grandeur du paysage.

—C'est si beau, ici, dit-elle enfin. C'est ici que ton Ordre est né ?

Ezio soupira.

—Il est né il y a des milliers d'années, mais c'est ici qu'il a pu renaître.

—Grâce à l'homme dont tu parlais ? Altaïr ?

Ezio acquiesça.

—Altaïr Ibn-La'Ahad. Il a reformé l'Ordre, et il nous a libérés. (Il se tut un moment.) Il a compris qu'il fallait abandonner cette forteresse. C'était devenu un symbole d'arrogance, un point de ralliement pour nos ennemis. Pour finir, il a compris que le meilleur moyen de servir la justice était de vivre sa vie dans la justice. Pas au-dessus du peuple que nous protégeons, mais avec lui.

Sofia hocha la tête, puis dit avec légèreté :

—Et l'idée de la capuche menaçante… ça aussi, ça vient de lui ? (Ezio rit de bon cœur.) Tu as parlé d'un Credo, continua Sofia. De quoi s'agit-il ?

Ezio s'arrêta.

—Altaïr a mené une grande… étude, durant les dernières années de sa longue vie. Une étude de certains… codes, qu'on lui avait confiés. Je me souviens d'un passage de ses textes. Veux-tu que je te le récite ?

—S'il te plaît.

—Altaïr a écrit : «Avec le temps, une phrase que l'on répète assez souvent et assez fort devient immuable. À condition, bien sûr, de survivre aux dissentiments et de faire taire ses opposants. Mais si vous réussissez et vous débarrassez de tous vos adversaires, alors que reste-t-il ? La vérité ! Est-ce une vérité objective ? Non. Mais comment peut-on espérer obtenir un point de vue objectif ? La réponse est que l'on ne peut pas. C'est absolument, physiquement impossible. Les variables sont trop nombreuses. Tout comme les champs et les formules à considérer. La méthode socratique l'avait compris. Elle fournissait une approche asymptotique de la vérité. La ligne ne rencontre jamais la courbe en un point fini. La définition même d'une asymptote implique une lutte éternelle. Nous avançons vers la vérité, centimètre par centimètre, sans jamais l'atteindre. Jamais… Et c'est ainsi que j'ai réalisé que tant que les Templiers existeront, ils tenteront de sculpter la réalité selon leurs désirs. Ils reconnaissent qu'il n'existe rien de tel qu'une vérité absolue ou que, si elle existe, nous n'avons pas les moyens de la reconnaître. Et donc, à sa place, ils cherchent à créer leurs propres explications. Voilà le principe directeur de ce qu'ils appellent le Nouvel Ordre Mondial : façonner l'existence à leur propre image. Ce n'est pas une question d'artefact. Ce n'est pas une question d'hommes. Ce ne sont que des outils. C'est une question de concept. C'est habile de leur part, car comment peut-on faire la guerre à un concept ? C'est l'arme ultime. Sans forme physique, elle peut pourtant changer le monde de multiples, et souvent violentes, façons. Vous ne pouvez pas tuer un Credo. Même si vous tuez tous ses partisans, détruisez tous ses écrits… ce n'est qu'un sursis, au mieux. Un jour, quelque part, nous le redécouvrirons, le réinventerons. Je crois que nous-mêmes, les Assassins, n'avons fait que redécouvrir un Ordre qui existait avant le Vieux de la Montagne… La connaissance n'est que chimère. Éternelle, infinie, impérieuse. D'où la question : quel espoir reste-t-il ? Voici ma réponse : nous devons atteindre un point où cette question n'a plus de sens. La lutte elle-même est asymptotique. S'approcher d'une solution, mais ne jamais l'atteindre. Le mieux que l'on puisse espérer est de lisser un peu la ligne. Apporter paix et stabilité, même temporairement. Tu dois comprendre, cher lecteur, que cela sera toujours et à jamais temporaire. Tant que nous continuerons à nous reproduire, nous donnerons naissance au doute et au défi. Des hommes se lèveront contre le statu quo, parfois simplement parce qu'ils n'ont rien d'autre à faire. Il est dans la nature humaine de contredire. La guerre n'en est qu'une manifestation. Je crois que beaucoup n'ont pas encore compris notre Credo. Mais ainsi va le processus. Être mystifié. Être frustré. Être éduqué. Être illuminé. Et alors, enfin, comprendre. Être en paix. »

Ezio se tut. Puis, il dit :

— Est-ce compréhensible ?

— *Grazie*. Oui, ça l'est.

Elle le fixa, perdu dans ses pensées, les yeux pointés vers la forteresse.

— Regrettes-tu ta décision ? D'être un Assassin à vie ?

Il soupira.

— Je ne me souviens pas d'avoir pris la décision. C'est cette vie qui m'a choisi.

— Je vois, répondit-elle en baissant les yeux.

— Pendant trois décennies, j'ai servi la mémoire de mon père et de mes frères. Je me suis battu pour ceux qui souffraient de l'injustice. Je ne regrette pas ces années, mais maintenant… (Il prit une grande inspiration, comme si une force supérieure relâchait son étreinte. Il détourna le regard du château pour admirer l'aigle qui volait, libre.) Maintenant, il est temps de vivre pour moi-même et de lâcher prise. De laisser tout cela.

Elle prit sa main.

— Alors, lâche prise, Ezio. N'aie pas d'inquiétude, tu ne tomberas pas loin.

CHAPITRE 74

L'après-midi touchait à sa fin lorsqu'ils arrivèrent à la porte de la cour extérieure. Les battants étaient ouverts, les piliers enserrés par le lierre et les treuils du pont-levis grippés par la verdure. Ils franchirent les portes de la cour intérieure, ouvertes elles aussi. Là encore, tout trahissait un départ dans l'urgence. Un chariot à demi chargé était abandonné près d'un immense platane mort sous lequel gisait un banc brisé.

Ezio les mena dans le donjon, puis vers un escalier qui descendait dans les entrailles du château. Il alluma une torche pour éclairer les couloirs lugubres, jusqu'à ce qu'ils atteignent enfin une imposante porte faite d'une sorte de pierre verte polie. Sa surface lisse était interrompue par cinq fentes, arrangées en demi-cercle à hauteur d'épaule.

Ezio posa son sac à terre et en sortit les cinq clés.

Il soupesa la première dans sa main.

— La fin du voyage, dit-il autant pour lui que pour Sofia.

— Pas vraiment, répondit-elle. Nous devons d'abord découvrir comment ouvrir la porte.

Ezio étudia les clés et les fentes où elles devaient s'insérer. Les symboles entourant les fentes lui donnèrent un premier indice.

— Ils doivent, d'une façon ou d'une autre, correspondre aux symboles sur les clés, dit-il pensivement. Je sais qu'Altaïr a dû prendre toutes les précautions possibles pour protéger cette archive. Il doit y avoir un ordre. Si je me trompe, la porte pourrait très bien rester bloquée à jamais.

— Qu'espères-tu trouver derrière cette porte ? demanda Sofia, le souffle court.

Elle paraissait presque intimidée. Même Ezio murmurait plus qu'il ne parlait, alors que personne ne risquait de surprendre leur conversation.

— Le savoir, par-dessus tout. Altaïr était un érudit et un auteur prolifique. Il a bâti cet endroit pour qu'il serve de sanctuaire à sa sagesse. (Il la regarda.) Il a vu tant de choses et appris tant de secrets, si étranges et dérangeants. Un tel savoir aurait poussé des hommes plus faibles au désespoir.

— Cela t'inquiète-t-il ?

— Je suis inquiet, c'est vrai. Mais après tout… (Il sourit.) Je ne suis pas un homme faible, n'est-ce pas ?

— Ezio, toujours prêt à plaisanter.

Sofia sourit, soulagée que la tension se soit dissipée.

Il plaça la torche dans une applique, où elle éclaira assez pour qu'ils puissent lire tous deux. Il remarqua que les symboles sur la porte s'étaient mis à luire d'une lumière indéfinissable, à peine perceptible mais nette, et que les clés elles-mêmes brillaient, en réponse semblait-il.

— Regarde attentivement les symboles sur ces clés. Essaie de les décrire à voix haute pendant que je regarde ceux de la porte.

Elle mit ses lunettes et prit la première des clés qu'il lui tendit. Il examina les écritures de la porte en écoutant ses descriptions.

Soudain, il eut un éclair de compréhension.

— Bien sûr ! Altaïr a passé des années en Orient où il a acquis une partie de sa sagesse. (Il s'arrêta.) Les Chaldéens !

— Tu veux dire que cela pourrait avoir un rapport avec les étoiles ?

—Oui, les constellations. Altaïr a été en Mésopotamie, là où vivaient les Chaldéens.

—Oui, mais il y a deux mille ans. Les livres d'Hérodote et de Diodore de Sicile nous parlent de leurs grands astronomes, mais leurs connaissances précises ne nous sont pas parvenues.

—Altaïr a dû les retrouver, et il les a encodées dans les clés. Nous devons appliquer notre science limitée des étoiles à la leur.

—C'est impossible ! Nous savons tous qu'ils ont réussi à calculer la longueur d'une année solaire à quatre minutes près, et c'est fichtrement précis ! Mais nous ignorons comment ils s'y sont pris.

—Ils s'intéressaient aux constellations et au mouvement des corps célestes dans les cieux. Ils pensaient qu'ils leur permettraient de prédire le futur. Ils ont construit de grands observatoires…

—Ce ne sont que des rumeurs !

—Nous n'avons rien d'autre. Et, regarde là. Cela ne te rappelle rien ?

Elle regarda un symbole gravé sur l'une des clés.

—Il l'a sciemment déguisée, mais n'est-ce pas… (Ezio la montra du doigt.) … la constellation du Lion ?

Elle fixa ce qu'il lui indiquait.

—Je crois que tu as raison ! dit-elle avec excitation.

—Et là… (Ezio se tourna vers la porte et regarda les gravures près de la fente qu'il venait d'examiner.) Si je ne me trompe pas, c'est un diagramme de la constellation du Cancer.

—C'est une constellation voisine de celle du Lion, n'est-ce pas ? Le signe qui précède le Lion dans le zodiaque ?

—Qui a été inventé par…

—Les Chaldéens !

—Voyons si cette théorie tient debout, dit Ezio en passant à la fente suivante. Voici le Verseau.

—Le bien nommé, plaisanta Sofia. (Mais elle considérait sérieusement les clés. Enfin, elle en choisit une.) Le Verseau est entouré par le Poisson et le Capricorne, dit-elle, mais c'est le Poisson qui vient ensuite. Et je pense que le voici !

—Vérifions si les autres suivent la même logique.

Ils se mirent au travail. Il ne leur fallut pas plus de dix minutes pour confirmer leur hypothèse. Chacune des clés et des fentes portait un symbole correspondant à une constellation du zodiaque, le signe suivant les premières se trouvant toujours parmi les secondes.

—Un homme intelligent, ton Altaïr, dit Sofia.

—Nous ne sommes pas encore au bout de nos peines, répondit Ezio.

Mais il inséra prudemment la première clé dans ce qu'il espérait être la bonne fente. Elle entrait.

Il fit de même pour les quatre autres.

Alors, et ce fut presque décevant, la porte verte s'enfonça dans le sol de pierre, lentement, facilement et sans un bruit.

Ezio resta debout devant l'entrée. Un long couloir s'ouvrait devant lui. Deux torches s'allumèrent spontanément et simultanément.

Il prit l'une d'elles sur son support et fit un pas en avant. Puis, il hésita, se retourna vers Sofia.

—Tu as intérêt à ressortir vivant, dit-elle.

Ezio lui fit un sourire malicieux en lui serrant la main.

—C'était mon intention.

Il avança.

Alors, la porte se referma derrière lui, si vite que Sofia eut à peine le temps de réagir.

CHAPITRE 75

E zio s'enfonça lentement dans le couloir, qui allait en descendant et en s'élargissant. Il avait à peine besoin de sa torche, les murs en étant garnis régulièrement, chacune s'illuminant mystérieusement à son approche. Pourtant, il ne ressentait ni malaise, ni nervosité. Curieusement, il avait l'impression de rentrer chez lui. Comme s'il arrivait à la fin de quelque chose.

Le couloir finit par déboucher sur une vaste salle ronde, d'une quarantaine de mètres de diamètre et d'autant de hauteur au centre de son dôme, évoquant la nef d'une basilique. Au centre de la pièce se trouvaient des caisses qui avaient dû contenir des artefacts, mais qui étaient dorénavant vides. Les multiples galeries qui couraient sur les murs étaient bordées de bibliothèques, à perte de vue.

Ezio remarqua, non sans ahurissement, qu'elles étaient absolument toutes vides.

Mais il n'eut pas le temps d'y réfléchir. Son regard fut attiré par un large bureau en chêne, trônant sur une estrade à l'autre bout de la pièce. Il était vivement éclairé par au-dessus, la lumière tombant d'on ne sait où directement sur la haute silhouette assise là.

Maintenant, Ezio était saisi par un sentiment proche de l'intimidation, car son cœur sut immédiatement de qui il s'agissait. Il s'approcha avec respect, et tomba à genoux lorsqu'il fut assez proche pour toucher l'homme encapuchonné.

Il était mort depuis longtemps, mais la cape et la robe blanche n'avaient pas été endommagées par le passage des siècles. Même sans vie, il émanait de l'homme… quelque chose… Une sorte d'aura de puissance. Une puissance d'un autre monde. Ayant rendu hommage, Ezio se releva. Il n'osa pas soulever la capuche pour regarder son visage, mais il vit les longs os des mains, étalées à la surface du bureau, comme si elles l'attiraient. Une plume et des feuilles vierges de parchemin ancien traînaient sur le bureau, ainsi qu'un encrier desséché. Sous la main droite du mort se trouvait une pierre circulaire, semblable aux clés de la porte, mais aux gravures plus fines. Comme Ezio le pensait, elle s'avéra taillée dans l'albâtre le plus pur qu'il avait jamais vu.

—Aucun livre, dit Ezio dans le silence. Aucune révélation… Seulement toi, *fratello mio*.

Il posa délicatement la main sur l'épaule du mentor décédé. Ils n'étaient d'aucune façon liés par le sang, mais les liens de la Confrérie les unissaient plus sûrement que ceux de la famille.

—*Requiescat in pace*, ô Altaïr!

Il baissa le regard, pensant avoir aperçu un mouvement du coin de l'œil. Mais il n'y avait rien. Si ce n'est que la pierre n'était plus tenue par la main cadavérique, comme Ezio l'avait cru d'abord. Une illusion d'optique, certainement. Rien de plus.

Ezio sut instinctivement ce qu'il avait à faire. Battant le briquet pour allumer une bougie plantée dans un bâton sur le bureau, il étudia la pierre plus attentivement. Il tendit la main et la ramassa.

Dès qu'il eut la pierre en main, elle se mit à luire.

Il la leva devant son visage et, une fois encore, un tourbillon brumeux s'empara de lui.

CHAPITRE 76

— Tu dis que Bagdad a été mise à sac?

— Oui, père. Les Mongols du khan Hulagu ont traversé la ville comme un incendie. Personne n'a été épargné. Il a fait défiler toute la population devant une roue de chariot. Tous ceux dont la tête dépassait le moyeu ont été tués.

— Ce qui ne laisse que les jeunes enfants?

— Effectivement.

— Hulagu n'est pas idiot.

— Il a détruit la cité. Incendié toutes ses bibliothèques. Rasé l'université. Tué tous les intellectuels en même temps que les citoyens. La cité n'a jamais connu un tel carnage.

— Prions pour qu'elle n'en connaisse jamais d'autre.

— De sages paroles, père.

— Je te félicite, Darim. Tu as bien fait de décider de partir pour Alexandrie. Est-ce que tu t'es occupé de mes livres?

— Oui, père. Ceux que tu ne souhaites pas envoyer aux frères Polo sont partis en chariot pour Latakia où ils vont être embarqués.

Altaïr s'assit, penché à côté de l'entrée menant au grand dôme de sa bibliothèque. Qui était vide, maintenant. Il serrait une petite boîte de bois. Darim savait qu'il était inutile de lui demander de quoi il s'agissait.

— Bien. Excellent, dit Altaïr.

— Mais il y a encore une chose, une chose essentielle, que je ne comprends pas, dit Darim. Pourquoi as-tu construit une bibliothèque si ce n'est pour y mettre tes livres?

Altaïr leva la main pour l'interrompre.

— Darim, tu sais très bien que j'ai fait mon temps. Je vais bientôt partir pour un voyage qui ne nécessite aucun bagage. Mais tu as répondu à ta propre question. Ce que Hulagu a fait à Bagdad, il le fera ici. Nous les avons repoussés une fois, mais ils reviendront un jour, et ce jour-là, Masyaf devra être vide.

Darim remarqua que son père tenait la petite boîte tout contre lui en parlant, comme pour la protéger. Il regarda Altaïr, si fragile qu'il paraissait être fait de parchemin, alors qu'il était aussi dur que le vélum.

— Je vois, dit-il. Ce n'est pas une bibliothèque. C'est un sanctuaire.

Son père acquiesça avec gravité.

— Il doit rester caché, Darim. Pour échapper aux convoitises. Jusqu'à ce qu'il ait transmis le secret qu'il contient.

— Quel secret ?

Altaïr sourit en se relevant.

— Peu importe. Va, mon fils. Retrouve ta famille et sois heureux.

Darim l'enlaça.

— Tout ce qu'il y a de bon en moi me vient de toi, père, dit-il.

Ils rompirent leur étreinte. Alors, Altaïr entra dans le couloir. Là, il s'arc-bouta, peinant pour tirer un gros levier à côté du linteau. Il daigna enfin bouger et la fin de sa course se solda par un claquement. Lentement, une lourde porte de pierre verte s'éleva du sol pour sceller l'ouverture.

Le père et le fils se regardaient sans rien dire pendant que la porte montait. Darim tentait de se contrôler, mais il ne put retenir ses larmes en voyant son père s'enterrer vivant. Il se retrouva finalement devant ce qui n'était plus qu'une surface presque vierge, seul un subtil changement de couleur permettant de distinguer la porte des murs l'entourant. Ça et quelques fentes.

Se frappant la poitrine de chagrin, Darim fit demi-tour et partit.

Qui sont ceux qui sont venus avant ? pensa Altaïr en parcourant sans se presser le long couloir qui menait à la grande salle voûtée souterraine. Les torches s'enflammaient lorsqu'il s'approchait d'elles, brûlant un air combustible provenant de tuyaux dissimulés dans les murs, allumé par des pierres à briquet à ressort déclenchées par des dalles à pression sous le plancher. Elles s'embrasèrent un moment après son passage, puis s'éteignirent à nouveau.

Qu'est-ce qui les a amenés ici ? Qu'est-ce qui les a repoussés ? Et quels sont leurs artefacts ? Ce que nous appelons les Fragments de l'Éden. Des messages dans des bouteilles. Des outils laissés derrière eux pour nous aider et nous guider. À moins que nous nous battions pour leurs ordures, donnant un but divin et un sens à de vulgaires jouets à l'abandon ?

Il traîna des pieds dans le couloir, serrant la boîte, ses membres alourdis par l'épuisement.

Enfin, il entra dans la sombre et majestueuse salle principale, qu'il traversa sans cérémonie. Il atteignit son bureau avec le même soulagement qu'un noyé qui trouve un morceau de bois auquel s'accrocher.

Il s'assit, posa soigneusement la boîte à côté de lui, à portée de main, n'appréciant guère de s'en séparer. Il plaça du papier, une plume et l'encre devant lui, trempa la plume, mais n'écrivit pas. Il pensa plutôt à ce qu'il avait déjà écrit, à un extrait de son journal.

« La Pomme est plus qu'un catalogue de ce qui nous a précédés. Dans sa matière tourbillonnante et scintillante, j'ai saisi un aperçu de ce qui sera. Une telle chose ne devrait pas être possible. Peut-être ne l'est-elle pas. Peut-être n'est-ce qu'une suggestion. Je considère les conséquences de ces visions : sont-elles des images de choses à venir, ou simplement de futurs potentiels ? Peut-on influencer le destin ? Doit-on seulement essayer ? Et, ce faisant, ne risque-t-on pas d'assurer la réalisation de ce que nous avons vu ? Je suis déchiré, comme toujours, entre l'action et l'inaction. Comment savoir quelle voie fera une différence ? Ou s'il est même possible de faire une différence ? Pourtant, je continue à rédiger ce journal. N'est-ce pas une tentative visant à changer ce que j'ai vu ? À moins que ce ne soit un moyen de m'assurer que cela se réalisera bel et bien ?

Quelle naïveté de croire qu'il peut y avoir une réponse unique à chaque question, à chaque mystère. Qu'il existe une seule lumière divine éclairant tout. On dit que c'est de cette lumière que naissent la vérité et l'amour. Je dis que c'est une lumière qui nous lie, et qui nous force à tâtonner dans l'ignorance. J'attends avec impatience le jour où les hommes se détourneront des monstres invisibles et embrasseront de nouveau une vision du monde plus rationnelle. Mais ces nouvelles religions sont si commodes, et promettent une si terrible punition si on les rejette, que je crains que nous soyons à jamais prisonniers dans ce qui n'est autre que le pire mensonge jamais proféré… »

Le vieil homme resta immobile un moment, ne sachant s'il devait espérer ou désespérer. Peut-être aucun des deux. Peut-être était-il trop vieux pour cela. Le silence et la pénombre de la grande salle le protégeaient comme des bras maternels. Mais pourtant, il n'arrivait pas à échapper à son passé.

Il repoussa son matériel d'écriture, puis approcha la boîte, posa les deux mains dessus, comme pour la défendre… mais contre quoi ?

Soudain, il eut l'impression qu'Al Mualim se trouvait devant lui. Son vieux mentor. Le traître. Qu'il avait fini par démasquer et détruire. Mais quand il parla, ce fut avec une voix pleine de menace et d'autorité.

— Plus on acquiert d'expérience et de connaissance, plus on a de déceptions et de souffrances.

Le fantôme se pencha en avant, et se mit à chuchoter d'un ton urgent dans l'oreille d'Altaïr :

— Détruis-la ! Détruis-la comme tu as dit que tu le ferais !

— Je… Je ne peux pas !

Puis, une autre voix. Une voix qui lui serra le cœur dès qu'il l'entendit. Al Mualim avait disparu. Mais où était-elle ? Il ne la voyait pas !

— Tu marches sur une corde raide, Altaïr, dit Maria Thorpe.

Sa voix était jeune, ferme. Comme lorsqu'il l'avait rencontrée pour la première fois, il y a soixante-dix ans.

— J'ai toujours été l'esclave de ma curiosité, Maria. Aussi terrible que soit cet artefact, il contient des merveilles. J'aimerais le comprendre aussi bien que possible.

— Que te dit-il ? Que vois-tu ?

— D'étranges visions et messages. De ceux qui sont venus avant, de leur grandeur et de leur décadence…

— Et pour nous ? Où en sommes-nous ?

— Nous sommes des maillons dans une chaîne, Maria.

— Mais que va-t-il nous arriver, Altaïr ? Et à notre famille ? Que dit la Pomme ?

— Qui sont ceux qui sont venus avant ? Qu'est-ce qui les a amenés ici ? Et il y a combien de temps ? répondit Altaïr.

Mais il parlait tout seul plutôt qu'à Maria. Elle le coupa de nouveau dans ses pensées :

— Débarrasse-toi de cette chose !

— C'est mon devoir, Maria, dit tristement Altaïr à sa femme.

Puis elle poussa un terrible hurlement. Qui se transforma en gargouillement d'agonie.

— Sois fort, murmura-t-elle.

— Maria! Où… où es-tu? cria-t-il dans la grande salle vide. Où est-elle?!

Mais seul l'écho lui répondit.

— Père, elle n'est plus là. Tu ne te souviens pas? Elle est partie, dit Darim.

Un hurlement de désespoir.

— Où est ma femme?

— Cela va faire vingt-cinq ans, vieux fou! Elle est morte! cria son fils avec colère.

— Laisse-moi. Laisse-moi à mon travail.

— Père, demanda-t-il plus doucement. Quel est cet endroit? À quoi sert-il?

— C'est une bibliothèque. Et une archive. Où mettre en sécurité tout ce que j'ai appris. Tout ce qu'ils m'ont montré.

— Que t'ont-ils montré, père? (Une pause.) Que s'est-il passé à Alamut avant l'arrivée des Mongols? Qu'as-tu découvert?

Et enfin, il n'y eut plus que le silence, et il recouvrit Altaïr comme un ciel d'été. Mais le vieil homme le brisa:

— Moi seul connais leurs desseins. Moi seul connais leurs secrets. Leurs motifs sont clairs. Mais ce message n'est pas pour moi. Il est destiné à un autre.

Il fixa la boîte posée sur le bureau, juste en face de lui. *Je ne toucherai plus à cette maudite chose. Bientôt, je quitterai ce monde. Mon heure est venue. Chaque instant qui passe est teinté par les pensées et les peurs découlant de cette réalisation. Toutes les révélations qui m'ont été confiées se sont accomplies. Il n'y aurait pas de monde meilleur. Ni de retour vers celui-ci. Tout allait simplement… finir. Pour toujours.*

Et il ouvrit la boîte. À l'intérieur, sur un lit de velours brun, se trouvait la Pomme. Un Fragment de l'Éden.

J'ai fait savoir que cette Pomme avait d'abord été dissimulée à Chypre, avant d'être perdue en mer, tombée dans l'océan…

Cette Pomme ne doit être découverte que lorsque son heure sera venue...

Il l'admira un instant, puis se leva et se tourna vers un renfoncement sombre du mur derrière lui. Il abaissa un levier qui ouvrit une lourde porte donnant sur une alcôve secrète où se dressait un piédestal. Altaïr sortit la Pomme de la boîte, pas plus grosse qu'un ballon, et la transféra sur le piédestal. Il fit vite, avant que la tentation ne fasse son œuvre, puis remonta le levier. La porte de l'alcôve se referma, claquant en place définitivement. Altaïr savait que personne n'allait plus utiliser le levier avant deux siècles et demi. Le monde aura évolué d'ici là, peut-être. En ce qui le concernait, au moins, la tentation était derrière lui.

Il reprit place au bureau, sortit un disque d'albâtre d'un tiroir, et alluma une bougie devant lui. Prenant le disque à deux mains, il le leva devant ses yeux, les ferma et se concentra. L'albâtre s'imprégnait de ses pensées, son testament.

La pierre brilla longtemps, éclairant son visage. Puis la lueur s'éteignit, et il fit noir. Tout devint noir.

Ezio tourna le disque en tous sens, l'observant à la lumière de la bougie. Il n'avait aucune idée de la façon dont il avait appris tout cela. Mais un lien fraternel mystique le liait à la dépouille qui reposait à ses côtés.

Il fixa Altaïr, incrédule.

—Un autre artefact? dit-il. Une autre Pomme?

CHAPITRE 77

E zio savait ce qu'il avait à faire, et il le fit presque comme dans un rêve. Soigneusement, il reposa le disque sur le bureau, puis se tourna vers le renfoncement sombre. Le levier était bien là. Il pivota sans difficulté, et la porte s'ouvrit devant Ezio, bouche bée. *Je pensais qu'il n'y en avait qu'une. Celle que Machiavelli et moi avons enterrée dans la crypte de l'église San Nicola in Carcere. Et maintenant… sa sœur jumelle !*

Il étudia la Pomme un moment. Elle était terne et froide, sans vie. Pourtant, il sentit sa main se tendre vers elle, indépendamment de sa volonté.

Au prix d'un effort démesuré, il s'arrêta lui-même.

—Non. Tu resteras ici. (Il fit un pas en arrière.) J'en ai assez vu pour toute une vie…

Il posa la main sur le levier.

Mais la Pomme s'éveilla, sa lumière l'aveuglant. Titubant en arrière, il se retourna pour voir le centre de la salle illuminé par le monde – le monde ! –, tournant à cinq mètres au-dessus du sol. Une boule géante et vulgaire de bleu, de brun, de blanc et de vert.

—Non ! cria-t-il en se plaquant les mains sur les yeux. J'en ai assez fait ! J'ai vécu ma vie comme j'ai pu, sans en connaître le but, cheminant comme un papillon de nuit attiré par la lumière de la lune !

Écoute. Tu es le conduit d'un message qu'il ne te revient pas de comprendre.

Ezio n'avait aucune idée de l'endroit d'où venait cette voix, ou à qui elle pouvait appartenir. Il retira ses mains de ses yeux, les appuya contre ses oreilles et se tourna contre le mur. Il sentit alors son corps violemment tiraillé de part et d'autre, comme si on l'écartelait. La force invisible le poussa à se retourner vers le centre de la pièce. Des milliards de nombres et d'icônes, de calculs et de formules, de mots et de lettres flottaient dans les airs. Certains se mélangeaient, formant parfois des phrases à demi compréhensibles, avant de se séparer de nouveau pour retourner au chaos. Et au milieu de tout cela, la voix d'un vieil homme, tremblant de temps en temps. Elle ne manquait pas d'autorité. C'était la voix la plus puissante qu'Ezio ait jamais entendue.

Me reçois-tu, entité ? Est-ce que tu me vois ?

Alors, il discerna une silhouette humanoïde marchant vers lui depuis un point très éloigné, traversant la mer enragée composée de tous les symboles que l'homme ait jamais employés pour se faire comprendre, posant les pieds dans l'air, sur l'eau, mais jamais sur terre. Ezio savait que la chose ne pourrait jamais arriver jusqu'à lui. Il y avait entre eux un abysse infranchissable.

Ah. Te voici. Bien.

Les nombres autour de la chose se mirent à bouger et à vibrer, s'enfuyant sans parvenir à se libérer, englués dans une entropie cauchemardesque. Mais la silhouette se fit plus nette. Un homme. Plus grand et plus large que la moyenne. Il rappela à Ezio les statues de dieux grecs que Michelangelo lui avait montrées quand la collection des Borgia avait été confisquée par le pape Jules. Plutôt un vieux dieu. Zeus ou Poséidon. Barbu. Des yeux où brillait une sagesse inhumaine. Autour de lui, les chiffres et les équations mirent fin à leurs batailles et commencèrent à s'éloigner, de plus en plus vite, jusqu'à disparaître tous ; jusqu'à ce que le monde ait disparu, qu'il ne reste que cet… homme. Quel autre nom lui donner ?

Tinia. Mon nom est Tinia. Je crois que tu as rencontré mes sœurs.

Ezio regarda la créature, mais elle observait la toute dernière équation filer à travers l'éther.

Quand la voix retentit à nouveau, elle semblait étrangement humaine et peu sûre d'elle.

Un endroit bien singulier, ce nexus temporel. Je n'entends rien à tous ces… calculs. Cela a toujours été le domaine de Minerve.

Il regarda Ezio avec curiosité et… autre chose. Une infinie tristesse doublée d'une sorte de fierté paternelle.

Tu te poses encore bien des questions. Qui étions-nous ? Que sommes-nous devenus ? Qu'attendons-nous de toi ? (Tinia sourit.) *Tu auras bientôt les réponses. Alors écoute-moi et tu comprendras.*

La lumière se retira lentement de la pièce, s'agglutinant de nouveau en un globe bleu fantomatique. Tournant derrière Tinia, il grandit jusqu'à remplir toute la pièce.

Avant et après sa fin, nous avons tout fait pour sauver le monde.

De petits points apparurent sur la sphère, un par un.

Nous avons construit de nombreux sanctuaires, chacun dédié à une méthode de sauvegarde.

Ezio vit que l'un des points brillait plus intensément que les autres. Il se trouvait près de la côte orientale d'un vaste continent dont il n'arrivait pas à concevoir l'existence. Et pourtant, son ami Amerigo Vespucci avait découvert une terre là-bas il y a dix ans. Et il avait vu le planisphère de Waldseemüller présentant tous les mondes découverts. Mais ce que cette carte montrait était situé bien plus au sud. Existait-il d'autres terres ? Aussi grandes ? Cela paraissait improbable.

Ils furent bâtis sous terre, pour les protéger de la guerre qui faisait rage à la surface, mais aussi par précaution, au cas où nos efforts seraient vains.

Et Ezio vit alors que des rayons de lumière commençaient à se déployer sur le globe qui tournait lentement, partant de tous les autres points vers celui de l'étrange nouveau continent. Cela continua jusqu'à ce que la sphère soit hachurée de lignes lumineuses.

Le savoir de chaque sanctuaire a été transmis en un lieu unique.

La vue d'Ezio changea soudain ; il se mit à tomber vers la surface du monde virtuel depuis sa position dans le ciel, jusqu'à être à deux doigts de s'écraser au sol qui se précipitait vers lui. Mais alors, on l'arrêta au dernier moment. Il flotta quelques instants, avant de plonger à nouveau dans un puits, comme une mine, jusqu'à ce qu'il pénètre dans un immense bâtiment souterrain, comme un temple ou le hall d'un palais.

Il était de notre devoir... à Minerve, Junon et moi, de trier et répertorier tout ce qui était assemblé. Nous choisissions les solutions les plus prometteuses et nous nous efforcions d'en éprouver les mérites.

Effectivement, Ezio se trouvait maintenant dans le grand hall, dans la crypte énigmatique du continent mystérieux, ou du moins, il avait l'impression d'y être, et près de Tinia se tenaient Minerve et Junon, qu'il avait l'impression d'avoir déjà rencontrées...

Six méthodes successives, plus encourageantes les unes que les autres... Mais elles échouèrent et ce fut la fin du monde...

Il prononça cette dernière phrase d'un ton si neutre et factuel qu'Ezio fut décontenancé. Il vit Minerve, abattue, Junon, furieuse, laissant Tinia activer un mécanisme complexe qui provoqua la fermeture des grandes portes. Ils étaient enfermés. Et alors...

Alors, une vague de pouvoir d'une force indescriptible frappa la voûte céleste, embrassant le ciel comme dix mille aurores boréales. Ezio était maintenant dans une cité majestueuse, au milieu de centaines de milliers de personnes qui regardaient la scène surnaturelle au-dessus d'elles. Mais la brise fraîche qui soufflait doucement se changea en zéphyr, en tempête, puis en ouragan en moins d'une minute. Les gens s'entre-regardaient, incrédules, puis pris de panique, avant de courir à l'abri.

Le ciel, toujours parcouru de vagues de flammes vertes, se mit à crépiter et chatoyer d'éclairs. Le tonnerre éclata avec fracas, bien qu'il n'y ait pas un nuage à l'horizon. La foudre s'abattit sur les arbres, les bâtiments et les gens. Des débris volèrent dans les airs, détruisant tout sur leur passage.

Ensuite, une secousse colossale fit trembler le sol. Les personnes encore dehors perdirent pied ; avant d'avoir le temps de se relever, elles furent terrassées par des pierres et des rocs, balayées par le vent comme de vulgaires boules de papier. La terre trembla de nouveau, plus violemment cette fois. Les cris et les pleurs des blessés étaient étouffés par la foudre et le hurlement assourdissant du vent. Dans les rues, les survivants cherchaient désespérément à atteindre un abri, luttant pour rester debout en se tenant aux côtés des rares bâtiments encore debout.

Îlots au sein de la dévastation générale, les grands temples tenaient bon, épargnés par la catastrophe, témoignages de l'habileté technique de leurs constructeurs. Mais une deuxième secousse fit trembler la terre, puis une troisième. Une large route se déchira en deux sur toute sa longueur, les gens fuyant l'abîme qui s'était ouvert en son milieu. Le ciel était en feu, des éclairs bondissant d'un côté de l'horizon à l'autre ; le firmament semblait sur le point d'imploser.

Le point de vue d'Ezio recula de nouveau, et il vit la terre de loin, enveloppée dans une gigantesque éruption solaire, piégée dans une boule de feu démesurée. Alors, l'impensable se produisit, et la terre s'inclina sur son axe, pivotant dans le cosmos… L'élégante cité, qui avait été un assortiment sophistiqué de hauts édifices et de jardins raffinés, se gerçait de crevasses béantes; la terre s'entrouvrait et se craquelait, détruisant les derniers bâtiments intacts. Les rares survivants visibles poussaient un dernier hurlement d'agonie, l'inversion dans les pôles terrestres laissant la surface de la planète vulnérable aux radiations mortelles des éruptions solaires. Les restes de la cité s'écrasèrent comme un château de cartes dans un courant d'air.

Alors, aussi brusquement que tout avait commencé, le calme revint. Les aurores boréales s'éteignirent comme la flamme d'une bougie sur laquelle on aurait soufflé, et les vents s'apaisèrent aussitôt. Mais la dévastation était complète. Presque rien n'avait été épargné. Le feu et la fumée, les ténèbres et la ruine, régnaient en maîtres absolus.

À travers les miasmes, Ezio perçut la voix de Tinia. Ou une autre voix lui ressemblant. Il n'avait plus aucune certitude.

Écoute. Il faut t'y rendre. Là où nous avons travaillé… Travaillé et tout perdu. Retiens ces mots. Puissent-ils passer de ta tête à tes mains. Ainsi, tu réussiras à ouvrir la voie. Mais fais attention : rien n'est encore fixé. J'ignore toujours comment cela finira, autant à mon époque qu'à la tienne.

Les nuages de poussière se dissipaient, la lave en fusion refroidissait. Le temps s'accélérant, de minuscules pousses apparurent sur le sol, la nature reprenant ses droits. L'entrée d'une crypte souterraine s'ouvrit, le peuple de la Première Civilisation en sortit et se mit à reconstruire. Mais ils étaient peu nombreux et ne croissaient plus. Au fil des siècles, ils dépérirent, jusqu'à ce qu'ils ne soient plus que quelques centaines, puis quelques dizaines, puis… qu'il ne reste plus personne.

Ce qu'ils avaient reconstruit fut avalé par les forêts conquérantes. Les nouveaux bâtiments disparurent, dévorés par le temps. Un paysage de collines et de forêts profondes enveloppa les grandes étendues qui n'étaient pas couvertes par les plaines. Alors, d'autres personnes se montrèrent, différentes des Premiers Venus. Des humains. Les anciens esclaves étaient maintenant libres, les héritiers de leurs créateurs. Certains avaient été les amants des Premiers Venus et leur lignée acquit des pouvoirs surhumains. Mais les vrais successeurs étaient les humains. Les premiers sur cette terre inconnue étaient des hommes et des femmes à la peau tannée et aux longs cheveux raides. Des gens fiers, chassant un bétail étrange à la toison brun foncé ; montant à cru des poneys vigoureux, à l'aide d'arcs et de flèches. Des gens formant des tribus distinctes, qui s'affrontaient sans effusions de sang.

Puis d'autres personnes arrivèrent, plus pâles, portant des vêtements différents, qui les couvraient presque entièrement. Ayant traversé la Mare Occidentalis en bateau, ils s'approprièrent la terre, fondèrent leurs propres fermes, villages et, enfin, leurs villes et leurs cités, rivalisant avec ceux de la civilisation perdue depuis des millénaires.

Assimile cela et souviens-toi. Jamais tu ne cesseras de te battre pour la justice. Même quand l'échec semblera inévitable, que l'espoir aura disparu, le combat, le combat en lui-même, assurera la survie de la justice, la survie du monde. Toute ta vie, tu marcheras au bord d'un à-pic ; tu ne peux faire autrement. Ta tâche consiste à empêcher que la balance penche trop d'un côté. Et tu as un autre moyen de t'en assurer : tu peux aimer.

Ezio s'appuya au bureau. À côté de lui, Altaïr était toujours assis dans sa chaise. Rien n'avait bougé, pas même une feuille de parchemin, et la bougie brûlait toujours d'une lumière constante.

Il ne savait pas comment il était allé du recoin au bureau, mais il revint sur ses pas. La Pomme était toujours sur son piédestal, dans l'alcôve, froide et morte. Il distinguait à peine ses contours dans la pénombre. Sa boîte gisait, couverte de poussière, sur le bureau.

Il se ressaisit, traversa la grande salle, puis parcourut le couloir qui allait le ramener à la lumière du soleil et à Sofia.

Mais à l'entrée de la bibliothèque, il se retourna. Il regarda Altaïr une dernière fois. Il paraissait si loin, assis pour l'éternité dans son archive fantôme.

—Adieu, mentor, dit-il.

CHAPITRE 78

En arrivant à la porte extérieure, Ezio trouva le levier à côté du linteau et le tira. Obéissante, la porte verte glissa dans le sol. Sofia était là, lisant un livre, à l'attendre.

Elle sourit en le voyant sortir, se leva et vint vers lui pour lui prendre la main.

— Tu es revenu, dit-elle d'une voix qui trahissait son soulagement.

— Comme je l'avais promis.

— As-tu trouvé ce que tu cherchais ?

— J'ai trouvé… quelque chose.

Elle hésita.

— J'ai cru…

— Quoi ?

— J'ai cru que je ne te reverrais jamais.

— Parfois, nos pires prémonitions sont les moins fiables.

Elle le regarda.

— Je dois être folle. Je crois que tu me plais même lorsque tu es pompeux. (Elle s'interrompit.) Que faisons-nous maintenant ?

Ezio sourit.

— Nous rentrons chez nous, dit-il.

TROISIÈME PARTIE

Éternelle clarté, qui sièges en toi-même, qui seule te comprends et qui, te comprenant, et comprise à la fois, t'aimes et te souris!

Dante, *Le Purgatoire*,
traduction d'Antoine de Rivarol, 1785.

CHAPITRE 79

E zio garda le silence durant la plus grande partie du
voyage de retour à Constantinople. Sofia, se souvenant
de l'avertissement funeste de Selim, l'interrogea sur la sagesse
d'y retourner. Il répondit seulement :

—J'ai encore des affaires en suspens.

Elle s'inquiétait de son état. Il semblait si renfermé, presque
malade. Mais cela passa dès qu'ils aperçurent les dômes dorés,
et que les minarets blancs apparurent à l'horizon. Elle retrouva
la lueur habituelle dans ses yeux gris foncé.

Ils retournèrent à sa librairie. Elle était complètement
transformée. Azize l'avait modernisée : tous les livres étaient
rangés soigneusement sur leurs étagères, dans un ordre
impeccable. Elle faillit s'excuser en tendant les clés à Sofia,
mais celle-ci avait surtout remarqué tous les clients dans
la boutique.

—Dogan désire te voir, mentor, dit Azize après l'avoir
salué. Et sois rassuré. Ayant appris ton retour, le prince
Suleiman t'a fourni un sauf-conduit. Mais son père insiste
pour que tu ne restes pas longtemps.

Ezio et Sofia échangèrent un regard. Ils étaient ensemble
depuis longtemps maintenant, au moins six mois, depuis
qu'elle avait insisté pour l'accompagner dans son voyage à
Masyaf, une requête qu'il avait acceptée, à sa surprise, sans
la moindre objection. Au contraire, il semblait s'en réjouir.

Avec Dogan, Ezio s'assura que les Assassins turcs avaient
une base solide dans la ville, avec l'accord tacite de Suleiman

et sous sa protection officieuse. Ils avaient déjà commencé à nettoyer la cité et l'Empire des dernières traces de rebelles ottomans et byzantins, dépourvus de chefs depuis les morts d'Ahmet et Manuel. Les janissaires, sous la main de fer de Selim, ne connurent plus de dissension dans leurs rangs. Il faut dire qu'ils n'en avaient plus de raison, leur prince favori étant devenu sultan.

Quant aux Templiers, une fois leurs bastions brisés en Italie et maintenant à l'est, ils disparurent. Mais Ezio savait que ce volcan était en sommeil plutôt qu'éteint. Ses pensées troublées se tournèrent vers l'extrême orient. Il se demanda ce que les connaissances octroyées par Tinia et le globe fantomatique pourraient signifier pour les continents inconnus, s'ils existaient vraiment, loin au-delà de la mer occidentale.

Dogan, s'il n'avait pas le zèle de Yusuf, compensait par son talent d'administrateur et sa dévotion totale au Credo. Il pourrait faire un bon mentor plus tard, pensa Ezio. Mais ses propres sentiments semblaient partir à la dérive. Il ne savait plus ce qu'il croyait, ou même s'il croyait à quelque chose. C'est l'une des deux choses qui l'avaient préoccupé tandis qu'ils rentraient chez eux.

Chez eux! Mais quel était son foyer, finalement? Rome? Florence? Là où il travaillait? Il n'avait pas de véritable foyer, et il savait en son for intérieur que ses expériences dans la salle secrète d'Altaïr au fort de Masyaf marquaient la fin d'un chapitre de sa vie. Il avait fait ce qu'il pouvait: il avait apporté la paix et la stabilité en Italie et à l'est, pour un temps au moins. N'avait-il pas le droit de s'accorder un peu de temps pour lui-même? Ses jours lui étaient comptés, il le savait, mais il lui en restait assez pour en récolter la moisson. S'il osait prendre ce risque.

Au milieu de l'été 1512, Ezio fêta son cinquante-troisième anniversaire avec Sofia. Les jours que lui avait accordés Selim arrivaient à leur fin. Son humeur était sombre. Ils étaient tous deux tendus, comme si un grand poids pesait au-dessus d'eux. En son honneur, elle avait préparé un banquet florentin : *salsicce di cinghiale* et *fettunta*, puis *carciofini sott'olio*, suivis par des *spaghetti allo scoglio* et *bistecca alla fiorentina*. Et après, un bon *pecorino* sec. Le gâteau était un *castagnaccio* qu'elle avait préparé elle-même, avec quelques *brutti ma buoni* pour faire bonne mesure. Mais pour le vin, elle opta pour le Veneto.

Tout cela était bien trop riche et trop copieux. Il fit de son mieux, mais elle voyait que la nourriture, même italienne, même si elle lui avait coûté une fortune, ne suffisait pas à le faire penser à autre chose.

— Que comptes-tu faire ? lui demanda-t-elle.

Il soupira.

— Retourner à Rome. Ma tâche ici est terminée. (Il s'interrompit.) Et toi ?

— Rester ici, je suppose. Continuer comme je l'ai toujours fait. Même si je suppose qu'Azize est une meilleure libraire que je ne l'ai jamais été.

— Peut-être devrais-tu essayer quelque chose de nouveau.

— Je ne sais pas si j'oserai, seule. Les vieux volumes, c'est bien ce que je connais le mieux. Pourtant…

Elle s'arrêta là.

— Pourtant quoi ?

Elle le regarda dans les yeux.

— Ces derniers mois, depuis presque un an en fait, j'ai appris qu'il y a une vie en dehors des livres.

— La vie est en dehors des livres, par définition.

— Voilà qui est parlé comme un érudit.

— C'est la vie qui entre dans les livres, jamais le contraire.

Sofia l'étudia. Elle se demanda combien de temps encore il allait hésiter. S'il allait en venir au fait. S'il oserait. S'il en avait envie, quoiqu'elle fasse de son mieux pour ne pas s'attarder sur cette idée. Et si elle oserait, elle, provoquer la question. C'est durant le voyage à Adrianopolis sans lui qu'elle avait compris pour la première fois ce qu'elle ressentait. Elle était quasiment certaine qu'il ressentait la même chose. Ils étaient amoureux. Bien sûr qu'ils étaient amoureux. Mais ce qu'elle attendait avec impatience ne s'était pas encore produit.

Ils restèrent longtemps assis à table, en silence. Un silence pesant.

—Azize, contrairement à toi, n'a pas surmonté ses épreuves aux mains d'Ahmet, dit finalement Ezio. (Lentement, il remplit leurs verres de Soave.) Elle voulait que je te demande si elle peut continuer à travailler dans le magasin.

—Et quel serait l'intérêt des Assassins là-dedans?

—Cet endroit serait un excellent centre de renseignements pour les Assassins turcs. (Il se corrigea aussitôt.) Une fonction secondaire, bien sûr. Et cela fournirait un rôle plus tranquille à Azize au sein de l'Ordre. Enfin, si tu…

—Et que deviendrai-je?

Il déglutit difficilement.

—Je… Je me demandais si…

Il posa un genou à terre.

Son cœur battait la chamade.

CHAPITRE 80

Ils décidèrent de se marier à Venise. L'oncle de Sofia, vicaire général de la basilique Santa Maria Gloriosa dei Frari, dans le quartier de San Polo, s'était proposé pour officier. Il avait donné sa bénédiction aux fiancés dès qu'il se fut rendu compte qu'Ezio avait eu pour père l'éminent banquier Giovanni Auditore. L'amitié liant Ezio et Pietro Bembo fut aussi un atout. Bien que l'ancien amant de Lucrezia Borgia n'ait pu assister à la cérémonie, étant retenu à Urbino, les invités comprirent le doge Leonardo Loredano et un jeune peintre prometteur, Tiziano Vecellio. Frappé par la beauté de Sofia et jaloux du portrait qu'en avait fait Dürer, ce dernier offrit, à prix d'ami, de réaliser un tableau du couple en tant que cadeau de mariage.

La Confrérie des Assassins proposa un bon prix à Sofia pour sa librairie. Ils emmurèrent les cinq clés de Masyaf dans une citerne souterraine qu'Ezio avait découverte dans les sous-sols du bâtiment. Azize, quoique triste de les voir partir, fut ravie de sa nouvelle profession.

Ils restèrent plusieurs semaines à Venise, ce qui permit à Sofia de découvrir sa terre natale, qu'elle avait si peu connue, et de fréquenter les membres encore en vie de sa famille. Mais alors que la nouvelle année approchait, Ezio commençait à s'agiter. Il avait reçu des lettres impatientes de Claudia à Rome. Le pape Jules II, un protecteur de longue date des Assassins, allait sur ses soixante-dix ans et était gravement malade. On ignorait encore qui allait lui succéder ; la Confrérie avait besoin qu'Ezio prenne les choses en main dans la période d'intérim qui allait suivre la mort de Jules.

Ezio, bien qu'inquiet, ne s'occupait pas des arrangements de leur départ.

— Je ne souhaite plus faire partie de ces choses, dit-il à Sofia en réponse à ses questions. J'ai besoin de temps pour moi, enfin.

— Et pour penser à toi, peut-être.

— Oui, peut-être.

— Mais c'est ton devoir.

— Je sais.

Il avait d'autres choses en tête. Le chef de la branche nord-européenne de la Confrérie, Desiderius Erasmus, avait écrit à Claudia depuis le Queens' College de Cambridge, où l'érudit errant vivait et enseignait actuellement. Il disait qu'un docteur en théologie nouvellement ordonné à Wittenberg, un jeune homme nommé Luther, professait des idées dangereuses sur la religion, qui pouvaient mener sur une voie révolutionnaire, risquant de menacer à nouveau la fragile stabilité européenne.

Il en parla à Sofia.

— Que fait Erasmus ?

— Il observe. Il attend.

— Vas-tu recruter de nouveaux hommes dans l'Ordre si le Nord s'éloigne de l'Église romaine ?

Ezio haussa les épaules.

— Je suivrai les conseils de Desiderius. (Il secoua la tête.) Partout, toujours, se propagent la dissension et la division.

— N'est-ce pas une caractéristique de la vie ?

— Peut-être, dit-il en souriant. Et peut-être n'est-ce plus mon combat.

— Cela ne te ressemble pas. (Elle s'interrompit.) Me diras-tu un jour ce qui s'est réellement passé dans la crypte sous Masyaf ?

—Un jour.

—Pourquoi pas maintenant?

Il la regarda tendrement.

—Je vais te dire ceci. J'ai toujours su que l'avancée de l'humanité vers la paix et l'unité serait un voyage sans fin. Comme la mort d'un homme ou d'une femme, la fin est toujours une interruption plutôt qu'une conclusion. Il y a toujours des affaires en cours. (Ezio tenait un livre entre ses mains en parlant : le *Canzoniere* de Pétrarque.) C'est comme ça, continua-t-il, la mort n'attend pas que tu aies fini ton livre.

—Alors, lis tout ce que tu peux, tant que tu peux.

Plein d'une détermination nouvelle, Ezio se chargea des arrangements de leur départ pour Rome.

Quand ils furent prêts, Sofia était enceinte.

CHAPITRE 81

— Ah, te voilà enfin. Tu as pris ton temps! s'exclama Claudia avant d'embrasser Ezio sur les deux joues. *Fratello mio*. Tu as pris du poids. Ah, la nourriture vénitienne... Elle ne te convient pas.

Ils étaient dans le quartier général des Assassins sur l'île Tibérine, en cette fin février. Le retour d'Ezio à Rome coïncidait avec les funérailles du pape Jules.

— Bonnes nouvelles, je pense, continua Claudia. Giovanni di Lorenzo de'Medici va être élu.

— Mais il n'est que diacre?

— Depuis quand cela a été un obstacle pour devenir pape?

— En tout cas, il est vrai que ce serait une bonne chose si cela se fait.

— Il a le soutien de presque tout le collège des cardinaux. Il s'est même déjà choisi un nom: Léon.

— Va-t-il se souvenir de moi?

— Il ne risque pas d'oublier le jour où tu as sauvé la vie de son père dans le *duomo* de Florence. Et la sienne, par la même occasion.

— Ah, fit Ezio en se souvenant. Les Pazzi. Cela semble si vieux.

— C'était il y a longtemps. Le petit Giovanni a bien grandi depuis. Il a trente-huit ans maintenant, aussi incroyable que cela paraisse. Et il n'est pas commode.

— Tant qu'il se souvient de ses amis.

— Il est fort. C'est ce qui compte. Et il nous veut dans son camp.

— S'il est juste, nous nous tiendrons à ses côtés.

— Nous avons besoin de lui autant qu'il a besoin de nous.

— C'est vrai. (Ezio s'interrompit pour contempler le vieux palais. Tellement de souvenirs. Mais des souvenirs qui n'avaient presque plus rien à voir avec lui.) Je dois te parler de quelque chose, chère sœur.

— Oui ?

— À propos de ma… succession.

— En tant que mentor ? Tu abandonnes ? dit-elle sans paraître surprise.

— Je t'ai raconté l'histoire de Masyaf. J'ai fait tout ce que j'ai pu.

— Le mariage t'a ramolli.

— Tu t'es déjà mariée deux fois et tu n'as pas l'air ramollie.

— J'approuve ton choix d'épouse, d'ailleurs. Même si elle est vénitienne.

— *Grazie.*

— Pour quand est prévu l'heureux événement ?

— Mai.

Elle soupira.

— Tu as raison, la responsabilité est fatigante. Par la Sainte Vierge, je n'ai pris ta place que depuis deux ans, et je réalise déjà le poids qui pesait sur tes épaules depuis si longtemps. As-tu pensé à quelqu'un pour te succéder ?

— Oui.

— Machiavelli ?

Ezio secoua la tête.

— Aucune chance qu'il accepte. C'est un penseur, pas un meneur. Ce poste, et je le dis en toute modestie, nécessite un esprit solide. Je pense à l'un d'entre nous, qui ne nous a jamais aidés que dans des missions diplomatiques. Je l'ai sondé et je l'estime prêt.

— Et tu crois que les autres, Niccolò lui-même, Bartolomeo, Rosa, Paola et la Volpe vont l'élire ?

— Je le crois.

— Qui est-ce ?

— Ludovico Ariosto, répondit-il.

— Lui ?

— Il a été deux fois ambassadeur de Ferrare auprès du Vatican.

— Et Jules a failli le tuer.

— Ce n'était pas sa faute. À l'époque, Jules était en conflit avec le duc Alfonso.

Claudia avait l'air atterrée.

— Ezio, as-tu perdu l'esprit ? Te souviens-tu à qui est marié Alfonso ?

— Oui, à Lucrezia.

— Lucrezia Borgia.

— Elle mène une vie tranquille ces temps-ci.

— Dis-le à Alfonso ! De plus, Ariosto est malade. Et par saint Sébastien, c'est un poète du dimanche ! J'ai entendu dire qu'il travaillait à des âneries sur le sieur Roland.

— Dante était un poète. La poésie n'émascule personne, Claudia. Et Ludovico n'a que trente-huit ans, il a tous les contacts nécessaires et, surtout, il est loyal au Credo.

— Tu aurais aussi bien pu demander à Castiglione, murmura-t-elle d'un ton maussade. C'est un acteur amateur.

— Ma décision est prise, lui répondit Ezio avec fermeté. Mais il reviendra au conseil des Assassins de la ratifier.

Elle resta silencieuse un moment, puis sourit.

— Tu as vraiment besoin de te reposer, Ezio. Peut-être avons-nous tous besoin de nous reposer. Quels sont tes projets ?

— Je n'en suis pas sûr. J'aimerais montrer Florence à Sofia.

Claudia eut l'air triste.

— Il ne reste plus grand-chose des Auditore à lui présenter là-bas. Annetta est morte, tu sais.

—Annetta? Quand?

—Il y a deux ans. Je croyais te l'avoir écrit.

—Non.

Ils se turent tous les deux, repensant à leur vieille gouvernante, qui leur était restée loyale et avait aidé à les sauver après que leur famille et leur maison avaient été détruites par des agents des Templiers, trente ans auparavant.

—Néanmoins, je vais l'emmener là-bas.

—Et que vas-tu faire? Tu vas rester à Florence?

—Ma sœur, je ne sais pas. Mais je pensais… Si je trouvais le bon endroit…

—Quoi?

—Je pourrais planter de la vigne.

—Mais tu n'y connais rien!

—Je peux apprendre.

—Toi, dans un vignoble! À couper des grappes de raisin!

—Au moins, je sais me servir d'une lame.

Elle eut un regard dédaigneux.

—Brunello di Auditore, je suppose! Et quoi d'autre? Entre deux vendanges?

—Je pensais… Que je pourrais essayer d'écrire.

Claudia faillit exploser.

CHAPITRE 82

Plus tard, Claudia finirait par apprécier ses visites au domaine sur les collines surplombant Florence. Il était quasiment en ruine quand Ezio et Sofia l'avaient découvert, mais ils l'avaient acheté tout de même et restauré à l'aide de l'argent de la vente de la librairie aux Assassins de Constantinople. En deux ans, ils en avaient fait un vignoble modeste, mais profitable.

Ezio, maigre et bronzé, portait des vêtements de travail durant la journée. Sofia le grondait, se plaignant que les cals sur ses mains rendaient ses caresses moins douces. Mais cela n'empêcha pas la naissance de Flavia en mai 1513, puis de Marcello l'année suivante, en octobre.

Claudia aimait sa nièce et son neveu, presque plus qu'elle ne le pensait possible. Elle s'assura toutefois, étant donné les vingt ans de différence d'âge entre elles, de ne pas devenir une belle-mère de substitution pour Sofia. Elle n'interférait jamais et s'obligea à ne visiter le domaine Auditore que moitié moins que ce qu'elle aurait voulu. De toute façon, son nouvel époux retenait ses pensées à Rome.

Mais Claudia ne pouvait pas les aimer autant qu'Ezio lui-même. Avec eux, et avec Sofia, Ezio avait enfin trouvé la raison qu'il avait passé sa vie à chercher.

CHAPITRE IV

CHAPITRE 83

Machiavelli eut des difficultés sur le plan politique. Il fut même emprisonné pendant un temps. Une fois sorti d'affaire, quand il eut repris les rênes de sa vie à Florence, il se rendit fréquemment à la villa Auditore. Il manquait à Ezio quand il n'était pas là, même s'il n'appréciait guère les commentaires parfois acerbes de son vieil ami à propos de l'écriture de ses mémoires, qu'il remettait toujours à plus tard. En 1518, non seulement la *raccolto* ne fut pas bonne, mais Ezio attrapa un mal de poitrine qu'il négligea, et qui dura tout l'hiver.

Un matin, alors que le printemps approchait, Ezio était assis près du feu, un verre de son propre vin rouge à côté de lui. Papier et plume devant lui, il tentait pour la millième fois d'entamer le chapitre XVI. Mais les souvenirs l'intéressant bien moins que l'action, il finit par repousser le manuscrit, comme toujours. Alors qu'il allait refermer la main sur son verre, il fut saisi par une crise de toux douloureuse, et le renversa. Le verre tomba avec un bruit sonore, renversant le liquide rouge sur la surface brune de la table, mais il ne se brisa pas. Ezio le rattrapa avant qu'il ne roule à bas de la table, et le redressa. Sofia arriva, alertée par le bruit.

—Tout va bien, *amore*?

—Ce n'est rien. Désolé pour le dérangement. Apporte-moi un torchon.

—Oublie le nettoyage. Tu as besoin de repos.

Ezio tira une chaise tandis que Sofia vint à côté de lui, l'aidant à s'asseoir.

—Assieds-toi, ordonna-t-elle doucement.

Alors qu'il obéissait, elle prit la bouteille dénuée d'étiquette, une petite serviette nouée autour de son goulot, et vérifia le niveau de vin restant à l'intérieur.

—C'est un bon remède contre le rhume, dit-il penaud. Niccolò est-il arrivé ?

—Il est derrière moi, répondit-elle. Je ferais mieux d'apporter une autre bouteille, ajouta-t-elle sèchement. Celle-ci est presque vide.

—L'alcool est une muse.

Machiavelli entra dans la pièce sans cérémonie, comme il convenait à un vieil ami et un invité fréquent. Il prit le torchon des mains de Sofia.

—Laisse-moi faire.

Il essuya le verre, puis la table. Ezio le regarda faire, avec un air dépité.

—Je t'ai invité pour boire, pas pour nettoyer mes bêtises.

Machiavelli finit son ménage avant de répondre, en souriant.

—Je peux faire les deux. Une pièce propre et un bon verre de vin suffisent au bonheur de l'homme.

Ezio eut un rire moqueur.

—Idioties ! On croirait entendre le personnage d'une de tes pièces.

—Tu n'as vu aucune de ses pièces, rétorqua Sofia en secouant la tête.

—Eh bien, c'est ce que j'imagine, répondit Ezio avec embarras.

—Vraiment ? Alors pourquoi ne pas mettre cette imagination au travail ? Pourquoi ne pas reprendre l'écriture ? demanda Machiavelli en montrant le manuscrit négligé.

— Nous en avons déjà parlé, Niccolò. Je n'écris pas. Je suis un père, un mari, un viticulteur. Cela me suffit.

— Très bien.

Sofia revint avec une bouteille de vin, qu'elle plaça sur la table avec deux verres propres, des napperons blancs et une corbeille de *pan di Ramerino*.

— Je vous laisse discuter littérature, dit-elle. Quand j'aurai fini d'aider Andrea à coucher les enfants, je pourrai me mettre à mon écriture moi aussi.

— Ah, qu'écris-tu? demanda Machiavelli.

— Rien qui ne t'intéresse, dit-elle. J'attends juste de savoir ce que tu penses du vin. Cela tracasse Ezio. Au point d'en boire plusieurs bouteilles.

— Elle aura terminé bien avant que tu n'aies même commencé, dit Machiavelli.

— Peu importe, dit Ezio. Goûte-moi ça. La récolte de l'année dernière. Un désastre.

— Si c'est mon avis que tu veux, tu vas l'avoir.

Il but une gorgée du vin qu'Ezio lui avait servi, le fit tourner dans sa bouche, le savoura et avala.

— Il est délicieux, commenta-t-il. Toujours du *sangiovese*… à moins que tu aies changé?

Sofia fit un grand sourire en serrant l'épaule d'Ezio.

— Tu vois? dit-elle.

— Un mélange, dit Ezio d'un air satisfait. Mais principalement mon vieux *sangiovese*. Je ne pensais pas vraiment qu'il était si mauvais. Mes vignes sont les meilleures.

— Bien sûr.

Machiavelli but une autre gorgée. Ezio avait l'air heureux, mais Sofia remarqua qu'il avait discrètement porté la main à sa poitrine, pour se masser.

— Allons, dit Ezio. Le ciel n'est pas encore complètement noir. Je vais te montrer…

Ils sortirent et empruntèrent l'allée qui menait au vignoble.

— *Trebbiano* pour le blanc, dit Ezio en montrant une rangée de vigne. Reste avec nous pour le dîner. Nous mangeons du *tonno al cartoccio*. La spécialité de Serena.

— Elle cuisine parfaitement le thon, répondit Machiavelli en regardant autour de lui. Tu as bien travaillé, Ezio. Leonardo aurait été fier de voir ce que tu cultives ici.

— Seulement parce que j'utilise les outils qu'il m'a offerts, dit Ezio en riant. Il serait jaloux. Je vends deux fois plus de vin que ce que produit son vignoble de Porta Vercinella. Il n'aurait jamais dû envoyer cette racaille de Salai depuis Amboise pour gérer son domaine. (Il se tut un moment.) Que veux-tu dire par : il aurait été fier ?

Le visage de Machiavelli se fit grave.

— J'ai reçu une lettre. Adressée à nous deux, d'ailleurs, mais la poste met un temps fou à arriver jusqu'à Fiesole. Écoute, Ezio, il ne va pas bien. Il aimerait nous voir.

Ezio redressa les épaules.

— Quand partons-nous ?

Ils arrivèrent au Clos Lucé, le manoir près du château d'Amboise que le roi François 1er avait alloué à Leonardo dans le cadre de son patronage, à la fin avril. Les eaux brunes de la Loire coulaient lentement. Sur la berge, les arbres se couvraient de nouvelles feuilles.

Ils franchirent le portail à cheval, puis remontèrent une allée bordée de cyprès jusqu'à être accueillis par un serviteur. Ayant confié leurs montures à un valet d'écurie, ils suivirent le serviteur dans la maison. Il les guida jusqu'à une grande salle aérée, dont les fenêtres ouvertes surplombaient le jardin de derrière. Allongé dans une chaise longue, Leonardo portait une robe de chambre de brocart jaune et était à moitié recouvert par une fourrure d'ours. Sa barbe et ses longs cheveux blancs étaient en désordre, et son crâne se dégarnissait. Mais ses yeux étaient toujours aussi vifs, et il se leva pour les saluer.

— Mes chers amis ! Je suis si heureux de vous voir ! Étienne, apporte-nous du vin et des gâteaux.

— Vous n'êtes pas censé manger de gâteau. Et encore moins boire.

— Écoute… Qui paie tes gages ? Non, ne réponds pas. Le même homme qui me paie, moi. Je sais ! Fais ce que je te dis !

Le serviteur s'inclina, puis sortit de la pièce pour revenir, peu de temps après, chargé d'un plateau qu'il déposa cérémonieusement sur une table vernie. Avant de disparaître, il s'inclina une nouvelle fois en disant aux invités de Leonardo :

— Veuillez pardonner le désordre. C'est l'habitude de la maison.

Machiavelli et Ezio échangèrent un sourire. La table vernie et le plateau argenté étaient comme une île dans une mer de chaos. Leonardo n'avait pas changé.

— Comment vas-tu, mon vieil ami ? demanda Ezio en s'asseyant près de l'artiste.

— Je n'ai pas à me plaindre, mais je suis plus intéressé par la suite du voyage, dit Leonardo en tentant de faire paraître sa voix plus forte qu'elle n'était.

— Que veux-tu dire ? demanda Ezio qui craignait que Leonardo n'emploie un euphémisme.

— Je ne parle pas de la mort, dit Leonardo d'un ton irrité. Je parle de l'Angleterre. Le nouveau roi veut renforcer sa flotte. J'aimerais aller là-bas et lui vendre mon sous-marin. Les Vénitiens ne m'ont jamais payé, tu sais.

— Ils ne l'ont jamais construit.

— Là n'est pas la question !

— N'as-tu pas de quoi t'occuper ici ? demanda Machiavelli.

Leonardo lui lança un regard outragé.

— Penses-tu vraiment que créer un lion mécanique suffise à mon esprit ? s'exclama-t-il. C'était la dernière commande de mon seigneur lige. Je vous le demande… Un lion mécanique qui marche, qui rugisse et pour finir, qui s'entrouvre pour dévoiler un bouquet de lis. (Il poussa un grognement.) Pas si mal, en soi, je suppose. Mais me demander cela, à moi! Moi! L'inventeur de machines volantes et de chars!

—Et de parachutes, ajouta Ezio doucement.

—T'a-t-il été utile?

—Très.

—Bien. (Leonardo fit un signe de la main vers le plateau.) Servez-vous. Je ne prends rien. (Il parla plus bas.) Étienne a raison. Ces temps-ci, mon estomac ne supporte guère plus que le lait chaud.

Ils se turent. Puis, Machiavelli dit:

—Peins-tu encore?

Leonardo parut triste.

—J'aimerais… Mais je n'ai plus assez de forces. Je n'arrive plus à finir mes peintures. J'ai laissé la Gioconda à Salai dans mon testament. Cela devrait l'aider pour ses vieux jours. Je pense que François aimerait l'acheter. Pour ma part, je n'en donnerais pas deux sous. Pas ma meilleure œuvre, et de loin. Je préfère le portrait de mon cher Salai en saint Jean-Baptiste… (Sa voix s'éteignit et il regarda au loin, dans le vide.) Ce cher garçon. Quel dommage que j'aie dû le faire partir. Il me manque tant. Mais il avait une vie misérable ici. Il est bien plus heureux à s'occuper du vignoble.

—Je suis viticulteur moi aussi, à présent, dit Ezio.

—Je sais! C'est parfait pour toi. Bien plus raisonnable pour un homme de ton âge que de courir sur les toits à décapiter des Templiers. (Leonardo s'interrompit.) Je crains qu'ils ne soient toujours parmi nous, quoi que nous fassions. Peut-être vaut-il mieux accepter l'inévitable.

—Pas question! s'écria Ezio.

—Parfois, nous n'avons pas le choix, répondit Leonardo avec tristesse.

Ils se turent de nouveau. Puis, Machiavelli dit:

—Tu as parlé de testament?

Leonardo le regarda.

—Oh, Niccolò, à quoi bon se mentir. Je suis mourant. C'est pour cette raison que je vous ai demandé de venir. Nous avons vécu tant de choses tous les trois. Je voulais vous dire au revoir.

—Je croyais que tu voulais aller voir le roi Henri d'Angleterre?

—C'est un jeune chien fou. Et j'aimerais, répondit Leonardo. Mais je n'irai pas. Je ne peux pas. Cette pièce est la dernière que je verrai. Et les arbres, au-dehors. Pleins d'oiseaux, surtout avec l'arrivée du printemps. (Il ne parla plus pendant si longtemps, immobile, que les deux amis se regardèrent, inquiets. Mais alors, Leonardo se remit à bouger.) Me suis-je endormi? demanda-t-il. Je ne devrais pas. Je n'ai pas le temps de dormir. Je dormirai assez bientôt, oui, bien assez.

Puis il se tut de nouveau. Il s'était rendormi.

—Nous reviendrons demain, dit doucement Ezio.

Lui et Machiavelli se levèrent, puis se dirigèrent vers la porte. La voix de Leonardo les arrêta:

—Revenez demain! Nous parlerons encore.

Ils se retournèrent vers lui. Il s'était redressé sur le coude, et la fourrure d'ours était tombée à ses pieds. Machiavelli se pencha pour la replacer.

—Merci, Niccolò. (Leonardo les regarda.) Je vais vous dire un secret. Toute ma vie, alors que je croyais que j'apprenais à vivre, j'apprenais simplement à mourir.

Ils étaient avec lui, une semaine plus tard, quand il poussa son dernier soupir, au petit matin du 2 mai. Mais il ne les reconnaissait plus. Il était déjà parti.

— Une rumeur circule, dit Machiavelli tandis qu'ils chevauchaient tristement sur la route de l'Italie, disant que le roi François l'aurait tenu dans ses bras lors de sa mort.

Ezio cracha par terre.

— Certains, même des rois, feraient n'importe quoi pour un peu de publicité, dit-il.

CHAPITRE 84

L e cycle des saisons fit quatre tours entiers. La petite Flavia avait maintenant dix ans ; Marcello approchait de son neuvième anniversaire. Ezio avait du mal à croire qu'il avait atteint l'âge de soixante-quatre ans. Impitoyable, le temps passait d'autant plus vite qu'il était compté. Malgré tout, il s'occupait de ses vignes avec plaisir. Sous la pression incessante de Machiavelli et Sofia, il continuait ses mémoires. Il en était déjà au chapitre XXIV !

Il s'entraînait toujours, malgré la toux persistante qui ne l'avait jamais vraiment quitté. Il avait depuis longtemps confié ses armes à Ariosto. Aucune nouvelle alarmante n'était venue de Rome ou de Constantinople, ou même d'Erasmus à Rotterdam. Pourtant, le clivage prévu dans l'Église avait eu lieu, le jeune Luther menant la Réforme dans le Nord. De nouvelles guerres menaçaient de nouveau le monde. Ezio ne pouvait plus qu'observer et attendre. Les vieilles habitudes étaient difficiles à oublier, pensa-t-il. Oh, et il vivait à la campagne depuis assez longtemps pour sentir les tempêtes arriver.

Un après-midi, alors qu'il admirait ses vignobles depuis la véranda, il distingua trois personnes dans un carrosse qui se dessinait à l'horizon. À cette distance, il était impossible de les reconnaître, ou même de deviner de quelle sorte de gens il s'agissait. Seuls leurs couvre-chefs insolites trahissaient leur origine étrangère. Mais ils ne s'arrêtèrent pas. Il supposa qu'ils espéraient atteindre Florence avant le crépuscule.

Rentrant dans sa maison, il se dirigea vers sa pièce. Son antre. Les volets étaient clos pour l'aider à se concentrer. Une lampe à huile brûlait sur un bureau jonché de papiers, résultat de ses efforts littéraires de la journée. À contrecœur, il s'assit, chaussa ses lunettes et se relut, le visage tordu par une légère grimace. La bataille contre les hommes-loups! Comment avait-il pu rendre ce passage aussi peu intéressant?

Un coup à la porte interrompit sa critique, ce qui ne lui déplut pas.

—Oui?

La porte s'ouvrit à demi. Sofia se tenait dans le chambranle, mais n'entra pas.

—J'emmène Marcello en ville, dit-elle gaiement.

—Hein? Pour voir la dernière pièce de Machiavelli? (Ezio la regardait distraitement en gardant un œil sur ses papiers.) Je n'aurais pas cru que *Mandragola* convenait à un enfant de huit ans.

—Ezio, les représentations se sont achevées il y a trois semaines. Et je ne vais pas à Florence, mais juste à Fiesole.

—J'ai raté sa pièce? Il va être furieux.

—Je suis sûre qu'il va s'en remettre. Il sait que tu gardes profil bas. Nous revenons très bientôt. Garde un œil sur Flavia, tu veux bien? Elle joue dans le jardin.

—Bien sûr. Tout ça me fatigue, de toute façon. Je vais plutôt élaguer les vignes.

—Bonne idée. Ce serait une honte de passer un si bel après-midi terré dans le noir. (Elle le regarda d'un air inquiet.) Un peu d'air frais te fera du bien.

—Je ne suis pas invalide!

—Bien sûr que non, *amore*. Je pensais juste...

Elle montra les pages froissées éparpillées sur le bureau. Ostensiblement, Ezio trempa sa plume dans l'encre et tira une page blanche vers lui.

—*A presto*. Prends soin de toi.

Sofia ferma doucement la porte. Après avoir écrit quelques mots, Ezio s'arrêta et lut d'un air renfrogné.

Alors, il posa sa plume, retira ses lunettes et chiffonna la page. Puis, il fuit la pièce. L'air frais lui ferait du bien.

Dans sa cabane à outils, il trouva un sécateur et une corbeille. Puis il traversa le jardin vers la rangée de vigne la plus proche. Après un coup d'œil rapide, il ne vit pas trace de Flavia. Mais il n'était pas inquiet. C'était une fillette raisonnable.

À mi-chemin du vignoble, il fut surpris par un bruit dans un buisson proche : les éclats de rire de Flavia. Une embuscade !

—Flavia, *tesoro*… Reste là où je peux te voir !

Le buisson trembla de nouveau de rire. Puis, la tête de Flavia émergea entre les feuilles, faisant sourire Ezio.

C'est alors que son attention fut attirée par une personne sur la route. Relevant la tête, il vit, au loin, une silhouette portant d'étranges vêtements bigarrés. Ayant le soleil dans le dos, il était impossible d'en distinguer plus. Levant la main pour protéger ses yeux de la lumière si vive, il regarda de nouveau. Mais la silhouette avait disparu.

S'essuyant le front, il repartit pour les vignes.

Un peu plus tard, au cœur du vignoble, il élaguait les grappes de *trebbiano*. Pas qu'elles en aient besoin, mais cela lui occupait les mains pendant qu'il réfléchissait à une façon de décrire son combat, il y a si longtemps, à Rome, contre un groupe de fanatiques se faisant appeler les Fils de Rémus. Les feuilles de vigne lui chatouillaient les bras. Il s'arrêta pour examiner quelques grappes, isola un raisin qu'il roula entre ses doigts et l'écrasa. Il était bien juteux. Souriant, il mangea le fruit éclaté, puis nettoya ses doigts contre le lin rugueux de sa tunique.

Satisfait, il s'essuya de nouveau le front. Une brise fraîche fit bruire les feuilles. Inspirant profondément, il savoura l'air chaud, fermant les yeux pendant un instant.

Alors, les poils de sa nuque se dressèrent.

Rouvrant les yeux, il se dépêcha de sortir du vignoble, tout en regardant en direction de la villa. Là, sur la route, Flavia parlait à la personne bizarrement vêtue qu'il avait vue plus tôt. Elle portait une capuche à visière.

Avançant précipitamment vers eux, il tenait son sécateur comme une dague. Le vent fraîchit, étouffant ses avertissements. Essoufflé par sa course, il souffrait de la poitrine. Pas le temps d'y penser. L'inconnu se penchait vers sa fille.

— Laissez-la tranquille ! cria-t-il en titubant.

L'ayant entendu, l'inconnu tourna la tête vers lui, sans la relever. Au même moment, Flavia prit quelque chose, qu'on venait visiblement de lui offrir, dans sa main.

Ezio n'était plus loin d'eux. La figure se redressa, la tête toujours baissée. Ezio jeta son sécateur à la façon d'une dague de lancer, mais trop court ; il tomba sur le sol.

— Flavia ! Rentre à la maison ! ordonna Ezio en s'approchant d'elle et tâchant de dissimuler sa propre peur.

— Mais papa, s'exclama Flavia avec surprise, elle est gentille.

S'interposant entre sa fille et l'étranger, Ezio l'agrippa par le col. Sa capuche glissa en arrière, découvrant le visage d'une jeune Chinoise. Décontenancé, il la relâcha.

Flavia lui montra son trésor : une petite pièce de monnaie ovale, percée d'un trou carré et gravée d'une écriture qui paraissait chinoise. Si c'était bien une écriture. Des pictogrammes. Un qián chinois.

La femme resta immobile et silencieuse. Ezio, toujours tendu, la regarda attentivement. Malgré sa respiration lourde, son esprit était toujours aussi aiguisé.

Puis, il vit qu'elle portait un emblème familier autour du cou.

Celui de la Confrérie des Assassins.

CHAPITRE 85

Plus tard, une fois Sofia rentrée, ils discutèrent tous les trois, assis dans la villa, sous le regard curieux des enfants en haut de l'escalier. Tout en restant aussi hospitalier que possible envers cette invitée inattendue, Ezio se montrait inflexible.

—Je ne sais pas quoi dire d'autre, Shao Jun. Je suis sincèrement désolé. (La femme ne répondit pas, n'affichant aucune colère, juste un grand calme.) J'en suis navré, mais je ne peux pas vous aider. Je ne veux plus être impliqué dans ces histoires.

Levant les yeux pour croiser son regard, Shao Jun dit :

—Je souhaite seulement comprendre.

—Comprendre quoi ?

—Comment diriger. Comment rebâtir mon Ordre.

Il soupira, maintenant quelque peu ennuyé.

—Non. J'en ai fini avec tout cela. *Finito.* (Il s'interrompit.) Je crois que vous devriez partir maintenant.

—Ezio, enfin ! le gronda Sofia. Shao Jun vient de loin. (Elle se tourna vers l'invitée.) Ai-je bien prononcé votre nom ?

Jun hocha la tête.

—Vous restez pour le dîner ?

Ezio lança un regard noir à son épouse, puis se tourna pour faire face à la cheminée.

—*Grah-zie*, dit Jun dans un italien hésitant.

Sofia lui sourit.

—Bien. Et nous avons déjà une chambre prête. Vous pouvez rester ici pour quelques nuits… ou aussi longtemps que vous le souhaitez.

Ezio grogna, mais il ne dit rien. Sofia partie pour la cuisine, il se tourna lentement afin d'observer la femme. Shao Jun était assise, silencieuse. Sûre d'elle, elle surveillait la pièce.

— Je reviendrai avant la nuit, lui dit-il avec mauvaise humeur.

Il sortit précipitamment, oubliant ses manières.

Jun le regarda sortir, un sourire subtil sur les lèvres.

Une fois dehors, Ezio se réfugia dans son vignoble.

CHAPITRE 86

Venu pour fermer et verrouiller la fenêtre de la chambre des enfants, Ezio contemplait leurs silhouettes endormies à la lumière vacillante d'une bougie. Assis au bord du lit de Flavia, il avait le cœur lourd. Qu'ils étaient paisibles, angéliques.

Soudainement, un surplus de lumière envahit la chambre. Sofia était entrée avec une autre bougie. Il lui sourit. Elle lui rendit son sourire, s'asseyant au pied du lit de Marcello.

Pendant un moment, Ezio ne dit rien.

—Tu vas bien ? demanda-t-elle timidement.

Plongé dans ses pensés, il ne quittait pas ses enfants des yeux.

—Il semble que je ne puisse pas laisser mon passé derrière moi, murmura-t-il. (Puis il se tourna vers sa femme.) Cette partie de ma vie a commencé si tard, Sofia. Je savais que je n'aurais pas le temps de tout faire… Et maintenant, j'ai peur de n'avoir le temps de rien faire.

Elle ne répondit rien, mais ses yeux embués étaient pleins de compréhension.

Puis, entendant un craquement venant d'au-dessus, ils regardèrent le plafond.

—Que fait-elle sur le toit ? murmura-t-il.

—Laisse-la tranquille, dit Sofia.

Au-dessus d'eux, Shao Jun se tenait sur les briques rouges, près de la cheminée. Sa pose était un compromis entre une position d'attaque d'Assassin et celle d'une personne se relaxant en profitant de l'instant présent. Dans les chuchotements du vent nocturne, elle scrutait la campagne illuminée par la lune d'argent.

Le lendemain, Ezio sortit tôt de la villa, sous un ciel gris. Il jeta un coup d'œil au toit. Si la fenêtre de sa chambre était ouverte, il n'y avait aucun signe de Shao Jun.

Ses appels restèrent sans réponse. Il décida d'aller donner ses ordres au contremaître. L'heure des vendanges approchant, il priait que la récolte soit bonne cette année. L'été avait été favorable et les raisins étaient prometteurs. La véraison s'annonçait bonne, mais il voulait que l'on revérifie les niveaux de sucre et d'acide des fruits avant de les cueillir. Puis, il enverrait le contremaître à Fiesole, voire jusqu'à Florence si nécessaire, pour recruter les saisonniers. C'était une période où le travail ne manquait pas, et qu'Ezio attendait impatiemment chaque année. Beaucoup d'activité physique et pas le temps de penser à autre chose. L'arrivée de Shao Jun perturbait la sécurité qu'il avait payée si cher. Il lui en voulait pour cela. Il se surprit à souhaiter qu'elle soit partie avant l'aube.

Une fois terminé son entretien avec le contremaître, Ezio eut subitement envie de retourner à la villa au plus vite pour découvrir si son souhait avait été réalisé. Même s'il avait peu d'espoir, il ne trouva personne quand il entra dans la maison. Obéissant à un instinct qui lui serrait l'estomac, il se rendit dans son antre.

Il s'arrêta devant la porte. Elle était ouverte. Jetant un coup d'œil à l'intérieur, il découvrit la femme, debout derrière son bureau, toujours jonché des pages et des notes abandonnées des jours précédents. Elle lisait une partie du manuscrit terminé.

Ezio entra dans une rage folle.

— Que faites-vous là ? Sortez !

Posant la pile de feuilles qu'elle était en train de lire, elle le regarda avec calme.

—Le vent, il a ouvert la porte.

—*Fuori*!

Jun se glissa à côté de lui, puis hors de la pièce. Ezio se précipita à son bureau, fourragea les papiers, saisit l'un d'eux qui attira son œil et le lut. Insatisfait, il l'envoya au sommet de la pile, puis se détourna du bureau pour fixer le vide par la fenêtre. Lui tournant le dos, Jun attendait dans la cour.

Les épaules baissées, il hésita plusieurs minutes. Enfin, il quitta son antre et alla la voir.

Elle était assise sur un muret. En s'approchant, il toussa dans le vent pénétrant d'octobre.

Elle se retourna.

—*Duibuqi.*. Je suis désolée. C'était mal de ma part.

—Oui. (Il hésita.) Je pense que vous devriez partir.

Restant assise, elle ne répondit rien. Puis, sans prévenir, elle cita :

—« Mon nom est Ezio Auditore. Jeune homme, j'avais la liberté, mais je ne le voyais pas. J'avais le temps, mais je ne le savais pas. J'avais l'amour, mais je n'en profitais pas. Il allait me falloir trente ans pour comprendre le sens de ces trois choses. » (Elle fit une pause.) C'est magnifique, dit-elle.

Ahuri, Ezio regardait au loin, derrière Jun. Il entendait le cliquètement des rênes d'un cheval.

—Je veux comprendre, comme vous, continua Jun, comment aider mon peuple.

Ezio la regarda d'un œil plus amical.

—J'ai été un Assassin si longtemps, Jun. Je sais que quelqu'un pourrait venir n'importe quand. Pour moi, ou pour ma famille. (Il s'interrompit.) Voyez-vous ? C'est pour cette raison que je dois être prudent.

Elle acquiesça, visiblement désolée pour lui. Il admirait ses vignes.

— Je devrais m'occuper d'engager des hommes pour la vendange, mais…

Il se tut. Jun pencha la tête, attentive.

— Venez à l'intérieur. Nous allons vous trouver quelque chose à manger.

Elle descendit du muret et le suivit.

Chapitre 87

L e marché de la grand-place au sud-ouest de la cathédrale était aussi fréquenté que d'habitude. Des marchands, des hommes d'affaires, des serviteurs et des paysans se bousculaient plus ou moins civilement en flânant entre les étals. Jun se tenait à l'écart, sous la colonnade qui entourait la place. Elle regardait Ezio marchander le prix d'un panier de vendangeur. Perdue dans sa contemplation, elle absorbait les images et les sons de Florence, fixant les passants qui la dévisageaient. Peu lui importait.

Son achat effectué, Ezio revint vers elle et lui tapa sur l'épaule.

— J'aurai de la chance s'il dure trois saisons, dit-il en lui montrant le panier.

Elle le regarda, sans savoir exactement comment juger de sa qualité. Ezio s'en rendit compte et sourit.

— Venez, dit-il. Je voudrais vous montrer quelque chose.

Ils traversèrent la foule en direction de la *piazza della Signoria*, où ils s'assirent sur un banc près de la *loggia*. Là, ils regardèrent les gens aller et venir, portant tous des habits chatoyants ou des tenues onéreuses en soie ou en velours noir.

— Qui sont-ils ? demanda Jun.

— Les banquiers, répondit Ezio. C'est une sorte d'uniforme, afin de se reconnaître les uns les autres. Ce qui nous permet également de les voir venir !

Jun sourit, sans être certaine d'avoir compris.

— C'est beau, non ? continua Ezio. Si vivant !

—Oui.

—Mais ce n'est pas toujours le cas. La moitié de ma famille a été tuée sur cette *piazza*. Exécutée. Juste là. Il y a quarante-cinq ans. J'avais dix-neuf ans. (Il ferma les yeux brièvement, sous le coup du souvenir.) Mais revoir cet endroit ainsi, si *piena di vita*, je ne peux m'empêcher d'être heureux et satisfait que la douleur se soit effacée. (Il prit un air sérieux.) La vie d'un Assassin est faite de douleur, Jun. Celle que l'on ressent et celle que l'on inflige. Nous sommes liés à elle, dans l'espoir que nous aidons à la faire disparaître, avec le temps. Une terrible ironie, je sais. Mais c'est ainsi.

Pendant quelque temps, ils restèrent assis sans rien dire. Jun semblait attentive. Puis Ezio sentit que quelque chose l'avait rendue nerveuse. Quelque chose qu'elle avait remarqué dans la foule. Un éclair de couleur ? Un uniforme peut-être ? L'un des gardes de la Signoria ? Mais le moment passa, et il n'en parla pas.

—Bien, dit-il en se levant. Il est temps de traîner ce vieil homme jusque chez lui.

Après avoir traversé la place, ils s'engagèrent dans une rue qu'Ezio connaissait bien, longeant le Palazzo par le nord. Jun jetait régulièrement un œil derrière elle.

Il y avait nettement moins de gens dans la rue qu'ils venaient d'atteindre. Après quelques pas, ils se retrouvèrent totalement seuls. Soudain, Ezio entendit un bruit qui échappa à Jun. Tournant la tête, il sauta en arrière, leva son panier pour protéger Jun. Juste à temps : une dague de lancer se ficha dans l'osier. À peine une seconde plus tard, quelqu'un lui donna un coup de pied violent dans le ventre. Il tituba en arrière et percuta un mur de pierre. Dans le même temps, Jun avait réagi à la vitesse de l'éclair. Elle se tenait déjà entre Ezio et son assaillante, une autre Chinoise portant le même genre d'habits, mais limités à une tunique de combat et un pantalon.

Les deux femmes tournèrent l'une autour de l'autre, comme si elles avaient entamé une danse d'une lenteur envoûtante. Puis, elles se lancèrent l'une sur l'autre comme des serpents, frappant du tranchant de leurs mains ou des pieds, si vite qu'Ezio avait du mal à suivre leurs mouvements. Mais il voyait bien que Jun avait le dessous. Il bondit en avant et assena un coup de panier sur la tête de l'attaquante, l'envoyant valdinguer.

Elle resta allongée, immobile. Jun s'avança.

— Jun ! Elle fait semblant !

Au même moment, la femme mystérieuse se remit debout et se jeta sur Jun un autre couteau à la main. Tombant toutes deux à terre, elles roulèrent dans la poussière, se battant avec la férocité et l'agilité vicieuse des félins. Leurs corps et leurs membres bougeaient si vite qu'ils paraissaient flous. Soudain, un cri. L'assaillante se libéra, son propre couteau planté dans la poitrine, juste au-dessus du sternum. Pendant quelques instants, elle chancela sur le côté, puis s'effondra, se cognant la tête contre un contrefort de pierre. Elle ne bougeait plus. Et cette fois, elle ne faisait pas semblant.

Ezio regarda autour d'eux. Personne en vue.

Il saisit la main de Jun.

— Venez ! dit-il en serrant les dents.

Pendant le trajet de retour en carrosse, Jun commença à s'expliquer. Ezio prit conscience qu'elle aurait pu le faire avant, s'il lui en avait laissé l'occasion. Il l'écouta raconter son histoire.

— C'était le souhait de mon mentor de vous rencontrer. Nous avons quitté la Chine ensemble, en secret. Mais nous avons été suivis. Ils nous ont rattrapés à Venise, où ils ont emprisonné mon maître. Il m'a sommée de fuir pour achever notre mission. Je ne l'ai jamais revu.

— Qui sont-ils ?

— Des serviteurs de Zhu Houzong, l'empereur Jiajing. Un jeune homme, à peine plus qu'un garçon, qui n'est pas né pour régner. Mais le destin lui a confié le trône et depuis, il nous gouverne d'une main impitoyable et sanguinaire. (Elle s'interrompit.) Je suis née concubine, mais mon mentor m'a libérée quand j'étais jeune. Nous y sommes retournés plus tard pour sauver d'autres filles, mais elles étaient... (Elle s'arrêta.) L'empereur pensait qu'en buvant leur sang menstruel, il obtiendrait la vie éternelle. (Elle se tut, déglutissant difficilement avant de recouvrir son sang-froid.) Jiajing est un homme cruel. Il tue quiconque s'oppose à lui. Et il préfère le *lingchi* à la décapitation.

— *Lingchi* ?

Jun passa plusieurs fois son pouce contre sa paume.

— Une torture lente. Des milliers de coupures. Puis, la mort.

Le visage d'Ezio se figea. Il fouetta ses chevaux.

CHAPITRE 88

Sofia allumait un feu dans l'antre d'Ezio quand elle entendit le carrosse débouler dans la cour de la maison. Inquiète, elle se leva immédiatement. Un instant plus tard, Ezio entrait, suivi de près par Shao Jun. Il se précipita à la fenêtre et ferma les volets à clé. Puis, il s'adressa à sa femme.

— Prépare tes affaires. Ils attellent des chevaux frais au carrosse. Certains de nos hommes iront avec toi.

— Quoi… ?

— Tu dois aller chez Machiavelli ce soir.

— Que s'est-il passé ?

— Une méprise.

Sofia se tourna vers Jun, qui baissa les yeux, gênée d'avoir amené des ennuis à sa porte.

— Laisse-moi un moment, dit-elle.

Un peu plus tard, elle et les enfants étaient installés dans la voiture. Debout à la porte, Ezio les contemplait. Ils auraient voulu dire quelque chose, mais ne trouvèrent pas les mots.

S'éloignant d'un pas, Ezio fit signe au cocher. Les rênes claquèrent et les chevaux s'avancèrent dans la pénombre grandissante.

Alors qu'ils prenaient de la vitesse, Sofia se pencha à la fenêtre et lui envoya un baiser. Il leva le bras pour lui dire au revoir, mais n'attendit pas qu'ils disparaissent avant de retourner à la villa. Il verrouilla la porte derrière lui.

CHAPITRE 89

E zio et Jun se faisaient face, assis sur des bancs de bois, devant une belle flambée. Ils attendaient.

— Quand j'ai affronté les Borgia pour la première fois, mon instinct a été de viser la tête, lui racontait Ezio. Avec le temps, j'ai réalisé que ceux qui inspirent la peur ont des fidèles plus dévoués que ceux qui prêchent l'amour. Tuer Rodrigo et Cesare n'aurait servi à rien si je n'avais pas pu remplacer leur règne de terreur par un autre comportant une once de fraternité. (Il réfléchit un instant avant de poursuivre.) Alors, j'ai passé des années à apprendre aux hommes et aux femmes à penser et à agir par eux-mêmes. D'abord à Rome, puis au sein de notre Confrérie à Constantinople.

— J'ai hâte de lire vos exploits. Vous devez terminer votre livre.

— La chose importante à comprendre est la suivante : notre Ordre est uni par l'amour. L'amour des gens, des cultures, du monde. (Il se tut un moment.) Combattez pour préserver ce qui inspire l'espoir et vous sauverez votre peuple, Shao Jun.

Elle fixa les flammes, plongée dans ses pensées, s'imaginant un futur à l'envergure grandissante.

— Cela prendra du temps, beaucoup de temps, finit-elle par dire avec calme.

— Mais si vous vous y prenez bien, vous y arriverez.

Jun inspira profondément et se redressa, une expression déterminée sur le visage. Elle regarda Ezio et hocha la tête. Il se pencha vers elle pour lui tapoter l'épaule.

— Allez vous reposer, dit-il.

Elle se leva, s'inclina, puis quitta la pièce.

Ezio se tourna vers le feu, son visage rougi par la chaleur.

Au milieu de la nuit, perturbé par des bruits étouffés dehors, Ezio descendit à la cuisine. Haut dans le ciel, la lune brillait à travers les fenêtres barrées. Ezio s'approcha du bloc à couteaux et en sortit plusieurs lames, dont il jaugea l'équilibre. Peu convaincu, il les remit en place et chercha une autre arme. Une louche métallique ? Non. Une planche à découper ? Non. Un tisonnier, peut-être ? Oui ! Il se dirigea vers le four, où il saisit une tige d'acier de presque un mètre de long. Il la testa, mimant quelques passes d'armes.

Un bruit au-dessus. Trois secondes plus tard, il vit un corps tomber à la fenêtre. Jun atterrit, accroupie, puis fila dans la nuit. Il alla à la porte, la déverrouilla et l'ouvrit en grand.

Un Chinois se trouvait là, prêt à attaquer. Il se jeta sur lui armé d'un *dao*. Ezio recula et claqua la porte sur le bras de son assaillant, fracassant le radius et le cubitus. Il lâcha son épée en poussant un hurlement d'agonie. Ezio rouvrit la porte et abattit le tisonnier sur la tête de son adversaire, lui brisant le crâne. Il bondit par-dessus le cadavre et fonça à l'extérieur.

Il trouva rapidement Jun, engagée au corps à corps contre trois ennemis. Le combat ne tournait pas en sa faveur, mais il arriva à temps pour redresser la barre. Les agents de l'empereur Jiajing battirent en retraite en direction du vignoble, où ils prirent position. Se battant uniquement avec ses poings et ses pieds, Jun terrassa l'un de ses adversaires en un instant. Ezio se débarrassa d'un autre en lui enfonçant son tisonnier en plein visage. Mais le troisième Chinois parvint à lui arracher son outil de cuisine. Ce n'est qu'en déterrant un poteau parmi les vignes qu'il put conserver son avantage, faire tomber l'homme à terre et le frapper durement à la nuque, lui broyant les cervicales.

C'était terminé. Ezio s'affala sur la pente douce, au milieu de ses souches, épuisé mais indemne. Il surprit le regard de Jun et tenta de rire, mais ce fut une toux bruyante qui s'échappa de sa gorge.

—On dirait que j'ai avalé un chat mourant, dit-il.

—Prenez mon bras.

Avec son aide, il se releva, puis ils retournèrent ensemble à la villa.

Chapitre 90

Ils s'étaient réveillés bien avant l'aube. L'air matinal était frais. Un rai de lumière délavé perça la brume.

Debout sur la route, son sac sur le dos, Shao Jun regardait au loin, prête à partir. Semblant perdue dans ses pensées, elle ne se retourna que lorsque Ezio s'approcha de la villa. Sa respiration était toujours lourde et difficile.

Il vint vers elle.

— Long est le chemin du retour, n'est-ce pas ?

— Mais il y a tant à voir en chemin. *Dashi, xièxiè nin…* merci, mentor, dit-elle en s'inclinant.

Ezio portait quelque chose. Une petite boîte ancienne. Il lui tendit.

— Tenez. Cela pourra vous être utile un jour.

Jun la prit et la tourna vers elle. Elle s'apprêtait à l'ouvrir, mais Ezio l'arrêta.

— Non, dit-il. Seulement si vous vous perdez.

Elle la rangea. Ezio porta le regard derrière Jun, au bout de la route. Il vit les bannières de soldats qui s'approchaient.

— Vous devriez partir, dit-il.

Jun suivit son regard, acquiesça, puis entra dans les vignobles qui poussaient de l'autre côté de la route. Ezio la regarda marcher à bonne allure vers le sommet d'une colline proche.

Les cavaliers arrivèrent peu après, et Ezio les salua. Quand il jeta un coup d'œil dans la direction de Jun, elle avait disparu.

Quelques semaines plus tard, la vendange terminée et le neuvième anniversaire de Marcello derrière eux, Ezio était de retour dans son antre, s'efforçant d'écrire. Il avait bien avancé cette fois. Fixant la dernière feuille de papier blanche devant lui, il trempa sa plume dans l'encrier et gribouilla quelques mots en se concentrant pleinement. Puis il se lut, et sourit. Soudain, une douleur fulgurante dans sa poitrine le prit par surprise et lui fit lâcher sa plume.

On frappa à la porte.

—Oui ? dit-il en se reprenant.

Sofia entra dans la pièce alors qu'il replaçait sa plume sur son support, à côté de l'encrier.

—J'emmène les enfants à Fiesole. Nous serons revenus juste après le coucher du soleil.

—Bien.

—C'est le jour du marché demain. Tu viendras avec nous ?

—Oui.

—Tu es sûr ?

—Je vais bien.

Elle ferma la porte derrière elle. Ezio resta à ruminer un moment, puis, satisfait, il rassembla les papiers sur son bureau, en fit une pile nette et l'enserra d'un ruban.

CHAPITRE 91

L e lendemain, il faisait beau et frais. Ils étaient restés à Florence pour déjeuner, et maintenant Sofia faisait quelques achats avant de rentrer chez eux. Ezio, marchant dans la rue quelques pas derrière sa femme et ses enfants, tressaillit, victime d'une crise de toux soudaine. Il s'appuya contre un mur.

Aussitôt, Sofia fut à ses côtés.

—Tu aurais dû rester à la maison.

—J'y suis, dit-il en souriant

—Assieds-toi là. (Elle lui montra un banc proche.) Attends-nous. Nous serons juste là. Cela ne va prendre qu'une minute ou deux.

Hochant la tête, il s'installa, puis la regarda rejoindre les enfants et s'avancer dans la rue. Assis confortablement, la douleur commençait à s'évanouir.

Les gens allaient et venaient autour de lui, vaquant à leurs occupations. Il était heureux, profitant de ce spectacle, des parfums du marché qui flottaient jusqu'à lui, des boniments des marchands.

—Je suis bien ici, se dit-il à lui-même.

Chez moi. Enfin chez moi.

Sa rêverie fut interrompue par la voix grincheuse d'un jeune Italien qui se laissa tomber sur le banc à côté de lui. Apparemment, le jeune homme parlait dans le vide. Il n'accorda aucune attention à Ezio.

— *Al diavolo!* Je hais cette foutue ville. Que j'aimerais être à Rome! J'ai entendu dire que, là-bas, les femmes sont... comme des grappes de *sangiovese* mûr sur la vigne, tu vois? Pas comme ici. *Firenze!* s'exclama-t-il avant de cracher par terre.

Ezio le regarda, affligé par ce qu'il venait d'entendre.

— Je ne pense pas que votre problème soit lié à Florence, commenta-t-il.

— Je vous demande pardon?

Ezio était sur le point de répondre, mais la douleur le reprit. Il frissonna et se mit à haleter. Le jeune homme se tourna vers lui.

— Doucement, mon vieux.

Il attrapa le poignet d'Ezio qui luttait pour reprendre son souffle. En voyant la main qui le soutenait, Ezio pensa qu'elle était exceptionnellement forte. Et puis, l'expression de l'homme avait quelque chose d'étrange, presque familier. Il secoua la tête pour éclaircir ses pensées.

Le jeune homme le fixa intensément, et sourit. Ezio lui rendit son sourire.

— L'heure de se reposer, hein? dit le jeune homme.

Il se leva et partit. Ezio hocha la tête, acquiesçant avec un temps de retard. Puis, il se pencha en arrière, cherchant Sofia dans la foule clairsemée. Il l'aperçut à une échoppe, achetant des légumes. À côté d'elle se trouvaient Flavia et Marcello, se tourmentant et jouant ensemble.

Il ferma les yeux, prit de longues inspirations. Sa respiration se calma. Le jeune homme avait raison. Il était temps de se reposer...

Sofia rangeait les légumes qu'elle venait d'acheter dans un panier lorsqu'elle sentit son cœur se glacer. Levant les yeux, elle chercha le banc où Ezio l'attendait. Il y avait quelque chose d'étrange dans la façon dont il était assis. Troublée, refusant d'admettre ce qu'elle craignait, elle porta sa main à sa bouche et se hâta de le rejoindre, laissant les enfants jouer derrière elle.

À mesure qu'elle s'approchait, elle ralentit. Elle finit par s'asseoir à côté de lui, prit sa main, puis s'inclina et appuya son front contre ses cheveux.

Un ou deux passants les regardèrent, un ou deux autres s'inquiétèrent, mais à part cela, la vie continuait.

CHAPITRE 92

Bien plus tard dans la journée, à la maison, ayant renvoyé Machiavelli chez lui, Sofia se rendit dans l'antre. Les enfants étaient au lit. Ils n'avaient sans doute pas encore réalisé ce qui s'était passé.

Dans l'antre, le feu s'était éteint. Elle alluma une bougie, marcha jusqu'au bureau et prit la pile de feuilles entourée d'un ruban qui se trouvait là. Elle commença à lire :

> Jeune homme, j'avais la liberté, mais je ne le voyais pas. J'avais le temps, mais je ne le savais pas. J'avais l'amour, mais je n'en profitais pas. Il allait me falloir plusieurs décennies pour comprendre le sens de ces trois choses. Et ainsi, au crépuscule de ma vie, cette compréhension s'est transformée en bonheur. L'amour, la liberté et le temps, dont je disposais autrefois en abondance, sont le combustible qui m'a poussé en avant. L'amour, tout particulièrement pour toi, ma chère, pour nos enfants, pour nos frères et nos sœurs… et pour le monde, vaste et merveilleux, qui nous a donné la vie et recèle tant de mystères. Avec une infinie affection, ma Sofia, je suis à toi pour l'éternité.
>
> — Ezio Auditore

Liste des personnages

Abbas : ennemi d'Altaïr Ibn-La'Ahad

Al Mualim : mentor de la Confrérie au douzième siècle

Al-Scarab : capitaine pirate, fléau de la mer Blanche

Altaïr Ibn-La'Ahad : mentor des Assassins

Bartolomeo d'Alviano : ami d'Ezio

Bekir : agent de Larnaka

Capitaine Tarik Barleti : capitaine des gardes du corps du sultan, les janissaires

Claudia Auditore : sœur d'Ezio

Darim : fils de Maria et Altaïr

Dilara : principal agent de Tarik

Dogan : Assassin, lieutenant de Yusuf

Domenico Garofoli : gouverneur de Chypre

Duccio Dovizi : aussi connu sous le nom de Duccio de Luca (1462-1520), membre de la noblesse florentine à la réputation sulfureuse, qui a fait fortune dans le commerce maritime.

Ezio Auditore da Firenze : le mentor

Haras : traître de la Confrérie au douzième siècle

Leonardo da Vinci : (1452-1519) artiste, scientifique, sculpteur, etc.

Ma'Mun : armateur

Manuel Palaiologos : prince byzantin, héritier du dernier empereur byzantin, rêve de devenir empereur

Maria Thorpe : femme d'Altaïr, anglaise

Niccolò di Bernardo dei Machiavelli : (1469-1527) Assassin, philosophe et auteur

Piri Reis : amiral et gérant de la flotte marchande turque

Prince Ahmet Osman : oncle du prince Suleiman, fils préféré du sultan

Prince Selim Osman : père du prince Suleiman et frère d'Ahmet

Prince Suleiman Osman : petit-fils du sultan Bayezid et gouverneur de Kefe

Shahkulu : garde du corps de Manuel et rebelle turkmène

Sofia Sartor : libraire

Sultan Bayezid : Bayezid II le Juste, huitième sultan ottoman qui fut destitué par son fils Selim en 1512.

Yusuf Tazim : chef des Assassins d'Istanbul

Glossaire des termes italiens, grecs, chinois et turcs

al diavolo : au diable
a presto : à bientôt
adi herif : porc
akçe : ancienne monnaie turque
affedersiniz : excusez-moi
affedersiniz, efendim : excusez-moi, monsieur
Allah ashkina : si Dieu le veut
Allaha ismarladik : Dieu te bénisse
aman Allahim! : bon Dieu!
amore : amour
apistefto : incroyable
arrocco : roque
aynen oyle : exactement

bastardo : bâtard
bene : bien
bir sey degil : de rien
bistecca alla fiorentina : steak florentin
brutti ma buoni : pas beau, mais bon
buffone : idiot
buon giorno : bonjour
buona donna : ma bonne dame
buona sera : bonsoir

canaglia : canaille
cara mia : ma chère

carciofi ni sott'olio : pousses d'artichauts cuites dans l'huile d'olive

castagnaccio : gâteau à la farine de châtaigne

cazzo : trique/merde

che succede? : que se passe-t-il ?

çok üzüldüm : très bien

dao : sabre

dashi, xièxiè nin : merci, mentor

dio mio : mon Dieu

duìbùqi : je suis désolé

duomo : cathédrale

edáxi : d'accord

efendim : monsieur

effendi : maître

è incredibile : c'est incroyable

evet : oui

fettunta : pain à l'ail

finito : terminé

fratello mio : mon frère

fuorì : dehors

gennaio : janvier

gerzek : idiot

ghazi : guerrier saint

giugno : juin

grazie : merci

güle güle : très bien

güzel : excellent

hajj : pèlerinage

haydi rastgele : bonne chance

Hristé mou : bonté divine

inanilmaz : incroyable

kanun : loi
karesi : cour carrée
kargasha : chaos
kesinlikle : absolument
kouráyo : courage
kyrie : seigneur

la Crociata Segreta : la Croisade secrète
lingchi : mort d'un millier de coupures
lokanta : café/restaurant

macaroni in brodo : soupe de macaronis
magnetismo : magnétisme
masa'il kher : bonjour
merda : merde
merhaba : bienvenue
messere : monsieur
mio bel menestrello : mon joli ménestrel
mio principe : mon prince
moleche : crabe à la carapace molle
molto curioso : très étrange

nessun problema : pas de problème

pan di Ramerino : pain au romarin
panzanella : salade de pain et de tomates
pecorino : une sorte de fromage
pekala : très bien
pek güzel : très joli
perdonate, buon signore : pardon, mon bon monsieur

perfetto : parfait
piena di vita : pleine de vie
prego : s'il vous plaît
principe : prince
poi kalà : très bien
presuntuoso : présomptueux

qián : monnaie chinoise

raccolto : récolte
ragazzo : garçon
requiescat in pace : repose en paix
risotto de gò : risotto de gobies

sagliginiza! : à bientôt!
salame toscano : salami toscan
salsicce di cinghiale : saucisse de sanglier
spaghetti allo scoglio : pâtes aux fruits de mer
salute a voi, Assassini : bienvenue, Assassins
salve : salut
sayin : Monsieur
serefe! : à la vôtre!
se solo! : si seulement!
sharbat : boisson
shehzad/shehzadem : prince
sì : oui
sì, da molto tempo : oui, depuis longtemps
sinav icin iyi sanslar! : bonne chance, mon ami!
sövalye : chevalier
souk : marché/bazar

tesekkür ederim : merci
Tesekkür, Mentor… Chok tesekkür ederim : merci, mentor…
merci mille fois

tesoro : mon chéri
ti distihìa : quel malheur
tonno al cartoccio : thon enrobé de chapelure

una tortura : une torture
un favore : une faveur

va bene : très bien

Remerciements

Yves Guillemot
Jean Guesdon
Corey May
Darby McDevitt

Et aussi :

Alain Corre
Laurent Detoc
Sébastien Puel
Geoffroy Sardin
Xavier Guilbert
Tommy François
Cecile Russeil
Christele Jalady
Le service juridique d'Ubisoft
Chris Marcus
Étienne Allonier
Maria Loreto
Alex Clarke
Alice Shepherd
Anton Gill
Guillaume Carmona
Clémence Deleuze

Achevé d'imprimer en août 2012
Par CPI Brodard & Taupin - La Flèche (France)
N° d'impression : 70237
Dépôt légal : août 2012
Imprimé en France
81120792-2